一部极具政治智慧的反腐巨著

纪委书记

罗晓◎著

21 二十一世纪出版社集团
21st Century Publishing Group

图书在版编

纪委书　　　　　　　　　　一世纪出版社

集团，2016.

ISBN 9

Ⅰ.①　　　　　　　　　小说—中国—当代

Ⅳ.① I247

中国版　　　　　　　　15) 第 307130 号

纪委书记　　罗　晓　著

责任编辑　张秋林　李一意

出版发行　二十一世纪出版社集团

（江西省南昌市子安路75号　330009）

www.21cccc.com　cc21@163.net

出 版 人　张秋林

经　　销　新华书店

印　　刷　北京建泰印刷有限公司

版　　次　2016年3月第1版　2016年3月第1次印刷

开　　本　710mm×1000mm　1/16

印　　张　22

字　　数　300千

书　　号　ISBN 978-7-5391-6497-7

定　　价　40.00元

赣版权登字—04—2015—1014

目　录

展，成了于清风的一块心病。在即将调任北川市之前，于清风左思右想，与唐明华商量，决定将李思文调去酒神窖酒厂担任纪委书记。于清风当然知道这是一步险棋，酒厂群狼环伺，李思文狼窝捕狼，能否成功，他心里真的没底。

第十一章

辣手肃贪，杀气腾腾开铡立威 / 278

纪检小组强势进驻酒厂，厂长钱克暗自冷笑，他早已未雨绸缪：首先煽动职工闹事，声东击西，让清查不了了之；其次，威逼利诱查案人员，让纪委知难而退，大家相安无事；最后还是压不下来的话，那就只好鱼死网破了。可惜他想破脑袋也没想到，李思文根本不吃他那一套，在就职大会上就举起了铡刀，宣布双规粮食采购科科长卢洪亮，当场抓人。杀气腾腾的李思文令钱克不寒而栗。

第十二章

刨根挖底，狗急跳墙疯狂反扑 / 313

在李思文的领导下，纪检小组连番出手，抓人，封账，查库，以雷霆万钧之势扫荡污泥浊水。钱克刚开始还不以为然，这种阵仗他见多了，都是雷声大雨点小，虎头蛇尾不了了之，想不到李思文这次是动真格的，钱克后悔不迭。更令他叫苦连天的是，他那不知深浅的儿子钱大卫竟然霸王硬上弓，带人强行封堵酒厂，烧毁账册，在争抢中甚至打伤了纪委办案人员。儿子闯下如此大祸，他不得不去搬救兵了。

第一章　暗潮涌动，硬盘牵出惊天大案

冰冻三尺非一日之寒，北川市狮子县利益集团长期以来相互勾结，十分嚣张，经济发展几乎停滞。县委书记于清风上任后，力推改革治理，然而一番较量，却好像踢在了铁板上，收效甚微，根本撼不动他们。正在此时，鹰嘴镇派出所所长李思文侦查一起不起眼的偷盗案，歪打正着，得到一个小硬盘，居然详细记录着鹰嘴镇镇长王治江等一伙人贪污受贿的证据。这下子捅了马蜂窝……

"鹰嘴镇原来的治安情况大家都是清楚的，四年前在全县十三个乡镇中排名倒数第一。但今年，我们的治安良好，排名是全县第一，这是我们鹰嘴镇派出所八个民警和六个治安辅警全体努力的成果，我祝贺你们!"

鹰嘴镇派出所所长李思文在所内的庆祝会上话锋一转，又说道："但是，我们的工作依然任重而道远，拿什么名次我并不是太在意，我在意的是我们能不能让鹰嘴镇的百姓都过上日不关门夜不闭户的放心生活!"

李思文话音才落，坐在他下首的民警宋大全就使劲地拍起手来："说得好，老大，我发现你很有口才啊，都说得我快流眼泪了，哈哈……"

李思文笑道："你给我严肃点儿，好了好了，既然得了奖，我这个所长也不好意思不表示，今晚我请客，地点是……”

没等李思文说出来，负责户籍窗口办理工作的，才来派出所工作一年的女孩张妍抢着说道：“地点是你家，李所，我们都知道！”

李思文哈哈笑道：“行啊，你们都了解我了。”

在所里，李思文经常请所里下属同事吃饭，但都是在他家里，理由就是自己买菜做便宜，分量又足，实惠！

李思文是全县最年轻的派出所所长，今年二十六，十八岁当兵，二十二岁从部队转业回来做了个普通民警，从普通民警到副所长，再到所长，李思文是一步一个脚印走出来的。

三年前他任副所长的时候，鹰嘴镇的治安是全县倒数第一，好多年都这样。在他任副所长的时候，所长刘有德得了重病，去省城医治，鹰嘴镇派出所的工作实际上已经是李思文主持了。

也就是那一年，李思文把鹰嘴镇的治安状况从全县倒数第一硬生生提升到了全县第四，也正是因为这个成绩，让他从副所长转成了正职。

今天确实是个值得庆祝的日子，不过李思文又吩咐着：“庆祝归庆祝，我们的工作不同于其他，下班后胡东在派出所值勤，我和大全巡逻，长顺和大学吃完后来替换我们，李治到派出所接替胡东。”

派出所一共有八个正式编制，所长李思文，副所长郑长顺，民警宋大全、胡东、李治、刘大学，两个做文职工作的女警蒋春芳和张妍。

“哐当！”

李思文正在安排晚上聚餐时的工作，猛的一声响，会议室的门陡然被推开，三个身穿深色西服套装的男子表情严肃地走了进来。

“你们是干什么的？竟敢擅闯我们派出所的会议室？”副所长郑长顺首先出声呵斥三个闯进来的陌生男子。

李思文见这三个人表情严肃，脸上气势“逼人”，不太像普通百姓，当即沉声问道：“你们有什么事？”

领头的陌生男子大概有三十来岁，盯着李思文取出一个工作牌亮了下，说："谁是李思文？我是狮子县检察院反贪污贿赂局的朱明宣，我们收到鹰嘴镇政府干部的实名检举信以及县公安局移交的贪污贿赂案子，李思文涉嫌贪污受贿，请配合我们到检察院协助调查！"

"什么？检察院的？你们是不是搞错了？"

办公室里的人都惊呆了，民警宋大全第一个跳起来质问朱明宣，声色俱厉："说谁贪腐我都不管，你们说李所贪腐绝无可能，我可以拿人格担保！"

"是啊，我也可以担保……"

"我也可以担保！"

……

会议室里其他人接二连三地说要为李思文担保，朱明宣依然毫无表情地说道："谁担保都没用，只有接受我们检察机构的查证才行，我们既不会错抓一个好人，也不会放过一个违法犯纪分子，在国法面前，任何人都没有私情可讲！"

"老郑，大全，你们都不要再说了。"李思文一摆手，制止了下属们，然后对朱明宣平静地说："我就是李思文。行，我跟你们去检察院，不过我要跟上级汇报一下情况！"

"不用！"朱明宣一摆手，"我有检察院反贪局吴局长的批令，吴局长已经知会了县公安局的陈局长和你们镇的李保国书记。"

李思文心一沉，有一种不好的感觉，眼看郑长顺几个人想出手制止朱明宣，赶紧说道："长顺，大全，有句话叫'身正不怕影子斜'，放心吧，我没事。我不在你们也要照常处理所里的事情。"

担心的事情到底还是发生了，李思文话虽然这么说，但心里却很清楚，事情只怕没有想象的那么简单。

朱明宣向身后的同事招了招手，两个同事上前，掏出亮晃晃的手铐当场给李思文铐上了，随即带出了会议室。

郑长顺等下属眼睁睁瞧着李思文被朱明宣等人带上车，车子呼啸而去，七八个人都呆在了当场，无法相信眼前这场变故。

朱明宣三个人开的是一辆福克斯，朱明宣亲自开车，另两个人坐在后排，一左一右把李思文夹在中间。

上车后，三个人一句话都不说，李思文笑了笑说："朱同志，刚才在所里我没明说，是不想跟你们起冲突，我是乡镇派出所的所长，被人举报这种捕风捉影的事，你们就兴师动众到所里把我带走，这符合规定么？你们就不怕这人好抓不好放？"

朱明宣头也没回，冷笑着："嘿嘿，李所长，你也不用拿话激我，没有用，合不合规定自然由领导说了算，你还是自求多福吧！"

李思文也嘿嘿一笑，打算来个以不变应万变。他听出朱明宣话里有"警告"的意思，也露一点儿他背后有"人"的意思。

鹰嘴镇离狮子县城有三十五公里，清一色的柏油路，李思文看了下窗外太阳的位置，大概是下午三点多的样子，按时间推算，傍晚的时候，他李思文怕是会迎来第一波"审讯"。

开车到城里只要二十多分钟，朱明宣开得很快，一直在七十码以上，大约二十分钟就到了县城。

"你们要带我去哪里？"李思文看朱明宣进城后去的方向并不是县检察院那条街，而是相反的西面，当即摇了摇手铐问。

"别动，老实点儿！"一左一右两个男子扭着李思文低声呵斥。

朱明宣开着车进了一个小区，最后在一栋别墅的院子里停了车，两个男子推推搡搡地把李思文弄下车，进了别墅后也没上楼，而是进了地下室。

地下室装修得很好，有一个厅，里边还有一道门，朱明宣把门推开后，两个男子就把李思文推了进去，把他身上的手机搜走了，一句话不说，关了门，“咯嚓”一声把门反锁上了。

李思文进去的时候瞄到门侧的墙壁上有电源开关，摸索着开了灯。

这是一间约有十六七个平方的房间，有一张床，房间内的装饰还算可以，只是没有窗户，还有一道门，李思文推开门看了看，门里是卫生间，也没有窗户。

他被软禁了！

李思文很奇怪，朱明宣等人好像一点儿都不着急“审问”他，那把他从会议室抓来到底是什么意思？

想不明白，李思文握着门把手使劲扭了几下，门是从外边反锁的，扭也扭不动，这个地下室的装修显然是针对这种关押的，隔音效果特别好，隐隐听到外边房间有人在说话，不过就算把耳朵贴在门上也听不清说的是什么。

李思文仔细检查了一下房间和卫生间，没有窗户，出是出不去，手机又被没收了，与外界的联系彻底断了。

“放我出去，放我出去，你们这是非法囚禁！”知道对方不会理会，但李思文还是使劲拍了几下门，大声叫嚷着，试探对方会不会开门。

结果不管他怎么拍门怎么叫，对方毫不理睬，这让李思文很是奇怪。朱明宣等人既然摆明“逮捕”了他，为什么又不急着从他嘴里问出什么来？难道他们不想自己“妥协”？

说起“妥协”，李思文眉头紧皱，是因为那件事吗？

前几天抓了一个贼，本来抓个贼对派出所来说是再普通不过的小事，那个贼偷了三十万现金，还有一些金银首饰，贼赃中还有一个样式精致的新款 U 盘，U 盘金晃晃的像根金条，那个贼交代说，以为是金子才拿的。

那个贼交代的偷盗的位置，经李思文查证竟然是鹰嘴镇镇长王治江的家，但奇怪的是，王治江并没有报警，也没有别人报警。

李思文检查过U盘，有密码锁，没打开，但三十万现金和金银首饰却不是假的，那个贼肯定不是“虚假交代”，可王治江为什么不报警？

乡镇派出所名义上是受县公安局指挥领导，但实际上，乡镇派出所要协助乡镇政府的工作。这个案子涉及镇长王治江，王治江在行政级别上比他这个派出所所长高，也算是他的领导。如果纯粹是治安上的问题，他可以直接向县局领导汇报，但涉及镇长，李思文思虑良久，还是把这事向鹰嘴镇的一把手镇党委书记李保国汇报了。

李保国当时跟他说的话，李思文到现在还记得：“思文，你这事做得很对，我得表扬你，我们鹰嘴镇目前无论是经济还是治安情况都欣欣向荣，容不得污水泼上身。况且小偷的话也不能全信，这样吧，你先压着这个案子，我先约王镇长谈一谈。”

李思文当然不会不顾李保国的意思。他向李保国汇报后的那天晚上，王镇长就拎了两瓶茅台和两条黄鹤楼1916悄悄上门来找他“谈话”了。

李思文没喝过茅台，没抽过黄鹤楼1916这么贵的烟，但价码他是知道的，就王治江拎来的这几样，价钱就超过了五千块。

如果事情没有猫腻，平时一脸正经，高高在上的王镇长会拎这么贵重的礼品到他家里来悄悄说事？

李思文是个守规则的人，当时就拒绝了王镇长的礼物，并强调说：“王镇长，说事可以，但东西不能拿进屋，按法规按政策我该办的一定办，不该办的也绝不会办！”

王治江拎着礼物很不得色，半晌才阴阴地问他：“李所长，那你是不‘合作’了哦？”

“符合政策法规的事我一定合作，这也是我的工作！”

李思文记得自己当时刚说完，王治江就黑着脸拎起礼物一声不响地走了。李思文也没放在心上，事隔两天，他就被“软禁”了。

往好方面想，是检察院真的接到举报办案，往坏的方面想，简直不敢想了!

李思文静静地坐在床上，回想着事件的经过，越想越觉得其中大有蹊跷。他首先是向镇党委书记李保国汇报，然后就是镇长王治江上门谈“合作”，拒绝后就是“逮捕软禁”，这一连串的事情说明什么?

要说这些事与王治江毫无关联，傻子都不相信！但是这其中依然有一个疑点，那就是自己到底是触动了什么，才会导致这张“网”的反弹，难道是那批三十万的贼赃?一个镇长家里居然私藏数十万现金，这当然是一个很大的疑点，但是就凭这点，还不足以让对方采取这么迅速和激烈的手段吧?

还有一点李思文也想不通，朱明宣他们把自己弄到这儿来关着，既不着急“审问”，又不急着谈“合作”，到底是为了什么?

有因就必有果，想不出来原因，那是自己没想到点子上!

李思文在床上躺了一会儿，只是心里着急，躺着又哪里静得下来?没躺一会儿又爬了起来，在房间里仔细检查，看看有没有能逃出去的洞窗。

结果让李思文很失望，无论是墙壁还是地板，敲击后都是“咚咚”的实心的声音，显然是没有出口。

“要冷静，要冷静!”

李思文在心里对自己说着，越是困难的时候就越要冷静，以前在部队执行任务的时候，他曾经在边境丛林的一个隐秘地点躲藏了四天四夜，最终发现了敌方的秘密，完成了任务。冷静，思考，反击，本就是他最擅长的。

在洗手间里洗了把脸，感觉脑子清醒了许多，又对着镜子看了看，李思文看到了自己的无奈和憔悴。

不知道朱明宣代表的是要对付自己的利益圈子，还是检察院。如果是代表检察院调查案子，他如果暴力出逃，就是知法犯法，但如果是前者，那说明朱明宣也是“网”里的一员，是某些人滥用职权，对他私自拘禁，这样的话，李思文的余地就大了。

要怎样才能确定朱明宣的动机呢？

李思文姐弟三人从小受到的教育，就是要“品行端正、踏实做人”，从部队转业做警察后，他更是把这八个字当成人生信条。

拒绝王镇长的时候，李思文并没把这事放在心上，此时被软禁在地下室，他才隐隐感觉事情并不像他想的那么简单。

被困在这个地方，李思文犹如困兽一般，浑身不得劲儿，因为是“检察机关”抓捕，所以他也没敢反抗，不然以他的身手，朱明宣三个人是拿不住他的。

地下室里很热，待了一阵，李思文浑身是汗，想洗个澡，但手上的手铐没取掉，不方便，只好到卫生间打开水龙头，把头淋湿。

湿透的头发让李思文感觉清凉，烦躁也减弱了些，扬起头，让发丝上的水珠顺着脖颈流到身上。

李思文无意间看到卫生间的天花板，心里忽然一动。

卫生间的天花板是铝扣，正中间镶着浴霸灯饰，地下室的卫生间里没有中央空调。

盯着浴霸发呆，李思文心里想，铝扣上面有多大的空间？

卫生间的顶部大约有两米，卧房的则有两米五左右，如果地下室的“顶”是装修掏过的，那上面是不是有一个空间？

想到这儿，李思文激动起来，虽然不能“拒捕”，但这里不是检察院，他被非法扣押了，现在逃出去并不算违法。逃出去才有机会找证据证明自己清白。

卫生间的顶是铝扣，李思文在边角处顶开一块，在灯光的衬托下，铝扣顶上的空间至少有一米。

李思文一喜，当即又扳开两片，抓着铝扣上边的龙骨爬上去。

卫生间顶部有透缝而入的光线，所以隐隐能看清里面的结构，虽然下边的厅和房间分隔开来，但上面却是一个整体空间。

李思文沿着龙骨慢慢爬过去，很小心，动作大了就会有响声，而且上面还有很多蜘蛛网似的暗线。

爬到厅的上方，李思文隐隐听到下边有说话声，当即停下来仔细倾听，听到“李思文”“巡查”“名单”几个词，犹豫了一下，忍不住想听得更清楚些，他努力镇定下来，平缓地呼吸了几下之后，这才小心翼翼地伸手把扣板扒开了点儿小缝。

灯光透进来，李思文瞧得清楚，下边的沙发上坐着的三个人，正是朱明宣和两个下属，三个人一边打牌一边聊天，中间的玻璃茶几上摆了几罐开了口的啤酒。

“一对 A。”朱明宣扔了两张扑克牌到茶几上，然后说：“李勇，小黄，我们这两天可不能松懈，得把李思文死死地按在这儿，明天北川市市委书记徐建国会来我们狮子县视察工作，上头可是交代了，在这个节骨眼上可不能出任何纰漏，这小子就是个‘定时炸弹’，可别让他在这个时候爆了。”

“李思文算哪棵葱，现在都什么年代了，还搞清廉那一套？活该他倒霉!”

“可别小瞧了他，咱们上头对李思文十分重视，说他有能力，就是脑袋一根筋，原本想拉他过来，咱们圈子缺他这样有真本事的人，奈何李思文不识抬举……”

朱明宣一边出牌一边说。

刚刚说话的李勇又问：“朱科，我就不明白了，为什么我们不能给李思文加点‘料’，让他吐点‘证据’出来?”

朱明宣摇头道：“嘿嘿，你们两个也不想一下，李思文是干什么的，再说了，这家伙可是个真正的廉吏，清白得很，我们跟他玩那一套有用吗？上头交代过了，将他困在这里就行了，至于证据，岳飞那么硬骨头的人不也被‘安’上了‘莫须有’这个罪名吗？”

李勇和小黄“哈哈”地笑了起来。

“四个二，一对王，九个炸，给钱给钱，一人五十！”朱明宣得意地把手里的几张扑克牌亮出去，勾着手指叫李勇和小黄给钱。

小黄懊恼地摸着头说：“哎哟，我出错了……我该这么出……”

朱明宣笑道：“你要出对了，我怎么赢钱？嘿嘿，都说了斗地主是脑力活儿，你们两个家伙要赢得了我，这个科长的位置哪还轮得到我，哈哈，给钱给钱！”

李勇和小黄一边嘀咕一边给钱。

小黄给了五十块钱后又瞄了瞄里间的门，说：“朱科，李思文之前在里边闹腾得凶，现在忽然安静了，是不是在搞什么小动作？”

朱明宣似笑非笑地说：“小黄，才说你这脑子，唉，你也不想一想，这是地下室，李思文要出去，我们这儿是他的必经之地，无论如何他都逃不出去，你只管把心放肚子里！”

小黄尴尬地笑了笑，讪讪地回答：“也是哦，我这脑子，嘿嘿，难怪我做不了科长。朱科，等我做得了科长的时候，只怕你已经是反贪局一把手了……”

“哈哈……”朱明宣得意地笑了起来，明知小黄是拍马屁，但着实受用，双手利索地洗了扑克，然后发牌，正发着牌，兜里的手机忽然响了。

朱明宣腾出一只手把手机拿出来，瞄到手机屏幕上的来电显示，当即伸指在唇上“嘘”了一声，示意安静，然后才站起来走到角落接听电话。

“喂，陈副书记吗？……呵呵，是我，您放心，我们一定严密看守，什么？还有个U盘名单没找到？家里和办公室都没找到吗？我们之前搜过李思文的身，除了手机和几百块钱没别的……好好好，我们会严守这里，不会让他跑出去捣乱的……”

李思文伏在上面大气都没敢出一口，越听越心惊。

朱明宣电话中的“陈副书记”是什么人？U盘名单又是什么？既然对方在他家和办公室都搜查了，显然那个东西很重要，说不定是王治江那个圈子的“死穴”。

原来对他的“抓捕”并不是光明正大的，把他关起来是因为怕他“扰”到市委书记徐建国的视察。

看来整个事件的关键点都着落在那个U盘上，里面存了什么名单？

陈副书记又是谁？与鹰嘴镇的镇长王治江又有什么关系？

解开一个谜团，李思文又发现了更多谜团。李思文意识到，他必须逃出去，既然他的对手怕他在这个关键时刻捣乱，他要是不抓住机会，来个致命一击，那可就对不起对方这般“款待”了。

不再偷听，李思文悄悄爬过去，在尽头处轻轻扳开个缺口，下面是厅外的走道。因为天热，厅里开着空调，所以朱明宣等人把门关得紧紧的，有轻微的动静他们也听不到。

钻下来，门口边的竖架上挂着一件外套，李思文见领口处有枚别针，当即取下来捋直了，三两下把手铐弄开了，在外套口袋里摸了摸，里面有个钱夹，打开一看，里面有一大沓百元钞票，李思文揣进了自己兜里。

李思文把那件外套披在身上，上衣口袋里挂着副墨镜，还有一把带有福特标志的车钥匙，不用说肯定是朱明宣开的那辆福克斯的。

这时太阳还散发着余晖，李思文估计有五点多了，他把墨镜戴上，悄无声息地出去，别墅院子里没人，他快速钻进车里，发动车子。

小区门口的保安形同虚设，看到车子进出根本就不问，只升降门栏。

李思文轻而易举地逃了出来，车开到闹市区后，靠边一停就扔了，这车只能临时用一下，等朱明宣等人发现他逃走后就不能再用了。

就近找了一间小超市，李思文买了胶水、剪子，又买了一套普通的深色衣服，去公厕里化了妆。

等李思文从厕所里出来，他已经变成一个脸色蜡黄，有两撇八字胡，样子极为普通的中年男子，混入街上来来往往的人群，就算是父母姐妹都认不出他来了。

李思文退伍转业之前是边防部队特种侦察连里的尖刀排长，最擅长的就是化妆和侦察，转业后这些技能基本上是用不着了，现在重施故技，还是一样得心应手。

背着帆布包，一头乱蓬蓬的头发，八字须，乌七麻黑的衣服，手里还抓着两个馒头，一边走一边啃。

李思文这副模样完全是进城的农民工，很普通，与他之前英挺帅气、意气风发的派出所所长的形象相比，简直是一个在天，一个在地，没有人能认得出他是李思文。

逃是逃出来了，下一步怎么走呢?

朱明宣等人一发现他逃走后，马上就会有大批人对他进行再次抓捕，他现在要做的事情有几件：一，查清U盘里的名单是什么。二，给县公安局副局长刘正东打电话。三，找机会见一见来狮子县视察工作的北川市市委书记徐建国。

当然，这几件事都有难点，比如U盘吧，是不是那个小偷在王镇长家偷到的U盘？估计是，因为U盘有密码，所以他把U盘拿去给一个电脑高手解锁了，所以对方才没有找到。

与公安局副局长刘正东有交集是在一年前的县局表彰大会上，刘正东很欣赏李思文的能力，跟他交谈了一番，给了他一个私人手机号码。

李思文从没打过那个手机号码，现在是关键时刻，面对那张铺天盖地的“网”，公安局副局长刘正东成了他为数不多的选择之一。以刘正东的高度，只要他肯伸出援手，必然能给处于困境中的李思文指出一条明路。

不过李思文也有顾虑，在王镇长这个事件中，他先是跟鹰嘴镇的一把手李保国书记汇报过，第二天王治江就上门送礼和“警告”，李保国是否也是王治江那张网中的一分子？

检察院朱明宣的介入，让李思文惊疑不定，王治江的圈子已经延伸到哪一步了？会不会有更高层？比如那个“陈副书记”。

刘正东会不会也是这张网内的人？并非不可能，一旦刘正东也是其中的一员，那他李思文就等于是自投罗网。

如果以上的努力都失败了，那他就只能走最后一条路，直接向明天来狮子县视察工作的北川市市委书记徐建国汇报，但是这样一来，事情就大条了。

先不说当面汇报此事所造成的影响，单单如何接近徐建国本人，就是一个很大的难题。李思文是派出所所长，他很清楚上级领导来视察工作时的安保情况，寻常人根本就近不了外沿圈子。再加上他的出逃，对方察觉后必然会防范得更加严密。

但顾虑归顾虑，既然决定了要反击，那就必须义无反顾，个人安危已经顾不上了。

给刘正东打电话时，李思文选在县区一个摄像头的死角，那是一间小杂货店，前方有一棵大树正好挡着大部分门面，李思文丢了五块钱在柜台上，杂货店老板甚至没多看他一眼，任他在角落打电话。

在这个年代，手机大行其道，电话费已经便宜得没人去计较，他自然懒得理会李思文打什么电话。

电话拨通后，那头传来刘正东低沉有力的声音：“我是刘正东，你哪位？”

李思文压低了声音说：“刘局，是我，李思文。”

“李思文？”电话那头顿时沉寂下来，好一阵子才又传来声音，“我记得你，鹰嘴镇派出所的所长，不过那是曾经吧，我刚听说你已经被检察院立案调查了?”

“是!”李思文毫不犹豫地回答,“刘局,长话短说,我跟你打电话说的就是这件事。第一,我是清白的。第二,我手里有一份秘密名单,正是因为这份名单,我才会被那伙人陷害。第三,我需要后援!”

李思文没时间给自己辩解,干脆把他要说的几点简要明了地对刘正东说了出来。

刘正东沉默下来,许久才说道:“我可以给你指一条路,如果你是清白的,那就拿着你所谓的证据,去找县纪委唐明华唐书记!”

李思文怔了怔,又说:“刘局,我准备明天找机会面见市委徐书记,您让我去找县里的纪委书记,一来我不认识,二来……”

刘正东沉声道:“你小子消息很灵通啊,居然知道徐书记下来视察的事。不过李思文,你办案查案是把好手,但做官却很逊,我知道你的意思,你是不是担心唐书记跟那些人有什么关联?”

李思文没吭声,默认了。

刘正东正色道:“思文,说实话,我很欣赏你的才干,但你是不是被冤枉,还需要你自己证明,自己努力,县纪委唐明华书记跟我交情不深,但从以往的工作接触来看,我相信他是个讲原则、能坚守底线的人,反腐纠纪是他主管的范畴,你找他不算越级,正合适!”

李思文皱起眉头,刘正东的话很奇怪,按理说李思文属于公安系统的人,所谓一家人不说两家话,自己上门求助,他没理由把自己推到纪委那边啊!

刘正东或许是怕引火烧身吧,李思文揣测。不过刘正东的话倒是提醒了他,从职能上来说,检察院和纪委都有纪律监察的职能,唐明华书记出面要比刘正东合适得多。

但是狮子县纪委书记唐明华这个人,李思文一点儿都不熟,仅凭刘正东一个人的话,他能相信吗?这又是一个令人纠结的问题,倒不能说他疑神疑鬼，实在是朱明宣无意中说漏的那张网让李思文不寒而栗。

思忖了片刻，李思文看了眼杂货店墙壁上的挂钟，恍然清醒，都什么时候了，自己还在犹豫，他对着话筒郑重地回答了刘正东："刘局，我听你的！"

既然他选择给刘正东打这个电话，就说明自己潜意识里是相信刘正东的，既然相信他，为什么不能赌一把？

即便情况有变，李思文相信自己也能脱身，到时再想其他办法也来得及。

刘正东说了唐明华的住址之后就挂了电话，尽管如此，李思文已经很感谢他了。刘正东给了他一个自证清白的机会，能不能抓住，就看他自己了。

离开杂货店时，李思文灵机一动，转向他当初丢弃福克斯轿车的那条路，果然不出所料，福克斯车子附近大约有五六个"便衣"。

这时候的李思文，已经变成了一个身材佝偻，脸色蜡黄的中年民工，那些便衣没有一个对李思文有疑心，甚至没多瞄他一眼。

通过这些便衣的反应，李思文对自己的计划增添了几分信心。

金色U盘被李思文放在县城老街一个做电脑生意的同学那儿。这同学和李思文是儿时的死党，叫于娇，听名字还以为是个女孩，实际上人却是个身高一米八九的胖男人。高中毕业后，李思文参军，于娇上了技校，随后做起了电脑配件生意，由于技术比较好，生意也算做得有声有色。

晚上六点多，李思文来到于娇的电脑铺子，铺子位于县城老街的一个巷子里。李思文到了之后，先注意了一下周围的人，巷子中进出的人不少，大多是学生，成人少。

铺子里只有于娇一人，他坐在一张软椅上，盯着眼前的笔记本屏幕，时不时发出一阵呵呵地傻笑。

看着于娇的傻样，李思文一阵无语，趁没人注意摸了进去，站在于娇身后低声说道：“胖妞，警察来了！”

于娇吓了一跳，他对这个称呼以及语气简直太熟悉了，一边转身一边脱口说道：“死蚊子，又来吓老子……咦，你是……哪个？”

于娇是从李思文叫他的语气腔调中认出他的，但一转身看到李思文时，发现面前是一个完全陌生的男子，这让他感到一阵迷糊。

念小学的时候，李思文给于娇起的外号叫“胖妞”，于娇给李思文起的外号就是“死蚊子”。

李思文低声道：“胖妞，是我，把店门关了，到里面说！”

于娇终于从声音判断出是李思文了，瞧着李思文这“陌生”的面容，一边关店门，一边低声诧问：“是你？死蚊子，真是你？怎么……怎么搞得这个模样？”

卷帘门拉了下来，李思文又加了一句：“别废话，快锁上！”

于娇听出李思文语气里的严肃，知道他不是开玩笑，赶紧把卷帘门反锁了，起身跟李思文进了里面。

于娇的店面租的是一套，从店面进去有三排间，店面不宽，但里面的两进倒是不短，中间的过道房算是客厅，最里边是卧室。于娇是个不修边幅、生活大大咧咧的男人，小沙发上尽是乱扔的衣服袜子，屋里还弥漫着一种难闻的“酸味”。

要是平时，李思文还会皱眉教育他一下，这种德行的男人是找不到媳妇的，不过现在他可没心思开玩笑，一屁股坐在乱糟糟的沙发上就问：“胖妞，我给你的那个 U 盘密码解开了没有？”

于娇明知店门已经关了，但还是往外瞄了瞄，笑问道：“神神秘秘的，你是不是升级做间谍、特工了？”

李思文没好气地说：“还间谍、特工呢，我现在都成逃犯了。你赶紧把密码解开，现在那个U盘是我唯一的救命符了!”

“真……出事了?”于娇很清楚李思文的性格，知道他不会没事开玩笑，见他这副模样，以及严肃的表情，心里顿时一沉。

李思文沉吟了一下才回答：“于娇，作为同学，我也不能要求你太多，我现在处境艰难，你也不要多问，知道得越多对你越不好，你帮我解开密码，我吃点儿东西睡一觉就会离开。”

“哦……好……那好……”

从没经历这种情形的于娇也有些慌乱，赶紧给李思文拿来几盒速食面和一盒香肠，说：“蚊子，你吃点儿泡面，我这儿……只有这个……”

李思文一把接了过去：“我自己泡，你赶紧帮我解锁，我要知道里面到底是什么东西……很急!”

李思文说“很急”两个字时，特意加重了语气。李思文心里很清楚，无论是找刘正东、唐明华，或者徐建国，都得揭开鹰嘴镇的“黑幕”，只有如此，才能自证清白，但是空口无凭，这个U盘里的东西是唯一的证据，也是他反击的利刃。

如果U盘里空空如也，或者根本没有所谓的重要名单，对于李思文的打击将是致命的。

于娇不敢怠慢，把店面里的笔记本电脑拿了进来，插上U盘，用软件解锁，一边操作一边对李思文说：“蚊子，你那天没跟我讲这东西这么重要，所以一直也没弄它，不过那天我试的时候就知道，这个U盘的密码并不复杂，我估计使用的人只是略懂电脑操作，要是高手的话，我是没能耐打开的，即使能打开，也会破坏里面的文件。”

李思文顿时松了口气，点了点头：“能打开就好!”

于娇又解释着：“打开没问题，先利用启动盘来启动电脑，进入pe界面，界面中有个工具叫做‘系统密码清除’……这样就可以打开U

盘了。”

李思文可没心思去学于娇的操作技术，他只是紧张地盯着电脑屏幕。

于娇把 U 盘内容打开，里面有三个文件夹，第一个是“名单”，第二个是“录音”，第三个没有名称。

把名单打开后，屏幕上显示的是一串名字，有李保国、王治江、张英杰、黄香芸……

于娇只认得其中一个人，就是黄香芸，她是鹰嘴镇卫生院的院长。这些人名，李思文都很熟悉，大多数都是鹰嘴镇政府机关单位的头头。

当然，只是这样一个名单是没有什么作用的，继续看下面，是一行清晰的记录：“2012 年 5 月 7 日，百角坝酒楼，李保国现金十万，张英杰现金十万；2012 年 8 月 28 日，县城农行转账苏心源儿子苏军账户十八万元，李保国妻子账户十八万元；2012 年 12 月 30 日，县城小美元酒楼……”

李思文看到这些令他惊心动魄的数字时，又喜又怒，喜的是，自己终于找到了自证清白最有力的证据，怒的是，这帮人简直无法无天，致党纪国法于不顾，肆意收受贿赂，还结成这么大一张关系网。有了这份名单，李思文等于是攥着一把悬在他们头顶的铡刀，他们不下死手才怪。

看到第二个文件“录音”时，李思文对于娇说道：“于娇，你不要看这些内容，也不要听，给我一副耳机，到外面做你的事，别牵涉进我的事情里！”

于娇沉吟了一下，他知道李思文不让他知道盘里的秘密其实是保护他，想了想，点头出去了。

李思文把耳机线插到笔记本上，打开录音文件。

录音文件里只有三份录音，每个录音大约有七八分钟，李思文把录音一个一个听完，录音里的内容当真是令他心惊。

第一个录音内容针对的是鹰嘴镇唯一的国有煤矿改组的私人会议，这个所谓的私人会议的参与者是鹰嘴镇的几个主要领导，把一个价值四百余万的国有矿产以二十五万的低价卖出去了，买家就是这几个领导的家属。

这是一出国有变私有的把戏，第二个录音内容也是关于煤矿的，听完这个录音后，李思文才知道，他去年处理的一桩矿企提交的病亡事故，居然是一起矿难事故！

录音中有王治江和李保国等人的声音，还有卫生院院长黄香芸的声音，几个人商量着把一场矿难事故硬生生变成了“病亡”，对死者家属进行拦截，以金钱收买封口。

李思文听了这段录音后沉默下来。

毫无疑问，这个录音足以将对手掀翻，但他却高兴不起来。

他在鹰嘴镇派出所的工作上倾注了他所有的精力、心血以及热情，现在却发现鹰嘴镇这一干领导居然是一窝蛀虫，平时看那些领导都一身正气，谁又会想到他们在背地里干了这么多见不得人的事。

第三个文件打开后，出现了两份加密文档，需要密码才能打开，看来这两个文档比前面的两个文件更重要。他一时间也破译不了密码，也没时间去研究。这种文档如果没有正确密码，根本打不开。乱来的话搞不好会把文件损坏，那可就得不偿失了，放着以后有机会再说。

好在根据前面的名单和录音，足以证明自己的清白。

犹豫了一下，从于娇的货箱中拿了一个新 U 盘，把文件和录音复制了一份，又把复制的 U 盘藏在于娇的床垫下面。

U 盘拿到于娇这儿来破译的事，李思文对谁都没说，派出所的同事和家人都不知道，所以于娇这儿应该是安全的，不过他还是不想影响于娇的生活。藏好 U 盘后泡了两碗速食面。

于娇进来见李思文狼吞虎咽地吃着面，低声道：“慢慢吃，我这儿别的不多，就方便面多得是，你吃多少有多少。”

李思文放下速食面空盒子，抽了一张纸巾擦了擦嘴角，站起来说：“胖妞，谢谢，我还有事要忙，先走了。”

“现在就走？”于娇一怔，诧问，“你不是说吃饱后要睡一觉吗？”

李思文摇了摇头：“我忽然想到还有几件急事要办，没时间休息。”

“哦……”于娇欲言又止。

李思文笑问：“想说又不说的，你是不是想举报我然后领赏金？”

“呸……”于娇想都没想就啐了一口，说，“换了别人我当然会举报，但你是什么人我比谁都清楚，我相信你……”

“我走了！”李思文摆摆手，在打开卷帘门之前，他顺手拿走了于娇搁在桌上的一块电子表，装进了裤兜。瞄了瞄巷子，李思文闪身出去，转过巷道消失了。

县城南区有不少新开发的楼盘，晚上七点，李思文买了几瓶水和一些面包之类的食物，寻了个还在施工的高楼，偷偷摸了上去，在七八楼的位置找了个僻静的角落休息。

这栋楼已经建到十六七层了，顶端干得热火朝天，中间以下的楼层却很安静，一个工人都没有，李思文也不担心有人来赶他抓他。

现在物证已经拿到手了，下一步就是找县纪委书记唐明华了。至于是否拦截市委书记，李思文心里还没有下最后的决定，一旦唐明华那里情况不乐观，市委徐建国书记是他最后的选择，没有之一。

将自己即将要做的事的每一个步骤和细节进行多番思考和谋划，李思文终于进入了梦乡。这一夜，他梦到被朱明宣等人抓到了，身上绑上了几块大石头，被丢到了江里，在丢下江的刹那，他似乎看到岸上有一个人在狞笑。

那个人的脸孔一闪而过，很模糊，李思文还没看清楚，就已经掉进了水中，窒息感扑面而来，李思文蓦然睁开双眼，这才发现自己浑身都湿透了。

李思文爬起来，看向窗外，城市里到处是点点灯火，楼下的街道已经可以听到熙攘的人声。

看了看兜里的表，时间是凌晨五点半，难怪很吵，街上大多是做小生意的贩子，李思文利索地收拾了东西，下楼时忍不住抓痒，晚上被蚊子咬得满身疙瘩。

那个梦中朝他狞笑的人，李思文怎么也想不起他的脸。

县纪委书记唐明华的住处在宁寿路的莲花小区，刘正东把详细地址跟李思文说过，李思文步行到莲花小区后天还没亮。

这是一个相对安静的小区，周边被绿化带包围，小区保安在保安亭里打瞌睡，压根儿没察觉到李思文溜进去。

纪委书记唐明华是县委常委，有资格住县委分配的领导住房，但他坚决不住，因为他本身就是狮子县人，家属都在狮子县，所以一直跟家人住在县城自己的房子里，也就是宁寿路这套房。

唐明华的住宅在七楼，李思文走进电梯，电梯里有监控，虽然这个时间点不会有人注意监控视频，但李思文自我保护的警觉性很高，低着头，始终没让摄像头拍到他的脸。

七楼A座，楼道上的灯亮着，不过外面的天色很黑，防盗门下面的缝隙里一片黑暗，显然里面的人还没起床。

李思文伸手欲按门边的门铃，但想了想又停了下来，太早了，怕吵到唐明华的家人，也还不知道唐明华会是什么反应。

靠着防盗门坐着前思后想，李思文寻思自己的选择到底是对还是错，如果给他一次重来的机会，他会怎样选择？

李思文从来都是敢作敢为、拿得起放得下的人，但眼前面临的困境却是他一生中最艰险的一次，思前想后都难以决定，家人、朋友，无一不是他难以放开的牵挂。

“嗒”的一声，房间里响了一下，门缝里随即传出亮光。

“唐书记起床了。”李思文一下子跳了起来，终于忍不住按了一下门铃。

门开了，探头出来的是一个五十岁左右的女子，瞄着李思文问：“你找谁啊？这么早，天都还没亮……”

“我找唐书记……”

“找我老伴？他昨晚就没回家，说是今天有要紧事，在单位忙，不回家……”

“呃……”出乎意料，又紧张又忐忑地琢磨了一晚，结果却没“堵”着唐明华，计划好的事一下子打乱了。

唐明华爱人盯了李思文半晌，看到李思文空着手，身上上上下下都没有东西，没有礼品，没有钱物，放下警惕心，又问：“你有什么事？”

李思文沉声道：“我找唐书记汇报一些工作上的事情。”

唐明华是纪委书记，他爱人当然明白找他谈工作上的事情是什么性质，显然这个年轻人不是来“行贿送礼”的，她客客气气地说道：“那你去单位找他吧，昨晚事忙没回家，要不……你进来坐坐，我给他打个电话问问？”

“那不了……不了，我自己去单位找唐书记吧，这么早打扰您休息了……”李思文赶紧摇手，一溜烟离开了。

其实他是想在唐明华家里谈，能降低他的风险，而且进退余地也大。到县委大院谈，目标太明显，搞不好就把自己栽进去了。

再说，他如果以本来面目去见唐明华的话，肯定连县委大院的大门都没进就被抓了，但想用现在化了妆的假面目，肯定进不去，县委大院虽然只是个县级政府机关所在地，但也不是随便就能混进去的。

在马路上漫无目的地逛了一阵，东边的天空渐渐发白，李思文的心情却越发沉重。留给自己的时间不多了，一旦失去市委徐书记这张王牌，狮子县将再没有他李思文的容身之所，这场较量，终归要以一方彻底失败结束。

县纪委书记唐明华办公室。

唐明华刚刚用冷水洗了个脸，站在窗户边看着外边的绿化带。

昨天晚上跟县委书记于清风、县长谢学会等几个县委领导开了一晚上的会，主要是筹备关于市委书记徐建国来狮子县视察工作的事情，这是狮子县当前最重要的工作。

狮子县在北川市下辖的七个县中，经济实力位列倒数，长期以来上级市政府的政策扶持也比较弱，竞争不过强县，市政府把相当大的力度投到两个排头的示范县，据说全市经济排第一位的凤凰县准备申报县级市，市领导的精力几乎都投到凤凰县了。

现在有一个机会，上一任市委书记年龄到了，退居二线，新任市委书记徐建国与前任的工作思路有很大不同。前任书记发展区县经济的方式，是将大部分政策扶持投放在示范县上，走的是以点带面的路子，而徐建国则意欲均匀分散，以当地区县自身的发展情况为准，不搞特殊化。

徐建国这次下基层视察工作就是做经济调研，以便为后面的政策扶持提供依据。

这让县委书记于清风的脑子“热”了起来，他一心想为狮子县争取更大的资金扶持力度。

来狮子县是徐建国下基层视察的第二站，与前任不同，徐建国视察工作的最前站不是北川市最富有和最有潜力的地方，而是北川最穷的地方，因为最穷的地方，往往能反映出最深层次的问题。

对于于清风和谢学会的筹备，唐明华也是持支持态度的，但这只是其中一方面，狮子县的经济工作近些年之所以毫无起色，实际上另有深层原因。他一直怀疑狮子县内隐藏着一群蛀虫，这些东西一天不除，狮子县就跟沉疴缠身的病人一般，心有余而力不足。

要想找到这帮蛀虫的把柄和漏洞谈何容易，一旦打草惊蛇，反而会让局面恶化，他现在也是投鼠忌器，相当无奈！

望着窗外一棵碗口粗的梧桐树，唐明华忍不住叹了口气，他这间办公室位于三楼，从窗户看出去正好看到梧桐树的树冠。

“树叶都黄了，蛀虫不除，根基就不牢，真是要命啊！”唐明华轻轻叹息一声。

这棵松树是半年前从乡间移植来的，唐明华几乎每日都对着这棵松树办公，瞧着它一天比一天枯萎。

这时候，房门发出“吱呀”一声响，唐明华也没在意，以为是办公室的干事小姑娘郑素芸，大学刚毕业才参加工作的小姑娘很有灵性，挺懂事。

半晌没动静，唐明华有些诧异地回头看了看，这小丫头不会在他办公室里打瞌睡吧？

回头这一瞄，顿时令唐明华吃了一惊。

刚才进办公室的并不是郑素芸，而是一个脸色蜡黄、唇上一抹八字须的中年男子，他正坐在会客处的木质长椅上。

“你是谁？”

两人目光一对，唐明华可以肯定，他不认识这个人，眉头一皱，冷冷地喝问。

这可是县纪委书记的办公室，有来访或者下属汇报，都会通过办公室的干事小郑通报安排。郑素芸既然没有进来，这个人是怎么进来的？

这个人不是别人，正是李思文！

在县委大院门口溜了几圈，想要从正门进去显然不可能，观察一阵后他决定翻院墙进去。

县委大院北侧的院墙大约有一米八，对一般人来说，想要徒手翻进去还是很困难的，但李思文在部队里干的是侦察兵，翻个一米八的院墙不是问题。

县委大院里基本上也不设防，因为没有哪个小偷会傻到来偷县委大院，就算有那本事，也没那个胆。

李思文趁没人注意，几个碎步疾跑到院墙边，借力往上一蹿，轻松地上了院墙，单手一撑，"嗖"一下就跃了进去。

到了里面就简单了，由于天色尚早，院里几乎没有人。李思文毫无难度地进了办公楼，一楼的办公楼示意图画得很清楚，一楼是办事大厅，二、三楼是政府办公，四、五楼是党委党群，纪委在四楼，他从楼梯上去，找到唐明华的办公室后就溜了进去。

唐明华正好在。

李思文见唐明华盯着他，目光如剑，站起身没答话，而是把办公室的门"咔嚓"一下反锁了。

唐明华冷眼看着李思文，心想，这个人莫不是要行凶？

李思文也在观察唐明华，见唐明华一动不动，脸色如常，心里反而踏实了。

俗话说得好，心正无邪才能临危不惧，泰山崩于前而色不改，一个心不正的贪腐官员又怎么可能有这样的气度？

"唐书记，自我介绍下，我姓李，叫李思文。"李思文十分平静地说，"我是鹰嘴镇派出所的所长，想跟唐书记汇报一些情况。"

唐明华眯了眯眼，瞧着李思文撕下胡须，在脸上抹了几下，那个原本普通面相的中年男子就"变"成了一个二十五六岁英气勃勃的男子。

"李思文？"唐明华嘴里轻轻念了一下，盯着李思文时，语气依旧有些冷，“你要汇报什么？工作上的事情可以找你的领导，有关纪律问题找你们公安局的纪检部门，是地方问题就更简单了，有乡镇领导处理，你来找我，不合规矩！”

李思文沉声道：“唐书记，您说的规矩我当然懂，但事急从权，非常时刻也顾不得这些了，实话对您说吧，我是刚从检察部门的软禁中逃出来的。”

“哦?”唐明华若有所思地盯着李思文，半晌才又道：“继续说下去。”

李思文点了点头，见唐明华不为所动，估计他不会叫人来抓自己，暗暗松了口气，缓缓坐在椅子上，说出了自己的遭遇。

从小偷案的破获，向镇党委书记李保国汇报，到镇长王治江的胁迫，检察院朱明宣的软禁，前前后后，一五一十全部说了出来。

唐明华越听表情越严肃，听完后才沉声问李思文：“按照你的话，整件事的起因就是这桩偷盗案，因为你的不合作，才会被他们诬陷?”

李思文点点头，没等他说话，唐明华神色凛然地道：“李思文，你是个党员，又是干部，党纪国法你是懂的，我丑话说前头，诬陷同志同样是重罪，我们的纪律是讲证据、讲实际的，你明白吗?”

“我明白!”李思文说着，郑重地将随身携带的U盘拿出来道，“这里面的内容，请唐书记先看看。”

唐明华脸上没什么表情，接过U盘插到办公桌下面的电脑主机上，打开了盘里的内容。

李思文默不作声，越是在“急”和“危险”的关头，他倒是越能镇定下来，通过刚刚的接触，他基本能断定唐明华是一个雷厉风行的人。李思文不用诉冤道苦，越是讲原则的人就越不会被旁人左右，他只相信自己的判断，旁人说得越多越会惹他反感，这时候，沉默是金。

唐明华一边看电脑屏幕，一边皱着眉头，脸色越发难看。

不太多的内容，却件件触目惊心，看完那些钱款数据，唐明华打开了文件夹里的录音，他把声音调到极低，低到只有自己能听到。

直到听完录音，整个过程唐明华一直默不作声，又过了几分钟，他才从沉思中清醒，拉开办公桌，从抽屉里摸出一包已经拆封的红金龙香烟，拣了一支衔在嘴上。

只是一次性的打火机这时候似乎罢工了，连续好几下都点不着火。

李思文见状，摸出自己的打火机，走到唐明华的办公桌前，啪的一下打着火伸过去："唐书记，我来给您点。"

唐明华就着火苗点燃香烟，狠狠地抽了一大口，然后呼呼地喷出浓烟。李思文看得出来，唐明华内心很不平静。换了他在这个位置上，也会无比头痛。

好一会儿，唐明华才抬起头瞄了瞄李思文，把手里的烟盒递过去，说："抽一支我这八块五一包的烟。"

李思文也不客气，伸手拿了一支瘪瘪歪歪的香烟出来，自己点燃了，一声不吭地抽着闷烟。

两个男人一口一口地抽着烟，却都一言不发。

一支烟抽完，唐明华把烟头按在烟灰缸里，狠狠地揉了一下烟头，盯着李思文郑重说道："你这个证物很重要，我马上安排人进行银行记录提证和录音鉴定，但在这之前，我有几句话想问你。"

"唐书记请说!"李思文把烟头缓缓放进烟灰缸，神色不变。

对于李思文处变不惊的态度，唐明华心里暗赞了一声，他的手指在办公桌上轻轻叩着，盯了李思文良久才道："假如你腿上长了几颗连着神经的毒瘤，如果割了的话很可能会废了你整条腿，如果不动它的话，你还能正常走动个三两年，要你选择的话，你会怎么做?"

唐明华问得没头没脑，但李思文几乎不假思索地作了回答。

"我会选择马上动手术切除它，切了它可能只是废条腿，但我的身体还能完好地过完余生，如果不切的话，就算苟延残喘三两年，等毒瘤彻底发作，那我就病入膏肓了。”

唐明华“嘿嘿”一声，不知是赞赏还是别的意思，说道：“李思文，你冒险潜到我这儿来，又拿出一堆炸弹给我，看来你的动机很明确，就是想扳倒对手给自己洗冤。但是，在这里我要问你一句，在你要挖除这些毒瘤的时候，你自身是否已经被这些毒瘤所腐化，你的脊梁是否如你的腰背一般，依然挺拔如山？”

李思文闻言，把腰杆挺了挺，沉声回答：“唐书记，打铁还需自身硬，我当着唐书记的面可以立誓，我李思文身正不怕影子斜，今天来唐书记这儿我就没打算回去，个人的前程安危又算得了什么。如果我李思文是个贪慕金钱之人，又何必自讨苦吃连夜逃亡，和王治江他们爽快‘合作’岂不干脆！”

唐明华盯着李思文的目光冷峻无比，李思文也是半步不退勇敢对视。

“好！”唐明华在办公桌上拍了一巴掌，说，“李思文，我给你一个证明你自己的机会！”

“谢谢唐书记！”李思文的回答干脆利落，没有丝毫激动。

唐明华瞧着李思文若有所思，半晌才似笑非笑地道：“你倒有些胆识，李思文，我再问你一件事，你知道明天徐建国徐书记来狮子县吗？”

李思文一怔，有些意外地望着唐明华，他怎么忽然问到这个问题？

尽管不知道唐明华的用意，但他知道对方不会无缘无故问这句话。

要不要隐瞒自己知道徐建国要下来视察的事呢？又一想，还真没必要，一来，双方刚建立起信任感，基础就是李思文的坦诚。不要小看这一点，很多事情失败的原因就是双方互相质疑。二来，徐建国本来就是李思文的第二套备选方案，说的直白点儿，你唐明华要是值得信任，那我李思文就省点儿事，反之，我还是会想尽办法去找徐建国，你根本拦不住。这就是李思文堂堂正正的阳谋。

因此，李思文决定实话实说：“我知道徐书记来狮子县的事。”

唐明华又“嘿嘿”一声，盯着李思文问：“看来你还真是有备而来，那我就奇怪了，你知道徐书记要来狮子县，你怎么没冒险去见徐书记而来见我？见徐书记不是更直接更有可能达成你的心愿？”

好一个唐明华！

那剑一般的目光似乎深深刺入了李思文的脑海，让他没法儿躲闪。李思文干过侦察兵，转业又做了几年警察，干的就是跟人斗心眼的活儿。唐明华不愧是纪委的一把手，说的话，挑选的时机都和利剑一般，让人无从招架。

这是一块又老又辣的老姜！

李思文舔了舔嘴唇，没有躲闪，回答道：“不瞒唐书记，我不否认曾经有趁徐书记来考察拦路喊冤的想法。这件事非同小可，牵连人物众多，涉及钱物更是触目惊心，万一唐书记您也在这张关系网中，那我可就是自投罗网了。但我细想之后，觉得自己不能一竿子打翻一船人，我是狮子县人，这里是我的家乡，哪个人不希望自己的家乡安定繁荣呢？所以，即便狮子县有不少蠹虫，但我相信守护狮子县的啄木鸟更多。唐书记，如果只给我一个选择的话，我依然会选择相信狮子县党委组织。”

“好一个蠹虫不少啄木鸟更多，好一个相信狮子县组织！”唐明华听到李思文的话，眼睛亮了，他念了两句，望着李思文微笑道，“你来见我，根本不担心有去无回，是不是早就安排了后手？”

李思文“嘿嘿”一声，回答：“如果我安然无恙，有没有后手都不重要了！”

唐明华哼了哼：“如果你不能回去呢？恐怕过不了几天，市纪委、省纪委，甚至是更高层都会收到跟这 U 盘里一样内容的复制品吧？”

李思文干笑了一声，既不否认也不承认。

这个表情就是默认了，唐明华手指在办公桌上轻轻叩着，在笃笃的响声中问：“你小子觉悟这么高，要说背后没高人指点，打死我都不信。

说吧，是哪个老家伙唆使你来找我的？不然你怎么可能会舍徐书记而见我唐明华？别跟我说什么邪不压正相信组织的鬼话，我要听真话！”

唐明华忽然冒出的几句话让李思文有些猝不及防，很是狼狈，他脸上闪过一丝犹豫，但还是摇头道：“唐书记，我可以选择不回答这个问题吗？”

“可以！”唐明华气哼哼地回答，“强行要你回答的话，那就是谎言，就是敷衍了。好，我不逼你，你等一下，这个事我要跟于书记汇报一下。”

李思文知道唐明华说的于书记是狮子县县委书记于清风。

唐明华站起来，走到门口又停了下来，转身对李思文道：“你……还是把之前的伪装扮回来吧，就待在我的办公室里，不要到处走动。”

“好！”李思文只回答了一个字，等唐明华离开后才把伪装重新做好。

从唐明华离开时的嘱咐中可以感觉到，他有保护自己的意思。

李思文一直紧绷的神经终于放松下来，顿时一股疲惫到极点的感觉遍布全身，之前的防备一下子抛到九霄云外，假如唐明华此时带一大队警察来，他也认了，软绵绵的一动也不想动，眼皮有如千斤重，怎么也睁不开。他不管不顾地往桌子上一趴，就此沉沉睡去。

第二章　惊弓之鸟，千方百计销赃灭迹

鹰嘴镇党委书记李保国得知消息后，仿佛惊弓之鸟，既惶恐害怕又怒火中烧，十分担心他们的腐败劣迹败露。更让他惶恐不安的是市委书记徐建国即将来狮子县考察，万一让李思文趁机将那个硬盘递上去，铁证如山，他们全都得玩完。不行！绝不能坐以待毙，绝不能让李思文见到徐建国，李保国咬牙切齿，吩咐手下，不惜一切代价控制李思文！

狮子县县政府大楼是一栋五层楼，一楼是政务大厅，二、三楼是市政，四、五楼是党委。

县委书记于清风的办公室在五楼最东面，正常时间，他会在八点四十五分左右到他的办公室，不会迟到，风雨无阻。

但今天情况不同，今天中午市委书记徐建国会来视察，于清风为了给狮子县要财政拨款，昨晚就没回家，商讨了一晚上，快天明才在办公室里闭眼休息了一小会儿。睡不着，又叫了县长谢学会、县委副书记张允学、政法委书记陈正治一起来开了个书记会，把准备的资料又“温习”一遍，看看有没有不妥和遗漏。

谢学会县长的工作理念和于清风有所不同，但是这次应对市委书记徐建国视察工作，他们两个高度一致，都希望精心准备的方案能得到徐建国的同意，那样的话狮子县就能迎来一次机遇。

这次的书记碰头会，于清风之所以没有通知纪委书记唐明华，不是因为他有什么私心，而是唐明华昨晚因为徐建国视查一事熬了一个通宵，于清风想让他多睡一会儿。

小会议室里，烟雾沉沉，于清风等四个人像四根烟囱，圆桌上的烟灰缸里堆着小山一般的烟蒂，四个人的眼睛又红又肿，眼圈又黑又大，这是熬通宵的结果。

“七点一刻了，我们还有五个小时准备。”于清风看了看手表，愁眉不展，吸了一口烟后对谢学会说，“老谢，主推的这三个项目确定无疑了，你再拿去给政府那边几个副县长仔细看看，还有什么需要润色补充的，最后几个小时，大家再辛苦一下，我们的目标是保一争二望三，三个项目最少要拿下一个，只要能拿下一个项目，我就给大家记一功！”

“笃笃笃……”

这时，小会议室响起了敲门声。

于清风望了望会议室的门，应该是他的秘书王见，一般人不会在这个时候敲会议室的门。

还没等于清风说话，门就被推开了，唐明华和四人点了点头，走了进来。

于清风见是唐明华，多少有些意外，他招了招手道：“明华，来来来，这个书记会本来是要叫上你的，可是想到你昨晚熬得狠了，就没叫你。既然你来了，正好，你看看我们昨晚从十一个项目中斟选出来的三个项目怎么样……”

唐明华瞄了一眼陈正治，犹豫了一下才说道：“于书记，我有个很重要的情况要跟你汇报一下！”

陈正治“嘿嘿”一笑，不咸不淡地说道：“唐书记，你说的事要我避嫌吧？那我就先出去了！”

陈正治嘴上这么说，但是身体却没有丝毫要动的意思，唐明华见状索性道：“那倒不用，陈书记在场更好，我汇报的事情，隶属陈书记的管辖范围！”

陈正治连眉尖儿都没动一下，他在狮子县为官多年，本身是政法委书记，兼任县公安局局长，可谓狮子县政法系统的老大，他跺一跺脚，狮子县的地皮都得抖三抖。县委书记于清风这两年之所以束手束脚，没有太大作为，与陈正治的不配合有极大关系。

从这点就能看出，县委常委中排名第四的政法委书记陈正治的能量不是一般大。他一个人控制的常委票数，顶得上于清风和谢学会两方数量的总和，正是因为这样，于清风和谢学会才会对陈正治如此忌惮，不轻易跟他正面碰撞。

县长谢学会本身是个相当强势的人，在狮子县任县长这几年，没少跟陈正治掰腕子，可惜一直撼不动陈正治。

唐明华这个纪委书记跟陈正治更不对付。这次李思文上报的事情极其严重，按唐明华的意思，想和于清风单独汇报之后，再通报陈正治等其他常委，归根结底，他对陈正治的操守不太放心。如果他没记错的话，鹰嘴镇委书记李保国与陈正治交情匪浅。

可惜他想避开陈正治的意图落空了，对方的嗅觉相当敏锐，听唐明华说要汇报的事跟他有关，更不会走了。

陈正治一脸漠然，他倒要听听唐明华汇报的到底是什么事，如果这个县委常委排名最末的纪委书记想针对他，那对不起，他陈正治也不是省油的灯，倒要看看谁能笑到最后！

陈正治知道唐明华是于清风的人，他不介意借机敲打一下于清风，双方能相安无事最好，于清风要是不知进退，那就别怪他不给面子了。

唐明华坐在最下首，把面前的茶杯挪了挪，然后说道：“我要汇报的是鹰嘴镇派出所所长李思文的事情。”

对李思文这个名字，于清风、谢学会、张允学几人都感觉很陌生。陈正治是狮子县政法系统的最高领导，又是公安局局长，自然对辖下各个派出所的所长了如指掌，不过这会儿陈正治脸上没有半点儿异样，谁也不清楚他心里在想些什么。

于清风不动声色，对唐明华道：“你继续说。”

唐明华点点头，将李思文的情况大概介绍了一下，时间关系，他重点说了下李思文掌握了重要证据，以及被鹰嘴镇贪腐官员威逼拘捕的过程，其他的并未细说。

唐明华汇报的过程中，陈正治的脸色逐渐发生了变化，看得出来，他心里压着火。

陈正治生气不是因为鹰嘴镇那帮官员肆无忌惮的贪腐行为，而是针对唐明华和李思文。很明显，这俩人是醉翁之意不在酒，直接将矛头对准他了！

他才是狮子县政法系统的直接领导，作为公安系统的一员，派出所所长李思文发现了这么重大的情况，应该第一时间向他汇报才是，绕开他跑到唐明华那里汇报，算怎么回事？就算李思文不懂规矩，你唐明华难道也不懂事？

牵扯到自己的下属，你唐明华就算不向自己单独汇报，至少也应该先和自己通通气吧？唐明华直接在县委会上抖出来，他想干啥？这不是诚心要看他的笑话吗？这还真是当面打脸啊！

其实只有县委几个重要领导在这儿，唐明华在这儿汇报也不算过分，但陈正治就是不爽。更重要的是，唐明华当面挑衅自己，是不是代表于清风准备反击了？

再想到鹰嘴镇一干人的问题，陈正治的脸阴得快滴出水了。

唐明华刚把李思文的事说完，就听见陈正治哼了一声，沉着脸道：“老唐，你在这儿汇报这件事不合适吧？第一，李思文是鹰嘴镇派出所所长，不管他出了什么事，都应该报到我们政法系统，由我们协调解决，你贸然插手，会让我们很难做。如果每个党员干部都越系统、越级向上汇报，那还要规章制度干吗？按我的意思，不管这件事李思文是真的蒙冤还是有别的隐情，对于他这种无组织无纪律的干部，应该就地免职，一撸到底。第二，就算你们纪委插手，那也应该跟我这个负责人通通气吧？说句不中听的话，你老唐这么干，是不是对我有意见，对我们狮子县的政法系统不放心啊？”

陈正治说话的语气虽平淡，但句句都犹如利刃，就差直说唐明华别有居心了。

唐明华对陈正治的反应早有思想准备，他镇定自若地说道：“我是对事不对人，大家都是党员，都是为人民服务的公仆，公仆就应该有奉献的觉悟。我唐明华向来就事论事，在我看来，对就是对，错就是错。姑且不说李思文是不是被冤枉的，单凭他现在人身安全得不到保障，为寻求庇护，找纪委投诉，就不算违反规章和纪律！相反，一旦李思文汇报的问题属实，这就是一桩非常严重的贪腐窝案。因此，我恳请县委同志对此事给予高度重视，务必追究到底，查清事实真相。”

唐明华的话把陈正治气得够呛，他一直把他自己看得很高，觉得自己是和一二把手并列的巨头，他压根儿就没把唐明华这样的边缘人物放在眼里，没想到唐明华居然吃了熊心豹子胆，敢跟他顶着干。唐明华说的话都占着理，陈正治一口气梗在喉里发不出来！

大家都知道，唐明华是跟于清风是穿一条裤子的，他敢说这番话，难道是于清风授意的？

陈正治心生警惕，狠狠喘了两口气，见唐明华没有丝毫退缩的意思，于清风也没出面打圆场，陈正治忍不住一巴掌拍在桌上，大声道：“唐明华，你什么意思？你说清楚！”

唐明华冷冷地道：“我说的还不够清楚吗？陈书记，李思文的问题说明你们政法系统内部人员有问题，我觉得你应该避嫌，除非你不敢让别人查这件事！”

这算是刺刀见红吗？其余常委也面面相觑，没想到唐明华居然在这个时候与陈正治针锋相对，这是于清风的授意吗？谢学会心里暗暗嘀咕，当他看到于清风也是一脸疑惑的模样，心里咯噔一下，难是唐明华自己单干的？

想到唐明华所说的问题的严重性，谢学会眉头紧锁，在市委书记即将到来之际出了这档子事，可真要命，一旦这事被徐建国知道，后果不堪设想！

唐明华在市委书记来之前爆出这件事，是刻意还是巧合？

谢学会眼睛亮了，他终于明白唐明华的用意了

陈正治脸涨得通红，咬牙切齿地想说什么，又说不出来。唐明华给他挖了一个坑，之前被气晕了头，一冲动就栽了进去，搞得现在进退两难。这件事，他插手就是“有问题”，要他放手，又害怕真查出什么事来。他深深地看了唐明华一眼，陈正治也算是领教了这个纪委书记的手腕。

“大家静一静！”

于清风终于出声了，摆摆手道：“李思文的事一定要查，但不是现在。当务之急，大家必须把全部精力都放在徐书记视察这件事上，这关系到我们狮子县将来的发展大计！”

听于清风把徐建国视查的事摆出来，众人才猛然醒悟过来。

陈正治知道，此刻纠结李思文的案子于事无补，等徐书记视察过后，他有的是时间处理李思文。要是现在把事情搞大，别人他不知道，最后吃不了兜着走的肯定是他陈正治。

唐明华是个善恶分明的人，错就是错，对就是对，功不抵过，于清风虽然将李思文的事暂时押后，但他丝毫没打算退让，这件事他肯定会一查到底，直觉告诉他，这件事不简单，从陈正治不惜跟自己当场撕破脸就能看出端倪。

陈正治一脸不善，跟唐明华的梁子算是结下了，他之前小看了这个纪委书记，这可不是一条应声虫，而是一只头角峥嵘的狮子。

于清风大有深意地望了唐明华一眼，唐明华一向沉稳，今天敢公然叫板陈正治，必是掌握了可靠的证据。但他没有多问，他相信唐明华，如同相信自己一样。有些事情，不是不办，而是时机未到。

于清风抛开脑中杂念，对在场众人继续道："接下来我们讨论一下应急方案。嗯，明华，你在县委坐镇，看还有什么遗漏的地方。稍后其他人跟我一起去现场迎接徐书记!"

于清风没让唐明华跟他们一起去迎接徐建国。一是考虑到他刚刚跟陈正治针锋相对，怕两人把情绪带到现场。二是刻意给唐明华留出一点儿处理李思文案件的时间，后者对清风也非常重要。尽管唐明华并未要求留下，但两人配合多年，十分默契，于清风又怎会看不出唐明华的意思。

唐明华紧锁着眉头回到自己办公室，开办公室门的时候他还特别小心地轻轻推开，生怕刺激到李思文。

李思文本来在睡觉，但他十分警觉，门轻响的声音让他一下子惊醒过来，抬头盯着进来的唐明华，赶紧坐起身："唐书记回来了?"

进来的只有唐明华一个人。

唐明华见李思文瞄向他身后，当即笑道："就我一个人，没有警察和保安，放心吧。"

李思文讪讪一笑，说："唐书记，我信你，如果要抓我，刚才我都睡着了，想逃都没法逃。”

唐明华摆了摆手，在李思文对面的沙发上坐下，将手中的资料放在小茶几上，叹了口气，这才对李思文说道：“小李，我得跟你说一下，于书记太忙，徐书记视察结束后，他才有时间办你的事。另外，刚刚在会上，政法委陈书记听了你的情况大发雷霆，他认为你越系统、越级汇报，无组织无纪律，要把你就地免职，一撸到底。”

李思文大吃一惊，挺身站了起来，道：“啊！怎么会变成这样，我来找您之前，事先找刘正东刘局汇报过的，是他让我来找您的，怎么就无组织无纪律了？唐书记，我真的是冤枉的，我手里有证据，这难道还说明不了问题吗？”

“小李，你别急，坐下说！”唐明华见李思文一脸焦急，摇着头道：“小李，县里的情况有些复杂，陈书记的情况，相信你也听说过。眼下是徐建国书记下来视察的紧要关头，所以……”

唐明华一脸无奈，李思文的心都凉了。

沉默了片刻，李思文突然站起来，对唐明华大声道：“唐书记，这就是你给我的交代吗？我千辛万苦从那帮人手里逃出来，就是这个结果吗？我不甘心！我就不信了，这天下还没王法了，唐书记、于书记要是没办法为我做主，那我就去找市委书记好了！”

李思文站起身就要走。

“慢着！”唐明华一把拉住李思文的胳膊，肃然道：“很好，小李，没想到你的决心如此坚定。在这种情况下，你找市委徐书记也无可厚非，但是在去之前，我希望你明白一点，你申冤举报固然没错，但狮子县未来的经济发展同样重要。我不求你忍辱负重，只希望你能为狮子县的百姓考虑一下。这不是命令，是一个老共产党员对你的请求。”

李思文脸色变得郑重起来，内心激烈交战。看得出来，唐明华内心也很矛盾。纪委书记的职责让他不能对鹰嘴镇的案件视若无睹，偏偏狮子县正处于争取市里扶持政策的紧要关头，如果条件允许，唐明华当然希望事情能两全。

一方面借用市委书记的权威，彻查鹰嘴镇事件，以之前会上陈正治的态度，这事阻力不小。另一方面，他又不希望这件事影响徐书记对狮子县的观感，否则受影响的还是狮子县人民。

李思文看不到这件事会带来多大影响，但这不妨碍他进一步了解唐明华的品行。

说起来，唐明华能支持他去找市委书记喊冤告状，大大出乎他的意料。

当领导的，谁愿意下属越级告状，那不是当面打脸吗？上级的板子打下来，他唐明华也脱不了干系。

若非被逼到这个地步，李思文也不愿意铤而走险，他现在实在是无路可走了。

“唐书记的话我记住了。”李思文沉默片刻，回答道。

“谢谢你！小李，徐书记就要到了，于书记已经去接了。你处境危险，外边估计有不少人在找你，现在过去估计连徐书记的面都没见到就被抓了。不如这样，你暂时以现在这个‘面目’跟在我身边，等徐书记到了县委，我找个理由，安排你和徐书记单独会面，你看这样如何？”

李思文沉吟着，唐明华没必要敷衍他，要抓他都不用自己动手，他这么说，应该是真心想帮自己。

沉吟了一阵，李思文点头道：“也好，唐书记，我也不急在这一时半刻，只要不给唐书记添麻烦就好。”

唐明华指了指茶几上的资料，苦笑道：“我现在头大得很，于书记要全县各个机关把人力物力都集中起来应对徐书记的视察，这是选定的项目资料，我再看也看不出金子来，再准备也无法保证徐书记能点头批项目。”

李思文一怔，瞄了那几份资料一眼，沉声问唐明华：“唐书记，如果我没记错的话，似乎这个徐书记是今年年初新上任的市委书记吧？”

“是啊！”唐明华点着头，“正因为是新上任的市委书记，我们才更没把握，俗话说‘新官上任三把火’，谁也不清楚他这几把火要怎么烧。”

李思文摸着下巴想了想，又望着唐明华道：“唐书记，我反正要待在你这儿，闲着也是闲着，唐书记能不能去县委办那边帮我拿一份徐建国书记的个人资料看看？”

唐明华怔了怔，随即点了点头，心想：或许李思文真把他之前那番话放在心上了，否则也不会对新任市委书记的个人资料感兴趣，这算是李思文去见市委书记之前的准备工作吧！至于徐书记的资料，也不牵扯保密条款，让李思文看看也无妨。

早餐时间，唐明华打电话叫了两个盒饭，让门卫直接送到办公室来。

李思文一边吃饭一边看资料，三口两口就把一盒饭扒完了，而唐明华却食不下咽，一副心事重重的样子。

十点钟，于清风亲自带队到县城至北川的路口处迎接徐建国，十几二十辆各单位的车子在路边排成长长的一条车龙，警察和城管清理着无关车辆。

唐明华自然也在场，县委机关的头头脑脑一个个脖子伸得像长颈鹿一般，盯着北川的方向，徐建国的车辆却始终没出现。

一直等到十一点多，终于绷不住了，县委办的几个干事搬了几箱矿泉水出来，先给于清风、谢学会等县委领导送过去，这才挨个给其他人分发。

临到午时，太阳越来越热，于清风和县长谢学会等几个领导都站在烈日下，别人自然也不敢坐到车里享受空调，一个个被晒得流油淌汗，也得干陪着。

于清风也有些着急，时不时抬腕看表。在时间安排上，他是准备接到徐建国后，第一站去县城最漂亮也最豪华的新小区牡丹园参观，徐书记来，得把狮子县最上得了台面的东西摆出来。

唐明华跟在于清风身侧，把手里的矿泉水拧开，正想喝一口，裤袋里的手机响了，拿起来一看，来电显示是他办公室的座机号码。

毫无疑问，是李思文打来的，他把李思文留在办公室，嘱咐他没自己的安排暂时别去其他地方。

沉吟了一下，唐明华侧头对于清风和谢学会说道："于书记，谢县长，我去接个电话。"

于清风和谢学会点了点头，两个人接着低声讨论徐书记几时才能到。

唐明华走到僻静的地方接通电话，低声问："我在东城路口，什么事？"

电话中传来李思文的声音："唐书记，快十二点了，你们还没接到徐书记？"

唐明华看了下左右，沉声道："我们是没接到徐书记！怎么，着急啦？放心，我想着你的事儿呢！"

"当然不是。"李思文声音严肃地说道，"唐书记，我仔细研究了徐建国徐书记的资料，在网上查了他以往执政的一些经历，我发现一个很重要的情况，按徐书记的风格，他恐怕不会出现在东城路口，然后由你们按部就班地安排他的视察行程……"

"你说什么？"唐明华一愣，马上问他，"你说一下你的分析，有什么依据？"

"唐书记，徐书记这个人风格鲜明，不爱排场，不搞典范，他喜欢轻装简行到基层亲自调研，据我查看的资料显示，他尤其喜欢到最穷最差的地方去视察，说这才能弄清楚百姓最真正的需要……"

唐明华沉默下来，李思文又说道："唐书记，你们在东城大阵仗迎接，我估计是白等了，徐书记多半已经从三十里外的岔道往野猪坪村方向去了，那是离他最近并且最符合他风格的地方，而且……”

“说！”唐明华猛然开口道，“把你的想法都说出来，拣重要的几点说明白，我马上跟于书记汇报一下。”

“好！”李思文也不犹豫，拣他分析的重点说，“唐书记，我分析徐书记的行程多半会从野猪坪村那边开始。另外，县委准备的那三个项目我觉得也不妥。徐书记的资料中显示，他为政相当务实，喜欢把钱用在刀刃上。三个项目虽然不错，但我觉得太‘高大上’了，所需动用的资金太大，市委不大可能批准。我觉得不如择几个比较优质的惠民小项目，钱少些，实际些，亲民些，那样反而有可能得到徐书记的支持，虽然几个小项目加起来都不如一个大项目，但能得到批准才是最重要的，是吧唐书记？”

唐明华没有回答，皱着眉头思考，想了想又对李思文道：“你保持电话畅通，我马上跟于书记汇报一下，看看他是什么意见再做决定。”

唐明华把手机挂了，急急地走回去。于清风还在跟谢学会和张允学几个人分析情况，担心徐书记是不是在半路上遇到了什么诸如“阻路”之类的意外情况，是不是安排一组交警去探查一下。

唐明华走到于清风身边，低声道：“于书记，我有个情况要跟你说一下。”

于清风看了看他，似乎想说什么又停了下来，用矿泉水瓶子点了点，说：“你讲！”

“于书记，谢县长，我觉得徐书记可能不会来。”唐明华严肃地道。

“什么？你得到消息了？徐书记取消对狮子县的工作视察了？”

唐明华的话顿时把于清风、谢学会等人惊得差点儿跳起来，齐声问他。

“不是取消。”唐明华苦笑着说，“是不会从我们这儿经过，他可能另外安排行程，可能不会以我们准备的方式进行……”

于清风愕然，又急急地扬手道："明华，赶紧把你知道的情况说出来!"

唐明华这才把李思文分析的向于清风、谢学会等人说了。

于清风和谢学会听到后面，面面相觑，觉得唐明华说的的确有道理，但心里却又不愿相信。按唐明华的分析，岂不是说他们的准备都白费了?

就算要改变方案，现在也已经来不及了。

于清风沉吟了一阵，盯着唐明华道："明华，既然你这么想，为什么早上不跟我说?"

如果早上说，他起码还能准备一下，现在，已经没有时间了。

谁能想到李思文还有这么强大的分析能力，原以为他只是随意看看资料而已，唐明华心里嘀咕，苦笑着摊手道："于书记，分析的人也是早上才开始看资料研究的，而且也不是我。"

于清风眉头紧皱，低头沉思，好一会儿才抬头对唐明华说："明华，事已至此，我们就做两手准备吧，我把县委办公室的人手调一拨交给你那边分析的人统一调度指挥，按照他的方式去安排，我们继续在东城路口等候。"

"好!"唐明华点点头，掏手机拨电话。

于清风又问他："明华，是哪个人分析的?县委办这边的人还是你们纪委的?"

他估计，这个人应该不是纪委的，纪委的人对经济方面没这么熟悉。

唐明华一本正经地回答道："是我手下的人。"

于清风又一摆手，道："这个人的分析能力不错，应急方案就由他安排吧，告诉他，我不看这件事的过程，只要结果。事成的话我给他记一功，另外不管成与不成都把这个人调到县委办来吧，放在纪委有些屈才。"

看来计划是赶不上变化了，唐明华苦笑着点头，走到边上打电话安排，李思文的事情虽然不能马上处理，但能在于清风心里留下一个好印象，也是一件好事。

唐明华给李思文打完电话，于清风也调来了三个县委办的干事。唐明华当即吩咐他们开车去县委大院与李思文汇合，然后由李思文统一安排指挥。于清风能做出这个决断，唐明华也十分赞赏，尽管他们嘴上不说，但是徐书记到现在还未出现，本身就十分异常。在这种情况下留下个后手十分必要，当然，即便李思文判断失误也无关痛痒。

唐明华没有提前暴露李思文的身份，加上他又化了妆，三个县委办干事能认出李思文的可能性几乎为零。

把一切安排完，唐明华回到于清风等人旁边，县委一干领导都忧心忡忡地盯着路口，脸上汗水直淌，太阳这时候更猛了。

“来了来了，徐书记来了……”

忽然，不知道哪个人叫了起来，把众人惊得一跳，纷纷望过去。

东城路口处，一辆黑色的奥迪不快不慢地驶了过来，因为前边有交警指挥，别的车辆都被引入其他车道进行分流。

交警一看是北川市政府公车的号牌，马上进行引路导行。

于清风兴奋地一挥手道：“大家准备迎接徐书记！”一边回头对唐明华说了声，“分析错了吧，呵呵。”

唐明华愕然，也来不及多想，赶紧跟着于清风等人走过去，心想难道李思文真的分析错了？

这是一辆黑色的奥迪A6，车子开到近前靠右停下后，车门打开，钻出一个人来，年纪在三十岁左右，有些高。

迎在最前面的于清风看到这个人从驾驶室钻出来，不用想也知道是司机或者秘书之类的，当即笑脸迎上前，一边去开奥迪车后排的车门，一边笑问那个身材高瘦的男子：“开车累了吧？就只徐书记来吗？”

于清风一边问一边往前边望，看看还有没有跟来的车辆，徐书记来视察，应该不止他一个人吧？

只是后面没有跟来的车，奥迪车的车门打开后，里面是空的，一个人都没有，于清风不禁诧异地盯着那高瘦男子。

那高瘦男子望了望迎来的一大群人，以及那条停靠在路右边的车龙，这才伸手跟于清风握了握，说："我是徐书记的秘书方小安。"

"哦，方秘书，你好你好！"于清风虽然心里疑惑不定，但脸上还是笑吟吟的，自我介绍，"我是狮子县县委书记于清风，这几位是县长谢学会，县委副书记张允学，纪委书记唐明华，县委办公室主任……"

方小安一一握手，但却不动声色。

等介绍过了，于清风又问："方秘书，徐书记呢？"

方小安指了指长长的车龙道："于书记，这个阵仗有些扰民吧？徐书记尤其不喜欢张扬行事，到哪里都是与民方便，不惹是非，简装出行，在来狮子县的途中他就在去野猪坪村方向的岔路口下车了，狮子县有几个特困区，野猪坪村、花椒岩村、狗子洞村，徐书记想去那几个最贫困的村子看看。"

"什么？"

于清风吓了一跳，犹如被一盆冷水淋到头上，一时从头凉到脚心，与谢学会、张允学等人面面相觑，不知所措。

徐建国这个意外行动把他们的打算和准备全部打翻了。同时，于清风觉得简直不可思议，徐书记的动向居然被唐明华背后那个人料中了。

方小安又说道："于书记，你调一辆越野车给我，我去野猪坪那边跟徐书记汇合，路太差，我们的车去不了。"

于清风怔怔地看着方小安一脸正经的表情才醒悟过来，赶紧点头应道："好好好，我马上调车，马上安排。"

对方小安的要求，于清风不敢大意，让秘书王见开了一辆丰田霸道越野车载了方小安，另外又安排县长谢学会和副书记张允学两个人陪同。

于清风并没有第一时间跟上去，他似乎另有急事。

等王见开车载了方小安、谢学会、张允学三个人离开后，于清风马上叫县委办公室的一个干事开了另一辆越野车过来，他一边招呼唐明华上车，一边吩咐司机跟上王见那辆车。

“明华，你那个下属叫什么名字?”车子一上路，于清风就直截了当地说道，“我要这个人，把他调到我这边来，人才，了不得的人才，他居然全都猜准了!”

于清风终于将憋了半天的话说了出来，狮子县居然有这么了不得的人才，他居然把这样的人才丢在纪委，真是一种浪费!

唐明华犹豫了一下才回答：“他的名字叫李思文……”

“李思文?”于清风念了一遍，忽然想起什么，道：“就是之前鹰嘴镇的那个李思文?”

见唐明华点头，于清风拍了一下唐明华的肩膀道：“真没看出来，这小子除了会捅娄子外，还是个人才。如果鹰嘴镇案件查清之后确定与他没有关系，就把他调到县委办公室当个副主任吧，行政级别升为正科级，嗯，先在县委办做一段时间，然后找合适的机会下放到基层任镇长或副书记，主政乡镇只是时间问题，从他对徐书记行程猜测的精准程度，我觉得这个人潜力不小，值得挖掘。明华，你打电话通知他，完全按他的思路和计划行事，如果能成功，我额外给他记一大功!”

“好，我马上给他打电话。”

唐明华见于清风不断表扬李思文，并一再强调要重用，连县委办副主任这么关键的位置都舍得拿出来。要知道，县委办直属于清风，这显然是要亲自栽培李思文了。这么器重，只要李思文是清白的，撑过眼下这道难关，日后前途不可限量。

唐明华自己也偏向信任李思文，他有预感，李思文不会让他们失望!

县委办的小于开着长城越野车往野猪坪方向疾驰，车上一共四个人，县委办的三个，加李思文。

县委办三个人都比较年轻，又都不认识李思文，见李思文一脸“土”像，不知道是什么身份，不苟言笑，一直都是沉思的样子，想想还要听他的指挥，都有些不服气。

狮子县的乡镇中，绝大多数都是山区，只有靠近县城的几个镇地势稍好，山区都比较穷，其中最穷的就数石山镇，全镇都处在海拔一千五百米左右的山区，像野猪坪村、花椒岩村、狗子洞村等，都是穷山恶水，一条泥石混杂的乡村盘山公路，险恶异常，进出都不易。

因为交通不便，经济异常落后，各村的人能外出的都外出打工了，没人愿意留守务农，留在家的就是老弱病残了，耕地几乎荒了一大半。

李思文有个姨夫就是狗子洞村的，小时候每年都会去两次，对那边比较熟，他们村还能劳动的都会外出打工，只要能留在外面的都不会回来。女孩都不会嫁在当地，所以狮子县这些穷山区人口越来越少。

据说有一户留下来种地的人去年种地赚了一万三千多块，成了当地首富，切切实实的万元户。

想想现在，外出打工的可能一个月就挣到这个数了，当地政府怎么加大扶持力度都没办法，就是留不住人。

走狮子县往北川市的国道往右拐，一路向北进入山区，乡村公路又差弯道又急又陡，车子颠簸得厉害，小于一边开车一边恼着：“这破路！”

前边一个急弯，小于把车转过去，前边一个骑自行车的人差点儿被小于开的车“吻”了屁股，双方都吓了一跳。

不过小于还没闲工夫着恼，方向盘往右猛打，右侧有一个水坑，前轮一进去就听得“扑哧”一声响。

小于赶紧停下来下去检查，弯腰一看就叫了起来：“糟了，胎被扎了！”

李思文和另两个人都下车看，右前轮爬出了水坑，不过轮胎就像一张皮一样紧贴着轮毂，一点儿气都没了。

李思文问小于："有备胎吧？"

小于哭丧着脸道："没带来，前几天拉东西，嫌备胎占地儿，就放家里了，这……怎么办？"

一边说一边看，这前不着村后不着店的，周围除了山就是山，别说修车的，连户人家都没看到，这怎么补胎？

另两个干事也是面面相觑，不知道怎么办才好，一直埋怨："这路也太破了！"

李思文看了看时间，当即提了自己的小背包，对小于说："小于，眼下这车是没办法去野猪坪了，你打电话叫人送备胎来，然后调头回去，我一个人走路去野猪坪。"

小于和两个同事对视，两个同事脸有难色，显然不想跟李思文走路去野猪坪，太折磨人了。

"那好，车坏了也没办法。"怕李思文反悔，一个人不愿去，另一个干事开口堵了李思文的退路，"你只管去野猪坪吧，领导交代的事重要，至于我们三个，就在这儿等人送备胎过来，万一修车的时候人手不够，我们也好帮一把。"

李思文点点头，哪里不明白他们几个怕吃苦的心思，不过他原本也不在乎，一个人行动，也有利于隐藏自己的身份。

谈妥了分工，李思文发现之前那个差点儿被撞的中年男子嘀咕了几声后就要转身推车离开。

"大哥，刚才没撞到你吧？野猪坪的？"李思文脑子一转，当即快步追上去，递了一支烟才笑吟吟地问那个推自行车的人。

那人四十来岁，一副乡农打扮，瞄了一眼李思文，摇了摇头，示意自己没事，不过还是停下来接过烟，叼在嘴上，摸出打火机点燃，这才问李思文："你们是去山里打野猪的?"

李思文笑着摇摇头，说："不是，我们是镇政府的办事员，下乡去办事。"

那人"哦"了一声，瞄了瞄身后不远处那辆被扎了胎的长城越野，脸上的表情有些不悦，淡淡地道："镇政府的啊?怎么还下乡啊?路烂，又扎胎又难走，下乡去干吗，又没好吃的。"

李思文一听苦笑起来，乡村的民众对镇政府的人有这种看法，说明镇政府工作失职，至少也是不称职。

"大哥，呵呵，不说这个了……"李思文指了指他推着的自行车，说，"我能搭你的车吗?"

那人看了看自己锈迹斑斑的老自行车，又瞧了瞧李思文高挑的个头，想了想才说道："既然抽了你的烟，我也不好意思拒绝，不过我可先说好了，搭车可以，但是我可没力气载你这么大个子的人，你要搭车就来骑车，你骑我坐，行不行?"

"行!"李思文二话不说，爽快地答应了，伸手从他手中接过自行车，一个轻松的跨腿动作就骑上了车，然后回头对他说："大哥，上车吧!"

那人"嘿嘿"一笑跃上车，两手抓得紧紧的，车虽然颠簸得厉害，但那人坐得很稳，显然对这样的路况早就习惯了。

李思文骑着车前行，山路一会儿上一会儿下，相当辛苦，眼前这段路虽然是上坡路，但坡度不陡，也不算太吃力。

坐在后边的人见李思文没下车推着走坡道，而是硬踩上顶，下坡的时候就赞道："你的体力还不错啊，不像公务员嘛，现在坐办公室的公务员还有这体力?"

李思文笑道："我干的就是下乡的活儿，再烂的路都走过，这个不算什么，以前骑自行车下乡，前边车杆上坐一个，后面货架上坐一个，走狗子洞那边都不下车，都是硬踩上去。”

那人叹道：“哎，年轻就是好啊，不过像你这样的年轻人很少了，现在的年轻人是越来越不如以前了，懒懒散散的都不种地，村里头的地都荒了一大半，农村人不种地，那就是忘本呀！”

“那是！”李思文一边踩着自行车，一边又问：“大哥，你是野猪坪的人吧？那应该知道野猪坪有个叫王少君的名人吧，大哥认识他吗？”

“王少君？呵呵……”那人禁不住笑了起来，坐在自行车后架上得意地道，“我叫王书奎，王少君就是我侄儿，你说认识不认识？”

“哦？”李思文一怔，停下来一只脚踮着地撑着身体扭头看王书奎，“你是王少君的叔叔？”

王书奎得意地说道：“那还能有假？少君的爸是老大，我是老二，下面还有个老三。我们少君是农科大的高才生，农科院给几万的月薪请少君去，他都没答应，硬是要回老家来种地，还跟外国人签了合同，两千万元的合同。哎，老弟，你说，两千万块钱摆在面前得有多高有多重啊？”

“这个啊……”李思文笑笑道，“我也弄不清楚，我没见过那么多钱，估计很重吧。”

王书奎琢磨着：“一百块一张的，一万块就有三两重，我称过的，十万块就有三斤，一百万就是三十斤，一千万就是三百斤，两千万就得六百斤，六百斤啊，三百公斤，得两个壮劳力才担得动。”

李思文忍不住好笑，摇摇头说：“王大哥，别算钱了，你跟我说说你那能干的侄儿王少君的事情吧，现在的农村人都不愿回乡种地，更别说像王少君这样的大学生了，我想听听他的事儿。”

一提到王少君，王书奎的劲头儿又来了，索性跳下车，说道：“老弟，来来来，反正你也不赶时间，我们在路边歇一会儿。我跟你讲啊，我这个侄儿打小就聪明得很……”

李思文赶紧说道："大哥，我真不是下乡去耍的，有事。这样吧，我骑车你来讲王少君的事，一边走一边说，两不耽误嘛……"

王书奎怔了怔，盯着李思文看了看，说："对了，你说你是政府机关的人，我倒是忘了，正好，我也有事要问你们，我侄儿少君回乡帮乡亲乡邻搞农业开发致富，还从洋人那里拉到了大生意，你们政府的人却不闻不问，好多难事也不解决，我今天就是去石山镇找镇长书记解决问题的，结果连人都没见到，去好多次了，脚都跑大了也解决不了问题。"

李思文点点头，指了指车后货架座："大哥，坐，坐，我们一边走一边说。"

王书奎笑了笑，还是坐上了车，由李思文载着他颠簸前行。因为侄儿的话题，他对李思文的看法有所改变，也因为李思文踩车载他不叫苦不叫累增添了好感，现在坐办公室的公务员，有几个吃得了这样的苦？

坐在颠簸着的自行车尾架上，王书奎觉得很舒坦，对他来说，一点颠簸算不得什么，不出力坐着才是舒服的事，一边享受一边跟李思文叽里呱啦地讲着侄子王少君的事情。

王少君在学校就是风云人物，曾获得过省农科院的农研科技奖项，李思文以前也听说过，农村出一个优秀人才很不容易，没想到他居然愿意回农村发展，这一点让李思文很佩服。

回村发展也有很多问题，这段时间，王少君没少跑石山镇镇政府找乡镇领导，今天他因为种子的问题没去，去的是二叔王书奎，没想到居然和李思文碰上了。

到野猪坪花了半个小时，王书奎跳下车对李思文伸出大拇指赞道："小伙子，牛，我踩空车回来也要一个小时，你载着我半个小时就到野猪坪了。来来来，到家里坐坐，喝口茶……"

"不了不了。"李思文笑着摆手，又抹了一把汗，在王书奎家门口放好自行车，望了望眼前一排房子。

山坳里五六户人家，都是砖瓦房，山里头没几个人愿意修新房子，有钱都到城里买商品房，没钱就继续打工，反正没人愿意回村里住。

“我还有事，王老哥，野猪坪这一带地还不少啊。”李思文瞧着山坳那边，地势略有起伏，但沿着山村公路过去，有不少好地，只是近年来种地的少了，荒了很多。

说起荒地，王书奎顿时皱起了眉头，“可不是吗，种地收入少，后生娃儿没几个愿做，一年到头种地挣的钱不如他们在外头打工一个月挣的多，我家两个儿子也一样，宁愿在外头打工也不种地。”

李思文叹了一声，摇摇头，谢过王书奎，沿着菜地边的小路走过去，把脸上的“妆”和贴的胡须扯了，贴着实在难受。

徐建国要考察最穷困的农村地区，毫无疑问，野猪坪就是他的第一站。一来，野猪坪位置比较偏僻，认识徐书记的人几乎没有，便于他在考察过程中不受打扰；二来，野猪坪的状况能真实地反映出狮子县最底层人民的生活经济状况，管中窥豹，也为徐建国日后制定出台扶贫政策，提供了最翔实、最有针对性的依据。

思路捋顺了，那么徐建国必然会在野猪坪一带停留。这是他的机会。

当然这也可能是赌，这只是李思文根据徐建国的性格和行事风格推测的。

眼看就要见到徐建国了，李思文又开始纠结，一会儿是先举报鹰嘴镇一干人，为自己洗清冤屈呢，还是先说狮子县的发展大计，把徐书记视察这事先应付过去?

最后，李思文决定随机应变，他一路走过去，发现山边不少庄稼地里长满了草，荒芜了，只有平坦的地块儿锄得很细。

又走了一段，听到“哗哗”的水响，抬眼望去，只见一条山溪绕山蜿蜒流下来，李思文抹了抹汗，觉得渴，赶紧往山溪那边走去。

其实到王书奎家时他就已经很渴了，但他不想耽搁时间。

山溪宽不足一丈，深只有尺许，清澈见底，这是没受过任何污染的原生态水源。

李思文在河边摘了一片野地瓜叶子，圈起来当勺，蹲在溪边装水，一连喝了好几口。

水清凉没有怪味，喝城里的自来水就算是烧滚后，李思文都觉得有股子怪味，不喜欢喝，这天然的山溪水比商场里卖的品牌矿泉水还好喝。

“好水，年轻人，村里的后生都到外头打工了，你怎么留下来了?”

李思文一怔，循着声音抬头看过去，只见山溪边一颗脸盆粗的树下坐着两个男子，跟他说话的人有四十七八的样子，另一个只有二十五六岁，穿着很普通，但绝对不是野猪坪这边的乡村人。

说话的人很和气，但脸上却有种不怒自威的气势，李思文心头一震：这人难道就是徐建国书记?

有了想法，李思文说话就更谨慎了，沉吟了一下，他决定暂时不提自己被诬陷抓捕的事，他回答道：“我不是野猪坪村人，我是县政府的办事员李思文，您是……”

“呃……”那人眼神一凝，盯着李思文，目光有些严肃，好一阵子才说道，“你是县政府的? 那你来这边有什么事?”

李思文轻咳了一下，理顺了思路后，说：“我来野猪坪主要是考察一下野猪坪村王少君的洋姜种植计划，于书记特别交代过，要尽量解决他的难题。”

“嗯，这倒是实事。不过就只有这个事?”那人盯着李思文又问了一遍。

李思文心里怦怦跳，差点儿将自己最近受的委屈和盘托出，他努力让自己平静下来，答道：“我在来的路上接到县领导指示，还要顺便接待北川市委徐书记。”

“嘿嘿……”那人低低地笑了一下，既不否认也不承认。

不过李思文倒是肯定了，这位就是徐建国书记!

双方其实心明如镜，对有心人自然瞒不了身份。

这个时候，双方的身份已经不是秘密，问题是如何化解问题。

徐建国改变行程就是为了能更真实地了解底层农村的情况，秘书方小安打电话过来汇报的情况让他心里积了不少火，这火更多是对狮子县领导的。徐建国骨子里是一个做实事的人，讨厌搞排场和花哨的东西。狮子县花大力气来接待他，还派人追到野猪坪，这是要阻挠他徐建国了解真实情况吗?

由于先入为主的想法，徐建国对整个狮子县委，包括眼前的李思文有了看法。

李思文也从徐建国的语气态度发现了这个问题，他也很头痛，一个市委书记一旦对你有了看法，那麻烦就大了。到时候不但狮子县委精心谋划的项目扶持方案得破产，更重要的是狮子县的老百姓将失去一次改变生活状况的大好机会。这是身为狮子县人的李思文无法接受的。

如何才能消除徐书记对他的看法呢?

徐建国伸手在旁边的地里揪了几棵草，然后对李思文说：“地里活忙，你去忙你的，我也忙我的。”

李思文也上前到地里扯草，一边拔地里的野草一边说：“徐书记，您也别糊弄我了，我知道您就是徐书记!”

“哦!”徐建国抬起头，盯着李思文，目光如剑，“有备而来嘛，你怎么就肯定我是徐建国?”

李思文笑了：“徐书记，之前我还是猜测，您说了这话我就肯定了。这乡里头，您自己不说，哪个人会知道您的名字？第二，您身边没有任何农具，有哪个农村人干活不带农具的？您扯草干活的姿势倒是很专业，像是真正干过活的人。”

徐建国被李思文的话逗乐了，笑道："好啊，你倒是思维敏捷，嗯，你说你叫李思文是吧？既然你是于清风派来的，那我问你几个问题。"

考验来了，李思文心中一凛，一边继续扯草，一边大大方方地说："徐书记请说！"

徐建国站定了，表情顿时严肃起来。

"我问你，你说你是于清风派来接待我的，那你倒是说说看，你们狮子县要跟我说些什么。于清风带了人在县城路口迎接，这边又安排你来，他这一手双管齐下玩得不错嘛！知道我最讨厌什么吗？我最讨厌的就是这种两面派的作风！"

徐建国说话声音并不大，也没有严厉训斥，但却让李思文的神经一下子紧绷了起来。

一旦让徐建国对狮子县形成负面看法，那这次狮子县争取贫困县区政策扶持的计划恐怕就要夭折了，这种局面必须扭转。

现实情况容不得李思文推诿，一方面，他本身就是狮子县人，怎么也要为家乡出一把力；另一方面，唐明华和于清风对他如此信任，他不能辜负了这份信任。

问题是，徐建国是堂堂市委书记，哪能轻易受人左右？

沉吟了一阵，李思文拍了拍手上的泥土，把挎在身上的背包拿到前边，说："徐书记，领导的事情我不予置评，我只能从我个人的角度跟您汇报下情况。第一，我是受于清风书记安排来野猪坪接待徐书记的，他有部分书面材料要递交徐书记，我已经带来了。于书记和县委领导会随后赶来。第二，徐书记说我们这是两面派作风，这我不敢苟同！"

"哟……你还不敢苟同？"徐建国听了李思文的话差点儿没笑出来，意味深长地盯着他问，"那你说说看，怎么个不敢苟同法。说得好，我道歉；说得不好，你受罚！"

李思文头皮发麻，深吸口气，脑中飞快地组织着语言。

“徐书记，您新上任，有些情况可能不太了解，我们狮子县是北川下属县中最穷的县之一，历来受北川市财政扶持的力度都是最小的。领导下来视察调研，下属县想要获得市里的项目扶持，财政拨款，就会千方百计搞排场，搞些花样出来，归根结底，还是希望能引起上级领导的重视，从而获得一定的政策扶持。所以，徐书记，于书记他们的行为或许急切了一些，但总归是为了我们狮子县的发展，两手准备，也是没办法的事！”

徐建国眉头皱了起来，良久才叹道：“你说得不错，整个北川市僧多粥少，政策再好，分摊到下面，也无法一碗水端平。这里边的问题也不是三言两语就能讲清的。小伙子，一件错事给你说得冠冕堂皇，也算你口才了得。好吧，这件事我就不追究了。咱们把狮子县的问题摆正了，从头开始，现在看看你们狮子县给我准备了什么项目资料。”

李思文闻言松了口气，心想这第一关总算是过了。他从挎包里把资料拿了出来，整理整齐后恭敬地递给徐建国。那个跟徐建国一起的年轻男子始终一句话都没说，只跟在旁边低着头扯草。

徐建国拍了拍手上的泥巴土，接过资料，不过他并没有马上看资料上的内容，而是盯着李思文道：“你先说说，你们狮子县一干领导都准备了什么项目资料？”

李思文笑笑道：“徐书记，我们狮子县虽然名字叫‘狮子’，但我们县委领导可没狮子大开口，准备向徐书记要的项目支持也是以务实和急需为主，正好，徐书记来了野猪坪村，我们项目中有一个就是野猪坪的……”

“你这年轻人胆子很大，也很会说话，呵呵。”徐建国乐了，在李思文身上他仿佛看到了自己年轻时的影子，真诚、无畏、细致。一般的县级干事员知道他的身份后，有哪个还能这般冷静沉着地跟他对话？

“居然还有和野猪坪有关的项目？嗯，你来说说看。”徐建国笑着向李思文点点头，示意他继续。

李思文此时也彻底放开了，伸头是一刀，缩头也是一刀，他指着地边那棵槐树道："徐书记，您站着也累，还是到树下坐着说吧。"

"也好。"徐建国对身边那个跟着扯草的年轻男子说，"小张，你也歇歇。"

槐树枝叶茂密，树下有好大一块阴凉地儿，李思文等徐建国和小张在树荫下坐下来后，他才在徐建国对面坐下来，认认真真地说了起来。

"徐书记，那我就说了。县委于书记和谢县长等领导开了几次会议，慎重决定，从县里选择三个百姓急需的项目，第一个是乡村公路建设。我们狮子县十几个乡镇中，只有六个临镇的村子修建了水泥路，现在各村的土地荒芜严重，劳动力严重流失，如不加大扶持力度，这个现象只会越来越严重。县政府讨论认为，农村也不是没有发展方向，因为我们是山区，大面积种粮的价值确实不高，但种四季棚菜和果树还是有相当大的发展前景的，发展的基础就是村村公路通。狮子县各个乡镇目前水泥路到村的只占百分之四十，像野猪坪这样偏远的穷山区的村子都没建，现在这条泥石土路太差，您也看到了。我们想要建成四米左右的村级公路，我们县还需要大大小小四十多条，总里程达四百公里，按每公里十万元标准，村村通项目所需四千万元。"

徐建国听得面色沉沉，良久才点头道："这个确实是很迫切的问题，你再说说别的。"

李思文接着说道："路通才能谈发展。第二，我们经过详细地考察挑选，在全县挑出了七个比较典型并且有发展前景的农产项目，有洋姜、大蒜、梨园、金银花、葡萄园、獭兔和豪猪养殖基地七类，其中洋姜、大蒜、金银花需要大量土地种植，也需要专业技术辅导，县委讨论决定，以合作社的形式推进，对技术人才予以持股和贷款扶持。比如野猪坪村的王少君吧，他是省农科大的高才生，获得过农科院的科技大奖，是难得的人才，他不贪恋城里高薪舒适的职务而返乡发展，还拿到了荷兰客商两千万元的洋姜合同，两千万啊，能让多少农村人得到一份可观的收入？而且合同是可以持续的，只要收入好，我想我们可以拉回不少外出打工的农民，他们不种地的原因不是懒，而是收入低！”

“说得好！”徐建国拍了一下大腿赞道，“我们北川市辖下绝大部分地区都是农村，农村人都不种地，这种情况是可怕的，眼下看不到弊端，但十年八年后就出现问题了。城市发展得再好，没有农村经济的衬托，没有农村经济的基础，城市也是发展不了的，粮食生产是国家的基本国策，是国家的基础。你的建议好，现在农村人都选择出走的原因就是收入低，要是在家里收入也不比外头低，工作也没有外头那么紧张严格，还能照顾老人小孩，能拉回一大部分农村劳动力！”

说到这儿，徐建国狠狠地比画了一下，看向李思文的表情也柔和多了：“你是叫李……李……”

“李思文。”

“嗯，李思文，我记住这个名字了！”徐建国微笑着点头，颇为欣赏地赞道，“很有想法，说得也不错，你继续说。”

李思文也不客气，越说越自如：“徐书记，我们县委挑选出来的切实可行的七个农产投资项目的总投入约需两千五百万。我们第三个分类大项目是水利，目前狮子县各个乡镇用水相当匮乏，其实狮子县的水资源并不欠缺，欠缺的是资金扶持，目前社会上也有资金愿意进入，但商业资金进入就避免不了用水价格提高，政府还是想以财政拨款的方式进入。水是百姓必需品，必须以适当的价格输送，全县乡镇的水源建设以及输配送加强共需要三千万。”

徐建国沉吟着：“嗯，你们这三个大项目总共需要九千五百万，大致是一个亿，款项上有困难，但你们的提议都在点子上。我原以为于清风、谢学会会来个狮子大开口，要高速，要大建设，嘿嘿，这倒是省了我一顿批，于清风还算务实……不过……”

说到这儿，徐建国望着李思文似笑非笑地问道：“李思文，我视察的上一站是邻县，他们提的都是几亿甚至十几亿的大项目，你们县为什么连一个大项目都没提？”

李思文抹了一下额头的汗水，认认真真地回答：“徐书记，大项目我们当然想，但不是现在，因为不是我们最急迫最需要的。我们选的项目虽小，但更切合实际，大项目是经济上来后锦上添花的事情，而我们现在需要的是雪中送炭。”

徐建国沉默下来，好一阵子后才默默地念了几下：“好一个锦上添花，好一个雪中送炭！”

第三章　丧心病狂，光天化日绑架证人

逃出虎口的李思文直奔县纪委，向纪委书记唐明华提交了鹰嘴镇党委书记李保国一伙人的贪腐证据。一直想配合于清风整顿党风的唐明华震惊之余大为振奋。正当他准备采取行动时，没想到李保国等人竟然当着市委书记、县委书记等上级领导的面，将李思文裹挟而去。犯罪分子丧心病狂到如此地步，狮子县的反腐败斗争已趋白热化，唐明华心中明白，他正面临着巨大的挑战。

狮子县城绿树林酒店六楼六一八豪华套房。

这个面积共有九十六平方米的超豪华套房里，软绵绵又宽又大的沙发座上坐着三个人，旁边还站了一个，一共四个人，四个人的表情各不相同。

“朱明宣，你们几个难道都是废物不成，连个人都看不住！”

站着的那个人一脸尴尬，正是执行“抓捕”李思文任务的朱明宣，他低头嗫嗫地道：“吴局，这要怪王老六，他拍着胸脯说他找的别墅地下室锁了门后老鼠苍蝇都别想出来，我们就守在客厅里，哪想到天花板里有通道。”

“吴局”哼了哼，没理朱明宣，扭头看着对面的人说：“王镇长，有李思文的消息没有？如果是平时也就算了，加大搜捕力度就好，但现在可是敏感时期，要是李思文跑到徐建国面前拦路喊冤，那就捅了大娄子了！”

王镇长就是鹰嘴镇镇长王治江，他阴沉沉地哼哼道：“这天杀的李思文，在鹰嘴镇打过的交道也不少，当时怎么就没看出来他是个这么难缠的家伙！”

“哼，现在别说难缠不难缠了。”一直抽闷烟的男人听了王治江的话摆手道，“还是想法儿解决问题吧。我刚得到确切消息，县委那边没发现李思文的踪迹，县委于书记和谢县长也没接到北川市委徐书记，听说徐建国半道下车去了石山镇野猪坪那边，县城一伙人跟热锅上的蚂蚁一样乱成一团。他们越混乱越好，我们正好浑水摸鱼！”

“吴局”点头无奈地道：“按照李书记的意思，这李思文没往县委那边跑，显然是得了‘高人’指点，这小子还真是够滑头的，本身又是警察，反侦察能力太强了。”

“李书记”就是鹰嘴镇的一把手李保国，“吴局”是县检察院反贪局的局长吴先进。

李保国冷笑了一声，说：“你以为他那派出所所长是白当的啊！咱们用最简单的排除法来看，刨除县委，李思文恐怕真的奔野猪坪去了，这一招叫长驱直入，真够厉害的啊！换了我也会选择这条路，免得夜长梦多。不过大家也别泄气，徐建国也不是李思文说见就见得到的，我来这之前，已经拜托陈局安排一队便衣去抓捕了。哼哼，恐怕他还未见到徐建国，就落入咱们手里了！”

吴先进闻言拍了拍胸口松了口气：“那还好，那还好！”说完又冲着朱明宣吼了一句，“你还愣着干什么，赶紧带人去野猪坪帮忙啊！”

野猪坪从来没这么热闹过。

以前一天都没几辆摩托车经过的土路上，今天一会儿过几辆，一会儿又过几辆，而且全都是越野车。

朱明宣一行七个人开了两辆霸道直奔野猪坪，进入乡村公路后，车里的人都被颠得五脏翻天，各个都忍不住咒骂这条路太差。

“逮到李思文后，我可要好好招呼他一顿大餐！”坐在朱明宣旁边的男子恶狠狠地说着。

朱明宣自然也恼怒得很：“别光说狠的，等把人逮住，你们想怎么弄都行。”

“朱哥，您这次就看我们的吧！”

“咦，朱科，后头有车……”

正当几个人七嘴八舌说着狠话时，坐前排的人从后视镜瞄到后边出现几辆车，赶紧跟朱明宣汇报。

朱明宣探头往车窗外一瞄，看到后面的弯道处果然有三四辆越野车，只是隔得稍远，看不清车牌，看车的外形就知道也是几辆霸道。

在山区城市，大凡有点钱有点身份的人都喜欢丰田这款越野车，超大的空间，不俗的越野和通过性能是他们最看中的地方，像野猪坪这样的路，一般轿车根本就走不了。

等后面的车靠近了，朱明宣车上的一个人叫了起来：“朱科，这车牌号是县政府的车，糟了……001，是于清风的车……”

朱明宣也吃了一惊，叫开车的下属开慢一点，他回头细看，后面一共有四辆越野车，排在第二辆的就是于清风的车！

还没逮到李思文就跟县委书记于清风碰上了！

朱明宣脸色顿时难看起来，犹豫了一下赶紧摸出手机来打电话，这里的信号很差，电话拨通了不是听不到对方的声音就是对方听不到他说的话，喊了半天也没能顺畅地说一句。

电话打不通，朱明宣没办法，只能见机行事，这时候就只能祈祷李思文不会在于清风碰到徐建国的时候出现了，最好的结果就是徐建国行踪隐秘，李思文和于清风都碰不着。

后面的四辆车，的确是于清风、谢学会一行人，授意唐明华嘱咐李思文按他自己的计划行事后，于清风不敢停留，马上带着县委几个领导急急地往野猪坪赶。

于清风跟唐明华坐一辆车，开过弯道后，他们与前边朱明宣等人的两辆车排成长长一串，路窄，如果不是在某个比较宽的地方停车让道，后边的车想要超车是不可能的。

司机不敢稍有松懈，这路实在是太差了，弯道多，路陡坡险，一个不好就有可能翻到狭沟里去，车后排又坐着领导，颠簸异常，当真是顾得了这头顾不到那头。

于清风在颠簸中瞄到前边的两辆车，顿时诧道："除了我们还有别的单位派人来了？"

前边开车的司机赶紧回答道："没有啊，即使有也不会不跟于书记汇报吧？这车……也不是县委办派给方秘书的，看牌照好像是县公安局的。"

"县公安局的？"于清风怔了一下，之前在县城接车时，在徐建国秘书方小安的建议下，这次到野猪坪见徐建国，于清风不敢多带人，以免徐建国说他搞排场，所以也没安排公安局的人开道或者搞安保。

"有可能是下乡来办案子的。"司机一边开车一边补了一句。

也有可能，于清风也没细想，转移了注意力。

唐明华倒是警觉起来，公安局的人来乡村本身就很奇怪，小偷小摸的案子，通常都是当地乡镇派出所的民警出动，除非是重案大案才会由县城公安局的人接手，没听说野猪坪这边出什么大案子啊。

唯一能联想到一起的，只有李思文的事情了。

难道是李思文被发现了？

唐明华眉头皱了起来，如果真是来逮李思文的人，那就棘手了，怕就怕他们在徐建国面前捅娄子！

倒不是要欺上瞒下，否则他也不会同意李思文直接找徐建国了。让他找徐建国单独汇报就是想将狮子县的问题摆出来，推动这件事得到妥善解决。

谁知来了一帮搅屎棍，在徐建国面前上演抓人闹剧，这不是把狮子县架到火上烤吗？搞不好这件事就会被无限放大，引发一系列严重后果。

事情的发展已经脱离了唐明华的控制，李思文的对手也不是省油的灯，那是一张隐藏得极深的关系网，要想把这张贪污腐化的关系网连根拔掉，光凭他唐明华一个人怕是心有余而力不足。唐明华当了几年纪委书记，早已心知肚明，他迫切希望能找到一个突破口，打开眼下这个局面。

鹰嘴镇事件是导火索，徐建国视察是事件发动的重要诱因。

这是唐明华支持李思文直面徐建国的根本原因。

这时，唐明华发现，不仅仅前边多了两辆车，后面又出现了两辆车，在本来就歪歪扭扭的山路上排成了一条长蛇。

“这还真是山雨欲来风满楼呀！”唐明华忍不住叹息一声，既然避免不了，那大家就只有骑驴看唱本，走着瞧了。

最先发现李思文的人是前边的朱明宣一干人，只见他们停车，下人，动作干净利索。

后面于清风、谢学会、唐明华等人也陆续停车下车，从后面两辆车里钻出来的居然是石山镇党委书记王从洋和镇长崔明礼等人。

于清风多少有些诧异，他没通知王从洋、崔明礼等人前来，他们怎么知道消息了？

不过随后一想也不奇怪，野猪坪村到底是石山镇的辖区范围，镇领导要是不知道发生的情况，那才奇怪了。

不过于清风没有去问王从洋等人，他看到前边的菜地边角处的槐树下有三个人，前边有几个干部正要走过去，估计那边的人就是徐建国，所以朝王从洋等人一挥手吩咐道：“你们都在这儿等着，没我的吩咐都不准过去!”

徐建国不喜欢搞排场，这么大一群人要是一拥而上，很可能会把局面搞僵。

因此，于清风只带了谢学会、唐明华两个人过去，陈正治没跟过去，一脸阴沉地盯着前面那棵大槐树。

山溪边槐树下有三个人，徐建国、李思文以及徐建国带来的下属小张。

徐建国跟李思文谈得很融洽，谈得越多，他越觉得李思文不仅口才好，而且肚里确有真才学，好多涉及基层百姓的数据，他随口就来，这些数据恰恰是徐建国需要的。他不知道李思文本身就是基层的派出所所长，整日里在下面摸爬滚打，又是地地道道的本地人，所以他提供的基层数据比资料里的更确切更翔实。

李思文把他研究和了解的资料详细地对徐建国说了一遍，还加了不少他自己的分析，眼见徐建国认真地倾听和思考，他心里又兴奋又忐忑，不知道徐建国会做出怎样的决定。

正讲得投入，李思文忽然听到车辆的声音，他瞄了瞄，路上驶来七八辆车，他猜到或许是朱明宣等人追来了。

这时候，李思文反而没有找徐建国喊冤诉苦的念头了，一方面是因为他已经做出了选择，成功为狮子县赢得徐建国书记的肯定。

另一方面，那群人要是当着徐建国的面逮捕他，逃犯的罪名可就扣在他脑袋上了，一个逃犯的话，徐建国会相信吗？一旦徐建国认定他是逃犯，也就意味着之前李思文的努力全都白费了，李思文不希望那样。

很快，李思文就作了决定。

从正面菜地小道上急急走过来两个人，李思文从身形以及服装颜色上就看出，走在后面的人是唐明华，走在唐明华前面的人想都不用想，肯定是县委书记于清风和县长谢学会。

再瞄瞄其他方向，好家伙，至少有六七个人从东、西、北三面绕道包抄过来。

说李思文心里不紧张是假的。

这时他不害怕自己被对手抓走，他担心这些人会破坏他刚刚在徐建国面前树立起来的狮子县的好“形象”。在之前的谈话中，徐建国虽然并没有明确表示一定会批这几个项目，但是总体上来说，他还是持肯定态度的。

包抄过来的人离得近了，李思文很快认出东面三个人中的一个正是朱明宣，果然是他们！

当真是“仇人”相见，分外眼红！

朱明宣等人不敢违背于清风的话，没敢跟在他身后，但还是吩咐其他人从别的方向包抄，切断李思文的退路。

于清风没有了平时的紧绷严肃，他满脸笑容，一阵小跑，离徐建国还有十几米远就伸出手道：“徐书记，欢迎欢迎……”

徐建国这会儿心情不错，伸手跟快步跑过来还喘着粗气的于清风握了握手，说：“于书记，我不得不说你们狮子县这两手抓的策略玩得漂亮，当然，我更欣赏你们务实的项目方案，你们作为下属县级机构，在同上级交流接触的方面还有些形式化，但那是以前的一些陋习，我也不怪你们，不过从现在起，我有言在先，咱们不搞任何形式化的东西，你们这次的方案很好，符合我们为人民服务的方针，在此，我要对你们狮子县，对你提出表扬！”

于清风原本是怀着准备挨批的忐忑心情过来的，没想到徐建国心情如此之好，他也云里雾里的，想到可能是李思文准备的方案好，就是不知道他准备的是哪个方案，这时候又不好问徐建国，否则就穿帮了。

只要徐建国心情好就是好事，于清风赶紧向他介绍谢学会和唐明华，介绍到唐明华，唐明华主动上前跟徐建国握了一下手道："徐书记，我是唐明华，我们见过的，去年在北川市党校。"

徐建国盯着唐明华看了看，露出笑脸说："唐明华？呵呵，你名气不小啊，我听说你有个外号叫'铁面小包公'，看来人如其名，这脸够黑啊。"

唐明华脸一红，自嘲道："是啊，徐书记，我是农村人出身，打小就干农活晒太阳，这不光脸黑，全身都黑……"

徐建国哈哈笑道："这脸黑人黑不怕，只要心不黑就行。"

说到这儿，徐建国扬了扬手里的几份材料，又指了指眼前望不到头的土地，说："于书记，你看这大片的土地都荒了，我很心疼啊，原因是什么呢？原因就是种地收入低，收入低就留不住人，可我们的老根儿是什么？那就是地啊，刚才李思文说得好，要想把农村的劳动力拉回来，那就得想方设法为农民减轻负担，为农民提供财力和技术支持，刚才那个年轻人说得好，咦……小伙子人呢？"

徐建国侧头看了看，周围倒是站了几个人，却不见李思文，再一扭头，看到于清风等人来的路上，一群人挟持李思文上了公路，推搡着正往一辆越野车里塞。

"他怎么被带走了？出了什么事？"在官场多年，徐建国意识到肯定是出了什么事，脸色顿时阴沉下来。

于清风和谢学会面面相觑，两人同时想到李思文的事还没来得及处理，难道是那帮贪腐分子动的手脚。

"糟了，这帮混蛋！"唐明华拍了一下自己的脑门，脱口而出。他想到李思文的处境，没料到对方敢在这种场合下手。

想想也不奇怪，李思文跟对手已经到了不是你死就是我亡的时刻。但是让唐明华不解的是，听徐书记的口气，他不清楚李思文为何被人抓捕。

难道李思文没向徐建国说明自己的情况？想到这里，唐明华就觉得内心堵得慌。他向前一步，解释道：“到了这个地步，徐书记，我要跟你作检讨，李思文他……”

“还是我来做检讨吧！”于清风打断了唐明华的话，惭愧地道，“事情是这样的，徐书记……”将李思文的情况一五一十做了汇报，最后于清风说：“徐书记，这事要怪我，没有第一时间处理李思文同志的事情，所以……”

徐建国听完于清风的话，眉头紧锁，半晌，他才感叹一声，郑重道：“李思文是个有原则的同志啊！他遇见我，只字未提自己被冤枉的事，他心里装着整个狮子县呢！清风同志，我理解你们为狮子县的发展殚精竭虑，但也请你们注意，反腐败工作同样关系到我们党、我们国家的生死存亡。随着经济的发展，北川市也有一批官员堕入腐败的深渊，成为金钱利益的奴隶，我们党员干部一定要警惕。李思文同志的情况，相信你们调查之后会做出公正的评判。我要强调的是，不管案情涉及到谁，级别多高，你们都要一查到底。必要的时候，你们可以向我汇报相关情况。”

“是，徐书记。”听了徐建国一番话，唐明华等人互相看了一眼，由衷地高兴，看来徐建国书记还是很好说话的。

“先别高兴得太早！”徐建国板着脸道，“李思文同志的事需要时间调查，你们务必要保证他的人身安全。近几年狮子县的发展情况令人担忧，这一点你们县委县政府主要领导负有主要责任，发展是等不来的，你们自己要主动求变。”

听了徐建国的批评，于清风和谢学会脸上发烫，看来这位市委书记对狮子县的发展很不满意。

徐建国话锋一转，晃了晃手中的资料，对于清风说："让我感到欣慰的是，这次你们提的方案都提到了点子上，要想把农村劳动力的心拉回来，我们政府的政策支持就必须用到点子上，不能搞虚的。你们狮子县三个方案很好，村村通的公路、村民致富计划、水利建设，这三个方案都是迫在眉睫的事，你这个狮子县的父母官来了正好，跟我一起去花椒岩和狗子洞那边看看，我们一边看一边定方案。"

"好嘞！"见徐建国书记板子高高举起，又轻轻放下，于清风悬着的一颗心终于放了下来，咧着嘴答应了一声，赶紧请徐建国，"徐书记，请，车在路上停着，我陪您上车，我们一边走一边聊。"

于清风早就听说徐建国是个不好接触的人，没想到他虽然雷厉风行，但却相当通情达理。

徐建国下县视察的第一站是黄川县，黄川跟狮子县情况差不多，山区穷县，于清风听说黄川县县委几个人可是被徐建国批得很惨。他也分析过，黄川接待徐建国的规格也不出格，不好不坏，上报的项目五个亿左右，比他们准备上报的项目投资总额低得多，所以他也没分析出个所以然来。

看来黄川县和狮子县的头头脑脑们加起来都不如李思文一个人！

唐明华见于清风陪着徐建国抬脚要走，当即上前说道："于书记，野猪坪的路况这么差，徐书记一路颠簸也很累，我看不如让徐书记到车上休息一下，毕竟接下来还要去花椒岩和狗子洞那边，路途也不近，俗话说得好，身体是本钱，身体好才有本钱为人民服务嘛。"

于清风一愣，他原本想趁徐建国心情好，多跟他聊聊狮子县的问题，但唐明华的话显然另有深意。

徐建国哈哈一笑，说："小唐倒是会说话，你们先去安排其他事情，我在车上眯一会儿，到花椒岩了再谈工作。"

既然徐建国这么说了，于清风也不再反对，他让谢学会带着陈正治等常委先回狮子县等着，自己和唐明华陪着徐建国来到村口，等徐建国和小张上了一辆准备好的车后，他跟着唐明华钻进后面一辆车里，车门啪地一关就低声问了出来："明华，你是因为李思文的事吧？"

唐明华点点头道："于书记，徐书记的话您也听见了，李思文的事刻不容缓，这关系到咱们在狮子县的布局，这件事是个难得的契机！"

于清风拍了拍脑门，道："看来你也憋不住了，也罢，早晚要真刀真枪地干一把，眼下还真是个机会。李思文提交的U盘上的证据和录音你都查实了？"

"还没有！"唐明华冷冷地道，"不过也差不多了，银行的记录已经确证，是事实，录音鉴定还要等。U盘里还有文件夹是加密的，强行打开怕会损坏，需要找专家破译，说不定里边的东西会给我们一个大惊喜。"

"很好，这帮混蛋，反了这是。明华，刚刚绑架的那帮人，你看到谁了？李保国还是王治江？"

唐明华摇了摇头说："我一个都不认得。"

虽然唐明华说一个都不认得，但于清风心里很清楚，肯定与那帮人有关系，让他不能忍受的是，这帮人也太胆大妄为了，居然在徐建国和他于清风的眼皮底下干这种事。

第四章　重拳出击，丢卒保车杀人灭口

李保国等人拼死一搏绑架李思文，令于清风雷霆震怒：腐败分子胆大包天，无视党纪国法，公然挑战县委反腐败的决心和底线。他紧急召开常委会，与纪委书记唐明华联手采取行动，决定立即逮捕腐败分子和黑恶势力。然而，令于清风和唐明华想不到的是：一场意外的车祸，将查案人员和涉案人员全部葬身山谷！他们怀疑，难道有更大的势力在背后操控，为了斩断牵连，丢卒保车，从而暗中做了手脚，杀人灭口？

于清风沉默下来，片刻之后抬起头来，眼中尽是凌厉之色，对唐明华说道："明华，事不宜迟，你马上赶回县城处理这件事。"

唐明华毫不迟疑地点头回答："好，于书记，我就等你这句话了！"

"那好，你马上回县城！"于清风不再犹豫，想了想又叮嘱道，"明华，你千万要注意一点，一定要保证李思文的安全，不论他是清白的还是违法犯纪的，你都要把他完好地交给我。有问题，县委组织处理他；没问题，县委组织重用他。还轮不到那帮贪腐分子为非作歹！"

"你就放心吧，于书记，我早有安排！"唐明华肯定的回答。

朱明宣发现现场有徐建国和于清风等领导时，也惊出了一身冷汗，不过这时候打电话请示也没用了，因为根本打不通，由不得他多想，一不做二不休，朱明宣吩咐人手从三面包抄。

徐建国和于清风等人见面时，都没注意旁边的李思文，加上李思文本人也不想当着徐建国等人的面和朱明宣起冲突，因此主动往朱明宣等人的方向退去。

否则朱明宣等人就算暗藏着高压电警棍，要想拿住一身本领的李思文，也有难度。

朱明宣对自己这么容易就拿下李思文，也感到不可思议。之前他甚至有了爆发冲突的准备，一伙人挟持着李思文离开徐建国和于清风数十米远之后，才松了一大口气。

这时候，朱明宣才算完全放下心来，掏出手机给上司打电话，但依旧断断续续的无法通话，好在他这时已经不急了，此行圆满，完美地抓住了李思文。

李思文被夹着坐在中间，在车上一声不吭，脸上甚至没有半点儿惊乱的表情，这让朱明宣很是惊讶。

“李思文，没想到吧？你还是落在我手上了。”

李思文淡淡地道：“此一时彼一时，你抓了我不代表你占了上风，我被你们逮住了也不代表我一定处于下风。”

朱明宣沉吟半晌，李思文不是弱不禁风的人，刚才围捕他时，他怎么一点儿也没反抗？不然的话他们肯定不能不动声色地抓到他。他为什么不反抗？难道这是个陷阱？

朱明宣想到这个，心里一震，赶紧探头到车窗外望向后面，崎岖不平的路上除了他们一伙人的两辆车外，再没有别的车跟来。

虚张声势而已！

朱明宣放了心，狠狠地瞪了一眼李思文，喝道：“李思文，别装神弄鬼的了，当你选择出逃时，你就已经走上了绝路，这一次没有人会来救你的。”

李思文笑了笑，不置可否地说：“困兽犹斗！”

朱明宣也懒得和李思文拌嘴，有些人就是不到黄河不死心，这时抓到李思文就是大功一件，他还是赶紧赶回去报功吧。

野猪坪这边的手机信号实在太差，用电话联系不到，只有赶快回去，等上了国道就能打电话了。

朱明宣一边想一边催下属车开快一点儿，在这种路上，他们的车速已经不慢了，车里面的人颠簸得不行，他自己也一样，只是心急情切，兴奋的劲头抵消车子的颠簸。

前边开车的朱二毛跟朱明宣是堂兄弟，这次被征用主要因为是亲戚关系能保密，来参加抓捕的人中有一半儿以上是检察院和公安局的人，这些人都是一条利益链上的。

朱二毛开过弯道后说道：“朱哥，马上到了，翻过这个坡就到国道了，一两分钟的事。”

只是翻过那个坡后，朱二毛大吃了一惊，路险又不敢回头，一边开车一边头也不回地说道：“朱哥，这……前边怎么那么多警察？”

朱明宣探头一看，只见前边村路与国道连接的路口处有二三十个身穿制服的警察，路口也被车辆堵住了，怔了怔，当即吩咐朱二毛：“二毛，停一下，我问一下后边车上的黄队。”

朱明宣说的黄队是县刑警中队的副队长黄小川。

车子停下，朱明宣还没问，后面的车子也停了，黄小川早看到前边的情况了，下车之后一边往前走一边问：“刘副局，这么大阵仗，出什么大案子了？”

他也很奇怪，前边是公安局副局长刘正东带队，二三十个警察个个持枪荷弹，这个阵势只有对付重大刑事案犯才有，狮子县这么个穷地方能有什么大案子发生？再说连他这个县刑警中队副队长都一头雾水，什么消息都没听说，能有什么案子?

离路口还有十五六米，刘正东在路口处大声回答：“有消息说个别乡镇有人知道北川市委徐书记来野猪坪了，带了人手械具要过来拦截喊冤，我们是来防范的，小川，你们怎么在这边?”

黄小川和朱明宣一听放下心来，尤其是黄小川。这很正常，有人想趁徐建国来狮子县的机会捣乱是有的，县公安局处理这种临时发生的急事自然不会也不可能通知到所有人，他赶紧笑着说：“刘副局，吓我一跳，我还以为我就离开几个小时就发生大事了呢，还好没事。我去野猪坪那边办点儿小事，刚好回来，我见过徐书记和县委于书记，没事，他们乘车去花椒岩那边了。”

刘正东招招手道：“嗯，你们把车开过来，我叫他们挪车。”

黄小川当即回头招手：“你们把车开过来。”

他们一行两辆车，缓缓开到路口处，这边刘正东派了两个人上车挪堵在路口的两辆车，其他人笑容满面地围上前跟黄小川等人打招呼说话。

黄小川这边也有四五个公安系统的，跟围过来说话的警察都熟悉，都是同事，看他们围过来也没起疑心。

刘正东封锁路口的下属有二十六七个，笑语吟吟地围过来，看着好像是跟黄小川等人说个话聊个天什么的。忽然，这二十几个人围车的围车，抓人的抓人，刹那间就把黄小川、朱明宣等人扑倒在地，干净利落地上了手铐，对黄小川等四五个警察还搜缴了武器。

黄小川一怔，忍着胳膊被扭的疼痛，抬头艰难地问刘正东：“刘副局，你们……你们这是干什么?”

刘正东没理他，亲自到朱明宣那辆车跟前，把车门打开，低头看着里面，亲切地说：“思文，辛苦你了!”

朱明宣和黄小川一听刘正东叫李思文的名字，顿时就感觉不妙。

如果刘正东摆出这么大阵仗是因为李思文这个人，那就说明情况相当严重！

李思文弯腰钻了出来，揉了揉生疼的胳膊，侧头瞄了瞄被按得伏在地上的朱明宣，这才对刘正东笑笑道："没事，小意思。"

朱明宣还真不明白，他们悄无声息地把李思文逮走了，照理说应该没有惊动任何人，李思文还没来得及对徐建国说他自己的事，怎么就惹得刘正东带了大队人马出动了？

这中间肯定是哪个环节出了问题！

与李思文的目光对了一下，朱明宣忽然明白了，之前逮住李思文时，他毫无反抗，后面还说了一句困兽犹斗，那时还以为是说他自己，现在才明白，李思文其实是在说他们！

看来李思文早就知道刘正东在这边埋伏救他，要不然他怎么会这么冷静。

李思文其实根本不知道刘正东带了大队人在这里救他，他镇定自若是因为知道唐明华肯定不会撒手不管。

至于唐明华怎么安排怎么行动，李思文还真不清楚。

刘正东亲自递了一瓶矿泉水给李思文，拍了拍他的肩，说："先上车休息下，到了这个地步你也不必急于一时，于书记已经知道并下了命令，一查到底。现在这个局面你也清楚，于书记分不开身，等他陪徐书记办完公事回来，召开县委会再处理你的事情，事有轻重缓急，你今天已经这么做了，我想你也是明白的。"

李思文点点头："我明白。"

刘正东扭头，严肃地对黄小川和朱明宣说道："黄小川、朱明宣，你们涉嫌渎职和严重违法违纪，县局将对你们进行调查，并将移交纪委，其他人一并带回县局！"

刘正东的态度把黄小川和朱明宣带来的手下吓坏了，一个个都不敢吱声，被铐上后塞进了车里，随即押回县局。

黄小川跟朱明宣面面相觑，在刘正东面前又不敢叫喊。

刘正东掏出手机扬了扬，淡淡地道：“黄小川、朱明宣，你们这时候是不是很想打电话？如果你们想的话，我可以给你们一个机会，这是我的手机，给你们一人打一个电话，怎么样？”

此时此刻，黄小川和朱明宣心里最想做的事情，自然就是打电话了，但那必须在私底下，刘正东在面前，就算给他们一万个胆儿，他们也不敢打这个电话。

刘正东见黄小川和朱明宣两人都低着头不吭声，哼了哼，一摆手吩咐下属：“带走！”

黄小川和朱明宣是那个圈子中的非核心人物，但两人背后肯定有牵连的线索，要想从他们嘴里得到线索，恐怕还得费些力气。

那么真正的核心人物是谁？刘正东揣度着上了车，心脏怦怦跳得厉害，看来他的身体还没老，热血依然沸腾，又到了上战场的时候了！

县委书记于清风一直陪着徐建国视察，徐建国就地询问百姓情况，考察狮子县这几个项目是否贴近民意民心。

一直到半夜才算结束，于清风邀请他在县里住一晚，但徐建国非要连夜赶回北川，临走时拍着于清风的肩膀说了一席话。

“清风，今天忙到这个时候，很累，但我觉得很值，你们这些项目贴近民意民心，老百姓觉得实在，这很好。我就喜欢实在的官员，俗话说得好，‘当官不为民做主，不如回家卖红薯’。视察了几个点，我对你们狮子县是既满意又担忧。满意的是，你们狮子县还有一帮一心为民的好公仆；担忧的是，你们狮子县不少党员干部思想腐化堕落，一颗老鼠屎足以坏掉一锅好汤，北川市的大好局面不能毁在这帮蛀虫手里。反腐斗争任何时候都不能放松，你们一定要狠狠地抓。我会一直关注你们狮子县的情况。最后我送你一句话，望你人如其名，两袖清风!”

“徐书记，我一定不辜负您的期望，做一个好官!”听了徐建国这一席语重心长的话，于清风又是脸红又是哽咽地点头，也不强留徐建国在狮子县休息。

徐建国将要钻进车里的时候，又抬头对于清风说：“清风，那个叫李思文的小伙子不错，是个人才，你多盯着那个小伙子，可别让他步入歧途。”

于清风连忙点头，徐建国这才钻进车里。

于清风挥手致意，目送徐建国的车子，直到它消失在黑暗的公路上。

送走徐建国后，于清风更不迟疑，跟几个下属急步返回县委大楼，一边问秘书王见：“谢县长，张副书记，唐书记都通知到了?”

“都通知到了。”王见点头，“都在五楼书记会议室等候……”

于清风一脸肃然，双眼透出凌厉的光芒。

五楼党委办书记小会议室里，烟雾沉沉，谢学会、唐明华、张允学三人一边抽烟，一边等着于书记。

会议室门一推开，于清风走了进去，秘书王见赶紧在外面把门轻轻关上。

“于书记，神神秘秘的，到底什么事儿?”一见于清风到了，县长谢学会马上追问，在这里等了一会儿了，通知的时候又没说是什么事。

秘书王见通知时没说原因，倒不是他不想说，有意卖关子，而是他本人也不知道是什么事。

于清风一摆手说：“老谢，别急，先坐下。”

在场的人中，只有唐明华清楚，不过他没说，这事由于清风来说最恰当。

县委副书记张允学两人都是面面相觑，也不知道于清风葫芦里到底卖的是什么药?

不过今天确实是值得庆贺的日子，他和谢县长跟于清风陪同徐建国一起视察，徐建国的态度相当好，同时又有些奇怪，明明开会时决定了三个大项目，但递到徐建国手中来了个大变样，到底是什么情况？

于清风坐了下来，拧开一瓶矿泉水咕噜噜一口气喝干了，这才伸手向坐在对面的谢学会要了一支烟，点燃深深地吸了两口，加入吞云吐雾的烟民大军。

良久，于清风才开口说话，不过不是对所有人，而是偏过头去问唐明华："明华，李思文的情况怎么样？"

"行动很顺利，人一点儿事都没有，在我办公室，我拿了床被子让他在沙发上先躺一下。"唐明华一边回答，一边打开会议桌上的笔记本电脑，拿出遥控器开了投影，最后才把U盘插到笔记本电脑的插孔中。

"谢县长，张副书记，我关灯了。"

谢学会和张允学对望了一眼，有些奇怪，这次会议没有通知陈正治，看来事情不同寻常。

唐明华把灯关了，一百英寸的投影幕布上，图像和字迹很清晰，谢学会、张允学、于清风看得非常清楚。

于清风早就听过唐明华的汇报，并不吃惊，谢学会和张允学却是第一次见到这些东西，瞧着投影问道："这是什么？"

唐明华沉声道："这就是李思文提供的U盘里的内容，是县鹰嘴镇矿山财务记录，里面有不同时间、地点每笔金额的大小以及去向，这是一本行贿受贿以及利益分配的账单。"

说到这儿，唐明华指了指插在笔记本电脑上的U盘说："上次我只给大家做了简单介绍，这次之召集大家来，是因为有个重要消息要宣布。这个U盘牵扯出的人物众多，除了鹰嘴镇的几个镇领导外，还有县公安局局长陈正治的儿子陈勇，涉案金额相当大。"

"陈书记的儿子？"谢学会、张允学一脸震惊，难怪上次会议，陈正治急赤白脸的，他儿子都扯进去了，他不急才怪。

目前还不知道陈正治是否也牵扯进去了，毕竟没有证据。

不过由此也能看出此案的严重性。

“唐书记，陈勇涉案的资金来往核实了吗？

“核实过，千真万确！”唐明华点头回答，然后又调出录音，播放之前又说道，“谢县长，张副书记，这里还有两份录音，录音我已经递送鉴定处鉴定了，不过他们说县局技术设备有限，必须送到北川市公安局刑侦技术处鉴定，所以技术鉴定的结果还没下来。”

唐明华一边说一边把录音播放出来。

谢学会是县长，下属哪个乡镇的书记镇长他不熟？唐明华没说录音里是谁，但是他一听就听出来录音里是什么人了，刚听了一小段，脸色就黑沉沉的了。

于清风虽然早知道有这些证据，但现场听到后，还是忍不住攥拳在桌上狠狠一砸，恼道：“不像话！”

“这事还真让李思文受委屈了！”于清风的语气重了起来，“我也是刚知道，整个事情的来龙去脉。李思文任鹰嘴镇派出所所长时，抓了个小偷，审讯后得到的笔录牵扯到鹰嘴镇镇长王治江，他考虑再三，向镇党委书记李保国做了汇报。”

谢学会问：“老于，李保国怎么处理这事的？”

“嘿嘿，李保国回答得冠冕堂皇。”于清风忍不住冷笑着说，“他让李思文先等着，由他跟王治江谈话，了解情况后再做决定。但是第二天，王镇长居然提了丰厚的礼物去跟李思文谈‘合作’，被李思文严词拒绝，然后就是赤裸裸的报复。李思文在派出所开会时，检察院的朱明宣就带人去派出所公然抓捕，将李思文带到县城别墅的地下室非法囚禁。”

“反了这是！”谢学会也忍不住一巴掌拍在桌子上，恼了，朱明宣这是非法拘捕囚禁。李思文是党员，更是一名副科级干部，如果他真有什么问题，那也应该由公安系统的纪检部门或者县纪委调查。

尽管之前他听唐明华简略地讲过李思文遭受的不公正待遇，但具体情况，他依然难以置信。

于清风哼了哼又说："还好李思文从地下室逃了出来，找到了纪委的明华同志。接下来的情况大家都清楚了，我就不多说了。在这件事情上明华同志值得表扬。另外，鹰嘴镇派出所所长李思文同志，他有没有问题，我现在不作表态，等事实查清后再说，李思文同志今天为我们狮子县立了大功。还有一点，他今天单独面见徐书记时，只说了关于项目方案的事情，对他自己的问题一个字也没有透露，无论他是不是冤枉的，在这一点上，他是个看轻个人利益，顾全大局的人。"

沉默半晌，谢学会才说道："老于，这个李思文确实识大体。"

于清风嗯了一声说："纸终究是包不住火的，李思文在野竹坪当着徐书记的面被抓，徐书记雷霆震怒，他要求我们坚决彻查此案，决不姑息。在这件事情上，我于清风有错。我想过了，原则就是原则，不能因为家丑不可外扬就遮丑，这件事我会跟徐书记汇报，我们自己先把这事捋清，处理好，然后我去北川向市委负荆请罪！"

谢学会当即抬头，坚定地说道："这也不是你一个人的问题，鹰嘴镇的问题我也负有领导责任。老于，你去北川的时候我跟你一起去，你也别推了，我们一起扛！"

"好！"于清风爽快地答应了，跟谢学会搭班子以来，这还是他们两个第一次如此一致。

毕竟两人的观念不同，执政行事有区别，加上两个人都很强势，因为观点不同经常争得面红耳赤，但在这种大是大非的原则性问题上，两人还是很统一的。

"还有一点，"于清风伸出手指在桌上轻点，"老谢，今天这个紧急会议我为什么没通知县委所有常委，一是防止泄密，二是给我们自己留出处理时间。你们明白吗?”

谢学会和张允学对视一眼，一起点头。

“老于，我明白，今天这个会议内容是绝对保密的，我和允学哪个传出去哪个负责!”谢学会当即毫不犹豫地保证。于清风的担心是有道理的，李保国那个圈子里还有些什么人，牵扯到哪个级别的官员，有没有县委常委，这些都还是未知数。

看于清风等人已经说得差不多了，唐明华才开口：“于书记，谢县长，因为名单中牵涉到县公安局局长陈正治的儿子陈勇，以防万一，朱明宣和黄小川的拘押审查地并不在县公安局，而在纪委。”

谢学会点头赞成：“应当如此，陈正治应该避嫌，不管有没有参与，他首先在管教家属的问题上就犯了错，子不教，父之过!”

于清风又点燃一支烟，抽了一口之后站起身来，踱了半晌，抬头说道：“老谢，鉴于鹰嘴镇的主要领导都参与其中，还有一部分公检系统的人，这股势力盘根错节，为了防止他们反扑和破坏，我们今晚开个通宵会议，要把行动方案制定好，千万不能出差错!”

于清风四个人通宵商讨方案，方案想了一个又一个，到天亮之前才决定下来，毕竟案子涉及的嫌疑人太多，同时进行抓捕时难度大增，因此不得不妥善考虑。

最终决定进行抓捕的时间定在早上十点钟，早上八点半上班后一两个小时是他们防范心最弱的时候。

但事情的发展往往出乎意料。

开完会后，于清风四个人就在会议室里休息，没有离开，这也是为了避嫌。

谢学会和张允学两个人先扛不住了，鼾声如雷，一整天辛苦劳累，晚上又熬了个通宵，不困才是怪事。

于清风心事重重，时不时看表，一心想着怎么把那伙贪腐分子一网打尽，怎么都睡不着。

可是还没到十点，九点四十，于清风的秘书王见忽然敲门进来。

“于……于书记，出……出大事了！”

“出什么事了？说！”于清风见王见慌乱成这样，心里也有些慌乱，什么事能把堂堂县委书记秘书吓成这样。

谢学会、张允学、唐明华三人也都被王见的敲门声惊醒，坐直身子盯着王见。

王见脸色苍白，声音有些发颤：“于……于书记，刚才鹰嘴镇派出所打电话到办公室来，说……说……出车祸了……”

于清风沉声道：“慢慢说，出什么车祸了？谁出车祸了？”

王见扶着桌子边沿，定了定神，然后才说道：“是鹰嘴镇党委书记李保国，镇长王治江，国土资源所所长张英杰，还有县公安局陈正治局长的儿子陈勇，据说是到鹰嘴崖那边现场考察开发征地的事，谁知道出了车祸，车子失控，跌下了鹰嘴崖，报案后，派出所的民警和县城人民医院的急救医生赶过去，赶到现场时发现四个人已经死亡。”

“什么？死了？”

王见的报告令于清风等四个人同时站起身来，四个人的脑子嗡的一声，一脸活见鬼的表情。

昨天晚上还熬夜通宵，商量着要抓这帮人，结果第二天早上都死了。

于清风额头上全是冷汗，简直令人无法相信，也无法理解。

他们四个人都在会议室里，没有人打电话发短信，消息绝不可能从这里泄漏出去。

那么到底是怎么泄漏出去的？这几个人为什么死得这么巧？早不出车祸晚不出车祸，偏偏在即将对他们进行抓捕时出了车祸。

无论如何，于清风都不相信他们会死得这么巧！

这起车祸太引人注目了，而且牵连的问题令于清风又恼火又头疼，本来打算得好好的，忽然被人釜底抽薪了，这个案子的几个核心人物一下子全死了，案子的线索就此断了。

本来于清风还想着将事件调查个清清楚楚，再去跟徐建国汇报，去负荆请罪，这下倒好。

对于这起突发的车祸事故，于清风脑子里第一个感觉就是——阴谋！

幕后有神秘的指挥者，这起车祸绝不可能是正常车祸，而是一起人为事故！

虽然直觉告诉于清风这件事不简单，但在没有调查清楚前，于清风也不能下定论，毕竟一切都要根据事实证据说话。

于清风毕竟是于清风，是狮子县的一把手，混乱的念头在他脑子里盘旋了一小会儿，很快他就平复了下来，吩咐王见："你马上通知现场民警，保护好现场，我亲自带队过去，另外再通知县公安局副局长刘正东，带刑侦专家赶赴现场侦查，给县公安局局长陈正治放假一周。"

给陈正治放假自然是要他避嫌，在没调查清楚前，没有确切的证据，他们不能随便给陈正治定性。

即使陈正治的儿子陈勇犯了法，只要没有证据证明是陈正治指使他干的，就不能定陈正治的罪，最多就是个教子不严。

但陈正治当真与李保国等人的死没有关系？如果真与他有关的话，虎毒不食子，他怎么可能连儿子都一起做掉？

巨大的问号盘旋在脑海里，于清风恨不能把这个问号剖开看个清楚。

鹰嘴崖车祸现场十分惨烈，刑侦专家一直检查到晚上才给出答案："车祸的直接原因是汽车刹车系统的螺丝脱落，导致刹车失灵发生车祸。"

现场没有目击证人，因为地方偏僻，少有人过路，而且摔坏的汽车经过检测后，没有发现人为的痕迹。

李思文得到消息，也不相信。刹车系统的螺丝一般情况下是不会脱落的，更何况是定期维护的执法车辆。

以此推断，这起车祸有两种情况，一，确实是概率十分小的巧合，真的是螺丝自己脱落了。二，是人为的，作案人对车辆非常了解，是个老手。如果是后者，问题就严重了。

第二天早上十点，纪委唐明华办公室。

李思文这次来唐明华办公室是光明正大地来的，不像上次是翻墙偷偷摸摸进来的，他在唐明华办公室门口整了整衣领，这才轻轻敲了一下门。

“进来！”

是唐明华的声音，不高不低，十分温和。

李思文推开门进去，笑着说：“唐书记，我来了。”

唐明华把手里的文件一盖，站起身走过来，笑着说：“来了啊？坐下说。”

唐明华过来的时候，从办公室角落的小纸箱里拿出两小瓶矿泉水，坐在李思文对面，一瓶递给他，然后拧开自己手中的一瓶，喝了一口才又说道：“思文，经过对朱明宣等人的突审以及各方查证，县委刚刚召开了紧急会议，我跟你宣布一下处理情况。一，之前检察院对你的拘捕是非法的，属于滥用职权，当然，是检察院个别领导滥用职权，县委已经发文件证明了你的清白。二，这个案子涉案的几个核心人物均已车祸身亡，案子还在继续，你先回派出所继续好好工作！”

李思文沉吟了一下，心里多少有些不甘，为了这个案子，李思文也算是“逃亡”了几天，如今快要大功告成了，突然来了个紧急刹车，想想都觉得郁闷。他想了想才问：“唐书记，我觉得还有很多可以深挖的线索，比如……”

“我知道。”唐明华没等李思文把话说完就打断了他，“思文，有很多事我们不能任性而为，饭只能一口一口地吃，想要一口就吃成个大胖子，哪有可能？”

李思文一怔，见唐明华一脸认真，顿时有些失落，又有些心灰意冷，抿着嘴不再说话。

唐明华哼了哼又说：“你看，闹情绪了吧？我看你还是需要多磨炼，年轻人不磨不成材！”

李思文苦笑道：“唐书记，我就是根烧火棍，再怎么磨也成不了顶梁柱。”

唐明华忍不住笑了起来：“你这小子，是不是顶梁柱要走着瞧，但你肯定不是根烧火棍。这样，你先回派出所处理一下你的工作，不出意外，县委组织部的人这两天会到鹰嘴镇考察，你要有个心理准备。”

李思文一愣，心想：难道自己要调动工作？他摇头道：“唐书记，我在鹰嘴镇派出所工作挺好的，根据我的想法……”

“打住！”唐明华又打断了李思文的话，说，“李思文，我以为通过这次事件，你应该变得更成熟了，怎么还是这么毛躁。你放心，鹰嘴镇派出所少了你一样正常运转。至于其他的，组织上自然会为你安排。”

李思文苦笑了一下，“唐书记，听你的意思……我会调离原来的工作岗位？”

通常说来，李思文职务调动也会在公安系统内，比如调到别的乡镇派出所，当然，那是平调，以现在的情况来看，应该是升职。照常例，应该会调到县公安局，比如县刑警大队或者交通大队等部门。大队的话可能是任副队长，中队有可能任队长，以后再进一步就是大队长或者县局副局长了。

但唐明华透露出来的意思，预示着李思文接下来的工作可能会跳出公安系统。李思文也不是愣头青，好歹也在体制内待了几年，怎么会不明白，一个小小的派出所所长升调工作怎么可能由县委决定？

由县委决定，并由县委组织部考察，只能是针对乡镇或者以上级别的政府部门干部调任。

看到李思文心里忐忑，唐明华笑了笑，问他："思文，我也就是跟你打个招呼，你呢也别多想，更不要有压力。你先回鹰嘴镇派出所继续上班，等候组织安排。临走前我送你一句话：做好你自己！我觉得你的优点不仅仅是才干，更重要的是你是个清白的人。"

从唐明华办公室出来，李思文直奔鹰嘴镇。

狮子县到鹰嘴镇有二十来公里，国道线，道路自然比乡村公路好太多。李思文打车回鹰嘴镇用了二十多分钟，国道是国道，但依然是山区公路，快不起来。

李思文走进派出所大门前，心里别有一番感慨，鹰嘴镇还是那个鹰嘴镇，派出所也还是那个派出所，但人却已经不是原来那个人了。

派出所大厅，张妍和蒋春芳在为几个人办户籍和身份证登记手续，另一边的民警值班室里，副所长郑长顺的声音恰好传了出来。

"大全，李治，你们巡一下街，配合城建那边治理镇上的交通治安。胡东，大学，精神点儿，上班要有上班的样子，别死气沉沉的……"

李思文站在窗边静静地待了一会儿，这会儿听郑长顺的话心里真是感慨万千。

张妍登记好一个人的资料后，一抬头，看到了李思文，当即惊叫起来："大家快来看……李……李所回来了，李所回来了！"

刹那间，派出所里就像炸了营一般，办公室、值勤室、窗口，所有人都跑了出来。

都是李思文再熟悉不过的面孔，宋大全、胡东、张妍、李治、蒋春芳、刘大学……

个个都是又惊又喜的表情，围着李思文问长问短，李思文看到人群后一张惊愕且难看的脸——副所长郑长顺！

郑长顺似乎惊讶于李思文居然还能回来，并且这么快就回来了。

李思文衣着整洁，身上干干净净的，一脸微笑，哪像是个被抓走的人？

除了郑长顺外，所有人都围着李思文问东问西。

张妍人小嘴快，伶俐得很，直接问他："李所，我们都不相信你会贪污，这几天托人打听也问不出来，还好你安安稳稳地回来了，他们都查明白了吧？"

在张妍心里，李思文是个再清廉不过的人，所以她不担心，果然，人好端端地回来了。

李思文笑着回答："查明白了，是个误会，领导让我回来等着，这段时间让你们担心了。"

张妍拉着李思文的手笑吟吟地说："我就说嘛，李所百分百不是那种人，你回来就好了，没有你在我就觉得浑身没劲。"

李思文呵呵一笑，说："有那么离谱没？"说着又望了望郑长顺，说道："老郑，干得不错嘛，看来就算我不在所里，所里也一样能运转起来了。"

郑长顺脸上有些僵硬，嘴咧了咧，想说什么终于还是没能说出来。

倒是宋大全接过了话头："头，不知道你听说没有，我们镇出大事了，镇委书记李保国和镇长王治江出车祸死了，镇政府这两天乱哄哄的……"

"知道，听说了。"李思文点点头，扫视了一眼大厅，吩咐，"别管镇政府的事，我们派出所所有民警要坚守岗位，干好自己的工作，不传谣不信谣。镇政府那边自然有领导安排，用不着我们操心。”

郑长顺震惊于李思文能回来，越想越觉得奇怪，回过神来后终于忍不住问他：“李……李所，你回来，上面没说什么吧？”

李思文点点头回答：“没说什么啊，查清了就放我回来了呗。”

郑长顺又追问：“那……局里应该有通知吧？不可能……不可能……”

李思文当然知道郑长顺吞吞吐吐的意思，他被抓的事，镇上知道，局里知道，这事闹腾得很大，如果没事回来，至少县局要派个人来宣布一下，是官复原职，还是另行安排，都有官方的程序，可不是他李思文自己说了算的。

这事也没啥可隐瞒的，李思文决定实话实说：“组织让我先回来等候下一步安排，这段时间，派出所的事我就不插手了，由老郑你统一安排。”

张妍等人顿时大失所望，毕竟他们之前一直在李思文的带领下工作。

郑长顺露出轻松的表情，长长地舒了一口气。

李思文疑惑地看了他一眼，老郑今天的态度有些反常啊。

郑长顺沉吟了一下拍拍手，吩咐众人：“好，大家各回各位，张妍、蒋春芳，你们继续办公，大全、胡东、李治、大学，你们几个跟我来开个会，我安排一下今天的工作……”

李思文回来，大家都有些激动，张妍也没把郑长顺的安排当回事，笑着问李思文：“李所，这可不行，你回来不就表示你是清白的吗？既然是清白的，那我们所这个头儿还是你当合适，嗯，有你在就觉得踏实。”

郑长顺脸色一下子就黑了，低声恨恨地道：“还啰嗦什么，赶紧做事！”

张妍一怔，瞧了瞧脸色阴沉的郑长顺，其他几个同事也都盯着郑长顺，都看出郑长顺的神色有些不对。

“看什么看？都没事做吗？”郑长顺一不做二不休，大声呵斥几人，“谁不做事就记过扣奖金！”

“我明白了，郑副所，你是不是想当所长？看到李所回来你不高兴了。”张妍一下子醒悟过来，性子一起，也顾不得郑长顺副所长的面子，当即问道。

郑长顺脸一沉，喝道：“张妍，你什么意思？工作是工作，你把私人感情带到工作上就是不对，赶紧工作去！”

张妍气得呼呼直喘，就差跳脚了，“哦哦，我想起来了，我说郑副所这几天怎么老去县局陈局长那儿汇报工作，还把陈局长的儿子陈勇请到鹰嘴镇来逍遥，原来是这么回事啊！”

郑长顺心里的想法被揭穿，一张脸阴得能滴出水来，却一时间找不到反驳张妍的话。

张妍又说：“郑副所，你也别不高兴，你想升官就升官吧，但是李所人还在这呢，你就一副迫不及待的样子，这吃相也太难看了吧！”

郑长顺被张妍说得脸上一会儿青一会儿绿的，火冒三丈，道：“谁不高兴了？谁不高兴了？高不高兴我们这都是机关单位，我这也是按规章制度办事，怎么就吃相难看了？”

李思文原本想出言缓和下气氛，但看到郑长顺的脸色，心里才明白朱明宣等人为什么会那么巧地在办公室抓到了他。

原来是派出所里有人跟朱明宣等人通过消息，这个人就是老郑。

眼看张妍和郑长顺争得面红耳赤，李思文一摆手，劝张妍：“老郑说得对，这是单位，我的工作安排还要等上级指示，你们都上班做事吧，都去吧！”

看李思文出面说话了，张妍才气呼呼地一扭头跑了，跑的时候嘴上还嘟囔了一句：“小人得志！”

胡东几个人相互瞄了一眼，一声不吭地走了。

虽然没说什么，但郑长顺明白，他跟同事之间的关系再也回不到从前那么亲密了！

郑长顺哼了哼，既然被当面拆穿了，也就无所谓了，只要自己当了所长，他们跟不跟自己有什么所谓？以后可以培养自己的心腹。

李思文摇摇头，去办公室拿了剪刀到停车坪，修剪花坛里枝杈横生的小树，所里的事儿他真就不理会了。

郑长顺平时说话并不大声，但这之后的两天，他的声音明显大了，原本对同事说话和善的语气也变得严厉起来，尤其是李思文回来之后，好似更刺激了他。

李思文反倒是想开了，以前离开半天都放心不下派出所的工作，而现在却能在派出所前放松地修剪小树，不知道是经历过沧桑了，还是心胸宽阔了。在这种奇妙的状态下，到了第三天中午。

这几天，郑长顺公开“闹”过之后，派出所的同事都看明白了郑长顺的真面目，对他的态度也变得十分冷淡。

李思文觉得郑长顺有些可怜，他根本就不知道，李保国等人的案件牵扯多大，目前已经确定的参与者，就有陈勇，县公安局长陈正治也难逃干系。

郑长顺偏偏高调频繁地与陈勇、陈正治接触过，搞得人尽皆知。组织上都看在眼里，现在郑长顺低调都来不及，还敢在派出所里作威作福。

这就是典型的作死呀！这种人又怎么可能得到组织的重用和提拔。

吃午饭的时候，一干人才得以松闲下来，纷纷打了饭跟李思文坐在一桌，郑长顺孤零零地坐在邻桌，一张脸黑得和锅底一样。

派出所食堂就近请了一个农妇做饭，饭菜也还将就，众人吧嗒吧嗒地吃饭，好似要把气都撒在饭菜上，咬牙切齿地嚼了吞下肚去。

吃饭的时候，张妍话最多，一边吃饭一边问李思文：“李所，今晚我请客，回来两天了，也应该给你庆祝庆祝，没你我们这儿就像没家长了一样。”

胡东不看郑长顺，取笑她：“小妍儿难得出一回血，今晚肚子就算再委屈也要去吃一回。”

张妍翻了一个白眼：“谁说要请你去了？我就不请你！”

“哈哈……”胡东也不生气，又取笑道，“你不请我去，小心我们琳琳嫂子吃你的醋，我怎么也得去扛这个黑锅……”

“呸，当我没人要啊？”张妍一嘴顶回去，不过并没有生气，平时跟胡东他们玩笑都开习惯了。

郑长顺脸色又阴又黑，一肚子火。

李思文摇头说：“算了，我晚上还有些事情要办，真没有空，以后有时间再说吧。”

张妍还想说什么，旁边桌子上的郑长顺终于忍不住了，“张妍，办公室电话响了，去接一下。”

李思文这一桌的人愣了一下，静下来一听，果然有电话铃声传过来。

张妍把筷子一放，赶紧起身小跑过去接电话，食堂里隐隐能听到她在办公室说话的声音，只是听不清她说些什么内容。

只一会儿张妍就跑了回来，还没跑到就喘着粗气大声说：“县……县局刘副局长来电话说，他和县领导马上到派出所，让我们做好准备……”

“刘副局长要来？”郑长顺一下子跳了起来，表情又是紧张又是惊喜，县公安局刘正东副局长亲自来，莫不是来宣布他的任命？

如果李思文要复职，早就宣布了，何必等到现在。既然不是李思文，派出所论资历、职位，只有他郑长顺最合适了，除了他还能是谁！

“大家赶紧各就各位，打起精神来，都给我精神点儿！”郑长顺跟打了鸡血似的，一边吆喝着赶紧上班，一边整理领口袖子，压根儿不管大家吃没吃完饭。

张妍、郑东、宋大全等人也不敢怠慢，赶紧回办公室做准备。

郑长顺早兴冲冲地跑没影了，一会儿工夫，食堂里只剩李思文一个。

六七分钟之后，派出所门外来了两辆轿车，郑长顺早等候在那，没等车上下来人就迎上前去。

车门打开，两辆车上一共下来三个人，郑长顺只认得其中一人，就是县公安局副局长刘正东，其余两个人都不认得。

“刘副局，欢迎欢迎，欢迎领导来检查工作！”郑长顺赶紧伸手相迎。

刘正东跟他握了握手，转身对另两个人说：“张副书记，吕部长，请，请进！”

那两个人在刘正东的陪同下进了派出所，郑长顺一个人落在后头，搞得他莫明其妙，心里嘀咕着，这两个是什么人？看起来比刘正东的地位还要高，听刘正东称呼“张副书记”“吕部长”，这是什么部门的副书记和部长？

县公安局可没有张副书记，公安局的党组书记也不姓张，再说公安局也没有部长这个职务，那这个吕部长又是什么人？

在派出所的办公室里，郑长顺递了个眼色，张妍把准备好的茶水端了进来。

刘正东招呼着两个人：“张副书记，吕部长，来来来，请喝茶，到了这儿，我好歹也算是个主人吧，呵呵……”

说完话，刘正东才扭头向站在旁边的郑长顺介绍：“郑副所，这位是县委张副书记，这位是县委组织部吕部长，今天来我们所考察干部，你好好招呼。”

“考察干部？”郑长顺一听果然是这个事，脸上的笑容忍都忍不住，当真是心花怒放。

此时的他根本没想到，就算他升任鹰嘴镇派出所所长，也轮不到县委副书记和县组织部长来考察，一个地方基层派出所所长，由县公安局内部任命，不会由县委组织部部长来考察。

县组织部来考察的，基本上都是各乡镇党委书记和副书记，而且下来考察的也会是组织部副部长，今天来的却是县委组织部正部长，一起来的还有一位比县委组织部部长吕青松职务更高的县委副书记张允学，这已经表明这次的干部考察非同一般了。

可郑长顺已经被喜悦冲昏了头，要是平时他还能发现不正常，但现在他满脑子都是派出所所长的职务马上就是自己的了。

副书记张允学端起茶杯喝了一小口，左右瞄了瞄，不经意地问了一句："李思文呢？没在所里吗？"

郑长顺一愣，来不及细想，随口答道："张副书记说李思文吗？他……他犯错被捕刚回来，还在等上级的处分，因此这几天就安排他做些剪枝施肥的事情，这会儿还在食堂吃饭……"

"不像话！"

张允学听郑长顺这副口气，顿时恼了，斜睨了郑长顺一眼，扭头问刘正东："老刘，怎么你的兵都喜欢信口开河？谁说李思文是犯错等处分？哪个领导放过这样的话？还安排他做些剪枝施肥的事？"

郑长顺被张允学毫不留情的话搞傻了，不是来考察他的吗？怎么一提李思文就发火了？

刘正东一笑，摇了摇头说："张副书记，这哪里是我的兵？我也就是个副局长，管的也是局里的一些闲事，不管纪律不管嘴，要真是我的兵，我立马撤了自个儿的职！"

张允学哼了哼，摆了摆手对郑长顺道："算了，把派出所的编制名册给我，你出去！"

郑长顺一脸郁闷，不知道自己哪里得罪了张副书记，那个吕部长更是一声不吭，上司刘正东刚才一席话可没拿他当自己人，明显有贬他的意思。郑长顺心里不得劲儿，把编制名册递给张允学后，不情不愿地出了办公室。

张允学翻了翻编制名册，递给吕青松："吕部长，考察干部是你们组织部的活儿，我来只是个陪衬，呵呵，考察归你办，来，名册给你。”

吕青松四十六岁，做组织部长也已经三年多了，跟张允学是老相识，在狮子县共事也有六七年了，熟得很。

“嗯，那就从来派出所时间最短的张妍谈起吧。”吕青松翻着编制名册，选了到鹰嘴镇派出所工作时间最短的张妍。

张妍进来的时候先在门上轻轻地敲了一下，表情有些紧张，有些局促。

吕青松见她正是刚才手脚伶俐地泡茶倒水的靓丽女孩，年纪轻轻挺可爱，当即露出笑容，温和地说：“小张是吧，嗯，坐下坐下，我是县委组织部的，就是跟你们了解点儿情况，你别这么紧张，放轻松点儿……”

张妍这才坐到对面的椅子上，但表情依然比较紧张。

吕青松一笑，说：“小姑娘毕业工作才一年吧？照理说警校毕业的应该胆大才对，你看，我跟张副书记长得又不吓人，你这么紧张干吗呢？”

“噗……”

吕青松这话顿时把张妍惹笑了，她这一笑，紧张的气氛瞬间就化解了，小姑娘就是小姑娘，一笑后胆儿就大了，笑吟吟地说：“吕部长，张副书记，我长这么大见过最大的官儿就是刘副局长，你们这么大的官儿没见过，怎么会不紧张嘛。”

吕青松呵呵一笑，侧头对张允学道：“张副书记，你看，我们还是下基层的时间少了吧，连派出所的警员都这么说，老百姓就更不用说了，我看还得多下基层，多接触百姓，要让基层百姓见到我们就当是见到邻家大叔，而不是一身煞气摆着威风的老虎。”

张允学笑着点了点头，对张妍和和气气地道：“小张，我也姓张，你就当我是你的叔叔好了，我们就随便聊聊天。嗯，你在派出所上班怎么样？”

张妍还真不紧张了，嗯了一声回答：“还行，做户籍工作，没危险，平淡，没有在警校时想得那么刺激。以前我实习的一个派出所给我一种感觉，老百姓进派出所都很害怕，但我来鹰嘴镇派出所却没感觉到那种情况，李所让我们窗口民警服务要有笑容，温和待人，并在门外设了一个民警评比栏，让任何来派出所办理事务的人临走时留一句评价，无论是窗口民警，还是办案民警都有。我在这个派出所工作一年多，可以明显感觉到，鹰嘴镇的老百姓来派出所就没把这儿当成派出所，就当是个依靠。工作虽然累，但老百姓的评价让我很感动，累也觉得值!”

“是这么个理。”吕青松微笑着点头，话锋一转，又问她，“小张，你刚才说了李思文，你觉得李思文这个所长怎么样?”

一提到李思文，张妍就攥着拳头很生气地说：“对了，张副书记，吕部长，说到我们李所，我就有话说了，诬陷的事你们管不管？检察机关的人随便抓人你们管不管？我们李所清清白白的，我来派出所一年多，我就没见他进过一次馆子，没见他买过一身衣服，你们看镇上，哪家不是洋房新房？我们李所家还是几间老瓦房，这样的人你们相信他贪污?”

吕青松望了望张允学，苦笑着说：“这小姑娘嘴真是利害，嗯，我正式给你们澄清一下，抓捕李思文的行为不是检察院批准的，而是个别人滥用职权，李思文的事县委经过调查取证后查实他是清白的。不过小张的话对我们倒是个警醒，县委于书记已经召开会议，纪委将对全县机关进行巡视排查，要彻底杜绝滥用职权的事再次发生!”

说完，吕青松停顿了一下，咳了咳，然后又问张妍：“小张，你对李思文个人有什么看法?”

“对李所的看法?”

张妍怔了怔，偏着头儿想了想，然后才回答：“不知道怎么说，在工作上，李所就像我们这个大家庭的家长，严肃认真；在个人生活上，他又像是一个亲切细心的大哥，对我们的关心无微不至。要说我对他的看法呀，那就只有几个字：好人，好官，能干！”

“好了，谢谢你，去继续工作吧。”吕青松笑着点头，又补上一句，“小张，你出去叫胡东进来吧。”

张妍嗯了一声，出去心里还纳闷，就聊这么几句就行了？

大厅里，几个同事都紧张地站在一起，一见张妍出来就围了过来，压低声音问了起来。

“张妍，问什么了？”

“张妍，你都讲了些什么？”

……

张妍一时也不知道回答哪一个问题好，瞄到郑长顺神情紧张地盯着她，想了想才说道：“也没问我什么，就随便聊了些无关紧要的话，我看到有这么多大领导在，就鼓起勇气提了李所被冤枉的事儿……”

“胡闹！”郑长顺一听张妍居然在领导面前提这个，忍不住呵斥起来，“有领导在场，你提这事干什么？真是没有一点儿组织纪律性，没一点儿大局思想，气死人了。你给我停职写检查，好好反省反省。要是误了事，我还要罚你，不像话！”

张妍被郑长顺吼了一通，听说要停职写检查，火一下子就上来了，恼道：“郑副所，你不要老是打官腔说狠话，以前好好的，这几天就变了，我就觉得奇怪，现在终于搞明白了，原来你是想占李所的职位，背后使阴枪啊，我鄙视你，小人做派！哼！”

“你……”

面对张妍毫不留情的话，郑长顺气得浑身发抖，指着她直喘粗气。在办公室被张允学训了一通本就很窝火，只是不敢发作，这会儿连手下的小兵都这么讲他，明着跟他顶撞，那个气啊，快把胸给气炸了！

张妍不理会他，既然都说停职写检查了，小姑娘倔脾气发作，什么都不顾了，侧头对胡东说：“胡东，叫你进去！”

胡东一愣，忐忑不安地走进去。

大厅里，郑长顺脸色一阵红一阵白，张妍的抢白令他颜面尽失，但这会儿有领导在，他也不敢大声训斥，不敢发作。

接下来，郑东、宋大全、蒋春芳、李治、刘大学几人依次被叫进去谈话，出来后一个个都莫明其妙，觉得谈话没个重点，也搞不明白到底是怎么回事。

郑长顺从他们出来说的话中听出，领导并没有问关于他的情况，问得最多的是关于李思文的，这是什么情况？难道组织还要深挖他的案子？

谈话结束，张允学、吕青松、刘正东一起出来，刘正东从公文包里取出一份文件向郑长顺招手说："郑长顺，这是你的调令，三日内赴职！"

"调令？"

郑长顺又惊又喜，该来的始终要来，只是刘副局长给他调令的过程也太折磨人了，就不能一来就给？

郑长顺恭恭敬敬地用双手接过调令，打开来看，见上面写着："调令：经县局党委讨论决定，现调原鹰嘴镇派出所副所长郑长顺同志到县局档案科任副科长，即日起三日内赴职。"

下面的落款是狮子县公安局，还盖了鲜红的县局公章。

郑长顺愕然，脑子似乎短路了，一时转不过弯来。

怎么不是让他出任鹰嘴镇派出所的所长？即使不是这个派出所的所长也该是其他派出所所长，或者去县局大队吧？

怎么会是县局里最冷门的档案科呢？

"刘副局，这是……这是……"郑长顺望着刘正东结结巴巴地问道，"这是怎么回事？怎么把我调到档案室去了？我不是……不是任鹰嘴镇派出所所长吗？是不是搞错了……"

说到这儿，郑长顺忽然醒悟过来似的大声道："哦，我明白了，刘副局，是不是李思文说了我什么坏话……"

刘正东脸一正，喝道："郑长顺，你还是党员干部吗？说话要注意分寸！"

"我……"郑长顺顿时被刘正东的话呛得满脸通红，这才感觉不妙。

吕青松瞧着郑长顺只是摇头，张允学也懒得看郑长顺这副嘴脸，摆摆手说："吕部长，走吧，回县里去，于书记还等着呢。"

郑长顺心里冰凉，又忍不住问刘正东："刘副局……那……那所里的事我也丢……丢不下啊，要不请局领导再考虑考虑……"

"你当是过家家啊？"刘正东喝了一声，又说，"所里的事用不着你操心，局里已经有安排了，李治升任副所长，暂时代理所里的事务，新所长会在一周内到任！"

郑长顺一听事情已经落定，脑子里顿时像被灌满了混凝土一般，又冷又沉又木，不知道如何是好。

刘正东不再理睬郑长顺，陪着张允学和吕青松两人出门，开车回县城。

派出所这边，郑长顺脸色死灰，站在台阶处发怔。

"天气真好，我要请大家吃饭！"

张妍忽然说道，伸开双手做了个拥抱蓝天的姿势。

郑东哈哈笑道："小妍儿，你请什么请，可别抢李副所长的风头啊！"说着一把搂着李治的腰背叫嚷起来："李治，请客，请客！"

李治没想到会是这么个情况，上头连一丁点儿风声都没透露过，他兴奋地说："请就请，不过我也是头儿那些话，等会儿打电话叫我老婆买菜，在我家里做了吃，咱不下馆子，地沟油不好吃！"

李治说着，瞄了瞄旁边阴着脸不出声的郑长顺，忽然又说道："对了，头儿还在外头呢，大伙儿去热闹热闹，要是没有头儿去，这饭吃起来也不香啊！"

"那是那是，李所就是人太好了，不像有些人，明里亲兄弟一样，背后却捅阴刀子……”张妍瞄着郑长顺讽刺道。

既然刘副局长都已经宣布了郑长顺的调令，她也就用不着藏着掖着了，把心里头的话都说了出来。

郑长顺这几天把架子都摆足了，哪里料到会是这么个结局，这时恨不得找个石头缝钻进去才好。

派出所里一片欢腾，众人七嘴八舌地说要给李思文庆祝，倒是李思文摆摆手道：“算了，这几天所里又忙又乱，你们还是好好做事。还有李治，当副所长了更要用心工作。”

李治脸一红，认认真真地说：“头儿，不管我升到什么职务，你始终是我的头儿，是我的师傅，是我的大哥，也是我的亲人。你是清白的，不如跟上级申请一下，留在派出所，继续带领我们这班兄弟姐妹吧。”

李思文叹了一口气，微笑道：“天下哪有不散的宴席。我也想跟你们一起工作，不过得服从上级，服从指挥，等通知吧！”

李思文瞄了瞄站在一旁发愣的郑长顺，想了想，还是过去轻轻拍了拍他的肩膀，说：“老郑，送你几个字：不以物喜，不以己悲。在新岗位上踏踏实实工作吧。”

郑长顺茫然地瞧了瞧李思文，脑子里一团糨糊，说不出一句话来。

第二天早上，李治安排工作，郑长顺也在派出所，他是来收拾自己物品的，虽然情绪低落，但人倒是清醒了。瞧着意气风发的李治，担任着他以前的职务，干着他以前的工作，更加沮丧。

办公室的电话突然响了起来，李治顺手接过来说：“鹰嘴镇派出所，哪位？”

郑长顺正好抱着自己的物品箱子经过，听到李治接电话就停了下来，心里想着要不要最后和张妍他们告个别，又觉得面子上下不来，正犹豫间，李治陡然站了起来，带着一脸惊讶的表情道：“通知李……思文调任县委办公室副主任?”

郑长顺听到李治的话顿时全身一震，他几乎不敢相信自己的耳朵，怎么可能?

县委办是县委权力中枢，是受县委书记直接管辖的直属部门，县委办的普通办事员到了下面基层也是见官大一级，更何况是县委办副主任。

职务虽仍然是副科级，但谁都明白，这个副科级的职权几乎可以跟正科级的乡镇书记相媲美。

郑长顺恍然大悟，原来县委领导和县委组织部的人来考察的是李思文!

亏他还傻乎乎地认为是来考察他的，想起来不禁汗颜。

李治又说了几句话，挂了电话兴奋地跑出去，经过门口时看也没看郑长顺一眼，跑到办公楼外面冲着正在打扫卫生的李思文叫道：“头儿，头儿，你的通知来了，让你明天早上十点到县委办履职，调任县委办公室副主任，县委组织部和县委领导会有一个履职宣布会。”

李思文站起身怔了怔，诧道：“县委办副主任?”

这个职务倒是出乎他的意料，不过仔细想想也不奇怪，这应该是县委书记于清风的意思。上一次在徐建国视察时，于清风是把李思文的能力看在了眼里，这才把他调到县委办去，明显这是要重用他李思文。

对于县委办的工作，李思文目前是一头雾水，不过最近他心态好了很多，在什么岗位就干什么工作，船到桥头自然直。

李治使劲地搂了一下李思文，笑道：“头儿，去县委当领导后不会忘了我们这班下属吧?”

李思文“呸”了一声，说：“尽瞎说，我到哪里都是我，就算我升得再高，你们也还是我的兄弟姐妹。”

“哈哈，开个玩笑，我们还不知道你是什么人吗?”李治哈哈笑着，拍着李思文肩膀道，“头儿，你别在这耗着了，赶紧回家给大娘和思怡妹子报个喜讯吧！”

李思文沉吟道：“这不……还没到下班时间呢。”

李治佯恼道：“怎么，你还想赖在派出所啊？你已经不是派出所的人了，还想赖在这儿，你不挪位我们怎么上去啊？”

李思文忍不住笑了，李治这番话跟郑长顺可不一样，一个是开玩笑，是善意的，另一个却是满含怨愤的。

拍了拍手上的泥土，李思文叹道：“好好，那我赶紧走，免得你们恨我不挪位。”

说归说，李思文看着这班一起工作了几年的老下属，眼睛还是湿了。

所有人都在跟李思文挥手作别，只有郑长顺一个人心头不是滋味。

明明是他占了上风，到头来却落得如此凄凉的处境，而李思文却一步高升，这到底是怎么回事？

郑长顺没想到，这还是因为他并没有跟王治江等人同流合污，只是通风报信的事实在朱明宣等人的供认下，也是藏不住的。

好在这不算什么严重的违反纪律，要不然他就不是调到档案室那么简单了。

从派出所回家并不远，步行也就十分钟左右，李思文家就在鹰嘴镇北面。

鹰嘴镇的名称得于镇对面的一座山，山头凸出，弯弯的像一只老鹰的嘴，所以有了鹰嘴镇的名。

李思文排行老二，家里父母健在，父亲李广益在外做泥水工，母亲刘文春在家操持家务。家里有几亩田，喂了几头猪。姐姐李思琴嫁到另一个镇，也是农村，妹妹李思怡在县城一家餐厅打工，这段时间餐厅生意比较淡，员工轮周值，正好轮到她值班，因此不在家。李思文回家时，家里只有母亲一个人在。

李思文出事并没跟家里人提起，加上他本身工作特殊，因此就算一连好多天不回家也是常事。

正经过镇上主街时，手机响了，李思文掏出手机来一看，来电显示是妹妹，赶紧接了："小妹，怎么想着给老哥打电话了？今天回来吗？我回家给你和老妈做点儿好吃的……"

李思文心情不错，正想在街上买点儿菜回去做饭，不想手机里传来一个陌生的声音："你是……李思怡的哥哥吧？我是她餐厅的同事，李思怡出……事了……"

"出事？出什么事？"李思文顿时紧张起来，停下了脚步问对方。

"今天中午，思怡负责的一桌客人酒喝多了，动手动脚的，要思怡陪他们喝酒，思怡不肯就被打了，脑袋被啤酒瓶砸破了，正在人民医院治疗……"

李思文一下子就急了，赶紧说道："好，我马上到人民医院来，麻烦你帮忙照顾一下我妹妹。"

挂了电话，李思文心里又急又乱，也不买菜了，赶紧坐车赶往县城。

家里姐弟三人从小感情就好，姐姐李思琴比李思文大五岁，今年都三十出头了，李思怡比李思文小七岁，今年还才十九，从小就很黏他，李思文念中学时打了几回架，全是因为大孩子欺负妹妹。

到人民医院后，李思文又打通妹妹的手机，接电话的还是之前那个女孩，说已经住院了，在九楼十二病室。

电梯口站了几十个人，电梯升降的速度出奇的慢，李思文急得不行，直接从楼梯跑了上去。

一口气上到九楼，李思文气喘吁吁地找到十二病室，他稍微平复了下呼吸，这才推门进去。

病房里有三张床，最外边床上躺着一个人，输着液，一个女孩坐在床边盯着，另外两张床上没有人。

看到有人进来，那女孩抬头看过来，赶紧站起来问："你是……思怡的哥哥?"

"我是!"李思文点点头，快步走到病床前，只见妹妹头上包着厚厚的纱布，脸上还有血迹，脸还肿着，都变样了。

李思文鼻中一酸，忍不住上前握住妹妹的手。

那女孩赶紧说："医生缝了二十多针，打了药，说是镇痛的麻药，思怡睡了，还没醒，我……"

李思文见妹妹没有生命危险，当即镇定了下来，抬眼望着那女孩："我妹妹的事店里怎么处理的？报警没有?"

女孩脸有些圆，脸上有几粒痘，听了李思文的话脸一扭，气愤地说："报了，那几个客人好像有来头，这事只当小纠纷处理了，店老板说惹不得，算了。他只出五百块钱医药费，说全赖思怡不懂得敷衍客人，摸几下又不会掉块肉，让我送她来医院，交了两千块押金，思怡身上有七百，老板给了五百，我垫了八百……"

"谢谢你，一会儿我取钱给你。"李思文谢了那女孩，看看妹妹，心痛如绞，乖巧懂事的妹妹变成这样，他怎么不心疼。

"没事，就是替思怡生气。"那女孩摇摇头说，"思怡是个善良的女孩子，平时就我们两个最好，还邀我下周放假到你们家里去玩的，唉……"

李思文沉着脸，站起身来说："麻烦你在这儿看着我妹妹，我出去会儿，办点事就回来。"

那女孩点着头："好的，没事的，老板说了让我照看着。"

李思文出了病房后狠狠地攥紧了拳头，妹妹被打成这个样子，他怎么也要替妹妹讨个说法!

妹妹上班的地方他知道，"长顺人家"，是县城比较高档的餐厅，只是他没去那儿吃过饭。

李思文先赶到餐厅，从店老板口中了解了详细经过后，眉头皱了起来，原来打他妹妹的人是牡丹园老板黄仕福的儿子黄少波。

这黄仕福是狮子县首富，通常首富都是人们津津乐道的人物，黄少波是个富二代，他老子辛苦挣钱，他则大把花钱。

面对这样一个大人物，连餐厅老板也劝李思文尽可能息事宁人，否则就是自找苦吃。

李思文当然不会就这么打退堂鼓，他决定找黄仕福一家讨个说法。

第五章　形势严峻，火线提拔冲锋陷阵

鹰嘴镇涉案人员的飞来横祸，让于清风清楚地意识到狮子县反腐败斗争形势严峻，整个狮子县仿佛笼罩着一张“黑网”，“黑网”不破，狮子县的改革发展都是空谈。要破“黑网”就需要战士，他想到了李思文，这个小伙子一身正气，敢于斗争，鉴于狮子县反腐败斗争的严峻形势，就需要像他这样能冲锋陷阵的战士。经过一番组织考察，李思文被任命为县委办公室第一副主任，算得上是火线提拔。

黄仕福在狮子县城开发了两个楼盘，是目前狮子县规模最大、档次最高的楼盘，尤其是县城中心天桥左侧的国泰广场，其商铺可以说是全县最好也最贵的，住宅楼也达到了史无前例的六千一平，其他位置的商品房才三千出头。

去黄仕福家，李思文还真不用打听，国泰广场住宅区有几栋别墅，第一栋就是黄仕福自己的，那栋三层的别墅占地面积有五百多平方，门口经常停着几辆豪车，黑色的路虎是黄仕福的，红色的法拉利超跑是他儿子黄少波的，白色的玛莎拉蒂是黄仕福老婆的，逛商业广场的人基本都会指指点点一番。

“那是黄仕福的别墅……”

“那是他儿子的车……”

黄仕福这个名字就等于“狮子县最有钱的人”这个意思。

李思文从餐厅步行去国泰广场，走了十五六分钟，国泰广场人很多，李思文无心欣赏国泰广场的繁华景象，径直穿过去到了后面的住宅区。

黄仕福的别墅坐北朝南，周围有数百平方的私家花园，这是他专为自己设计的。

李思文老远就看到别墅门口停了一辆黑色的路虎，心里还在想，车不在，黄少波怕是不在家吧？

李思文走近别墅，正好见到大门开了，走出来一个人，在台阶上捏了捏遥控钥匙，路虎车车灯亮了一下。

这是黄仕福，四十多岁的样子，中等身材，微胖，看起来倒不像是个亿万富翁，不过眼神颇为犀利，扫了扫刚走过来的李思文，眼神含着警惕。

有钱人都是这个样子，防患心重。

其实黄仕福已经五十多了，看起来才四十出头，保养得好。

眼见李思文往他家门口走过来，自己又不认识这个人，黄仕福当即问道：“你是谁？干什么的？”

李思文点了点头，停下脚步说：“我姓李，想问一下黄老板，你儿子黄少波在家不？”

黄仕福一听是找他儿子的，表情顿时就不好了，没好气地道：“不在！”

李思文见黄仕福一脸的不高兴，又说：“黄老板，我有个事得跟你说一下，你儿子在餐厅里喝酒把我妹打伤住院了，我是来找他谈这件事的，你是他父亲，这事你应该管吧？”

黄仕福一听就火了，叉着腰恼道：“管什么管？他打的你找我干什么？要坐牢要赔钱你有本事你去告，别在我家门口嚷嚷……保安……”

黄仕福越说越气，扬手就招巡逻的小区保安，指着李思文道：“把这家伙赶走，哪里来的东西!”

大老板发火，保安哪里敢怠慢？一边往这边飞奔，一边摸出对讲机叫人过来增援。

保安冲过来压根儿不问李思文原因，指着他凶狠地喝道：“赶紧给我滚蛋!”

黄仕福哼了哼，拉开路虎的车门，钻进去坐好，又探头出来呵斥保安：“你们一天都干什么吃的？再把这种不明不白的人放进来，你们也不用上班了!”

保安脸色如土，一边呵斥李思文，一边对着对讲机催：“还不快来，老板发火了，这家伙在老板门口嚷嚷……”

黄仕福发动了车子，倒车，快速开出去。

保安目送老板车子消失后，这才回头又吼李思文：“赶紧滚蛋，我说你这人是不是脑子有毛病了？什么人不好惹，要来惹黄老板?”

李思文哼了哼，眼见前面路口又有两三个保安赶过来，心想黄仕福已经走了，黄少波又不在家，自己留下来只会跟保安起冲突，还是先避开再说。

何况李思文即将上任县委办副主任，多少得考虑自己的身份，遇到事情就该以身作则，该走正规程序的就要走，一点都不能含糊。

想到这里，李思文摇摇头，转身就走。对于保安的冷嘲热讽，他很冷静地保持了克制。

李思文在路边的花台上坐了一会儿，想着妹妹李思怡的事一定要有个说法，既然说不通，那就走法律程序。

拿定主意之后，李思文去银行取了两千块钱，买了些新鲜水果回到医院。

李思怡已经醒了，只是动作不怎么方便，喝了两小口水后，一抬眼看到哥哥站在床前，眼圈就红了，泪水扑簌簌地落下。

“哥……”

那女孩见李思文回来了，当即起身让开。李思文靠前扶着妹妹，轻轻地抚着她的头发安慰：“别想那么多，好好养身体，其他事情由哥去解决。”

李思怡哽咽一阵，到底还是因为哥哥来了感觉有了依靠，一会儿就止了眼泪，看到旁边一直照顾她的女孩，赶紧给哥哥介绍：“哥，这是我的同事梁静，我在城里最好的伴儿。”

李思文点了点头，先说了一声谢谢，掏出钱数了八张递给她说：“小梁，这是你给我妹妹垫的医药费，谢谢你照顾她。”

梁静犹豫了一下，没有接钱：“你……先拿着吧，等思怡好了再给不迟，又不是很多钱。再说你来城里照顾思怡，用钱的地方多，以后再说吧……”

李思文心里有些感动，看来妹妹的这个同事是真的跟她要好，不过还是把钱塞到她手里，说：“小梁，多谢了，我手头还有些钱，不够了再跟你借吧。”

梁静见李思文态度很坚决，就收了钱，想了想又说道：“好吧，还有……李大哥，思怡的事你准备怎么办啊？我听说……听说打伤思怡的人关系厉害得很。如果思怡没什么大问题的话，这事就算了吧，你去找他们说不定还得把你自个儿搭进去，那些人无法无天，你别去惹他们了。”

李思文沉吟着，梁静是好心，像黄少波这样的人确实无法无天，李思文微微点头回答：“放心，我有分寸。”

梁静哦了一声，又说道：“那……李大哥你还没有吃饭吧？你跟思怡聊会儿，我下去给你买点儿吃的。”

“那怎么行，”李思文拦住她，“怎么能让你花钱跑腿，你在这儿陪我妹妹坐会儿，我下去买。”

梁静倒也没有坚持，由得李思文出去，坐到李思怡身边弯腰在她耳边悄悄问：“思怡，你哥看起来很酷啊，是在外头打工还是在家务农?”

因为李思怡是农村的，又从没跟她说过哥哥的工作，所以梁静以为李思文是农村无业人员，看他对妹妹这么关心，很羡慕。

梁静自己也是农村户口，在城里打小工备受城里人歧视，因此和同样农村背景的李思怡关系十分要好。

李思怡沉吟了一下才说：“静姐，我哥是有工作的，在派出所，他是个警察。”

“是警察?”梁静一怔，还真是出乎意料，万万没想到李思怡还有个警察哥哥，心里又是激动又是怅然，不知道为什么，她好像喜欢上这个初次见面的男人了，只是想到对方警察的身份，心里又感觉两人有些差距。少女的心思就是令人难以琢磨。

李思文兄妹都没看出梁静的小女儿心思，对她能留下来照顾李思怡十分感激。

第二天早上，李思文几口喝完了小米粥，又吃了一根油条，这才对梁静道：“小梁，我今天还要去上班，就把妹妹托付给你了。”

李思怡诧道：“哥，你要回鹰嘴镇?”

“不是，就在县里。”李思文摇摇头，“我调到县城里来了，今天是第一天上班。”

梁静当即点头道：“那你赶紧去吧，第一天上班可不能给领导留下不好的印象，思怡的事你就别管了，交给我，有什么情况我打电话给你。”

梁静的善解人意让李思文心里暖暖的，有她照顾妹妹确实比自己更周到，所以也没客气，叮嘱了一句就去上班了。

今天的县委大楼与往常大不一样。一楼行政大厅里，县长谢学会，县委副书记张允学，纪委书记唐明华，县委组织部长吕青松，县委政法委书记兼公安局长陈正治等一干狮子县委领导俱在，一个个满面笑容地聊着天。以前到县委后，在大厅碰面顶多就是打个招呼就各自回办公室了，不会在一楼行政大厅逗留。

政府机关上班时间是八点半，因为医院离县政府不远，李思文从医院里出来后也没打车，步行过来，只用了七八分钟就到了，到县政府也才八点过一分。

门口的保安基本上就是个摆设，这个时间正是上班时间，大门和小门都开着，任由车辆和人员进入。

李思文跟着人群进去，一个认识的都没有，刚走到大楼的台阶处，一个人就笑着迎了过来："李……李主任，来了啊？呵呵，谢县长他们都等了好一会儿了，快进去吧。"

李思文认得他，是县委书记于清风的秘书王见，今天一见面居然就称呼他为李主任，应该是李副主任吧？

"你好，王秘书。"李思文跟他握了握手，跟着他走进大楼。

"小李，来了？呵呵，来来来，我给大家做个介绍……"

一进大厅，县长谢学会就上前拉着李思文的手向大厅里的一群人介绍起来："这就是新任县委办公室副主任李思文，小李同志是我们狮子县难得一见的青年才俊啊，本来今天这个欢迎会是于书记主持的，不过于书记到北川开会去了，所以由我代替他欢迎小李上任！"

谢学会一边说一边给李思文一一介绍面前的人；"这是张允学张副书记，政法委陈正治陈书记，县委组织部长吕青松吕部长，县纪委唐明华唐书记……"

李思文一一握手问好，心中对狮子县委为他赴任摆出的大场面感到十分惊讶。这些领导中，张允学、吕青松以及唐明华是见过的，陈正治和其他几个副县长他都是第一次见。

几个副县长跟李思文握手后又瞄了瞄其他几位领导，心里很奇怪，县委办副主任虽然是个重要职务，但远远没重要到让县长、副书记、政法委书记、纪委书记、组织部长等县委一干领导都来“赴”这个履新会吧？

正常说来，县委办副主任履职，县委安排一个副组织部长主持也就差不多了，今天这个场面太不正常了，听谢学会县长说，县委书记于清风如果不是去北川市开会，那他也会来，由县委书记和县长主持一个县委办副主任的履新会，这背后说明什么？

“走，去办公室！”谢学会亲密地拉着李思文的手进入电梯，乘客只有县委的主要领导，其余人员自觉等下一次。

县委办公室，七八个工作人员在门口恭候，一见到和谢学会一起走进来的李思文就齐声叫道：“欢迎李主任！”

李思文点头回应，这些工作人员中有两个人他认得，一个叫朱少军，一个叫黄志才，都是上次去野猪坪的随行人员。

那两个人一副目瞪口呆的模样，他们怎么也没想到，眼前这个和他们一般年纪的青年居然摇身一变，成为了他们的顶头上司。

大家对李思文的突然崛起产生了各种猜测，想着他背后是不是有什么了不得的背景。

谢学会指着办公室里边的会议室说：“请各位到会议室。”

干净整洁的会议桌上摆好了茶杯、花瓶，还有领导名牌等等，各个领导按位置坐下。

县长谢学会的位置自然在最前面，他左侧的位置就是李思文的，本来按李思文的职务级别应该排在最末。

不过今天是李思文履新赴任，他是主角，所以排在了领导左侧。

领导们各就各位后，由于还没到宣布开会的时间，所以大家都低声跟身边的人说着话。

八点三十分，谢学会轻轻咳了一声，说：“好了，现在准备开会了，大家安静一下！”

办公室顿时静了下来，谢学会点了点头，说道："我现在宣布我们狮子县县委的两项人事任免决定。一，经报北川市领导批准，免去田志强同志狮子县县委办主任职务。二，任命原鹰嘴镇派出所所长李思文同志为县委办副主任，具体工作就由县委组织部部长吕青松同志讲述。青松，你来说。"

吕青松点了点头，接过话头道："这次李思文同志的职务任命，在座各位恐怕有很多情况还不清楚，那我就介绍一下。李思文同志原任鹰嘴镇派出所所长一职，在职期间成绩突出，曾把排名倒数的鹰嘴镇治安状况在两年内治理成为全县第一，这个成绩，我想一个没有能力的人是绝不可能办到的。大家肯定很奇怪，我们对党员干部一般不会越系调任，在这里，我可以透露一点，李思文同志在北川市委徐书记视察狮子县的过程中，表现十分突出。经过县委常委会议决定，调李思文同志任县委办副主任。"

至此，几个毫不知情的副县长才明白李思文是哪号人物，是什么原因任副主任的。

虽然是副主任，但很明显，随着县委办主任田志强退居二线，李思文这个副主任干得就是正主任的活。再加上今天狮子县除了于清风外，全县常委都参加了这个履新会，谁都清楚这个副主任的分量不一般！

"县委办副主任是个相当重要的职务，我先介绍一下李思文同志的职责。一，围绕县委工作部署，对涉及全县经济建设、社会发展、党的自身建设等全局性的重大问题进行调查研究，为县委科学决策提出建议、预案。二，负责县委有关会议的筹备和组织协调工作，负责安排县委领导的公务活动，办理县委领导交办的事项。三，负责县委文件和文稿的起草、校核、印发工作，负责文书处理、档案管理和开发利用工作；研究、审核县直各部门、各乡镇党委向县委的请示，提出处理意见报县委领导审批。"

……

“十四，接待上访群众，负责对全县信访工作的检查、督促、综合并进行业务指导，协调处理跨地区跨部门的重要信访问题……”

李思文也没闲着，一边听一边在笔记本上记着重要的内容，这是他多年工作养成的习惯，凡是开会他都会记下重要的东西。

履新欢迎会整整开了三个小时，一直到十一点半才结束，十二点到两点半是午餐和午休时间。因此，在接下来的半个小时里，李思文又跟县委办公室的同事们简单认识了一下。

县委办有四个职能部门，一共有二十一个编制，四个科室。一是秘书科，负责处理县委办公室的日常事务，县委的重要会议以及领导交代的其他会议会务工作，县委办的文件印发和党刊、县委机关的报刊收发等工作。

二是信息科，负责上报信息工作，编发重大新闻和社会发展动态，以及全县的经济发展措施建议等信息工作。

三是综合科，负责全县经济和社会各项事业工作情况的文字综合，负责起草县党代会和全委会等工作要点草稿，起草县委领导在有关会议上的讲话文稿等等。

四是资料中心，负责收集、整理以及保存、提供全县各级各部门单位的有关情况。

李思文跟四个科室的科长开了个短会，了解一下县委办各科室目前的工作情况，时间到了十二点，散会让他们休息吃饭，下午再进行。

整个县政府机关人数不少，同一时间去吃饭，食堂的人一下子多了起来。

食堂在东头的一个平房，李思文并没有跟大家一起走，而是在他的新办公室整理了一下文件资料才独自下楼。

一楼行政大厅里还有几个人，李思文没走电梯，从楼梯下来，在大厅看到几个人正说着话，有县长谢学会、政法委书记陈正治，另一个人不是县政府的，是个四十多岁的男人，中等身材，微胖，一脸笑容，说话声很大：“呵呵，谢县长，陈书记，这会儿正是吃饭的点儿，我也没吃，你们两位大老爷就给我个面子，由我做东，随便吃一顿，怎么样?”

说到这儿，他又加了一句：“绝不搞奢侈，就是简单的家常饭。”

李思文对这个声音记忆犹新，因为他昨天就见过这个人，正是黄少波的父亲黄仕福，没想到竟然在这儿遇到他。

陈正治眼尖，发现了从楼梯那边下来的李思文，顿时笑着说：“哟，李主任，这都几点了，今儿个才上任就这么拼命啊，真是后生可畏。来来来，给你介绍个名人……”

李思文笑着和两位领导打招呼，他早看到黄仕福了，一直不动声色地站在一边，听凭陈正治介绍。

陈正治笑呵呵地说道：“这是我们狮子县的首富，国泰地产总经理黄仕福黄老板。”

介绍了黄仕福，陈正治又给他介绍李思文：“黄老板，这位青年才俊是我们县委办新上任的主任，李思文，小李。来，认识一下!”

陈正治介绍李思文的时候，内心很复杂。李思文一手掀开了鹰嘴镇李保国等人的集体贪腐案，接着又单枪匹马在市委书记跟前，为狮子县争取政策投资立下了汗马功劳，毫无疑问，这是一个敢想敢干并且很有执行力的年轻人。

但是另一方面，李思文的出现，也将他儿子陈勇送上了绝路。

白发人送黑发人，陈正治内心的痛苦可想而知。尽管因为儿子车祸，他从避嫌状态回归工作，但不可否认，他的威信受到了严重打击。

这段时间，陈正治变得十分低调，但这并不妨碍他的政治智商。从内心讲，他觉得李思文是个危险人物，但李思文是县委书记于清风看重的人，否则不会将他调任县委办副主任，更不会把正主任田志强调离，这分明是给李思文让路嘛，所以，陈正治在介绍李思文时，连那个“副”字都没提。

以陈正治的经验来看，李思文在派出所，干的更多的是基层的、务实的工作，到了县委办，要换个方式，站在更高、更宏观的角度。这个位置多少有些务虚，但这个位置是整个县的运转中枢，很多的精神、文件、态度都要从这里下达，推广扩散到全县，才能让整个县围绕班子运转起来。这个位置能够补足李思文的短板，由此可以看出，于清风对李思文的培养是不遗余力的。

谢学会站在一旁也笑着说：“黄老板，小李主任可是我们狮子县最年轻的科级干部，前途无量啊！”

黄仕福看到李思文时，明显呆了呆，听了陈正治和谢学会这两个狮子县主要领导的介绍，彻底震惊了，心想不会是昨天那个人吧？

李思文自然不会表露他的情绪，点了点头说：“你好。”

“呃……好，好好好，李主任好！”黄仕福又惊又疑，一时也搞不清楚这个李主任是不是昨天他见到的那个人。

黄仕福到底在商场打拼了这么多年，很快就镇定下来，堆着笑脸邀请李思文：“李主任，赶得早不如赶得巧，正好是午餐时间，不如赏个脸，和谢县长、陈书记一起，咱们出去吃个便饭吧？”

李思文一口就回绝了：“不好意思，我今天才来履职，很多事情还没理顺，得抓紧时间熟悉一下，就不出去了。”

李思文之所以干净利落地拒绝黄仕福的饭局，有两个原因。一是自己刚上任县委办，确实还有一堆人和事等着他去熟悉，他有预感，于清风调他到县委办，不可能是留着他吃干饭的，定然有用他的地方，而且很可能是在最近，这是他多年工作的直觉，因此他必须尽快进入工作状态，随时待命。二来，昨天妹妹被打，黄仕福一家态度相当不友好，这件事在对方没有给出明确说法之前，他不可能接受黄仕福的邀请。

他拒绝得轻松，黄仕福却听得一愣，这位新来的主任什么情况，谢学会和陈正治的面子都不给？

谢学会暗中点点头，心想这个小伙子做事的态度还是很端正的，难怪于书记会对他另眼相看。当即也表态道："下午我还有个会，一会儿还要和相关同志商谈下，就不去了。"

谢学会身为县长，他都发话了，陈正治看了黄仕福一眼，呵呵笑道："黄老板，你看少数服从多数，我也不能搞特殊化，你不如跟我们去食堂吃顿饭吧？"

"呵呵……那……不了不了，以后有机会再请几位领导聚一聚吧，今儿个就不了……"黄仕福讪讪地笑着回绝了，犹豫了一下，又试探着问李思文，"李主任好年轻，看起来面善，好像在哪里见过一样。"

对于黄仕福明显的试探，李思文心知肚明，微微一笑道："是吗？也许吧，我昨天去国泰广场，也遇到个跟黄老板长得像的人，不过肯定不是黄老板，那个人行事说话相当蛮横，嘿嘿，黄老板可不像是蛮横的人啊！"

黄仕福脸色一变，顿时就明白了，面前这个年轻的李主任就是昨天被他赶走的那个人。

这可真是踢到铁板了，黄仕福内心十分懊恼，他想不通的是，这个李主任既然有这样的背景，为什么昨天被自己骂了一通居然没有任何反应？

在他的印象中一个手抓县委实权的人怎么可能会如此忍气吞声？

黄仕福忽然想到一个令他心惊肉跳的可能：这个李主任莫不是有什么厉害的后着在等着他？

一定是这样！

换位思考，他黄仕福要是被人这么打脸，肯定要找回场子。李主任之所以一声没吭，肯定是要使阴手对付他。

黄仕福已经将李思文的危险程度提到了相当高的高度，暗暗恼怒起儿子来，这个混账王八蛋，尽给老子添乱！

别看他黄仕福在狮子县号称首富，在无数人眼中是上层人，似乎无往而不利，但其实黄仕福心里清楚得很，他只不过是个商人，他不是狮子县领头的狮子，别看他出入豪车豪宅，外表光鲜，但是他进行的一切项目，都离不开政府的支持。

现如今，黄仕福居然在政府部门给自己树立了个敌人，这可如何是好，他后面还有好几个大项目要启动，县委办是绕不开的重要部门啊！

最让黄仕福心惊肉跳的是，这个年轻的李主任从头到尾不露声色，他既不提昨天被赶的事，也不为妹妹被打的事讨公道。

这种反常的行为，更让黄仕福惴惴不安，搞不清李思文葫芦里卖的什么药。

无奈之下，他只好呵呵干笑了几声，转身离开，他十分郁闷，本来今天过来是想和县里领导谈一下他即将运作的项目，想提前和领导沟通一下，获得支持，没想到无意中被李思文给搅黄了。

黄仕福刚坐进路虎，立马掏出手机拨通了儿子黄少波的电话。

电话一接通，黄仕福就劈头盖脸地开喷了："你个狗崽子，尽给老子生事惹事！我跟你说，你马上去医院把你在餐厅里打了的那个女孩子找到，给老子好好道歉，然后赔偿，那女孩要多少你就给多少，听到没？"

黄仕福心里盘算着，李思文的妹妹肯定不会狮子大开口，李思文为了影响，也不会那么做。

黄少波被骂得一头雾水，迷糊地问道："爸，你这是发哪门子神经啊？你是不是有钱没地儿花了？"

黄仕福一听儿子的话就气不打一处来，儿子虽不成器，不过平时倒也没惹出什么大事，以他的关系和金钱都能摆平，但这一次的问题可大可小。

李思文的位置举足轻重，县委办主要体现县委书记的意志。他黄仕福在县里也就和陈正治关系比较好，这次李思文拒绝吃饭，陈正治没有表态支持他，本身就是一种信号。

说到底，首富的名号只能帮他在狮子县铺路做生意，首富并不是通行证，有些人，他是碰不得的。

“老子说了叫你去道歉！”黄仕福喘着粗气冲儿子直吼，“你除了给老子惹祸你还能干什么？”

黄少波多少带点儿委屈，哼哼唧唧地说：“爸，我不过就把餐厅里的女服务员打了一顿，又不是什么大事，你用得着发这么大的脾气吗？”

“女服务员？”黄仕福继续吼，“我告诉你，那不是普通的女服务员，她哥哥是狮子县县委办公室的主任，你老子我刚刚在县委大楼里看到他了。我跟你说，别以为你老子有几个钱，你就谁都不放在眼里，你老子我在他眼里什么都不是，人家如果要整我，分分钟的事！”

“有……有……有这么厉害？”黄少波被黄仕福的话吓到了。

黄少波就是个绣花枕头，除了吃喝玩乐外没有别的本事，离了他老子他就是坨屎。

黄仕福阴沉沉地道：“我又不是跟你一样的傻子，不是任人捏弄的面团，能不低头的事我会低头？”

黄少波听出他老子话里恨恨的味道，以前无论他干的事多么荒唐，他老子也没发这么大的火，最多也就是在家里训斥一通，这一回看来是真的严重了！

“爸，那……那我去医院道歉赔钱……”黄少波赶紧低头服软，又不甘心地问道：“爸，你弄清楚没有啊？李主任是她亲哥还是隔了好多层的哥？她真有这么个哥哥怎么会在餐厅当个服务员？”

“老子亲眼看见的还有假？你赶紧去办好这件事，办不好你就别回家，老子断了你的零花钱！”黄仕福一边跟儿子发着狠，一边又想，还得给陈正治打个电话摸摸底，看看这个李主任到底是什么来头。

下午，李思文正在办公室熟悉县委办的相关文件资料，听到手机铃响，一看号码，是妹妹李思怡的。

“小妹，有事吗？”电话一通，李思文问道。

“是这样的，哥……”李思怡低声说道，“刚刚，那个……那个姓黄的来医院赔礼道歉了，还要给我两万块钱，说是营养费，不算以后的钱，我……我不想收这个钱，所以打电话问问你……”

“你问得对。”李思文都不想就知道是怎么回事，“小妹，赔礼道歉，你看看住院费用是多少，要他把这个钱出了就行了，其他的一分都不要多收。对了，你身体怎么样了？”

李思怡“嗯”了一声算是答应，“我身体没事了，住院像坐牢一样，闷得慌。哥，我今天想出院。”

李思文迟疑了一下才说：“也好，你让梁静帮你办理出院手续，我下班去接你们。”

他犹豫的是妹妹的身体是不是真的没事了，至于黄少波的钱，他压根儿就没考虑，只收该收的，要的是他的道歉，赔的是尊严。

下午五点多，办完出院手续，梁静提着李思怡的生活用品走出医院，正要拦车回去，前边响起一声口哨，抬头望过去，只见两个男子站在住院大楼前的空地上，其中一人油头粉面，脖子上挂了一条金项链，正是县城首富黄仕福的公子黄少波。

另一个是陌生人，约有二十七八岁，一身笔挺的米色西服，身材颀长，面相俊逸，头发梳得油光锃亮。

两人身后各有一辆车，黄少波的车是红色的法拉利，陌生男子则靠着一辆白色的宝马 X6。

黄少波习惯性地打了个口哨后，似乎觉得这个“招呼”行为不妥，赶紧笑着迎上前来，说：“小李，你刚出院，不宜太辛苦，我的车太小，不方便，所以叫了一个朋友来送你们回家。”

李思怡当即摇头拒绝道：“不用了，黄少波，你已经把一千三百八十六元住院费付完了，现在咱们之间已经没关系了，我们自己打车回去，就不麻烦你了。”

黄少波哪里肯依，抢上前来拿梁静手中的袋子，梁静见他硬抢，又惊又怕，本就没有黄少波力气大，再加上又畏惧这个人，扭了两下就被黄少波把袋子抢了过去。

黄少波提了袋子就往宝马 X6 走去，一边走一边对另一个男的说：“杰克，袋子放你车上，我载小李，你载她朋友。”

那个叫杰克的男子明显是黄皮肤黑眼睛的东方人，李思怡很奇怪，他居然起了个外国名。

杰克瞧了瞧梁静，又瞧了瞧李思怡，一脸冷傲淡然的表情，摆了摆手，示意黄少波往车上放东西，嘴里却一言不发。

“不用了!”

就在黄少波把袋子往杰克的宝马车上放的时候，一个人大步走过来抢下黄少波手中的袋子，冷冷地说道。

“你特么是吃饱了闲了没事找打是不是?”黄少波本就是嚣张跋扈的人，下午在医院，为了李思怡这事已经是委曲求全装孙子，本身就窝了一肚子火，忽然有人出来捣乱，一下把他的火气引爆了，边说边伸手一拳往那人脸上捣去。

那人连躲都没躲，另一只手闪电般抓住黄少波的拳头，一捏一扭，黄少波就“哎呀哎呀”地叫起来。

杰克眼见黄少波吃亏，也沉不住气了，凑身过来，喝问：“快放手，你是干什么的?”

李思怡欣喜地叫道："哥，你来了？他们……"

来人正是李思文，梁静办出院手续的时候就给他打了电话，等他赶到正好碰到黄少波强行送人的场面，他哪里还客气，上前就夺下了袋子。

黄少波满腔的怒火，但一听到李思怡叫这个人哥，全身一震，顿时想起了他老子的叮嘱，李思怡的哥哥不就是县委办公室主任吗？

瞄了瞄夺下他手中袋子的人，二十五六岁的样子，脸沉似水，方方正正的脸，不怒自威。

黄少波心里闪过一丝惧意，赶紧拦住凑过来想帮忙的杰克，笑着对李思文道："呃……你是……你是小李妹子的哥哥吗？呵呵……误会，全是误会……"

李思文听梁静在电话里说了个大概，知道黄少波来医院赔钱道歉了，姿态也放得很低，这起民事纠纷就算了结了，他也没准备不依不饶。

他过来是想接妹妹到他的住处休息，养好伤后再慢慢找工作。

对黄少波这种人，李思文可是没有一点儿好感，因此才会阻止黄少波热情相送。

黄少波听他老子讲过，要他来赔礼道歉的主要原因就是李思怡有这么个惹不得的哥哥，这时见他亲自到场，他更不敢得罪，脸上努力堆着笑容道："小……这个……李主任，呵呵，我没别的意思，就是想……想送思怡妹子回家，另外……再赔点……再赔点医药费……"

李思文心里很清楚，黄少波的态度来了个一百八十度大转弯，肯定是因为黄仕福在县委碰到了自己。黄家道歉，是敬畏他李思文屁股底下的位置，和他李思文的脸面没半毛钱关系。换句话说，他们这番道歉能有几分真心实意？

李思文淡淡地道："医药费也补了，道歉我们也接受了，至于送我妹妹回家的事，就不劳黄大少费心了。"

黄少波尴尬地说道："我是觉得我有车方……方便点……"

李思文看了黄少波身边的豪车一眼，说：“那就更不用了，我妹妹是乡下妹子，哪里坐得惯你那几百万的豪车？我们搭公共汽车就行了。”

黄少波接连被李思文讥讽，弄得他一张脸一会儿青一会儿绿，又不敢发作，这才明白他老子的感受。

杰克很熟悉黄少波的性格，见他被嘲讽还讪讪地不敢发作，内心十分诧异。这可不是他认识的那个嚣张跋扈的黄大少。

之前黄少波打电话给他时，只说借用一下人和车，也没说别的，来了之后才知道是送李思怡和梁静这么两个普通女孩，心里就很奇怪。

黄少波泡妞哪里会有这种耐心？还低三下四地求着受气，他难道转性了？

又听黄少波叫什么李主任，瞧这半道冒出来的男人年纪并不大，比他还小几岁，能是什么主任？

李思文说完，不再理会二人，提着妹妹的袋子，扶着妹妹和梁静走到公交车站台，随后上了一辆到站的公交车。

公交车上，李思文的表情很冷，如果他没记错的话，刚刚跟黄少波一起的杰克，他曾经见过。

前段时间，他和前女友朱琳琳分手时，她身边就跟了一个开宝马车的护花使者，不过当时距离较远，两人并没有实质性的接触。现在看来，当时的护花使者应该就是杰克。当过侦察兵的李思文相信自己的眼睛。这个自己曾经的情敌，为什么会出现在这里？他和县城首富的儿子黄少波是什么关系？

当李思文满心疑惑时，目送他坐上公交车远去的杰克也是一脸疑问。

杰克本名罗杰，曾在英国留过学，杰克是他的英文名，在人们眼中，叫英文名是高大上的表现，至少罗杰是这么认为的。

他偏着头问黄少波：“少波，对这俩土包子兄妹你怎么这么忍气吞声的？这可不像你的作风哦。”

黄少波尴尬地笑了笑：“这可是我老子的吩咐，你知道我天不怕地不怕，就怕我老子，他吩咐的事我哪敢不照办？”

“你老子吩咐的？”罗杰觉得这事有意思了，他当然明白黄仕福是个精明的人，他的吩咐定然大有深意，沉吟了一下问道：“你刚才叫那小妞的哥哥李主任，他是什么主任？是哪个学校的主任？”

“不是学校”，黄少波摇着头老老实实地回答，“是县委办新上任的主任。”

“县委办主任？”

罗杰吓了一跳，表情变得认真起来，“他真是县委办主任？你没弄错？县委办主任我记得应该是田志强吧？再说县委办主任可不是随便哪个阿猫阿狗就能上的，这也太年轻了吧？”

黄少波摊摊手道：“我哪知道，都是我老子安排的，他火气大得很，训了我一通，又说他是在县政府办事时亲眼见到的，肯定假不了，听说是新上任的。”

罗杰眯起眼睛考虑了一会儿，随即摆了摆手道：“没事我就先回去了。”

黄少波也摆了摆手，说了一句“谢了”，然后上了他的法拉利，罗杰则上了他的宝马，两人驾车离开。

“张科，你帮我查一个人，就是你们那儿新来的县委办主任……对，听说很年轻。”罗杰上车后拨了个电话，对方是他在狮子县政府机关里工作的朋友。一边开车一边听着朋友的回复，他的脸色严肃起来。

县委办原主任是田志强，他是知道的，但田志强退居二线的事情他还没听说，那个朋友证实了新上任的县委办主任是一个名叫李思文的人，说是从鹰嘴镇派出所所长位置上越系提拔上来的。

还有个问题，李思文调任县委办任副主任，但县委却让正主任田志强下课了，这不就是给李思文让路吗？

罗杰挂了电话陷入沉思，他跟黄少波那种纯富二代不同，黄少波就是一傻瓜，而他罗杰，除了是富二代，他还有一定的经济头脑。

罗杰一直觉得李思文这个名字有些耳熟，似乎在哪里听过，忽然，他眼中光芒一闪，终于想起来了，这个李思文不就是他现任女友朱琳琳的前男友吗？

这么说来，他们早就打过交道。

罗杰家在狮子县也是有头有脸的人家，他从英国留学回来后在家族公司任职，四五年就大放异彩，尤其是在地产投资方面，目前已经成为家族企业逸安地产总经理。

罗杰做生意的天赋毋庸置疑，他有一个显著特点，就是把所有和地产有关的部门领导的关系打通，之后才能无往不利。

县委办主任是罗杰绝不敢忽视的重要关系，他没想到黄少波居然跟这么个重磅人物扯上关系，看来他还比较幸运，之前差点儿跟李思文动手。

紧跟着他又开始头痛，这样一个年轻的大人物，是他商业计划中怎么都无法绕开的关键一环，就算中间有个朱琳琳造成了隔阂，他也得硬着头皮上了。

李思文带着妹妹和梁静坐公交车到南门外的机关小区下车，县委办在机关小区给他安排了一套两居室。

把妹妹和梁静带到四楼，李思文看了看表，然后说："妹妹，小梁，你们在这里休息，我还有事要出去一趟，晚饭就不用等我了，你们饿了就去吃点儿东西，小区外边有饭店。"

李思文一边说一边掏了两百块钱放在桌子上。

李思怡和梁静同时说道："我身上有钱。"

梁静见李思怡跟她同时回答，忍不住好笑，瞄着李思文说道："思怡在餐厅那边还有些东西，等会儿我陪她去拿过来，不过……"

李思文见梁静欲言又止的模样，当即问她："餐厅那边还有什么问题?"

"没什么问题……"梁静脸儿微红，扭捏了一下才说，"我打算和思怡一起辞去餐厅的工作，辞了的话我暂时没地方住，能不能暂时住……住……"

李思文顿时恍然："哦，你想住我这儿？那有什么问题，我这儿有两间卧室，你要不怕挤就跟思怡住一个房间。"

"那行!"梁静见李思文连想都没想就一口答应了，顿时笑了，连连摆手说："你去忙你的事吧，思怡由我看着呢，你就别管了。"

李思文倒是乐得有梁静这样会来事又细心的人帮忙照顾妹妹，李思文向两人点了点头转身离开，今天晚上有一个饭局，他必须得去。

在个人生活上面，李思文向来很注意，一般的应酬和饭局他都是能推就推，但今晚特殊，做东的是县委办前任主任，也就是刚退居二线的田志强。虽说李思文没在这位老主任手下干过，但对方说有些工作方面的事情要交代，李思文不得不去。

县委办有车，但李思文下班后办私事绝不会用单位的车，不是李思文装清高，而是他心里清楚，这些事有一就有二，今天你占点儿小便宜，明天就敢占大便宜，后天就可能超越底线，人心的贪婪是永无止境的。

做不到公私分明，你就把握不了道德底线。

看看时间还很充裕，李思文绝了打车的念头，决定坐公交车过去，毕竟他一个月工资也不高，能省就省。

田志强说的地方在县城西北郊外的一个农家乐，现在做生意的，或者是单位上的，都喜欢去郊区的农家乐，一来环境好，二来私密性强，城里的酒店餐厅虽然高档，但地小又嘈杂，反而不舒服。

农家乐的名字叫金圆山庄，离县城城区只有三公里，李思文在车上看到路边金圆山庄的招牌就下了车。

李思文低头看了眼表，离约定的时间还有十分钟。

山庄门口站着一个人，高高瘦瘦，穿着白色短袖，黑色长裤，年纪大概六十左右。

那人看李思文打量自己，赶紧迎上前，一边走一边笑问："是小李主任吧?"

李思文点了点头，说："您是……田主任吗?"

"呵呵，是我是我，叫什么主任，叫我老田就好。"田志强一边笑着跟李思文握手，一边亲热地拉着他往屋里走，说道："你可比我想象的年轻，听于书记说，小李主任可是难得的青年才俊，我一赶回来就想着跟小李主任聚一聚。"

李思文开就职会时，原主任田志强正好去乡镇参加政协组织的活动，没能到会，所以李思文还未见过田志强这位前主任。

"您是我前辈，老领导，叫我小李就行了，叫主任可不敢当。"李思文也显得很客气。

田志强请他赴宴是用电话联系的，只见声音不见人，电话里听声音低沉磁性，李思文以为是个比较壮实的人，见面才发现和想象的完全不一样。

"那好，我就不跟你客气了。"田志强拉着李思文进了大门，山庄服务员上前领路，田志强摆手说："人到了，你们可以上菜了。"

李思文以为要上楼，田志强却拉着他穿过走廊往后，后面是一条卵石铺就的林荫小路，亭廊楼阁，美如画卷。

"在后边，马上到，很幽静的地方，没人打扰。我跟你说，这儿的菜做得相当地道。"田志强边介绍边指着前边一大片树丛中的楼亭说。

农家乐房屋的外形及装修极有特色，里面的装修也颇为奢华，李思文一边打量一边说："田主任，工作交接还是在单位里比较好吧，这个地方可不适合……”

田志强笑道：“我听谢县长说你原则性很强，如今看来果然名不虚传，呵呵，不过我们原则要讲，生活也要讲，俗话说得好，人是铁饭是钢，钢铁是一块，党员干部也是要吃喝拉撒，你说是吧？”

李思文对田志强这个前任并不了解，尽管如此，李思文也知道对方话中有话，简单地说，田志强这次的邀请另有原因，只是目前李思文无法知晓，只能走一步看一步了。

田志强倒也没让李思文猜多久，笑道：“今天说来也巧，我有个朋友正好也在这儿吃饭，一会儿介绍给小李你认识认识，说起来，我这个朋友和你年纪差不多，是咱们狮子县商界新星，你们两个青年才俊正好可以多聊聊。”

李思文眉头一皱，来之前田志强说是要谈交接工作，出于对老上司老领导的尊重，李思文来了。现在看来，田志强明显是以交接工作为理由，实际上是要介绍朋友给他。

看来介绍的这个人才是这次饭局的重点。李思文心生好奇，倒要看看是谁这么大面子，连已经退居二线的县委办前主任都要为他牵线搭桥。

两人转过一个弯，一个浓妆打扮的女子笑吟吟地迎了出来，声音如铃：“哟，田主任，这位就是县委办新主任李主任？好年轻，好帅气啊！”

听着这娇滴滴的话，李思文鸡皮疙瘩都快起来了，眼前的女子拥有精致美丽的容颜，穿着一身玫瑰红旗袍，将高挑的身姿衬托得越发婀娜。

从外表看，她只有二十五六岁，但李思文看到她微笑时眼角已经有了鱼尾纹，显然这女子的年龄怕是过了三十。

田志强“呵呵”一笑，介绍道：“陆老板，这位就是我们县委新上任的李思文李主任，都说长江后浪推前浪，有李主任这样的青年俊彦，我们这群老家伙看来是要被拍死在沙滩上了。来来，小李，我给你介绍一下……”

田志强把李思文推到艳丽女子面前，说：“这位姓陆，名小圆，金圆山庄的老板。哈哈，据说是我们狮子县最美丽的女企业家。”

“李主任，您好！”陆小圆用她那会说话的眼睛瞟着李思文，伸手跟李思文握了一下，“我是陆小圆，做点儿小生意过日子，可没有田主任说得那么牛气，我一个弱女子有什么能耐？还不是靠你们这些朋友撑场面嘛。”

这个女人不简单！

陆小圆跟他握手后却不松开，不知道是有意还是无意，靠得近了，她身上浓郁的香水味直往李思文鼻子里钻，让他很是不习惯。

就在李思文快要忍不住打喷嚏时，陆小圆终于松开了手，摆了摆白嫩的小手儿笑吟吟地说：“李主任，请跟我来，田主任的朋友已经在包间等着了。”

李思文表面上不动声色，心里却有了防备。陆小圆绝对是个厉害的角色，刚刚色诱他，但又不形于色，谈不上诱，当她觉得这种有意无意地诱惑对他无用后，马上就放弃了，转而变得规矩起来。

李思文不知道田志强给他介绍的是什么朋友？也不明白田志强是真心向他传授工作经验，还是另有他意，如果是后者，那今天这饭局就是一个“局”。

田志强的老辣，陆小圆的深藏不露，还有包间里神秘的客人，李思文的神经顿时紧绷起来，刚到县委办，难道就有人盯上他了？

田志强笑道：“看到小李，我才知道什么叫后生可畏，这样前途无量的年轻人，陆老板你可要多打交道、多请教才是。”

“田主任说的是……”陆小圆一边附和，一边在前边带路，在一间包间前停下，吩咐门口的女服务员：“好好看着，不准任何人进来打扰！”

女服务员赶紧点头回答：“是！”

陆小圆这才推开门，回头对李思文轻笑道：“李主任，请进！”

这个包间可能是金圆山庄最豪华的一间了，装饰奢华至极，空间也相当大，大约有六十个平方，中间是一个至少可以围坐二十人的超大旋转餐桌，椅子全是真皮包镶的软座。

房间里有两个人，一男一女，男的英俊，女的靓丽。

李思文进门一抬头，不禁愣了，那个女人也呆了，一脸诧异。

这个女人竟然是李思文刚分手不久的女友朱琳琳！

那个男人刚刚才见过，正是和黄少波一起的杰克。

那男的一见李思文进屋，马上热情地迎过来，主动跟李思文握了握手，笑道："李主任，我叫罗杰，这是我女朋友朱琳琳。先前在医院和你见过面，真是有眼不识泰山，呵呵。黄少波那小子打电话给我说要用一下车，没说原因，我当时没多想就去帮他送人，没想到是李主任的妹妹。哎，发生这种事情，那黄少波也太不醒事了，简直是胡闹，我要不是跟他父亲有生意来往，这种人我还真没工夫搭理……"

听着罗杰絮絮叨叨的话，李思文心中对他的评价又上了个台阶。几句话，不但撇清了和黄少波的关系，还介绍了朱琳琳，仿佛初次见面一般，根本不提两人之前的关系。这份城府，比黄少波强了不知多少倍。

李思文没和朱琳琳说话，只是点了点头，随后落座，与同时进来的田志强坐在一起，陆小圆则端起茶壶倒水。

"李主任，我听谢县长和田主任说，新到任的县委办主任年轻得很，我一直不大相信，这一见面才发现，原来咱们早就见过，这也算是一种缘分吧。"

罗杰一边说一边瞄着倒茶的陆小圆，笑道："陆总，劳烦你亲自倒茶，可不多见啊。呵呵，李主任，我们可是沾了您的光啊！"

陆小圆似嗔似笑地说："罗总，我就一开农家乐的，可没你说得那么高大上，开饭馆的哪个不苦？我就是个服务员。再说李主任这样的贵客来了，我哪能不更尽心招待。我先讲讲我们店的招牌菜吧……”

陆小圆倒好茶，拿出真皮制作的菜谱准备介绍菜品。

李思文瞧着罗杰和陆小圆唱双簧，眼见田志强也是一副笑眯眯的模样，丝毫没有谈公事的意思。李思文明白了，这田志强怕是罗杰特意找来的，以公事为由，谈的却是私事。

真要是如此，自己可不能这么被动。

想到这里，李思文一脸严肃，抬眼问陆小圆：“陆总，我看你这儿是高消费场所吧，我这点儿工资可消费不起，我还有点事，先走一步。对了，田主任，如果有工作上的事，咱们可以在县委办公室谈。”

田志强愣住了，他没想到李思文居然当着罗杰的面要退席，这也太不给面子了吧！

罗杰也十分惊诧，李思文还真是茅厕里的石头，又臭又硬。

陆小圆刚打开菜谱，一听李思文的话，马上又合上了菜谱，笑着说：“这个请李主任放心，我们山庄的特色就是原生态，所谓原生态就是自种无农药的蔬菜，自个儿养的塘鱼，最贵的菜都不超过五十块钱，如果李主任就这么离开，可是要和眼前的美食失之交臂了哦！”

罗杰暗赞陆小圆的话接得真好，要不说这女人眼利心巧呢，李思文的心思被她看得透透的，这一手四两拨千斤，算是堵住了李思文离开的借口。

朱琳琳直到这时才从之前见到李思文的惊讶中恢复过来，他心里又惊又疑，惊的是，李思文居然是罗杰和田主任邀请的贵客；疑的是，他不是被撤职查办了吗？怎么又成主任了？当初朱琳琳主动提出分手，正是因为听说了李思文被调查的消息，当然，也离不开罗杰的疯狂追求。

她先前和罗杰大略提过李思文这个人，具体情况没细说，当时罗杰也很大度，还主动开车送她过去。

没想到阴差阳错，罗杰请的人居然是李思文，这让朱琳琳有些措手不及，两任男友当面撞上，她当然要站在罗杰这边。

要知道，她的新男友罗杰可不是普通人，身家就不用说了，只看能和县委办原主任田志强称兄道弟，就能看出罗杰的根底有多深，这也是朱琳琳几番思考权衡之后，才选择的优秀男人。

朱琳琳内心思绪翻腾，惊疑不定。李思文的冷淡，田志强的尴尬，陆小圆的左右逢源，形成一个奇怪的场景。

“既然陆老板盛情，那我也却之不恭了。”李思文又重新坐了下来。这一手就坡下驴，让田志强再也不敢小看这位小李主任。

能屈能伸，两句话就轻易掌控了局面，这可不是靠耍嘴皮子就可以的。

李思文心里倒没有田志强想得那么复杂，之前的一番话，不过是为了表明他的态度。如果罗杰等人识趣，说话做事必然要顾及他的原则，那么他的用意也就达到了。

因为有陆小圆圆场，罗杰很快恢复镇定，对陆小圆说：“陆总，李主任是个很讲原则的人，我们可不能给他扯后腿，这顿饭就按寻常标准来吧。”

陆小圆笑吟吟地点头回答：“行，放心，我们这儿就是普通菜也是很有特色的，虽然便宜，但决不敷衍。”

罗杰随即附和：“是啊是啊，我吃过多次，觉得很不错，一点儿都不贵。”

李思文点点头，没说什么，官员是要讲原则，但不是不交朋友。

只有田志强依然有些郁闷，他是今天名义上的主角，虽然退居二线了，但好歹也是李思文的“前”领导，眼下却被李思文当场拂了面子，这让他很是下不了台。

陆小圆哪里看不出田志强的尴尬，她一边倒茶一边说：“我马上安排上菜，这样吧，先上啤酒，我来陪酒，今儿个来的可都是我请都请不到的贵客，你们喝多少我就喝多少，各位可不许临阵退缩哦！”

这话要是别人嘴里说出来未免让人觉得有些虚，但从陆小圆这么漂亮的人儿嘴里说出来，味道就不同了，不管怎么说，美女总会让男人心软。

让罗杰和田志强意外的是，李思文居然连想都没想就拒绝了：“不好意思，我不喝酒。”

陆小圆和罗杰、田志强都是一愣，这李思文也太迂腐了吧！

陆小圆到底伶俐，一愣之后马上笑着道：“哟，李主任，我还没说上白的呢，这啤酒可不是酒，是水。你看，田主任他们三位可都喝的，李主任可不能不给这个面子啊，再说啤酒它就是水，醉不了的，你就当饮料喝好了。”

李思文淡淡地道：“不好意思，我滴酒不沾！”

李思文的坚持，让现场的气氛顿时陷入僵滞，陆小圆也一脸讪讪的，她还真没遇到过这种死活不买账的主，李思文的强硬让她有种浓浓的挫败感。

罗杰哈哈一笑，提了透明的玻璃茶壶倒水，说：“李主任真是个好同志，好好好，我也不喝酒，从今天起戒了，喝酒伤身，有百害而无一利。来来来，大家以茶代酒，喝清茶吃家常菜聊人生。俗话说得好，君子之交淡如水嘛，哈哈……”

罗杰这么一搞总算是把气氛缓和下来，朱琳琳还是一头雾水，眼见一屋的人都围着李思文打转，每个人都低三下四地捧着他，有这个必要吗？

她忍住心里的不痛快，沉着脸站起身来，对罗杰说：“我上洗手间。”

朱琳琳提着包一走，陆小圆也笑着说：“我去看看菜准备得怎么样了。”

两个女人离开后，偌大个房间里只剩下三个男人，田志强沉着脸闷闷地喝水，罗杰有些心不在焉，一会儿瞄一下表，一会儿瞄一下手机，李思文则一脸平静不动声色。

手机“笃笃笃”地震动了几下，罗杰拿起来看了看，随即把手机揣进裤兜里，起身笑着说：“去一下洗手间，李主任和田主任先聊会儿。”

李思文自然不会去看罗杰的手机，他猜测应该是上洗手间的朱琳琳打给他的，想必朱琳琳此时最想弄清楚的就是李思文的情况。

田志强被李思文不给面子的话顶得直生闷气，这时见就他和李思文两个人在场，这才哼了哼，怨怼地道：“唉，还真是人走凉茶啊，退下来了说个话都没人听了。”

田志强说这个话确实是带着怨怼，虽然他到了退休的年龄，但在狮子县，但凡是实权领导，到了退休年龄，一般不会被强制按时退下来，基本上都会缓个半年多，有的甚至会超期一年。田志强刚到年纪，连个缓冲都没有就被县委免职了，转而到政协当了个清闲副职，这种落差对他来说实在太大了。

想想以前，他在罗杰、陆小圆一干狮子县商人眼里的重要人物，谁不巴结着，而今却成了为他们搭桥牵线的边缘角色。他明显感觉到，罗杰对他已经没有了以往的那种亲近和尊崇，人走茶凉啊！

再看看眼下炙手可热的李思文，田志强心里极不是滋味，他摸爬滚打大半辈子，临到退休才混到现今这个位置，但李思文才二十五六岁，就到了他的位置，这怎么比？

李思文目前还只是个副主任，照理说他这个主任再混个大半年也没问题，但县委居然让他退了，摆明了就是让李思文这个副主任做主任的工作，摆明了就是要他这个主任给副主任让道。

这让田志强如何甘心？

他也是有气没地儿撒，李思文这个县委办副主任可是县委书记于清风点名的，李思文也为狮子县出了大力，立下大功，不同于某些靠关系升上来的空降兵，所以他的任命才会在县委常委会议中全票通过，这让田志强想找县领导私下协商的余地都没有。

李思文自然听得出田志强语气中的怨气，喝了口茶说道："田主任，我倒是觉得你不必太在意，为官一任只要是对得起国家，对得起党，对得起百姓，又何必在意别人的眼光呢?"

李思文说的是真心话，为官是公仆，是要为人民服务的，有了私心，那就是为自己服务，这样的官已经失去了本心、初心，不说百姓容不得，组织上也绝不会容忍姑息的。

私心太重的官只会将自己带入堕落和犯罪的深渊，到时候害的还是自己。

但田志强听到耳中却觉得刺耳，他认为李思文是在嘲笑他，现在坐那个位置上的是他李思文，他自然可以说得大义凛然了。

隔壁的包间中，朱琳琳正悄悄问罗杰："他到底是什么主任？瞧他那副又臭又硬的样子我就气不打一处来!"

罗杰见朱琳琳假装不认识李思文，知道她心里是什么想法，暗自摇头。目前是他罗杰有求于人，如果朱琳琳还是这个态度，搞不好就得把他精心的安排搞砸了，那可不行，看来有必要把利害关系说清楚。

罗杰哼了哼，说："他是个什么主任？他是县委办公室新上任的主任，你不要觉得县委办跟我们这些商人没有直接的利害关系，县委办管着信访。你也知道我跟老田关系好，很多事是他压下来的，现在换成李思文就不好说了。这不是重点，重点是，我从县委那边得到内部消息，李思文是县委书记于清风钦点的，这次的任命在县委常委会上全票通过。现在，你明白他的重要性了吧?"

朱琳琳顿时傻了，心里五味杂陈，当初在李思文被查时，她提出分手，多少让她感到歉疚。她可以可怜他，帮助他，补偿他，但就是见不得李思文被她抛弃后飞黄腾达！

就好比一个人自以为做出了一个无比英明的决定，最后却发现这个决定是她人生中做得最愚蠢的。

“怎么会这样？”朱琳琳莫明其妙地烦躁起来，这才几天？李思文明明是削职被抓，怎么又升职了？偏偏成了他现任男友不得不结交的大红人？

罗杰偏着头瞧了瞧朱琳琳，随即低笑了一声，道：“朱琳琳，你以为你跟李思文那点儿事我不知道？”

“啊……你……”朱琳琳的心狠狠地抖了一下，脸上失色，望着罗杰怯怯地说，“你……你都知道了？”

罗杰嘿嘿冷笑道：“换了以前，我可以装不知道，也不屑于知道，但是现在……我没想到，你的前男友居然是这么一位有分量的人物。”

朱琳琳脸色变得煞白。

女人总想有个好归宿，她的目标更高一些，以前跟李思文好是奔着名去的，而后移情别恋，除了是因为李思文被抓之外，还因为罗杰符合她心中完美男人的标准。

罗杰英俊多金，事业有成，体贴而且善解人意，所以，朱琳琳才会死心塌地将一颗心都放到他的身上。

如今，罗杰当面揭开她和李思文的那点儿事，语气阴阳怪气的，这让朱琳琳内心十分惶恐，害怕自己好不容易选择的男人会抛弃自己。

刚把前男友甩掉，接着又被现男友抛弃，这种事情光是想想就让朱琳琳不寒而栗。

罗杰盯着惊惶不已的朱琳琳，摸着她的脸蛋低声道：“其实你也不用怕，我不会因为之前的事甩掉你，但你要明白一点，那就是想得到就必须先付出，你懂吗？”

朱琳琳其实不是很明白罗杰这句话的意思，但她依然乖巧地点头，怯怯地说：“我……我知道，我……我跟……跟他已经彻底分手了，我现在对你是真心的……”

罗杰在她耳边低声道：“我说的不是这个，我是说你的梦想是得到财富，过上荣华富贵的生活，这些我都可以给你，但为了我们未来的事业，你必须付出点儿什么，这个付出，你懂不懂？”

朱琳琳迷茫地摇了摇头，她是真没听明白罗杰说的是什么意思，不过亲耳听到对方承诺不会抛弃她，她内心顿时安稳下来。

对于朱琳琳的乖巧，罗杰很满意，这说明朱琳琳已经习惯了依赖他，离不开他，这说明他罗杰有魅力。他决定开门见山地把问题摊开，上前一步，低头注视着朱琳琳的眼睛，沉声道：“我这样跟你说吧，我做生意之所以这么成功，是因为我十分注重必要渠道的公关，这是财富能够稳固并持续增长的必备条件，现在摆在我面前的就是一道必须攻克的难关。你能帮我一起攻克它吗？”

“你……你是想让我帮你去打通李思文这个关节？”朱琳琳终于明白了，带着一副难以置信的表情问道。

罗杰退开一步，紧盯着朱琳琳的眼睛：“你很聪明！”

“你明……明知道我跟他……你就不觉得尴尬？不觉得难受？”

“尴尬？难受？”罗杰哈哈一笑，说，“你想太多了，你我之间只不过是利益结合，我有钱，你有貌，正好各取所需。现在更好了，李思文与你有牵扯，我想，只要你出面，他看在你们多年的情分上，怎么也不好拒绝。至于我的感受，你完全没必要在意，我们都是成年人了，情啊，爱啊，本质上都是虚幻的，哪里比得上金钱和权势重要。”

听罗杰说得如此直白，朱琳琳的脸色发青，原本对美好生活的憧憬，此刻竟变得污浊不堪，扪心自问，她却无法舍弃这份各取所需。

罗杰冷笑一声，想了想，从上衣袋里掏出宝马车的钥匙和一张银行卡，一起塞到朱琳琳手中，说：“只要你帮我搞定这个人，这些都是你的。不要忙着拒绝，说句很现实的话，如果我没钱，你会跟我吗？”

朱琳琳内心挣扎，想要拒绝，但到了嘴边，却没了声音。

罗杰温言道：“好了，别想那么多了，这辆宝马五系轿车可是我新买的，花了整整五十万，银行卡里有十万现金，车给你用，十万块钱是给你的零花钱。你只要听我的话好好做事，我想很快，你的车就会换成保时捷，换成法拉利。”

朱琳琳心里不是滋味，原以为罗杰不知道她的往事，原以为罗杰为她的美丽和风情所倾倒，没想到百依百顺的背后，隐藏着如此丑恶的本性。

她要反抗吗？她要挣脱这个欲望的牢笼吗？不，她不想回到过去那种拮据的日子，她想享受荣华富贵，所以，她割舍不了罗杰，她很清楚，离开了罗杰，她再也找不到更适合她的男人了。

尽管罗杰利用她，但那有什么关系，有了宝马轿车和十万块钱，她就可以在同事和朋友们面前炫耀了，这才是她最在意的事情。

罗杰拍了拍朱琳琳的肩，语气温柔得不得了，道：“琳琳，其实我还是很喜欢你的，你人又漂亮又聪明，等我全盘接掌家族企业之后，我们就结婚，但在这之前，你得帮我撑起我的事业啊！”

朱琳琳轻轻叹息一声，好一会儿才点点头道：“我知道了。”

“这才对嘛！”罗杰轻笑一声，迈步出去，一边走一边嘱咐，“好了，我们快过去吧，免得李思文等久了着急。还有，你要注意一下，李思文不好对付，这个人聪明又有原则，你要想周全些，我会假装不知道你们的往事，配合你。”

第六章 风口浪尖，两大阵营生死搏杀

虽然于清风向他分析形势，交代任务，李思文也知道自己担子很重，责任重大，但还是没有料到自己正站在两大阵营生死搏杀的最前线。上班不久，信访办转来多封举报信，矛头直指县首富黄仕福等人所谓的南新区征地项目。李思文决心查一查这件事情。可他实在没料到水这么深，黄仕福等人所谓的征地项目，不过是他们骗取政府补偿金精心设计的一场骗局。

回去的时候，罗杰故意让朱琳琳先走，他则在门外拖了两分钟之后才进去。进去之后，他发现气氛有些不对，李思文喝着茶一声不吭，田志强老脸发黑，刚进去的朱琳琳显然一时间也没想到什么好的话题，以至于整个包间都陷入异常的沉闷中。

罗杰笑吟吟地对门外的服务员说："服务员，该上菜了。"随即又对李思文说，"李主任，金圆山庄都是绿色的农家小菜，你可不要嫌弃菜品太素啊。"

李思文一本正经地回答道："那最好，咱们有言在先，大鱼大肉我不吃，也吃不起，家常小菜很合适，吃完后饭钱我们AA制，各付各的，互不相欠。"

罗杰在心里狠抽了李思文一顿，这李思文还真能拉下脸来说这样的话，他罗杰费尽心思又找关系又花钱请李思文来，临到头还要李思文花钱，这不是打自己的脸吗？你李思文还真拿自己当根葱了！

心里虽不忿，但罗杰并未表现出来，反而笑着拍手道：“好好好，李主任，好样的，难怪我跟李主任一见面就觉得投缘。说实话，我们做生意的人，难啊，很多苦说不出来，现在那些管理部门还有几个能像李主任这样守纪律讲原则？他们张嘴要吃，伸手要拿，吃差了要骂，给少了不行，我们是天天被架在火上烤啊！现在好了，我罗杰终于遇上李主任这样讲原则的好官了，我这心里舒坦啊！AA制好，AA制好！”

朱琳琳见罗杰缓和了气氛，赶紧端了茶杯对李思文说：“李……李主任，恭喜你荣升主任，从此青云直上，前途无量，琳琳我以茶代酒，敬你一杯！”

李思文对罗杰的马屁水平，佩服得五体投地，明明是自己扫了他面子，被他一说，自己反而高大上了。

听了朱琳琳的话，他多少有些意外。到底谈了一段恋爱，即便分手了，李思文也不想让朱琳琳太难堪，男人要有气度。他点了点头，端起茶杯道：“你客气了，高不高升我倒不觉得，到哪儿都得踏踏实实地做事。我看朱小姐越发美丽洋气，挺好，我们机关里的人可没办法跟你们比。我这辈子恐怕都没办法赚到大钱了！”

李思文这一席话并没有什么“怨气”，更多的是一种态度的表露。

朱琳琳听得出来，李思文这话是在暗示，他们是性格不同的两种人，各有各的追求和选择。他并不强迫对方如何，但同样，他坚持自己的为官之道。

上菜之前，罗杰私下里嘱咐陆小圆，陆小圆也是个玲珑剔透的女人，这一点在上的菜品上就能看出来。

菜一碟一碟地上，腌黄瓜，炒小白菜，手撕包菜，茄瓜咸鱼，都是普通的菜，却做得精致可口。看得出来，厨师很是下了一番工夫。

最后一盆是麻辣酸菜鱼，端出来时香味极为诱人。

罗杰拿着筷子招呼李思文："李主任，来来来，趁热吃，趁热吃！"

李思文看确实不是山珍海味，也就拿起了筷子，侧头对田志强道："田主任，吃菜吧，等了这么久恐怕你也饿了。"

田志强多少有些不自在，李思文对他看起来挺恭敬，实则柔中带刚。退下县委办主任的位置，田志强一度失魂落魄，罗杰上门请托，让他精神一振，觉得自己多少还是有用的，还没到人走茶凉的地步，却没想到在李思文这里遭到了当头一棒。

李思文表面对他十分尊敬，将他当作老前辈、老上级，一旦牵扯到其他事，李思文立马变得十分警惕，这顿饭还没开始，他就已经将众人的意图扼杀在萌芽里了。

这样自矜自守的官员，田志强前所未见。

更让他失落的是，相比李思文的强硬，罗杰对他无形的冷淡，让他彻底明白了以前的风光是一去不复返了，罗杰这种商人极为现实，权力在谁手中他们就捧谁。

李思文吃了几口菜，味道确实挺好，尤其是那盆麻辣酸菜鱼，鱼只是普通的鲤鱼，但味道又麻又辣，鲜得很。

陆小圆亲自用托盘端进来五六个土碗蒸的饭，先在李思文面前放了一碗，笑说："李主任，蒸饭很香，陶土碗最不损营养和米香，你尝尝。"

李思文尝了尝，清香可口，果然与电饭煲煮出来的饭大不同，口感简直没得比，忍不住赞了一声："这饭真好吃！"

陆小圆轻笑一声，说："李主任觉得好我就放心了。"接着又说了一句好似调笑的话，"大家好才是真的好"。

几个人都忍不住笑了，只有田志强脸上没有笑意，瞧着这些菜也没什么胃口，准备好的穿山甲没上，燕窝、鱼翅没上，连一碗鲍鱼汤都没敢上，这顿饭有什么好吃的？

李思文觉得好吃，但在田志强看来简直是难以下咽。罗杰倒是很自然，朱琳琳也只是低着头儿默不作声，不时拣一筷子面前的小白菜吃，感觉很不自在。

李思文也不客气，土碗蒸饭他一个人就吃了四碗，碗其实很小，比酒杯大不了多少，只不过来这儿的客人也没几个是来吃饭的，罗杰预订的好东西陆小圆都没拿出来，大概也只有李思文觉得好吃了。

田志强饭菜都没怎么吃，也没上酒，倒是喝了几大杯清茶。

四个人的饭局只有李思文一个人在认真吃，罗杰敷衍作陪，朱琳琳心事重重，田志强则满怀怨气，陆小圆等菜上完后就知趣地退了出去。

李思文吃好后扫了一眼三人，见他们没把心思放在这桌菜上，笑着问道："都吃好了吧？服务员，多少钱？"

前一句是问罗杰和田志强，后面的话却是扭头问服务员的。

服务员点了一下头说道："一共三百八十六元。"

这个数也是陆小圆压低了的。

罗杰见李思文想抢着买单，自然不能让他出钱，本来请他就是想好吃好喝拉拉关系，为后面的事打个埋伏，没想到李思文顽固得很。他连忙站起来，边摆手边掏钱夹说："我来我来，可不能要李主任请客，本来就说好是我做东的嘛。"

谁知李思文从口袋里掏出一百块钱，放在桌面上，坦然说道："囊中羞涩，我可没钱请大家吃饭，但是我也不能占你的便宜，之前说好了 AA 制，所以我出一百块！"

罗杰和田志强顿时被李思文这个举动弄得呆愣当场！

朱琳琳扁着嘴很不屑，李思文就是李思文，土包子就是土包子，始终上不得台面，山珍海味不吃也就算了，这两三百块钱的账单他居然只出他自己的那份，幸好自己跟他分手了，要不然跟朋友一起吃个饭，他来这一手岂不是把什么脸面都丢尽了。

田志强回过神，气得都哆嗦了，抖着手拿出一百元钱拍在桌子上，恨恨地道：“好，AA 制，这是我的饭钱!”

罗杰干笑了几声，从钱夹里掏出两张一百递给服务员：“这个……李主任和田主任规矩太重，我也只好恭敬不如从命了，这是我和琳琳的。”

到了这一步，眼前的饭局也算是到了尾声，所谓的深谈彻底泡了汤，田志强嚯一下站起身来，一把抓住放在餐桌上的手机和车钥匙，一边走一边说：“我还有事先走了!”

李思文也跟着说：“我也回去了，还有不少事要忙。”

罗杰赶紧起身，对李思文招手说：“李主任等等……”

李思文转头望着他，罗杰上前两步，然后又回头叫朱琳琳过去，等她走到身边才对李思文说：“李主任，我有些急事一时分不开身，刚好琳琳要回去，我就让琳琳开车代我送你回城……”

李思文正要拒绝，罗杰又抢着说道：“李主任就别推辞了，现在都快八点了，山庄到县城还有一段路，你又没开车来，总不能走回去吧?”

李思文想了想也就点头同意了。

朱琳琳得了罗杰的吩咐，从山庄停车场把她的新宝马开了出来，优雅地绕了个半个圈才开到李思文身边缓缓停下，按下车窗，招呼李思文：“李主任，上车吧。”

李思文上车前对罗杰和陆小圆扬了扬手说：“罗总，陆总，再见!”

“再会再会……”罗杰赶紧挥手跟他作别，目送朱琳琳开着宝马车消失在路口，脸上的笑容才消失。

陆小圆捋了捋额边散落的发丝，漫不经心地道：“罗总，我看这个李主任可不是一般厉害，跟田主任完全不一样哦。”

罗杰面无表情地说道：“每个人都有他的弱点，有些人喜欢金钱，有些人喜欢女色，有些人喜欢名声，李思文是有些不同，但我相信，他同样有弱点，只要有弱点就不怕他不听话！”

“你觉得李思文的弱点在哪？”陆小圆歪着头儿瞄着罗杰问。

罗杰沉吟了一下才笑了笑，说：“你说呢？”

陆小圆挑了挑眉，瞄着罗杰道：“你把你那个娇滴滴的美人儿放出去诱惑李思文，你就不怕赔了夫人又折兵？”

罗杰只是看了她一眼，没有答话，陆小圆显然看出了他的心思，这个女人果然心机深沉。

朱琳琳开着新宝马都有些提不起精神来，她原本是个极爱面子、虚荣心极强的女人，跟李思文分手时她曾想过，若日后两人重逢，她必定会把自己目前的高品质生活在李思文面前炫耀一番，但现在，她却一点儿也提不起那份心思。

一来李思文不是她想象的那样落魄，不仅没受牢狱之灾，没被开除公职，反而升了职，前途无限光明，这让她产生一种失落感。

第二，李思文不仅升职了，而且还成了能卡住她富豪男友脖子的重量级人物。

第三，最让朱琳琳受不了的是，新男友罗杰洞晓一切，毫不犹豫地将她推出去，让她不惜任何代价打通李思文这个关口。

一个刚刚被朱琳琳抛弃，且瞧不起的男人，她怎么放得下脸面转回头去求他？

罗杰对朱琳琳这种没有一丝感情的利用，让朱琳琳多少有点受伤。

不知不觉，车开到了县城东口，李思文远远看到孔雀桥，打破沉默，指了指桥头的方向说道：“到桥头停一下，我在那儿下车就行。”

“在这儿下车？”朱琳琳怔了一下，想到罗杰交给她的任务，“我……我送你回去吧，到你单位，反正我也没什么事。”朱琳琳赶紧亡羊补牢般说道。

李思文摇摇头道："不用了，我妹妹在宿舍，我在前边下车去超市买点儿东西，走回去很近，谢谢你送我回来。"

朱琳琳张了几次嘴，最终一句也没说出来，看来罗杰交给她的任务也是完不成了。朱琳琳心里郁闷得不得了。

第二天一大早，李思文就起床了，到县委大院时还不到七点半，如今是夏季，上班时间上午是八点到中午十二点，下午是两点半到五点半。门卫室的门卫叫黄德志，五十岁了，对李思文这个刚赴任一天的县委办副主任很感兴趣，一见到他脸上就堆满了笑容问好："李主任好，李主任来得好早啊！"

他天天守着大门，每天哪些人早来，哪些人迟来，他最清楚，当然，他更注意县委领导。

像李思文这么年轻的领导很少见，大凡领导都有些年纪了。上班来得早的领导就更少见了，估摸着李思文也是新官上任想表现一下吧。

"早上好！"李思文也客客气气地回了一句，提着公文包走了进去。

县委办在二楼，李思文上到二楼推门进去，办公室里空无一人，显然他是最早的一个。

看看时间才七点半，李思文正好可以看一看资料，准备一下。

一直到七点四十分，李思文才听到办公室里有动静，高跟鞋笃笃笃地响着，接着是放包，挪椅子。

李思文办公室的门虚掩着，声音从门缝里传了进来。

来人坐了不到两秒钟，站起身往李思文办公室走来，她以为李思文还没来，所以推开门放肆地探头瞄了一眼，万万没想到李思文正坐在办公室里，四目相对，来人的脸顿时就红了，扭扭捏捏地道："李……李……主任这么早啊……"

女子相貌姣好，端庄秀丽，李思文笑着点头道："小袁，早！"

袁丽萍颇有些狼狈，要是知道李思文早来了，她哪会去推他办公室的门?

袁丽萍赶紧缩身退了回去，老老实实地待在她的办公桌边，开电脑，擦自己的办公桌。

七点五十，大部分人陆陆续续进来。

李思文看了看手表，放下手中的资料，来到办公大厅。

大厅里各科室的人正叽叽喳喳地聊着天，看到李思文从办公室走出来，赶紧都闭了嘴，跟他打招呼，然后坐回自己的位置。

李思文站在大厅门前，时间刚好八点整。

李思文看门外没什么动静，对袁丽萍招了招手，“小袁，你清点一下各科室有几个人没到。”

袁丽萍应了一声，赶紧去科室清点，两分钟后，气喘吁吁地汇报：“李主任，有……有十一个人还没……没到……”

李思文眉头一皱，想了想又吩咐：“你把各科室的人都叫到这儿来。”

袁丽萍返身去叫人，几分钟后，办公室里或站或坐聚集了十个人，包括李思文自己。

李思文扫了一眼面前的九个人，再看看时间，已经八点零九分了，迟到九分钟了。

这时候又有两个人进来，本来有说有笑的，一看到众人都站在大厅里，李思文沉着脸站在门口，笑容一下子就不见了，赶紧问了一声：“李……李主任早……”

李思文冷冷地回答：“我不知道什么是早，迟到算不算早?”

两个人顿时尴尬地站在当场，不知道该回自己的位置，还是站在这里罚站，李思文也没明示。

又过了十分钟，陆陆续续进来六个人，其中就有秘书科科长朱少军，资料科科长徐丽丽。

李思文依然没发话，朱少军和徐丽丽也不好离开，都阴着脸站在大厅。

李思文抬腕看手表，八点三十五分，最后两个人才来。

一个是黄群，一个是曾美丽，两个女的，都是直属副主任办公室的职员。

李思文这才点了点头，说："嗯，总算都到齐了。黄群和曾美丽迟到三十五分钟，我先说一下，迟到三十分钟以内的下午补班一小时，迟到三十分钟以外的补班两小时，另外各罚奖金五十！"

李思文的话一出顿时就惹来不少嘀咕声。

新官上任才第二天就开始发威？

县委大院里又不是只有县委办一个部门，哪个部门不是这样？

李思文冷冷地道："别的部门怎么样我管不着，我只管我自己的部门。"

李思文看着众人一脸不以为然的表情，继续说道："普通工作人员拿薪做事，按时拿薪无话可说，可我们是党员，党员就应该以身作则。"

说到这儿，李思文口气更严厉了："我今天第二天上班，我不管你们以前是怎么看我的，作为这个部门的领导，我要强调的一点是，在这里工作，可以不是天才，但绝不能是懒汉，勤勤勉勉做事、勤勤恳恳做人是我的准则，如果你们有人是来混日子的，那我把丑话说在前头，今天是第一次，也是最后一次，若还有下一次，那对不起，请你离开这个部门！"

李思文这番话不可谓不重，今天迟到的十一个人当场被训得灰头土脸，脸色十分难看。

"整个部门一共二十一人，却有十一个人迟到，超过半数！"李思文越说越生气，"迟到只是小问题，问题是会养成惰性，就算不迟到，上班懒散，混时间，跟迟到早退没什么区别。以后我会逐步制定一些考核方案，考核不达标的人我一个都不会要。当然，我的考核方案不是单纯考核你有多强的能力，主要是考核你们有没有做事，有没有认真做事！”

李思文看众人都没有吱声，语气也缓和了：“好了，大家都回去做事吧。”

风暴来得快去得也快，李思文向来不喜欢在这种事情上浪费时间。

秘书科的科长朱少军跟李思文多少比其他人要熟一些，上次去野猪坪两人就同乘一辆车，聊过几句，那时李思文的温文尔雅跟此时的严厉苛刻截然不同。他这个县委办二号人物在一众下属面前挨一顿训，面子上也有些挂不住。

李思文刚说完，朱少军就开口了：“李副主任，于书记昨天打电话交代过，他今天从北川回来，中午要开会，我来之前采购布置会场所需的饮水和鲜花去了，所以耽搁了点儿时间。”

你不是训我吗，那我就拿于书记来压你，朱少军想在众人面前挑战一下李思文的权威，他虽然是下属，但也不是任人捏的泥人。

李思文沉吟一下，随即摆手道：“会场安排是要抓紧，但饮水和鲜花我看可以免了，都是县委的领导，又没有重要的客人，这些噱头可以不搞。机关里有饮水机，弄点儿茶叶泡点开水，十几束鲜花得一千多块，这些不必要的开支当省则省。”

朱少军一愣，本想以这件事顶一下李思文，多少扳回点儿脸面，谁想他反倒拿来说事，愣了愣才道：“这……一直是按之前的老规矩办的，忽然取消……这好吗？”

“就说是我的意思，有什么问题我承担！”李思文摆了摆手，意思很明显，这笔开支必需砍掉。

朱少军喘了两口粗气，脸色涨红，他感觉到了李思文的强势，这话从他嘴里说出来了，只怕是不容改变了。

朱少军一想又觉得是好事，等会儿把会场弄得越简单越好，领导们不悦的话，正好可以推到李思文头上，他不是说有什么问题他来承担吗，很好，那就给你多弄点儿问题。

朱少军内心十分不服李思文这毛头小子，不就是在野猪坪在徐书记面前露了下脸，侥幸捡了个功劳吗，不然哪有资格排在自己前头？

李思文隐隐感觉到朱少军的怨气，不过他现在没工夫理会他，他这不是树立权威，也不是新官上任先烧三把火，更不是针对哪一个人，他是认真地处理问题。县委办上上下下已经习惯了这种懒散的作风，既然他来了，这股不良之风就要坚决刹住。

回办公室时，李思文隐隐听到曾美丽低声说："臭显摆什么……"

李思文没理她，曾美丽，二十三岁，刚到机关上班不到一年，看资料上记录的是自考公务员。他刚刚在大厅"训"人的时候，注意到曾美丽脸上没有惧色，甚至一脸不以为然，这个曾美丽定然有些来头。

李思文情商不高，但捕捉细节是他最擅长的，曾美丽的反应没有逃过他的眼睛。

回办公室坐着思考了一阵，这县委办可比鹰嘴镇派出所复杂得多。

在派出所，整个派出所被他治理得像一个大家庭，虽然出了郑长顺那档子事，但实事求是地说，派出所的人际关系并不复杂。

县委办不同，连他一共二十一个人，四个科室，四个科室不说各自为政，也不可能融洽得像一家人一样，他这个副主任不好当。

刚才在大厅，朱少军跟他说话的时候特意强调"李副主任"，把个"副"字说得很重，自宣布他任县委办副主任后，没有人称呼他李副主任，都叫他李主任。

朱少军这么叫，明显带有抵触情绪。想让所有人都认同自己，显然不可能，但是同在县委办工作，如何求同存异，把工作做好，就是李思文这个主管领导要考虑的问题了。

"笃笃笃……"

李思文正在沉思，门上响起了敲门声。

“请进!”

“吱”的一声，门被推开，进来的是袁丽萍。

“李主任，本月的维稳会议就要召开了，谢县长发过来一份文件，说要我们办公室这边特别注意一下石山镇、鹰嘴镇的矿务纠纷上访问题，再就是城南新区边沿村民违建户上访问题……”

“嗯，我知道了，等会儿我……嗯，你熟悉些，跟我一起去南新区那边看一下。”

三个地方上访，南新区距离最近，近期违建、征地拆迁等产生的各种纠纷也是愈演愈烈，不能不引起李思文的重视，这也是他第一个考察南新区的原因。

城南外南新区是狮子县近年来主要的开发方向，最大的优势就是有铁路经过，狮子县将设立一个小站，通高铁对狮子县的影响不可谓不大。

这中间利益最大的自然就是地了，有能耐的一掷千金去购地，没能耐的农民也有自己的办法，那就是马上挖地筑基起屋，起屋后就可以等政府的征地补偿了。

这些后起的房屋基本上都没有手续，也不可能有，属于违建。

其实任何新投建伊始，上级部门都会禁止那个区域土地买卖，但是与利益相关的事情，从来都是上有政策下有对策。

违建问题不会让李思文这个县委办公室副主任来管，但有很多人因为利益没达到预期而举报、上访，接待上访、接受举报、做好维稳工作，是县委办公室的职责之一。

这些举报、上访的问题也是有真有假。

袁丽萍准备好南区的举报内容和地点登记材料后，刚准备安排一辆县委办的公务车就被李思文制止了，最后两人只能步行过去，从县委大院到南区有五里路，步行差不多要半个小时。

袁丽萍苦笑，李思文这个人的性格她多少能看出来一些，作风踏实脾气又硬，他认定的事只怕上级领导都扳不过来，更别说她这个下属了。

阳光很毒，新区的公路倒是很不错，算是狮子县城内最宽的公路了，袁丽萍被晒得香汗淋漓，李思文却跟没事人一般，一边走一边想着什么，偶尔抬头看到苦着脸的袁丽萍，当即说："你等一下。"

袁丽萍还以为李思文看她实在辛苦要叫一辆出租车呢，谁知李思文竟然到旁边的便利店买了两瓶矿泉水。

"喝口水吧，解解渴。"李思文递给袁丽萍一瓶。

袁丽萍接过来瞄了瞄，还是本地产的一块钱一瓶那种最便宜的矿泉水，这个李思文，连好一点儿的水都舍不得，抠门抠到家了！

带着一肚子牢骚，两人过了大桥，前面就是南新区，原来的小山包都被推平了，到处都是挖掘机隆隆的声音，都在建房。

李思文瞧着来来往往的车辆，奔驰、宝马等豪华车不在少数，扭头对袁丽萍低声道："你看，这些车大多是县里有头有脸的商人开的，也有政府机关的，我们如果开车来，谁不认识县委机关的车牌？"

袁丽萍恍然大悟。

要是她和李思文开车来，人家知道他们的身份，怎么问得到真实情况？

李思文随便找了栋在建的房子走进去，里面除了工人在施工外，还有个三十多岁、穿了一身名牌的男人，看样子应该是投建的屋主。

那人瞄了瞄李思文和袁丽萍，随口问道："你们是来买房的吧？"

李思文点了点头道："看看，先看看。"

那人多瞄了一眼漂亮的袁丽萍，笑着说："是结婚买新房吧？呵呵，这边的房子你们就不用看了，没人卖，都等着政府征地赔偿呢，你们不如去买块地自己建，不过……嘿嘿，现在没关系也买不到地啊……"

李思文饶有兴趣地问："大哥，看你说的，你肯定是有关系拿得到地吧？"

那人颇为得意地道："这个不能说，嘿嘿，多的不敢说，两三百平方的小地块还是能拿到的，现在的地，不是有钱就能拿，还得有关系才行！"

李思文嗯了一声又问道："那你们这些现建的房子应该没手续吧？"

那人毫不在意地回答："要什么手续？我房子建起来摆在这儿，那就是手续，要拆我的房子自然就得按面积补偿！"

"关系，最重要的是关系……"那人一边说一边往大门方向指了指，"你们看那边成片成片的棚子，地基都没打，直接在地面上砌砖，顶上搭棚盖石棉瓦，这种廉价的建筑也一样按建成的实体房子赔偿。你看那边，那可是几千平方米的大桩，如果关系不硬的话，能拿得到征地补偿？"

李思文顺着他的手指看出去，只见右前方是一片棚子，一长条全是简易棚子，简易仓库。

"我们出去看看……"沉吟了一下，李思文招呼袁丽萍出去。

袁丽萍刚才听那人把她和李思文当成了两口子，脸有些红，没吭声，跟在李思文身后。

李思文径直往那片简易棚子走去，看看左右无人，才低声问袁丽萍："小袁，征地的地价是多少？"

袁丽萍沉吟了一下才回答："目前国土局对地皮的征地价约八万一亩，大约一百二十块钱一个平方，没装修的裸房大约是一千二百块一个平方，装修过的大约是两千五百块一个平方，但都是有正规房产手续的房子，违建房自然不算在内，按规定，违建房一分都不会补偿。"

李思文看着面前大片大片建得杂乱无章的房子，好一阵子才问袁丽萍："小袁，政府规划出来后，应该就不允许再建房了吧？你看这些房，几乎全都是新建的，都算是违建吧？"

袁丽萍点了点头，指着那些老木板烧瓦片的房子道："那些老房子才是真正的老民宅，以前这边是山村，人家并不多，隔好远才有一户人家，现在全是新建的房子。"

袁丽萍并没有说新建的房子都是违建，但言下之意却是默认了。虽然她不在综合治理部门，但县委办对这些情况也多少有些了解，知道这种大面积违建，若没有关系，根本建不起来，也不敢建。

李思文沉吟着，眉头都皱到一起了，这一大批违建带来的影响极坏，说到底，就是一批投机分子想通过违建来骗取政府的征地补偿款。

给或不给都有问题，给了明显违反国家规定，不给必然导致利益链条不满，肯定会起哄闹事。

李思文心思电转，前边突然传来闹哄哄的声音，抬头一看，见一大群人在棚建区大门口吵闹。

李思文和袁丽萍悄悄走过去，没有人注意到他们。

棚建区大门口有几个身穿制服的保安，其余三四十个人都是身着普通服装的人，围着一个拿公文包的中年胖子吵闹。

"严文明，你是村主任，跟我们说国家征地建铁路，是为百姓谋福利。修铁路征地对百姓有利，这是大事，我们没话说，一平方一百块的价我们也认了签了，但你跟我们拿了地又跟人合谋建房搞厂，摆了这一大摊子跟国家要两千五一平方的高价，你这是典型的当面一套背地一套，明着把我们当猴耍。我告诉你，要么退地，要么算我们入股……"

"退地，退地……"

"入股，入股……"

一时间，人群里此起彼伏地叫嚷着，胖子主任严文明被推得东倒西歪，一下子火了，挣开人群跑到大门口抓了半块砖头扬了扬，吼道："麻拉个巴子的，老子告诉你们，别搞事，不然你们吃不了还得兜着走。你们知道这里的股东都是谁吗？我就说一个，狮子县的首富、牡丹园老板黄仕福。他儿子黄少波天天来这里，那辆红色法拉利跑车你们没少见吧？告诉你们，他还只是股东之一，你们能惹吗？敢惹吗？别弄得羊没吃成还惹一身骚，人要知足，拿到你们该拿的地钱就够了，贪心也要看自己有没有那个能力和关系。我可警告你们，要再闹的话，就把你们统统抓到看守所关起来，到时候可别让你们家媳妇哭哭啼啼地来找我要人……”

村主任严文明的一番狠话还真把吵闹的人给镇住了，安静了一会儿，但随即又有人大声嚷了起来：“严文明，放你的臭狗屁，不退地就加钱，不加钱老子就告你、举报你，告死你……”

严文明也火了，指着城里的方向喝道：“县政府在那儿，麻拉个巴子的，你们去告，不去告是狗日的……”

严文明一边说一边悻悻地往棚建区大门里走去，嘴里嘀咕着：“妈的，都是些不知好歹的东西，不见棺材不掉泪……”

跳起来骂严文明的人见他不理不睬地进去了，更加恼火，冲上去叫道：“严文明想独吞，大家揍他……”

众人被他一撩拨，发一声喊，一哄而上。

门口的几个保安似乎早有准备，一声吆喝，门里瞬间涌出来十几个手持铁棍钢管的男子，对着外边那群人劈头盖脸一阵乱打。

老百姓的战斗力跟有钱人请的二混子的自然没得比，混混敢下手，老百姓也就仗着人多势众叫嚣一下还可以，真上场一见到血就蔫了。

一阵惨呼，那群人瞬间溃不成军。

袁丽萍见到这种场面有些害怕，缩到李思文身后，而李思文眼尖，瞄到大门里边有几个人一脸笑容正指指点点地说话，其中有两个是认识的，一个是黄少波，另一个居然是罗杰！

李思文闪身退开，没让罗杰看到他。

看来黄少波和罗杰都介入南新区的征地拆迁工程了，图谋乃大。

“小袁，我们先回去。”站在墙角想了想，李思文招手叫袁丽萍回单位。

袁丽萍点头应允，却猜不透李思文是怎么想的，干部们很少到实地考察，但只要到实地走一圈，证据随手一抓就是一大把。

李思文看到这么多，不知道会怎么做，会继续查下去还是就此罢手？

不用想，征地拆迁背后肯定有强大的利益团体，如果李思文是个明白人，就应该罢手，以免引火烧身，不然他这个县委办副主任很可能当不长！

回去的路上，李思文一句话也没说，一直思考着什么，没看到袁丽萍一边走一边揉腿，她不知道要走这么远的路，穿了一双半高跟鞋，上班坐办公室还可以，出去办事走路可就吃了大苦头。

一瓶矿泉水早喝完了，袁丽萍走到县委大院大门时，差点哭出来。李思文倒是跟没事儿人似的，以前在派出所，哪天不去下乡走村？

县委办大厅，李思文进来时，办公室里黄群、曾美丽、谢子立三人正在高谈阔论。

正在大声说话的是曾美丽，这个名字美丽实际并不美丽的女孩正肆无忌惮地议论着李思文。

“这李思文一来就给我们个下马威，看来也不是什么好鸟。别看他表面上很正派，但骨子里却不正经，你们看他今天单独叫袁丽萍跟他出去办事，嘿嘿，黄姐，小谢，为什么不是你们？为什么不是我？很明显啊，那狐媚儿会勾人呀，瞧……”

“还有昨天他说要罚款五十，我看也不过是外强中干，不敢真罚，月底要真罚的话，姑奶奶我就敢当面扔一张一百块的到他脸上，五十不用找了，留着下次罚……”

曾美丽唾沫横飞地说着，却见面前的黄群和谢子立表情有些不自在，当即问道：“你们怎么了？像吃苍蝇了似的。”

黄群尴尬地笑着没吭声，曾美丽终于觉得不对劲儿了，回身一看，见李思文和脸色难看的袁丽萍就站在她身后，顿时呆了，随后脸一绷，不在乎地坐回办公椅，随意整理着办公桌上的信件资料。

曾美丽负责信访邮件的整理分类，李思文瞧她桌面上铺散着各种拆开散落的信件，有些信件还未拆封，还有些已经拆封，拆封的竟是被剪刀直接剪成两半。

李思文随手拿了一封被剪成两半的信件，拿起来一看，是举报黄仕福的。再看另外几封被她剪了的信，也都是举报信。

一般来说，举报信大多寄给纪委，有些懂行知情的人，则会把举报信直接寄给县委办。

李思文脸一沉，扬了扬被剪了的信件说："曾美丽，你是怎么工作的？你的工作就是不经过汇报，不经过领导审核，擅自销毁这些信件？"

曾美丽脸一红，随即一挺胸拧着头道："剪了就剪了呗，这些举报一看就是诬陷诽谤，对待这些乱举报的人就应该严惩……"

李思文脸色更阴了，口气也严厉起来："谁告诉你这些都是诬陷诽谤？你有什么权力这么做？你是个为人民服务的公务员，而不是凭个人喜好就胡乱行事的人，你怎么评价我个人我不管，但你这种工作态度我非常不认可，你现在可以收拾东西走人了，县委办公室不适合你！"

李思文这话等于把曾美丽开除了，这下不仅曾美丽，就连黄群和谢子立、袁丽萍等人都呆住了。

谁都没想到李思文居然来硬的！

袁丽萍赶紧在背后扯了扯李思文的衣服，示意他别这么冲动。

曾美丽呆了一下，随即跟泼妇一般跳了起来，指着李思文骂道："李思文！你以为你是个什么东西？你开除我……你敢开除我？你知道我姑父是哪个？我告诉你，我姑父是政法委书记陈正治，是公安局长陈正治，你……你可别后悔！"

曾美丽的姑父是县政法委书记兼公安局长陈正治，李思文虽然年纪轻轻就身居县委办副主任，但论起级别，还差了陈正治好几级，工作上不能太拆领导的台。

面对曾美丽的暴跳如雷，李思文表现得很冷静，但语气依然很严厉："曾美丽，你不说这个还好，说出来我更替你脸红，我现在把话撂在这儿，就算你是县委于书记的女儿，我今天也开定了，只要我在县委办公室任职，那县委办的所有人就得依章办事，没有任何特权可讲！"

说到这儿，李思文转头对袁丽萍吩咐道："小袁，你打个报告，按规章制度出一份上班考核表，从今天起，县委办公室任何不作为的人都请自觉离开！"

曾美丽见李思文知道她的背景后依然不给面子，顿时又羞又怒，流着泪提了包就往外冲，一边跑一边嚷："你等着瞧！"

对于曾美丽又哭又闹外加威胁的话，李思文毫不动容，那副云淡风轻的模样，让在场的人都噤若寒蝉。大部分人都在心里幸灾乐祸，等着看李思文的笑话，毕竟一个手握实权的县委常委和一个县委办副主任，谁高谁低，一目了然。

他们最希望的结果就是李思文吃个大亏栽个大跟头，然后灰溜溜地走人。

说到底，他们已经习惯了宽松散漫的环境，怎么容许有人破坏呢？

但在那个令人期待的结果出现之前，他们还得按照李思文的规定认真努力工作。

李思文心里很清楚，这县委办副主任的位置其实就是一座火山，他这个名不见经传的小人物空降过来，各路人马羡慕嫉妒恨，使暗招下绊子再正常不过。但这并不意味着李思文会为了保住这个位置和这些人妥协。

该坚持的原则他依然要坚持，个人荣辱反而无关紧要了。

李思文回到办公室，喝着袁丽萍给他泡的茶，再次陷入沉思，他现在是新官上任，根基不牢，还没有在下属面前树立威信，因此举步维艰。

当然，与既得利益者结合可以顺风顺水，但那也意味着同流合污。

李思文注定不是那种人，也做不到，他有他的理念、梦想。

“李主任，于书记从北川回来了，让你午饭后到他办公室去一趟。”

袁丽萍敲门进来小心翼翼地说，说完后想了想又说道：“还有，下午两点半有个紧急会议，你千万别忘了，我听王秘书通知了好多下属机关部门的领导。”

袁丽萍口中的王秘书是于清风的秘书王见，既然通知了那么多的部门，于清风又刚从北川市回来，连歇都没歇就召开会议，想来这个会议很紧急。

“好，我知道了。”李思文点头回答。目前来看，只有袁丽萍工作主动负责，这种态度正是李思文欣赏看重的，可以把她作为重点培养对象，李思文在心里对袁丽萍给予肯定。

吃过午饭，李思文到办公室整理了一下材料，直奔县委大楼四楼于清风的办公室。

于清风的办公室在四楼最南面，隔壁是副书记张允学的办公室，再过来是政法委书记陈正治的办公室。

陈正治兼任县公安局局长，几乎不在县委这边办公。

李思文走到于清风的办公室前，办公室里隐隐传出说话声，他顿了一下才伸手轻轻敲了敲。

“进来!”

李思文轻轻推开门，于清风正在打电话，摆手示意他先坐下。

李思文在于清风这儿倒也不拘谨，虽然跟于清风没直接接触过，但严格说起来，他也算是于清风力捧起来的。

于清风的电话讲了七八分钟，李思文安安静静地坐在旁边等着。

电话终于讲完了，于清风把电话一放，起身来到李思文对面坐下，笑问道："小李，上班几天感觉怎么样？"

李思文认认真真地回答道："于书记，上班这两天，我感觉到问题比较多，我觉得重中之重的问题就是机关工作人员作风懒散，混日子的情况比较严重，工作态度不端正怎么能做得好工作？"

"说得好！"

于清风点了点头，"我以前也发现这个问题了，整风纠纪特别抓了几次，但效果不明显，抓的时候好了一点儿，松的时候又恢复了原状，就跟癞蛤蟆一样，你拿棍子戳一下就动一下，你不戳就不动，明显是工作态度不端正，而且不是一个部门，整个县绝大多数机关部门都有这个毛病。你准备怎么做？"

李思文沉吟了一下才回答："于书记，纪委和监察部门的巡视抽检都是治标不治本，靠监察那只是不敢懒和不敢腐，我们要从制度上出发，做到不能懒、不能腐，然后到不想懒、不想腐，只有从心里端正态度才行，当然……"

说到这儿，李思文又摇了摇头，苦笑道："这些问题要想一下子解决也不现实，我们得一步一步推进，我眼下倒是有一个杀鸡儆猴的机会……"

"笃笃笃……"

办公室门上又响起几下敲门声，一阵爽朗的笑声随着推门声传了进来。

"于书记，我有个问题要跟你汇报一下……"没等于清风说话，那人就推门走了进来。

李思文抬头一看，赫然是政法委书记陈正治。

于清风笑道："老陈，你有什么问题？来，坐坐坐，思文，这位是我们县的政法委书记兼公安局长陈正治。老陈，来，你们认识一下。"

陈正治边摇头边笑道："我们在思文的履新会上就认识了，那时您正好在北川开会，不知道。思文可是年轻有为，青年俊才啊，先不说别的，就凭你这年龄长相就甩我们这些糟老头十条街了！"

"陈书记这是要捧杀我啊！"李思文看着陈正治爽朗的笑容，心里说不出的别扭。

这个人厉害着呢，表面对他赞赏有加，其实是在讥讽他年轻没经验，所以甩他们十条街的只有长相和年龄。

陈正治虽然一直在笑，但眯成一条缝的眼睛却一直盯着李思文，看得出来，这个政法委书记今天很不高兴，不同于前两天和县长谢学会一起时的样子。这人也是官场老油子了，李思文心里闪过这个念头，他从来没轻视过陈正治。

陈正治收了笑容，严肃地说："小李，我是来跟你道歉的。"

李思文脸上挂着淡淡的笑容，心里却在琢磨陈正治的真正意图。

于清风诧道："你跟他道什么歉？"

在职务上，陈正治是县委常委，公安局长、在级别上，他是副处级领导，是李思文的上级，他有什么问题需要跟李思文道歉？

陈正治看着于清风，狠狠地叹了口气，痛心地说："于书记，我妻子有个侄女在小李的县委办公室任职，今天跟小李起了点儿小冲突，然后就跑去跟我说了。我一听说她跟小李起了争执，二话不说就训斥了她一顿，让她回家好好反省，责令他写一封检讨书，明天跟小李当面认错。"

于清风一听是这种事，扭头对李思文道："思文，是怎么回事？"

李思文刚刚正想跟于清风汇报这件事，他的本意是想借这件事拿曾美丽开刀，杀鸡儆猴，否则威信立不起来，办公室秩序得不到改善，县委办的工作必然一塌糊涂，更何况曾美丽确实不符合李思文用人的标准。

他还没把这事说出来，陈正治居然来了，抢在他跟于清风汇报之前，把这事抖了出来，占了个先机，既排除了他跟妻侄女同流合污的可能，又主动认错，放低姿态，变相为曾美丽赢得了缓冲，为她重回县委办埋下了伏笔，这一番连消带打，显示了陈正治在官场多年的深厚功底。

如果李思文先说出来，那就是问题，但陈正治先说了，不但表明他大公无私的立场，更将李思文推到了相对尴尬的位置上。

这个陈正治好厉害!

见于清风问自己，李思文看了一眼一脸正气的陈正治，当即把他跟曾美丽之间的冲突经过完整地说了出来。

于清风一听就明白了，刚刚李思文正跟他提工作态度党风党纪的问题，没想到李思文这头一遭就碰到了难啃的骨头。

于清风沉吟了一阵，抬头盯着陈正治问："老陈，你觉得这事该怎么处理?"

陈正治不假思索地回答："我看小李的处置并无不妥，曾美丽顶撞上司，迟到，工作懒散，这几点都没错，处置她也是正当的，曾美丽最后还打着我的旗号耍威风，我得向于书记检讨，我对家属的管理松散了……"

"这个也怪不得你，"于清风摆了摆手说，"谁没有亲戚，一个人一张嘴，你也管不了别人嘴里说什么，只要不是你的问题，你是你，她是她，各不相干。"

"哈哈，于书记能这么说，那我就放心了。"陈正治哈哈一笑，看向李思文，伸手拍了拍他的肩膀道，"小李，做得好，只要是正当的，按规章制度，按政策法规办事，我这个政法委书记全力支持你，好好干!"

陈正治这几下拍得有点儿重，不过李思文倒是纹丝没动。

陈正治接着又对于清风说道："于书记，这事该怎么处理就怎么处理，我看先让她停职检查，等研究决定后再分配职务去向，这事我绝不参与，也不过问!”

于清风点点头道：“好，老陈，你能这么支持小李的工作太好了。”

陈正治当即站起身说：“我去办公室准备一下，一会儿还要开会了。”

于清风微笑示意他尽管去。陈正治离开时瞄了一眼李思文，闪过一丝颇为奇怪的神色。

那一闪而逝的神色似是轻蔑，又似是嘲弄，那个角度只有李思文看得见。

陈正治这几句话虽然把自己撇得干干净净，但从另一种角度看，也等于变相插手。

不过李思文也清楚，曾美丽嚣张跋扈并不能代表陈正治有问题，从目前看，陈正治还没有任何污点。

于清风没说什么，只轻轻拍了拍李思文的肩，过了一会儿才说：“回去准备一下，等会儿开会，整风严纪虽然是当务之急，但也要稳扎稳打，没有一蹴而就的事。”

李思文点了点头，回办公室时他并没有走电梯，走了楼梯，一边走一边思考。

对陈正治刚才的表现，于清风并没有一个字的评论，他不说不表示他没有看法，他也不相信于书记没有看法。

因为陈正治这一打岔，李思文原本还要跟于清风汇报南新区的事情，也暂时搁下了，又一想，自己必须把证据和材料都弄得完整些，再跟于书记汇报。

之前还是有些想当然了，李思文现在越发明白，自己每走一步，每做一件事都要稳重，如果做不到成竹在胸，将方方面面都考虑到，必然会留下漏洞，从而使得自己陷入被动，这县委办副主任的位置显然比他以前担任的职务要复杂得多。

回到办公室时，绝大部分下属已经回来，离上班的时间还有半个多小时，时间充沛，还有一部分人在外边的草地上散步、喝茶。

李思文一进去，办公室大厅里原本聊天的人都安静下来，多数人原本戏谑的表情都变了，变得畏惧起来。

李思文眼光一扫，看到办公桌边红着眼睛抹泪委委屈屈的曾美丽，心中恍然，原因在这里。

曾美丽受到李思文训斥后，立即回去找姑父陈正治，控诉李思文的罪状。一向嚣张的曾美丽哪里肯低这个头？不料陈正治这里根本说不通，反而说了她一顿，曾美丽又跑到姑姑那儿去告状。

陈正治老婆自然向着侄女，想都不想就打电话到陈正治那儿，才一开骂，陈正治就知道是怎么回事了，平时他是妻管严，但这会儿却恶声恶气地吼了她一通，说："你这女人就是头发长见识短，也不看看是什么事就护短，曾美丽跟她老子一个样，就会打着我的名号胡作非为，曾美丽的新领导是于书记钦点的人，这阵子火得不得了，曾美丽跟他硬碰硬，你说有什么好果子吃？再说了，前阵子你儿子的风波才刚平息，这时候又跳出来搞风搞雨，是闲咱们家闹腾得还不够吗？"

说到这儿，陈正治又语重心长地对老婆说："老婆子，形势比人强，在目前这种情况下，我躲事还来不及，怎么可能主动找事，真把我给拉下去了，你们谁好得了？"

陈正治老婆一听就愣了，她虽然泼横，但有一点她还是清楚的，她们一家都是靠着陈正治才有如今的风光，前阵子儿子牵扯贪腐，车祸身亡，已经让他家遭到重创，如今想来，老陈也真是经不起折腾了。

所以她很快就站到了老公一边，反过来把侄女曾美丽训了一顿，按着陈正治的意思，命她回去给李思文认错道歉。

连一向护她的姑姑都不护了，曾美丽顿时蔫了，嚣张的气焰一下子就没了。

曾美丽被吓到了，没想到连姑父这个县委常委都要对李思文礼让三分，无奈，她只好委委屈屈地回到县委办，准备向李思文道歉。

回来时，办公室同事都涌上来问这问那，想套些口风，但曾美丽只是低头收拾她办公桌上的私人物品，用盒子装了，然后等着李思文。

现在李思文回来了，办公室瞬间安静下来，曾美丽抬眼看到李思文，眼泪顿时不争气地涌了出来，抽抽咽咽地说道："李……李主任，对不起，是我错了，是我没遵守纪律，你的处罚是对的，我……我向你认错道歉……"

众人顿时哑然，谁都没想到曾美丽这个有后台的在新上司面前就这么折戟沉沙了，这也让众人意识到李思文的强硬与分量。

李思文沉吟了一下才温言道："知错就好，是人都会犯错，这世上没有十全十美的人，我这边可能是严格了些，你收拾东西等候新的工作分配吧，希望你以后能吸取教训，认认真真工作！"

"我知道了。"曾美丽知道李思文这边的处罚是没有挽回余地的，还好没把她开除公职，只是调到其他部门，这也算是不幸中的大幸了。

曾美丽老老实实拿着物品离开了县委办公室。至此，其他人对李思文的印象彻底改变了。

办公室的人中，只有袁丽萍没看曾美丽的戏，只顾在电脑上查找资料。

"小袁，你把投诉信件整理一下送到我办公室来，我开完会回来处理。"李思文进去时对袁丽萍说道。办公室的几个人中，曾美丽只会炫耀，黄群是个墙头草，谢子立平庸，只有袁丽萍的做事态度合李思文的胃口，因此李思文尽量交代袁丽萍去做事，这既是信任，也是考验。

李思文在办公室里整理了一下文件，大多数资料是前任田志强遗留的，没有多少新东西。

一会儿儿袁丽萍捧了一叠信件进来，摆放在李思文的办公桌上，说：

“李主任，这是还没处理的信件，我放在这了。”

“好的，我等会儿开完会看。”李思文点点头，随手拿了一封来看，无意地说：“不多嘛。”

袁丽萍回答：“好多已经被……销毁了，还有一部分被内部打到被举报人那儿，所以剩下来的不多。”

李思文脸色一沉，哼了哼道：“打到被举报人那儿？按规定不是不得透露举报人的任何信息吗？把举报转到被举报人那儿，这不是明摆着让他们去报复举报人吗？我早上来还见到不少，怎么就这点儿？”

袁丽萍双手一摊，很无奈地说：“李主任，你才来还不知道，上访投诉信件，以前田主任基本上都打到原地由地方基层处理，另外一部分，早上你也看到了，好多由办公室的人自行处理了，剩下的都是些不太重要或者没什么利害关系的。”

袁丽萍倒是没说假话，也没明着把责任推到谁头上，但就是这摆出的真实情况，让李思文的内心非常沉重。他没想到，信访这件事居然出了这么大的漏洞。

信访，从某方面来说，也是县委县政府沟通了解基层的一个重要渠道，但是在某些人手里，却走了样，不但达不到了解民情的效果，反而起到了堵塞民情的作用，这其中的危害实在不是三言两语能说清的。

李思文心里明白，这事和田志强脱不开关系，他是办公室主任，下属不汇报，就敢私自处置这些信件？退一步讲，就算他没牵涉到这些关系中，起码也负有领导不力、失职不察的责任。

李思文虽然心中了然，但也不好马上发作，自己刚上任就抓前任的小辫子，显然不合适。眼下的当务之急，还是先调整县委办，使一切工作步入正轨。

“李主任，您老人家倒是发个话儿，我是出去还是在这儿继续等您训话，我腿都站酸了……”久等李思文回话的袁丽萍忍不住说道。

李思文哑然失笑，不过他倒是喜欢袁丽萍这种轻松的口气。“好，你去吧，不然你头发等白了就是我的责任了。”李思文一摆手一脸笑容地说道。

袁丽萍扑哧一笑，跟李思文一起工作几天，对他有了一定的了解，这个年轻的主任做事喜欢亲力亲为，实事求是，对下属倒是该紧的紧，该松的松，跟田志强完全不同。

袁丽萍出去后，李思文思考了一下，决定将工作列一个主次。办公室的风气在未来一段时间应该会进入相对平稳的状态，不用太担心。

目前看来，抓南区违规占地的事情迫在眉睫，以他多年从警的经验来看，这件事一旦处理不好，很可能会引发群体事件。

于清风主持的会议下午两点半开始，李思文看时间差不多了起身出去。

四楼走廊上人很多，李思文进了会议室，里面坐了十几个人，说着话。

这些人大多是狮子县下属乡镇的书记和镇长，李思文也认得几个，不过他们不认得他，倒也好，李思文走到后面的一个角落里坐下。

会议室是由县委办下属秘书科负责，朱少军安排的几个人早早就布置好了会场，按照李思文的吩咐，把水果鲜花都去掉了，开源节流，原本的矿泉水，也换成了开水。

李思文刚在角落坐下，就听前边一个背对他的男子揭开瓷杯盖子说：“今儿个是怎么回事？这么多人挤在会议室里连几束花都不放？饮料水果也没有，就一点儿清茶滚水，这是要干吗？”

旁边几个人也随口附和，待遇确实跟以前差很大。

会议室里闹嚷嚷的，也不知道谁说了一声，“于书记来了”，会议室立刻安静下来。

于清风来了，跟他一起来的还有县长谢学会、副书记张允学、纪委书记唐明华等人。

于清风和谢学会等人径直坐到主位，看了看众人，又看了看眼前的茶杯，端起杯子喝了一口茶，然后说道："这茶挺好，开会之前，我正好说说这个。"

一众人刚才正议论这个，这县委办公室也不知道是怎么弄的？省钱也不是这么个省法吧？看吧，连于书记都看不下去了。

于清风的目光缓缓扫过会议室里的人，接着说道："不知道大家有没有注意到，今天会议室跟以前不一样，没有鲜花，没有水果，没有饮料，我觉得挺好。现在正提倡党风廉纪，首先就应该从我们县委部门开始，以后开会都要节俭，不需要的开支一律取消，开会不讲空话、搞过场，只讲有用的、实际的。另外，我建议，开会时间不超过一小时，下属各部门机关更不得铺张浪费，不许搞形式主义……"

一席话把原本诸多不满的干部搞得脸上又红又黑，先前他们还嚷嚷着县委办公室太不像话，这会儿连于清风都赞成并提倡节俭，他们哪里敢再说什么？

于清风望着唐明华道："唐书记，这纠风廉纪就由你们纪委来主导，我这次在北川开会，徐书记特别提了这个问题，说现在咱们基层部门铺张浪费的问题相当严重。同志们，我们本身是领导干部，是党员，更要起模范带头作用。"

于清风之后，轮到唐明华讲话。

李思文缩在角落里没露头，他倒是没想到市委徐书记提倡的思路居然与他不谋而合，不过想想徐书记的处事风格，倒也正常。

唐明华的讲话措词比于清风更严厉，说得好多人背心直冒冷汗，之前嚷嚷的话早抛到九霄云外了。

唐明华讲完话后，于清风只简短地说了几句便散会了，以前开会还会有县长、副书记或者某部门头头讲话，今天倒是都省了。

李思文回到办公室后，把朱少军叫来表扬了一番，说今天会议节俭方面做得不错，以后继续。

朱少军唯唯诺诺地应了，心里暗叹李思文运气好。

之前李思文吩咐说要节俭，把能省的都省掉，朱少军照做了，心想看李思文的笑话，毕竟县里开会的规格几年未变，李思文突然全都给砍了，县领导肯定不高兴，追究下来，朱少军就把李思文往前一推，看他不被县领导修理。

朱少军没想到，李思文居然歪打正着，于书记这次从市里开会回来主抓的就是节俭和风纪问题。

朱少军心里无法平静，想着李思文和于书记关系果然不一般，否则不会这么快就得到消息。他不知道李思文压根儿就没去揣测于清风的想法，他只是在按照自己的想法安排工作。

下午的工作重点落在南区地块上，这可是个定时炸弹，一天不处理李思文就一天无法安枕，尤其是在知道黄仕福和罗杰也参与其中之后。

这两人在李思文的印象中，都是属于无缝不钻的精明角色。若想拆除这个定时炸弹，这两人绝对绕不开，要想证明黄仕福和罗杰违章圈地，还需要找到确切的证据。

李思文让综合科协助办公室进行清查，袁丽萍首先联系的是县城南区笔架山村村主任严文明，南区绝大多数地块都是笔架山村管辖内的。

在电话中，严文明很警觉，直接否认了自己参股或者联合的事，说黄仕福和罗杰去年就签了买卖合约，准备投资建厂，只是后来资金一时没到位，建厂进度就滞后了。

袁丽萍挂了电话撇了撇嘴，她才不相信严文明的话，之前亲眼看到他跟村民冲突，看来突破点在笔架山村的村民身上。早上跟李主任一起去的时候听村民说那些建筑基本上都是现搞的，尤其是黄仕福和罗杰的仓库。投建火车站和征地是去年十月的事，这一点只要找到那些地块的原主人就能证明了，黄仕福和罗杰背后肯定还有人，否则除非是傻子，谁会贸然拿下这么大块地皮。

袁丽萍沉吟一阵，还是去跟李思文说了。

李思文摸着下巴思忖了一下才问袁丽萍："小袁，我们现在需要证据，不能凭想象下定论，拿不到证据，我也没法跟于书记说，这个事……你看从哪方面切入比较好?"

袁丽萍道："黄仕福和罗杰拿的地必须经过笔架山村主任和地块所属村民同意。村主任严文明不露丝毫口风，我们就只能找村民了。从早上双方的冲突来看，我觉得证据不难拿到，只要证明他们拿地的时间是在去年十月以后，那我们就算是拿到确凿证据了。"

李思文见袁丽萍信心满满，笑笑道："好，小袁，你下午就办这件事，从王科长那儿挑两个人一起去。"

袁丽萍笑吟吟地答应了，难得有个喜欢做实事的主任，再说眼下这件事看起来也并不是很难，难得有她大显身手的时候。

看袁丽萍踩着轻快的步伐走出去，李思文表情严肃起来，黄仕福和罗杰都不是普通人，背后必然有自己的关系网，像他们这种商场老狐狸，哪会轻易留下把柄让人抓。

事实证明，李思文的担心是正确的。

快下班时，袁丽萍和综合科的两个同事一起回来了，一回来，袁丽萍就匆匆来到李思文的办公室，敲了一下门，没听到李思文回答就推门进来了，一屁股坐在沙发上。

"碰壁了吧?"李思文瞧着袁丽萍又沮丧又恼怒的表情问。

"真是想不通，见鬼了!"袁丽萍恨恨地拍了一下腿，"我们早上明明看到严文明跟村民起冲突了，可我们去笔架山村，到那些村民家中，他们却否认是今年卖的地，说是去年五月份就卖了地，还拿出了卖地的合约，那上面的日期是去年五月二十一，合约上还有村委会的公章和严文明的签名……”

袁丽萍一边说一边拿出她的手机，她拍了照，把拍的合约调出来给李思文看。

李思文看着手机里的相片，一张一张地看，合约中的内容除了村民地皮的面积不同，村民签名的名字不同，合约内容大致一样，鲜红的公章，村民的签名，黄仕福公司代表人的签名，村委会主任严文明的签名，手续俱全，没有任何问题。

李思文看着图片，袁丽萍摇头说道：“别看了，我都确认过，村委会的公章是真的，村民签名也是真的。”

李思文点点头，袁丽萍做事还是相当认真负责的。李思文盯着那些图片看了好一会儿，这才说：“小袁，你把这些照片打印出来拿给我。”

袁丽萍哦了一声，转身去了，年轻的李主任虽然工作认真努力，但刚上任就要啃这么一块硬骨头，难为他了。黄仕福和罗杰的背景，袁丽萍多少也有耳闻，这一次，只怕李主任会碰得头破血流。

袁丽萍对李主任的勇气还是很佩服的，绝大多数人碰到这种事都会躲得远远的，以免引火烧身，要不就是同流合污，趁机大捞一笔。

也不知道这个李主任到底是年轻气盛想来个新官上任三把火呢，还是他确实铁骨铮铮不畏强权。

把图片打印出来后，袁丽萍送到李思文那儿，瞄了瞄窗外，提醒埋头看文件的李思文：“李主任，都下班了，天都黑了。”

李思文抬头一看，窗外的景物都看不清了，这才知道已经下班了，又看了看袁丽萍，顿时不好意思地说：“好好好，马上走，你也赶紧回家吧，我都忘了时间了，还叫你去打印东西。”

袁丽萍笑笑道："没事，以前太闲，有事做我觉得挺好，不过今天算是白忙活了。嗯，我还是觉得那个严文明有问题，怎么可能一点儿蛛丝马迹都不留下呢。"

"你说的很对，太干净了反而说明一定有问题。"李思文把袁丽萍给他的手机图片打印件整理好放进公文包里，然后催着袁丽萍赶紧收拾下班回去。

袁丽萍一笑，晃了晃她肩头背着的包包道："我早准备好了，我再怎么勤快，李主任也不会给我加工资、加奖金啊，过得去就行了，我也不想成劳模。"

李思文苦笑着摊了摊手，他是想鼓励一下袁丽萍，做头儿的，哪个不想自己手下有几个得力又信得过的好帮手？

但他确实不能随便加工资、加奖金，办公室是有严格规定的，当然，他也知道袁丽萍是在说笑，下属可以随便开玩笑，但他却不能随便开这种玩笑。

到楼下后，袁丽萍指了指停车场说："李主任，我去那边开车出来。"

李思文点点头，径直往门口走过去。

袁丽萍看起来相当有气质，估计家庭经济也不差，李思文估计她是有车一族。

刚走出大门，李思文就听到袁丽萍的声音响起来："李主任，我走这边了，明天见。"

李思文转头一看，不禁哑然失笑，只见袁丽萍推着一辆女式自行车出来了，自己还以为她是开小车呢，谁知道她"开"的是一辆自行车。

第七章　黑云压城，双管齐下软硬兼施

更令李思文没料到的是，黄仕福他们迅速反击，手段那么凶狠和卑鄙。忠厚善良的二叔李广生不知是陷阱，居然受托在送给李思文的日常小礼品中私下塞了十万现金。第二天李思文刚上班，就接到县长谢学会打来电话，严厉指责李思文刻意刁难投资商，导致以黄仕福为首的两家大公司以退出狮子县投资威胁县政府。接着，举报李思文收受十万贿赂的举报电话打进了县委书记办公室。

袁丽萍做了个拜拜的手势，骑上自行车，从容地走了。

李思文笑着摇了摇头，走了一段路后，左右看了看，见没有熟人，这才掏出手机拨了一个电话。

电话是打给县公安局副局长刘正东的，刘正东算是李思文目前最信任的人之一。

电话一通，刘正东略显苍老的声音就传了过来："小李啊？高升县委办主任了，日理万机的李主任怎么这么有空给我打电话了？"

"刘局，您这是挖苦我吧？"李思文没好气地道："我是副主任。另外我打电话给刘局是有事相求。"

刘正东嘿嘿道："我也是副局长，你也别尽给我整高帽戴，你又有什

么事要求我？我可先说好了啊，要请我吃饭泡脚什么的，那是门儿都没有。”

李思文虽然跟刘正东并无深交，但经过上一次事件后，他对刘正东正直无私的人品格外尊敬，也因此，李思文能毫无保留地信任他。

听了刘正东的话，李思文“嗤”了一声，哼哼道：“刘局，我口袋里还有四百块钱，这是我下半月的生活口粮，所以，你还是直接到我家来蹭饭得了，至于洗脚也不是不可以，到我家来，我端水给您好好洗洗脚。”

刘正东当即不耐烦地道：“得了得了，别叫苦叫穷的，我哪敢要你一个大主任给我洗脚？赶紧说，要我办什么事？”

李思文笑着低声说：“也不是什么难事，我有几份打印的合约文件的照片，我这边不方便找人，刘局是专业的，您帮我找两个嘴严的行家，帮我验一验合约里的签名字迹和盖的手印。”

刘正东一听是这事，长长地松了一口气，但嘴里却说：“就说你给我戴大帽子没好事，你几时拿东西来？”

李思文笑吟吟地说：“刘局，我就在天桥右侧的路边，我是送到您家里还是哪儿？”

刘正东问他：“结果你急不急着要？”

“当然是越快越好。”

刘正东沉吟一下说道：“那好，我开车去拿，你在那儿等我一会儿，别走开。”

刘正东做事也是雷厉风行，刚挂电话没几分钟，他就开着一辆巡逻车过来了，放下车窗，冲路边的李思文招手喊道：“这儿。”

李思文快步走过去，把公文包从车窗递进去，俯身对刘正东低声说：“刘局，尽快！”

刘正东哼哼道：“要快自个儿验去，我老眼昏花的你要我多快？”

李思文嘿嘿笑着，刘正东哼了一声：“走了！”丢下这两个字后就开着车走了。

刘正东的表情虽然不冷不热的，但李思文内心反而很踏实。

回去的路上，经过烤鸭店，李思文瞄了一眼玻璃柜台里那金黄的烤鸭，忍不住吞了一口口水，犹豫了一下，心想妹妹在家，平常也没买什么好吃的给她，索性掏钱买了一只。

回到家，推了推门，门锁住了，屋里似乎有说话声，当即敲了敲门，笑着叫道：“小妹，你们在家吧？我买了烤鸭回来，加个菜。”

门吱呀一声开了，李思文把烤鸭袋子扬了扬，准备叫开门的妹妹拿去切一下，谁知道开门的并不是妹妹，而是一个四十来岁的男人。

李思文呆了呆才讶然道：“二……二叔，你怎么来了？”

这个人是李思文的堂叔李广生，是个生意人，脑子灵活，早些年村里人外出打工时，他就倒腾做生意，收入比打工强，等打工的人赚了钱回来做生意，他的生意已经做得颇大了。如今的李广生根基扎实，人脉更不用说，目前在县城做农贸和房地产，有好些年没见着了。

李思文对这个二叔颇有好感，小的时候经常给他们家吃的穿的，经常让老爸去他那儿干些轻松的活儿。

李广生笑着说：“思文是不是升官了就不认得二叔了？”

李思文笑了起来，扬着手中提的鸭子说：“哪有，呵呵，二叔，你来得正好，我买了烤鸭，来得好不如来得巧啊。”

李广生笑着让李思文进了屋，又指了指摆在桌子上的营养品和一条双喜烟，说：“思文，二叔听说你升职做了县委办主任，给你拿了条烟来恭喜你，你也别推辞，这烟不是高档烟，普通的，一百块一条。二是听说思怡这娃儿受了些委屈，我在县城经商，多少也有些朋友人脉，说和说和，这事儿就别提了。”

李思文沉吟着，想了想摇了摇头道：“二叔，你看思怡可以，东西不能收，烟就更不能收了。”

李广生眉头一皱，说：“我是思怡二叔，当长辈的给小辈买点儿营养品有什么问题？再说这些东西和那条烟总共还不到三百块钱，你放心，扯不到那些问题上去。再说我是你二叔，二叔怎么着也不能害你，对吧？”

李思文还是掏了三百块钱出来，塞到李广生手里，说：“二叔，您是我二叔，自然不会害我，但这东西我依然不能收，不过是二叔买来的，东西我收下，钱你拿着，反正我自己也是要买的，就当是二叔帮我捎带的。嗯，二叔，你也别再说了，来，吃烤鸭。”

李广生本来还想说什么，听李思文这么一说，顺手把三百块钱揣进了裤袋里，笑着道：“你呀你，好吧好吧，你坚持，那我就收了，喝酒，吃鸭子，来来来……”

李思怡从厨房里端着菜出来，笑说：“二叔，我炒了几个菜，酒也买了，你跟哥喝酒吃饭，我看电视。”

“你不吃吗？”李思文问了一声，又瞄了瞄厨房那边。

李思怡坐在沙发上看电视，道：“哥，你别看了，静姐家里来电话说有事，她回乡下去了。我刚吃完饭没一会儿，二叔就来了，我就是给他做的饭。”

李思文点点头，然后招呼李广生吃菜。

李广生也不客气，坐下就吃，一边吃一边聊天。李思怡看肥皂剧很入迷，头也没回，伸手在碟子里抓了几粒油炸花生米，边往嘴里放边看电视。

“思文，你小时候我就知道你长大了有出息，果然没看错。”二叔喝了一大口啤酒，望着李思文笑着说。

李思文呵呵笑着回答：“那倒是奇了，二叔，你莫非还会算命不成。”

李广生哈哈笑道：“你莫不信，我当然不会算命，你小时候就厉害，打架就敢往上冲，记得你七岁的时候，村口刘家那个娃比你大两岁，高你一个头，他打了思怡，你愣是往他脑袋上扔石头，打得他头破血流的。当时你妈给人家赔不是，还送了人家几斤米面几个鸡蛋才算摆平，回来给你一顿好打，你一声没吭。”

李思文见二叔提起往事，尴尬地笑了笑，喝了一大口啤酒，有意拉开话题：“二叔，你现在在县城做什么生意?”

李广生伸手比划了一下：“杂七杂八的，什么都做，现在生意不好做，竞争激烈，我们也是哪种生意赚钱做哪种生意，不过真正赚钱的生意不多，远没以前好做。”

一谈到生意，李广生话就多了，又灌了一大口啤酒说：“思文，我现在做的生意投钱最多的就是房地产，这一行就是耗钱，我差不多把家底都投进去了，说实话，难啊……我听说……”

说到这儿，李广生盯着李思文，似笑非笑地道：“我听说你跟黄仕福有些矛盾，其实他也挺难的。思文，做人做事都得靠朋友，一个人能力再大，那也是单打独斗，做人太硬太刚了也不好。所谓一个好汉三个帮，做官也要讲社会关系啊，这个社会什么最重要？不就是关系嘛!”

李思文听二叔来了这么一段，怔了怔，心里警觉起来。

“二叔，你……是来帮人说情的?”

“也不是说情……”李广生笑着说，“我跟黄总有生意往来，他这个人不错，急公好义，对朋友没得说，这些年我们一起做生意，熟得很，所以顺便提一下。思文，思怡到底没出什么大问题，我抽时间跟黄总说一下，让他儿子给思怡多出点儿营养费，要不干脆这样，黄总公司职务空缺不少，把思怡弄去他公司当个部门副经理，磨炼个几个月升正职，你看怎么样?”

“那不行!”李思文想都没想就一口回绝了，盯着李广生道，“二叔，黄老板儿子跟小妹的问题已经解决了，所以根本不存在我和他们过不去的说法，我也绝不会把私事混到公事上来。另外，小妹工作的事情就不劳二叔费心了，小妹没念什么书，去大公司，她也干不来那些活儿，我想着，她在酒楼、餐厅、超市之类的地方找个工作并不难。”

李广生一愣，半晌才问道：“思怡可是你的亲妹妹，你就不想她有个轻松又稳定的好工作？”

李思文淡淡地道：“想，当然想，但她有多大的能力就挣多少钱，找工作并不意味着钱越多越好，适合自己才最重要。”

从李广生说起黄家父子，李思文的热情就降了下来，场面多少也有些尴尬了。

李广生把酒杯放下，苦笑了一下起身道：“思文，我还有点儿事，你自己慢慢吃。”

“行！二叔有空常来叙叙家常。”李思文并不挽留李广生，当即站起来送客，话里的意思很明确。

论亲情、叙家常我欢迎。说人情、谈交易就算了。

李思怡见二叔要走，不禁诧道：“二叔，不是刚开始吃饭吗，怎么就要走了？”

李广生脸上挤出笑容，摆摆手说：“有事，有事，以后再来。”

李思文送到门口就转身回屋了。李广生下楼后，门前的巷道里停着的一辆车闪了一下灯，李广生拉门钻了进去。几秒钟后，车子启动，打着灯，缓缓开了出去。

透过窗户，李思文能清楚地看到车尾的标志，这是一辆凯迪拉克越野车，李思文很清楚，这款车最少要四十万以上，看来二叔是真发财了，在狮子县，车子代表着身份。

屋里，妹妹仍在看电视剧，李思文则沉思起来，他来县委办不过几天时间，二叔就找上门来，看来某些人对他盯得很紧啊。

对于二叔的到来，李思文本来是很高兴的，但是发现对方是为黄仕福说情的之后，心情急转直下。

看了一眼不远处方桌上的礼品香烟，李思文心里思忖着。

二叔送的礼物不值什么钱，而且他也回了二叔三百块钱，这就杜绝了对方行贿的渠道，也不怕别人拿这做文章。

准备松口气的李思文忽然想起了黄仕福，这次二叔是为黄仕福做说客的，以黄仕福的手段，他怎么可能拿这么轻的礼物？

退一步讲，二叔本人能做这么大的生意，也不该是个小气的人，不对，这里边有问题！

想到这，李思文的神经顿时紧绷起来，他沉吟了一阵，把二叔送的那几件礼物挪到跟前，仔细检查，给妹妹的礼品是一盒乳精营养品，一盒蜂蜜营养品，两件营养品的价值估计在一百块左右，送给他的那条双喜烟也就值一百块钱，市面上是十元一包，如果批发的话则只有八十来块钱，绝大多数普通人都抽这种烟。

奇怪了！二叔这次难道真是只送这点薄礼？

李思文想想，还是觉得不对劲，动手把送给妹妹那两盒营养品拆开，里面是实实在在的营养品，没有猫腻。

最后就剩那条双喜烟了，包装完好，看不出异常。

李思文用手捏了捏，手感怪怪的，当即动手把包装线扯下来，打开封口，往里一看，顿时倒吸一口凉气。

里面哪里是香烟，而是一沓沓的钞票！

李思文将烟盒全部打开，里面一共有十沓用皮筋捆绑的钞票，李思文根据厚度估计一沓大约是一万块钱，十沓就是整整十万块钱！

看来为了打通他李思文，黄仕福等人下了大本钱。

转头见妹妹还在聚精会神地看电视，没有注意这边，李思文赶紧把钱又塞进烟盒子里，装进公文包里，然后对妹妹说：“小妹，你在家看电视，累了就睡，别等我，我出去办点儿事。”

李思怡诧道："这么晚了还要办什么事?"

"一点小事。"李思文摆摆手，提着公文包出去了，到了楼下他马上给唐明华拨了个电话。

"唐书记，您现在有空吗？我有事要跟您谈一谈。"

"是思文啊，"唐明华应了一声道，"我在于书记家里。"

李思文正要说话，从电话里听到于清风对唐明华说："叫他来我这儿，我正好要找他。"

唐明华顺口就说道："小李，听到了吧？于书记叫你到他家里来一趟。"

"那我马上到!"李思文答了一句，挂了电话直奔小区右侧，县里领导都住在三号楼，与他的住处相隔不远。

李思文本想先见唐明华谈一下这十万块钱的事，谁知道他在于清风那儿，更没想到于清风居然开口叫他去家里谈。真要在私下里见于清风，李思文有些犹豫，该怎么跟他说呢?

几分钟的路程走了十几分钟，李思文一边走一边想，不知不觉来到了三号楼前。

在门口调整了一下，李思文才按了门铃，开门的人是于清风。

"于书记，打扰了。"李思文连忙说。

于清风笑着道："打扰什么，快进来，快进来。"

小客厅里，唐明华从沙发上站起来迎着李思文："小李，来，坐这儿。"

于清风亲自倒茶，一边倒一边说："孩子们都在省城工作，老伴儿前几天也过去了，现在就我一个人在家，倒是难得的清静。"

唐明华笑道："难怪于书记瘦了，老嫂子不在你连一顿饭都吃不好吧？记得前几天你净吃方便面了，看来我跟小李今天也只有方便面吃了。"

于清风呵呵一笑，说："你这纪委书记倒是称职，把我的老底摸得一清二楚。来吧，你们也尝一尝方便面的滋味。"

唐明华瞄了李思文一眼问道：“小李，既然来了，先说说你的事情吧？”

进门之前，李思文已经想明白了，这时也不犹豫，把公文包拉链拉开，把十万块钱和双喜烟的外包装一起拿了出来，摆在茶几上。

唐明华倒是不吃惊，沉吟着问：“你说找我谈事，我猜可能就是这种事，看来有些人对你盯得挺紧啊，你这才来几天啊。”

“是我二叔李广生。”李思文有些艰难地把二叔的名字说出来，然后把经过说了一遍。

唐明华皱着眉头想了一阵，随后抬头问于清风：“于书记，你觉得这是什么情况？”

于清风摸着下巴沉吟：“什么情况……”

李思文刚想说什么，于清风忽然抬头说道：“我看不管是什么情况，思文你今天的做法都是最正确的，说到这里，我们倒是想听听你的见解？”

李思文点点头道：“于书记，二叔与我并没有什么利害关系，他不应该，也不会用这种方式来跟我谈，他这么做我猜与黄仕福或者罗杰有关系，当然这只是猜测。我想请于书记和唐书记替我保守这个秘密，暂时不要公开登记在册，我想看看到底是谁在背后做这些小动作。”

“嗯，有道理。”于清风点着头赞成，“思文是想引蛇出洞吧，我赞成他这个提议。”

唐明华也微微点头，李思文的意思很明显，幕后之人目前还处于隐蔽状态。李思文只要在李广生面前不动声色，李广生自然会认为李思文接受了受贿。既然收了钱，自然要替人消灾，给钱的人可不是慈善家，有什么要求自然会间接或者直接亮出来，如果李思文继续不回应、不妥协、不办事，对方肯定会拿这笔钱来威胁他，那时候，那些人的马脚就露出来了。

李思文见事情都说清楚了，这才松了一口气，讪讪地笑道：“于书记，唐书记，幸好我觉得不对劲，仔细检查了一遍礼物，这要是没发现烟里的秘密，那我以后跳进黄河都洗不清了。”

唐明华沉声道：“对手无孔不入，所以，思文，你以后要更加小心。我们党员为民做事，秉公执纪是对的，但不要忘了保护自己，别轻易落入对手的圈套，要想清清白白，就得严守党纪国法，只有自身铁板一块才能防止对手的腐蚀。苍蝇不叮无缝的蛋，这个道理我想你是明白的。”

李思文一边点头一边回答：“唐书记说得对，看来还是我不够坚决，以至于被对手钻了空子。要是我坚决不收二叔的礼物，对方也就没办法了!”

于清风摆摆手道：“人无完人，思文的品性我清楚，心正则身正，影子歪到哪里都不怕。思文的提议很好，另外我还有个事要跟你说一说。”

李思文见于清风表情严肃，顿时有种不好的预感。

于清风叹了一声，沉默良久才说：“思文，明华，李保国、王治江的车祸事件，市纪委还在调查中，徐书记隐约透露了一点，我估计调查结束后，我多半会调离狮子县，所以留给我的时间不多了。”

李思文吃了一惊，抬头望着于清风不知道说什么才好，这还真是个坏消息。唐明华也沉默不语，显然他对这件事早有心理准备，车祸事件带来的影响极坏，一是人证保护不利，二是本已经水落石出的案件变得虎头蛇尾，再次陷入扑朔迷离，显然，作为狮子县县委书记，于清风负有不可推卸的责任。

李思文对于清风的印象很不错，正直、公允，能承认自己的错误，就是思想有些保守，创新不足，性格略有些优柔寡断，但总的说来，他还算是一位称职的、不错的县委书记。

如果于清风调走了，对刚上任的李思文来说，不是好事。于清风赏识他不等于别人也赏识他，继任的县委书记是个什么样的人，谁也不知道。李思文倒不是担心自己的前途，他担心的是少了于清风的鼎力支持，他的工作必然会受到额外的阻力。

于清风又叹息一声，吩咐李思文："思文，喝茶，这事别放在心上，像你这么年轻还能固守法规红线、心志坚定、工作能力又强的人可不多，我希望你能一直这样认真、踏实地工作，即使我不在狮子县了，我相信你一样能赢得新领导的赏识。"

李思文点点头，于清风转脸一笑，说："不聊这个了，明华说了，我除了泡面功夫了得外也没别的拿手菜，既然如此，我就给你们一人来一碗泡面吧。"

李思文见于清风不再继续他的话题，心里明白，于清风这次叫他过来，表面上是说他要调走的事，实际上是勉励自己，这何尝不是对他的信任和关怀。

于清风说自己泡面功夫了得，实际上却很差，不过三个男人依然吃得不亦乐乎。

李思文把心里的包袱放下后，心情好多了，只是记挂着工作上的问题，严文明与村民土地的纠纷，与黄仕福勾结，这些问题都没有进展，现在他也不想跟于清风汇报这个问题，一来他还没有掌握确切的证据，二来，事事都指望领导解决，那要他这个办公室副主任有什么用?

吃过面后，李思文和唐明华告辞回家，于清风叮嘱李思文要多注意休息后就目送他们离开了。

李思文感觉心里有些堵，于清风虽然没说得太透，但他眼里那一丝若隐若现的忧虑却没逃过自己的眼睛。

与唐明华并肩走了一程，唐明华拍了拍李思文的肩膀，说："晚了，回去早点儿睡，明天还要上班。"

"好，唐书记也早点儿休息。"

唐明华笑了笑，又叮嘱了一句："有事就直接给我打电话。"

回去后，妹妹思怡已经睡了，李思文也不去惊扰她，轻手轻脚地洗脸上床，只是躺在床上半天睡不着。

第二天吃过早餐，李思文提了公文包去上班，八点十五到。到八点二十五，县委办各科室的人都到了，没有一个人迟到。

看来开掉曾美丽的效果还是很明显的，不过李思文也没怎么开心，现在他们不敢迟到，那只是“不敢”，是被他的雷霆手段吓到了而已，离“不能”和“不想”还有相当长的距离。

看了一会儿资料，打扮得漂亮清爽的袁丽萍进来了，拿了一封信递给他，一边皱着眉头道：“李主任，有封举报信……”

“哦，什么内容？”李思文头也没抬地问。

袁丽萍哼哼道：“你看吧，居然是举报你和我的，匿名信，子虚乌有的事，哼哼，缩头乌龟。”

“呃……举报你跟我的？”李思文怔了怔，倒是有些好奇，举报他不奇怪，但同时举报袁丽萍就有些怪了。

信纸是普通的信纸，上面的字却不是写的，而是用打印机打的，然后再一个字一个字剪下来贴到信纸上。

弄得这么麻烦，显然是怕露出形迹，李思文展开信纸，发现检举的内容居然是说他办事武断，胡乱干扰农村基层事务，又说他贪图美色，借口出去办事，挑漂亮下属陪同……

李思文一挑眉，这个检举其实不像是检举，反而像是警告，如果是检举的话，那这封信寄投的地方不应该是县委办，而应该是纪委或者县领导办公室，投给被检举的人那还能算是检举吗？

李思文并不怕，身正不怕影子斜，只是袁丽萍显然就没他这么冷静了，一张俏脸很是气愤。

“你先出去吧。”李思文摆了摆手。

袁丽萍脸色相当难看，一边往外走一边嘀咕：“别让我发现是谁投的检举信！”

投检举信的到底是什么人？李思文拿出县委办的人事资料翻看着，写这封信的会不会是县委办的人？

正沉思间，办公桌上的电话响了，李思文迅速拿起电话：“你好，我是县委办李思文，你哪位？”

“我，谢学会。”

“谢县长？”李思文愣了愣，没料到是谢学会的电话，“谢县长，您找我有什么事？”

县长打电话过来是很正常的事，县里经常会有一些工作或者会议准备等事情吩咐，但是李思文来的这几天，谢学会还从未给县委办来过电话。

谢学会的声音很严肃，李思文有种山雨欲来的感觉。

“小李，今天一早我就接到县企管局那边的电话，说你公报私怨打压县里的企业。小李，这事到底有没有我们暂且不论，你作为县委办的主要领导，有一点应该明白，那就是做任何事都要三思而行，要以大局为重。目前有几家大企业刚向我递了意见书，说要把狮子县的经营项目迁到其他县市。小李，这个责任你负得起？”

李思文心里一沉，他的步子还没迈开，对手就向他接连开炮，连谢县长都被惊动了，向他施压，对手的能量可真不小啊。这通电话既是对李思文的打击，也是赤裸裸地向他示威。

谢学会的语气很严厉，这一点李思文能理解，说到底政府负责全县的经济发展。企业撤离，直接影响县里的经济涨幅、居民收入、社会稳定等等，难怪连谢县长都坐不住了。

李思文沉吟片刻才回答：“谢县长，公报私怨的话我不知从何说起，但有一点可以肯定，我绝不会把个人私事扯进工作中来，我所做的工作都是在国家法规制度框架之内的。我更不会针对县里的任何企业，如果我的工作影响到了某个企业的话，那也是因为这个企业有违法违规的嫌疑，企业要生存发展，我们可以从各方面给予适当支持，但必须在政策法规允许的前提下，反之，这样的企业是不值得我狮子县挽留的。”

电话那头，谢学会沉默下来，李思文听到“呼呼呼”的喘气声，谢县长肯定被气得不轻。

本来李思文对南新区黄仕福等人参与违规圈地项目，还处于怀疑、搜集证据的阶段，并未最终确认。之前李思文派袁丽萍出面查询村主任严文明等人，也是试探，没想到，这打草惊蛇的举动会引来对手如此激烈的反应。这让李思文更加肯定，对方在这个项目上必然存在违规问题，否则不会对李思文如此忌惮，轮番施压。

李思文个人不想以这种违规的方式来留住企业，那样确实能留下不少企业，也能创造一定的经济收益，但也等于是给自己、给狮子县埋下了定时炸弹。既然是炸弹，那就肯定有爆炸的那一天，这种方式会让炸弹像滚雪球一样越滚越大，一旦爆发，后果不堪设想。

谢学会沉默片刻后，声音低沉下来：“你不要跟我拿腔拿调的，我们狮子县的经济情况排在北川各县的后面，要求迁走的几家企业又是我们县的龙头企业，如果他们真的迁走的话，我们县的经济会衰退两成，这个责任，你、我甚至是于书记，谁都承担不起！”

李思文叹了口气，谢县长的忧虑他明白，但作为一县之长，他怎么就想不清楚呢，自己是希望企业在法规许可范围内发展，这样才能形成良性循环，保持长久的生命力。谢县长一心只求把狮子县的经济推上去，至于其他都可以适当放宽，甚至不予理会，这种只讲政绩而不讲规则的行为最终只会为他埋下苦果。

谢学会听李思文叹息了一声，却没有回答他，这就等于不理睬他了，心里的怒火越烧越旺，低声说：“希望你明白事情的严重后果！”

“咣……”

电话里头传来一声响，接着是一阵忙音。

李思文又叹了口气，一脸怔忡，这才到新岗位几天啊，无端把谢县长给得罪了。可要让他不作为，睁只眼闭只眼不予追查，那他这个县委办副主任当着还有什么意思？这个县委办还有存在的必要吗？

想通了这层，李思文把心思放开了，该怎样就怎样吧，既然领导把自己调到这个岗位，他就必须负责到底，任谁都不能动摇他秉公执纪的决心！

“我站在，冽冽风中……”

忽然一声响，把沉思中的李思文吓了一跳，惊醒后才发现是他的手机铃声。

拿出手机来一看，来电显示是“刘正东局长”。

李思文怔了一下才接通电话，还没说话，刘正东的声音就传了过来：“我在电力宾馆的停车场，给你五分钟时间，过期不候！”

李思文还没回答，刘正东就咔嚓一下挂断了。

这个刘副局，不愧是警察出身，这干净利落的风格甚是符合李思文的胃口。

看来求他办的事有眉目了，李思文一阵兴奋，立马动身赶过去。刘正东虽然性子有些古怪，但人品很正，是个做事极有效率的人。

电力宾馆离县政府不远，步行的话要五六分钟，不过刘正东只给了五分钟。李思文不敢怠慢，一路狂奔，转弯，过马路，从电力宾馆大门进去，长方形的停车场上停了六七十辆车。

李思文四下寻找刘正东的踪影，除了几个保安外倒是没看到别的人，右侧停着一辆没熄火的警车，只是那个方向太阳光晃眼，看不清楚车里的人。

李思文心里一动，走过去想看看驾驶位上的人是不是刘正东。走过去后，驾驶位左边的车窗玻璃缓缓放下，露出刘正东方方正正的国字脸。

“东西给你，以后可别让我干这种名不正言不顺的事儿了。”刘正东递了一个大大的信件袋出来，哼哼着说。

李思文接过袋子笑笑道：“刘局，如果有，还得让您干！”

“赶紧滚蛋吧！”刘正东笑骂了一句，开着车走了。

李思文苦笑着直摇头，这个刘正东，事儿干了又死要面子。

回到自己的办公室，李思文把门反锁后坐到办公桌后的椅子上，端起茶杯喝了一大口茶，等心情平静下来后才缓缓取出袋里的东西。

因为期待，所以紧张！

袋里是七八份打印纸，那是李思文让袁丽萍打印的笔架山村那些村民卖地的合约书，合约书因为是打印件，所以在名字和手指印旁边有用红笔写的数字。

七份合约书外还有一份鉴定文书，上面写了鉴定证明。

李思文仔细看着刘正东给的鉴定证明，眉头皱了起来，陷入了沉思中。

滴铃铃……

办公桌上的电话又响了起来，今天的电话真是特别多。

“你好，我是李思文，你哪位？”

“是我，王见。”

“王秘书？呵呵，有什么事吗？”

王见是于清风的秘书，他打电话来代表于清风有事。

王见的语气似乎有些奇怪，听不出好坏：“李副主任，于书记请你到他办公室来一趟。”

说完后，王见犹犹豫豫地又添了一句：“谢县长也在。”

李思文一听，顿时就明白了，谢学会果然是找于清风告状了，看来今天是躲不过去了。

于清风的办公室。

李思文轻轻敲了一下，来开门的是王见，脸色多少有些不自然。

李思文进去后，看到于清风和谢学会坐在沙发边谈话，谢学会的脸色很不好看，瞟了一下李思文随即又扭过头，轻轻哼了一声。

于清风一副不苟言笑的样子，见李思文进来伸手示意了一下："坐。"

李思文走过去坐下，恭敬地叫了一声："于书记，谢县长。"

于清风点了点头，也没看李思文，面对谢学会说："李副主任，谢县长刚刚跟我通报了一些情况，说企管局的黄立山黄局长接到企业的迁出申请，理由是李副主任借权打压企业，有公报私怨的行为。在我们县里，无论是谁，无论职务高低，只要违纪违规，我于清风绝不轻饶，国法党纪的红线绝不容许有人踏过，李副主任，你有什么要说的？"于清风这一席话措词极为严厉。

李思文脸上并没有谢学会期盼的慌乱，在整个事件中，他行得正，站得稳，一切都是按照规章制度办事，因此面对于清风的质询，一无所惧。

当然，谢学会来找于清风，本身也是一种试探，他想看看于清风会怎么处理。

李思文沉吟片刻后才盯着于清风问："于书记，我想问一下，这次想要迁出的企业有哪几家？"

于清风也不隐瞒，开口道："牡丹园房地产公司和逸安地产有限公司，这两家公司可以说是我们狮子县的龙头房产公司，牡丹园的总经理黄仕福，逸安地产的总经理罗杰，这两人也是我们狮子县杰出的企业家，一旦迁出，不但会让我们县税收损失数千万，直接和间接导致失业人员达千人以上，更会引发某些企业的恐慌，产生一系列的连锁反应。"

听说是黄仕福和罗杰，李思文心想果然是他们，这是要软硬兼施啊，之前的接触没占到便宜，就换种方式，这是要拼个你死我活的节奏吗？

“于书记，谢县长，我确实跟牡丹园黄总有些许冲突，不过那件事都过去了，我也没打算再去找他们。”李思文很爽快地承认了他跟黄仕福有冲突，然后把黄少波跟妹妹李思怡的事情一五一十地说了。

谢学会听明白双方的冲突后，一脸错愕，明显是黄仕福和他儿子的不是，尤其是黄少波，简直就是流氓恶少，反观李思文的做法，简直可以用懦弱两个字来形容，妹妹被欺负后居然轻描淡写地放过了黄少波，这要换了他谢学会会怎样做？

李思文把起因说完后，神色变得郑重起来，说道：“于书记，谢县长，在工作上，我绝不会做公报私仇的事。办公室有大量举报笔架山村主任严文明和黄少波等人联合屯地骗取征地补偿金的检举信，我的工作不是针对任何个人或者任何企业，核查每一份检举信的内容，本身也是我的工作职责，若是诬陷的就还人家一个清白，是事实的就移交纪委或者公检机关，清是清，浊是浊，容不得半点儿马虎！”

谢学会笑道：“好吧，就算你接到检举，你也说了，这清是清，浊是浊，你到村里面查土地买卖合约，查这查那，我问你，你查到什么证据了？”

李思文淡淡地道：“谢县长，我确实去笔架山村查了一下，涉嫌骗补偿金最大的是三组村口一片五十五亩的土地，现在有一半地皮盖了简易的棚盖房，一半原来有建筑的被夷为平地，我去村里询问了卖地的村民，涉及十一户，都签了买卖合约，合约上有各户过了法定年龄的成人签字画押，合约我都拍照打印了。”

谢学会脸色更加难看：“这么说来，签字画押过的协议是真实有效的，那我再问你，签约日期是否有疑问？”

李思文规规矩矩地继续说：“针对签字画押，我们当时也问过那十一户在家的村民，他们亲口承认这合约是真实的，合约日期是去年六月，而建火车道征地是今年的事，按时间的前后来看，他们都不违规。”

“既然不违规，那你为什么还要弄得满城风雨，弄得人心惶惶，弄得人家企业要搬迁，这个损失，谁来承担?”

一听不违规，谢学会的声音越发高亢起来。

李思文脸上挂着一丝笑意，说：“谢县长，你听我说完，我是说按合约上写的日期来说，他们是不违规的，但我又没说合约上的日期是真实有效的。”

“你这是什么意思?”谢学会满脸愠色盯着李思文。

“于书记，谢县长，你们看看这个……”李思文一边说一边把文件袋里的资料拿出来，把鉴定证明推了过去。

“这是我请县公安局刘正东刘副局长做的鉴定，这些合约的日期是否是去年六月暂且不说，我们就说签名和手印吧，手印是拇指印，民间土地买卖通常要全家所有法定年龄成员签字盖印才具有法律效力。我请刘副局长拿去做的鉴定足以证明这些合约无法律效力。”

谢学会是县长，他当然看得懂鉴定证明，那份鉴定证明文件上标写得很清楚，十一份合约上的家庭成员签名中，有七份是同一个人的签名，虽然故意更换了笔迹，但在鉴定专家的查验下原形毕露。

另外四份合约是不同笔迹写的，每份合约上都有四到七名家庭成员的签名，经过专家判定，每份合约上的几个签名都是同一个人，也就是说，一个人代表了所有家庭成员。法律规定，买卖合约必须由全部家庭成员亲笔签名才具有法律效力，缺一不可，这合约是由同一个人签的，怎么可能具有法律效力?

证明还注明，十一份合约上的手印属于五个人，五六十个人的签名盖印竟然是五个人所为，这合约还能真实得了?

鉴定证明下面有刘正东的签字，刘正东既然敢签这个字，他就敢对这个鉴定的真实性负责。

谢学会盯着鉴定证明出神，心里一肚子气，脸上涨得发紫。好嘛，心急火燎了半天，敢情他是被人当枪使了！

于清风这才慢慢说道："老谢，我跟你虽然很多时候意见不合，但对你的为人还是了解的，你本身品质过硬，党性好。我相信这件事你是站在狮子县经济发展的大局考虑的，不过树欲静而风不止，某些人时刻盯着我们，见缝插针，见洞就钻，为此无所不用其极。老谢，你这次大意了。"

谢学会脸涨得通红，霍地一下站了起来，拳头攥得咯咯响。

由不得他不恼，被人当枪使了。他又恼李思文，他明明有了这么确凿的证据，自己给他打电话时却不说，这不是有意让他在于清风面前出洋相吗？

其实谢学会误解李思文了，他打电话训李思文的时候，李思文还没得到刘正东的鉴定证明，谢学会挂电话之后，刘正东才给他打电话。

谢学会又羞又恼，口袋里的手机响了，拿出来瞄了瞄就沉着脸接了："什么事？"

听了一阵，谢学会的表情渐渐恢复了正常，一边听一边瞄着李思文，表情很是奇怪。

于清风等谢学会挂了电话才问他："老谢，有事？"

谢学会沉吟了片刻，一脸平静，望着于清风说："于书记，有个叫李广生的生意人举报李思文，说他贪污受贿十万元。"

李思文一怔，跟于清风对视了一眼。

于清风微微一笑，当即给唐明华拨了个电话，叫他马上到自己办公室来。

谢学会不知道于清风忽然叫唐明华来是什么意思，唐明华是纪委书记，叫他来难道是要对李思文进行调查？

唐明华一会儿就到了，进来后看到办公室里的三个人有些惊讶，走过来坐下后才问："于书记，谢县长，瞧你们这阵仗，有什么情况？"

于清风朝李思文努了努嘴，说："明华，谢县长刚刚接了个电话，说有个叫李广生的人举报李思文受贿十万元，你过来跟谢县长说说情况。"

唐明华一怔，随即点头道："行，我马上叫小朱拿东西过来。"说完打电话通知人把东西拿到于书记办公室来。

打完电话后，唐明华偏过头去对于清风说道："于书记，你不觉得奇怪吗？小李这事很突然啊，我本来以为李广生要放长线钓大鱼，万万没料到他会这么快这么直接，而且是用举报这种方式，这不合理啊。"

于清风瞄了瞄办公室门口的方向，冷冷道："没什么奇怪的，县政府里有人盯着我们呢，谢县长和李思文之间的事情他们了如指掌，见情况不妙才用了举报这种极端方式，反过来也说明小李于他们是眼中钉肉中刺，这是要除之而后快啊！明华，你先给我把这耗子查出来，另外，你再安排一些得力人手配合李思文进行调查。"

谢学会听得云里雾里，还是没搞懂于清风和唐明华葫芦里卖的什么药。直到纪委的小朱送了一个很大的档案袋过来，递给唐明华后退出于清风办公室。

唐明华把档案袋打开，取出里面的十万块钱和一张现金收取登记单，把单子递给谢学会："谢县长，你看看这个。"

谢学会有种不好的预感，从他进了这间办公室，于清风一直波澜不惊，在他的印象中，于清风可是个疾恶如仇的人，眼里容不下半点儿沙子。但是现在的于清风也太安静了，有种稳坐钓鱼台的感觉。这么一对比，谢学会觉得自己今天气势汹汹的有点儿像小丑，太莽撞了。

他接过唐明华递过来的单子一看，只见上面写着："李广生六月二十一日向李思文行贿十万元，李思文上缴登记。"

谢学会一愣，刚才打电话的是他的秘书，李广生是到他县长办公室实人实名举报，刚刚才到，唐明华和于清风绝无可能提前知道。唐明华这张条子和十万元受贿现金足以说明，事情是真的，李思文并没有私自吞下这笔钱，他上缴到纪委了，唐明华和于清风对这事都知情，就他一个人被瞒在鼓里！

他一个县长，被一群不法奸商玩得团团转。谢学会呆怔片刻，红着脸在茶几上用力一拍，恼了起来：“真把我当枪使了！”

于清风轻叹一声，说：“老谢，其实你我都是为了狮子县的未来，无论我们两人之间有什么不同意见，从来不会给对方使阴招下绊子，但某些商人可没有这个觉悟，在利益面前，他们什么事都干得出来！”

谢学会脸上又红又紫，好一阵子后忽然说道：“于书记，你说怎么办？我都听你的，还有……”

说到这儿，他又看向李思文道：“小李，对不起，是我误会你了，我向你道歉！”

李思文多少有些尴尬，但更多的是感动。谢学会是县长，一县之长居然能放下身段向自己道歉，还如此诚恳，很是难得，这也变相说明了谢学会的胸襟度量。

“谢县长，您太客气了。这帮商人的手段层出不穷，我也差点儿栽在他们手里。”李思文说这话时一脸苦笑，他之前还真没想到二叔李广生居然能对他下这种狠手。

谢学会转过眼，望着于清风，脸色严肃起来：“于书记，这件事要一抓到底，绝不能纵容！”

于清风沉吟一阵，摇摇头道：“老谢，有句话叫做‘欲速则不达’，我们的对手绝不是简单的人，他们每走一步都预先准备了好几种方案，我们如果贸然行动会落入他们的陷阱中，被他们牵着鼻子走。”

谢学会这会儿的情绪也渐渐平静下来，恢复了理智，沉思一阵才抬头问于清风：“于书记，对手这几张牌打出来，搞得我们很被动，你说我们接下来应该怎么应对？”

“一味的被动当然不行。”于清风摸了摸下巴，看着李思文问，“思文，你说我们这下一步该怎么走？”

“怎么又轮到我头上了？”李思文心里嘀咕，瞧了瞧三位领导，发现三人都盯着他，没见过这么会偷懒的领导，李思文摊摊手说：“我也没有什么诀窍，真要我说的话，我认为于书记说得很对，对手肯定不会被我们目前手中所掌握的东西一棍子打死，目前出面的是我二叔李广生。其他人隐于幕后，我们也可以来个兵对兵，王对王。我的意思是，由我出面搅得他们阵脚大乱，不信他们的幕后老板还能稳居幕后，一旦他出马，谢县长和于书记就可以瞅准时机出手，给他个一击致命！”

于清风嘿嘿一笑，道：“还是思文脑瓜好使，敌不动我不动，思文你放手去查，必要时可以采取雷霆手段，把他们打狠打痛，这样他们才会露出破绽，不过有一点，思文你要注意自身安全。针对思文被连环栽赃陷害，我认为有必要对目前狮子县的党员干部进行一次摸底和排查，明华……”

“于书记，你说！”唐明华马上回应。

“你们纪委这边组织几个小组，对全县副处级以下各单位机关和个人进行巡视审查，你要人我给人，要物给物，务必给我把狮子县所有机关企业全面梳理一遍，对违法乱纪的单位和个人，该罚的罚，该清退的清退，该判刑的判刑，绝不姑息养奸。我不求对狮子县有多大的经济贡献，但求给狮子县留下一支清清白白的队伍！”

于清风这话多少流露出一丝悲壮的味道，但谢学会和唐明华却没听出来，他们两人被于清风的话说得浑身热血沸腾，恨不能马上出发，大干一场。

李思文多少感觉出于清风的复杂心情，但并未深入去想，有一点可以肯定，于清风的雄心已经被彻底点燃了，他要同这些人展开一番较量。李思文十分庆幸，庆幸在这番较量中，自己不是局外人，自己能为县领导、能为狮子县的百姓做点事。同时压力也很大，对手目前展露的只是冰山一角，可以预见后面的对阵必然越来越激烈，自己必须打起精神，再三小心，否则一旦入彀，必将万劫不复。

“于书记，有你这句话我就放手去做了！”正当李思文内心澎湃时，唐明华已经一脸肃然地做出了回答，似乎早就等着这个时刻了。

于清风点点头道：“明华，你的党性和原则性我最清楚不过了，你马上开会组织人手，巡视小组的组长由我亲自担当，老谢和明华任副组长，你们两个兵分两路，调集各项专业人才。巡视组的组员一定要自身行得正，站得稳，同时专业能力也要一流。”

唐明华点头回答：“明白，我马上进行巡视小组的筹备。”

“去吧！”于清风摆摆手。等唐明华出去后，他望着谢学会笑了笑，伸出手去说：“老谢，咱们握个手吧，一切尽在不言中！”

谢学会有些唏嘘，跟于清风紧紧地握在一起，两个大男人的眼睛都有些湿润，但脸上却带着笑意。

不管以前有多少意见不合，这一刻，两人可谓一笑泯恩仇，站到了同一战壕。

“于书记，我也去准备准备，找一些素质过硬、精通审查的专业人才，然后跟明华那边商量下，争取明天就给你拿出一份行动方案来。”谢学会也坐不住了，跟于清风摆摆手出去了。

于清风笑着点头，目送他出去，然后对想一道出去的李思文招了招手，说：“思文，你坐下，我还有些话要跟你说一说。”

李思文坐下看着于清风，见他皱着眉头走到窗边，出神地望着窗外。

于清风这会儿看起来像是老了许多，鬓角也多了些白发。这次的事，刘正东和唐明华对李思文的帮助，让他十分感动，但都不如于清风给他的感觉强烈，于清风对他不仅仅是知遇之恩，更有种亲人长辈的感觉。

李思文一点儿也不希望于清风离开狮子县。除了私人感情上的原因之外，每一次见于清风，李思文都会发现他在为狮子县的发展和人民的生活殚精竭虑，他对脚下这块土地，对狮子县人民的感情极深。

于清风回过头，正好看到李思文一脸不舍地看着自己，摇着头笑了笑："思文，我也很不舍得离开狮子县，想要干的事情没干完，志未达，事未竟。不过如今我倒是想开了。我很高兴能在临走之前遇见你，看到你就好像看到二十多年前的我，在你身上我看到了一股不服输的冲劲，你有着比我强得多的大局观，所谓智者创业庸者守成，有能力的人并不少，但有能力、心志坚定又胸怀广大的人就不多了。我很欣赏你，本来我是想好好培养培养你的，但……我没有时间了！"

这是掏心窝子的话，李思文明白，于清风在狮子县待不久了。

沉吟片刻，李思文说道："于书记，您是位一身正气的好书记，不管您到了哪里，狮子县的人民都会记得您的。"

"哈哈，你这小子也会拍马屁了。你说的对，为官但求无愧于心，个人得失又算得了什么？你去忙吧！"于清风的心情更加开朗了。

从于清风那里出来，回到自己办公室的李思文拿起电话把谢子立叫了进来。本来他想叫袁丽萍的，想到先前有人拿他和袁丽萍做文章，尽管当事人清清白白，但他也要注意影响。更何况，总是用袁丽萍，也不利于县委办的团结。

"李主任，您找我啊？"谢子立敲门进来，笑容满面地问。

李思文点点头道："是的，你去准备一辆车，我们去城南桥头办事处。"

"好的，我马上去。"谢子立爽快地答应。

前几天李思文出去都是带袁丽萍，黄群和谢子立看着还真是又羡慕又嫉妒，谢子立一直觉得自己是个男的，因此不受领导待见。

没想到，今天李思文居然叫他一起出去办事，这让谢子立欣喜若狂，回到座位，瞄了瞄正在查资料的袁丽萍，笑呵呵地走到黄群那儿，伸手道："黄姐，车钥匙。"

黄群一愣，诧道："要车钥匙干什么？"

谢子立扬了扬下巴，一脸得意地说："奉李主任命令，给他准备车子去桥头办事处。"

黄群瞄了瞄闻声看过来的袁丽萍，有些诧异，拉开抽屉取了车钥匙递给谢子立。李思文今儿个怎么不叫袁丽萍一起去了？黄群心里嘀咕着。

狮子县除了下辖的乡镇外，县城城区分为五个办事处，东城办事处、西门办事处、北门办事处、城南桥头办事处、都亭中心办事处，这五个街道办事处的书记和主任的级别相当于乡镇书记和镇长、乡长，实际规格还要高半级。

谢子立开车的技术相当不错，李思文坐在副驾上一路都在考虑问题，没感觉特别颠簸。

"李主任，到桥头办事处了。"到目的地后，谢子立打开后车门，李思文才发现到桥头办事处了。

办事处院内停了不少车，李思文还是第一次来这儿。他拿着公文包往里去，谢子立赶紧跟在后边。

李思文来桥头办事处之前，并未先打电话通知，因此也没人知道他要来。办事处大厅有便民服务窗口，每个窗口上都有横幅标示，总共有六个窗口，分别是计划生育、招商办证、司法信访、社区城管、民政社保、值班领导窗口。

李思文看了标志后，走到领导窗口那边，里面是个四十多岁的妇女，正拿着手机拨弄。

"你好，请问办事处书记和主任办公室在哪儿？"李思文站在窗口问。

现在的街道办事处和乡镇办事大厅都设置了一体式的便民窗口，把涉及民生的几个单位合并到一个便民办事窗口，简化服务，提高办事效率，以免百姓多跑冤枉路。

窗口里的女人头都没抬就回答道：“办事有窗口，没事找领导干什么？领导忙得很呢！”

隔壁窗口是民政社保，两个窗口里面并没有墙壁隔开，只隔了一张办公桌，民政社保窗口里是一个二十多岁的女子，圆圆的脸，打扮得比较潮，拿着个手机探头对这边的女人说：“吕科，这么使用微信，我已经加你了，你通过就行，然后就可以转发我的分享……”

李思文见两人只顾聊自己的，又问了一句：“请问书记在不在？不在的话主任也可以，办公室在几楼？”

那个姓“吕”的科长满脸愠色地瞄了李思文一眼，冷冷道：“要办事看窗口标志，办什么事就找哪个窗口，你没看见我这儿是领导窗口吗？”

“哦，是领导啊。”李思文点点头，转身问谢子立，“小谢，打电话回去问一下桥头办事处书记和主任的电话。”

谢子立摇头低声道：“不用打电话，我这儿有。”一边说一边从他拿着的公事包里取了一份资料手册。

县委办公室的职责就是承上传下，与各个街道办事处和乡镇联系最多，因此，办公室必备各个基层单位领导的办公室电话和私人手机号，方便工作联系。谢子立出来自然要带这个手册，拿出来翻到桥头街道办事处，指着那里说：“这儿，付成功付书记，吴忠良吴主任……”

李思文也不多说，掏出手机照手册上的号码先拨了付成功的办公室电话。

电话拨通了，但对面始终没有人接。

看来办公室没有人，李思文又拨了付成功的手机号码。

这下倒是接通了，手机传来男子的声音：“哪个？赶紧说事！”

估计看来电显示是个陌生号码，所以付成功的语气颇为生硬。

李思文轻咳了一声才说话：“付书记，我是县委办的李思文，找你有事情商量，付书记这会儿在办事处没有?”

“李思文？哪个李思文?”付成功嘴里念着，似乎没有印象，不过跟着就有了变化，“县委办的……呃……是……是李……李主任?”

付成功念到县委办忽然想到最近风头正劲的新任主任好像就是姓李，念了两遍惊觉，语气一下子就变了。

李思文“嗯”了一声道：“是我，付书记有空吗?”

付成功连忙回答道：“有空有空，我在外边办事，马上就回来，李……李主任稍稍歇一下。嗯，老吴在，我马上叫老吴去接你……”

他嘴里的老吴自然就是办事处主任吴忠良了。

电话一挂，李思文静静地等着，窗口的吕科瞄着他有些不耐烦，瞧他这么年轻肯定不是什么领导，县委办的普通办事员没什么好怕的，她还是科长呢，俗话说县官不如现管。

挂了电话还不到两分钟，大厅楼梯口就跑出来一个身材略胖的中年男子，气喘吁吁，东望西看，看到李思文这边，脸上顿时堆满了笑容，大步直奔过来。

“李主任……呵呵，李主任，有失远迎，有失远迎，到楼上办公室坐，到楼上办公室坐……”

不用说，这个矮胖男子就是街道办事处主任吴忠良了。

李思文客客气气地跟他握了一下手，说：“吴主任好，我是来你们这儿办事的。”

“哦……呵呵，好说好说，李主任先坐坐，先坐坐，我们一边谈一边办事，两不耽误，呵呵，两不耽误……”

李思文对吴忠良有点儿印象，于清风开会时，到场的基本上是全县乡镇和城区办事处的书记和镇长、主任，只是没和他说过话。

吴忠良对李思文自然是知道的，狮子县下辖办事处和各个乡镇基本上都听说了李思文的事，对这个年轻的县委办主任都很好奇，也很羡慕。

李思文瞄了瞄窗口里的吕科，脚步没动，对吴忠良道："既然来了，不知道吴主任是否可以介绍一下这服务大厅的相关职能？"

"介绍服务大厅？"吴忠良一怔，李思文既然是县委办主任，怎么可能不知道便民服务大厅的功能？要他介绍有什么用意？

吴忠良往里一瞄，见里面的吕科笔直且恭敬地站着，脸上又红又白，极不自然，心里顿时就明白了。

"这个吕慧春又坏事了！"

吴忠良心里恼了一声，赔着笑脸道："李主任，这个……便民服务大厅就是为市民服务，服务群众嘛，一体化简便了许多办证手续，确实反映很好，当然，还有许多不足，正在改进嘛，呵呵……"

因为不知道是什么情况，所以吴忠良一边说一边打圆场。

李思文挂着县委办副主任的头衔，行使主任的权力，县委办又是上联县委领导，下达乡镇的中枢机构，因此吴忠良丝毫不敢怠慢。

李思文说这些话当然不是为了摆谱，而是对办事大厅里这种小领导动辄拿架子、工作闲散的作风看不惯。如果有可能，他真想把全县所有机关单位的人都拉到鹰嘴镇派出所去参观一下那儿的工作作风和效率。

吴忠良见李思文沉默，当即朝窗口里吼了一声："吕慧春，上班要有上班的样子，别整天吊儿郎当的，我看你就是工作态度不端正。算了，你也别上班了，去写一份检查，深刻一点儿，好好检讨一下自己的错误，然后请付书记处理。"

吴忠良声色俱厉地训斥了一番，又吩咐旁边的下属："去叫谢景春谢副主任来窗口值班。"

吕慧春这时完全没有了之前的气焰，垂头丧气地低声说："吴……吴主任，我……我……"

吕慧春憋了半天，也没憋出完整的话，她哪里知道县委办主任会这么年轻？要不然怎么会撞枪口上。

李思文沉吟着，按理说办事处的问题轮不到他来指手画脚，先前的一番话，也不过是给吴忠良提个醒而已。

吴忠良之所以紧张，也是担心李思文在县委领导跟前给他上眼药罢了。这番训斥，对李思文来说，实在意义不大。冰冻三尺非一日之寒，基层单位的工作态度和懒散作风必须下猛药，从思想和纪律上下手。

好在于书记已经下令要严整风纪，并且已经筹备巡视组工作了，相信到时候，这个问题会得到解决，只是要根治还得下功夫。

训斥完吕慧春，吴忠良又对李思文说道："李主任，还是到楼上的办公室里谈吧？"

"好！"

李思文点头答应，他不是管风纪的主管领导，不能越级行权，但是表个态还是可以的，现在看来，效果还是达到的。

吴忠良的办公室不大，靠窗的角落处摆了一张深红色的木制办公桌，桌子上有一台显示器，一部电话，办公桌右角立着一面小红旗。

靠门的地方摆放着一套转角的长木椅，中间有一个红漆木茶几。

进去后，吴忠良请李思文和谢子立坐下，又热情地取出茶叶泡茶倒水，之后又问李思文："李主任抽烟不？"

李思文见吴忠良从抽屉里犹犹豫豫地拿出一包二十块钱一盒的黄鹤楼。

李思文摇摇头没接："谢了，吴主任，茶我喝，烟就免了，办公室抽烟影响不好。"

吴忠良讪讪一笑，把烟放了回去，回身坐在李思文对面："其实我也戒很久了，去年检查有咽喉炎，老婆硬给我把烟戒了，办公室放一包是为了待客的。”

李思文笑笑道：“理解理解，不过这烟还是少抽得好，烟是慢性毒药嘛。”

“那是。”吴忠良笑着附和，随即话锋一转，盯着李思文问，“李主任，不知道这次来我们办事处有什么事?”

“是这样的。”说到正事，李思文当即打开公文包取出一份资料，摆在了吴忠良面前，介绍道，“吴主任，你们桥头办事处辖下的笔架山村有人检举，说村主任严文明伙同他人买地建仓库，试图骗取政府补偿金，这个事不知道吴主任知不知道?”

吴忠良一听，顿时脑门上就冒出一层冷汗，用手擦了擦才回答：“这……这个我还真没听过，不过村民跟严文明闹事的事是知道的，有村民来办事处说过，具体的情况付书记晓得，这事是他经手的。他今天就在笔架山村现场，马上就回来了。”

笔架山村离县城南有一两里路，今年建火车站征地，笔架山村被征了一半的地，原本很穷的村子因为征地有了钱，但同时各种各样的问题也出现了。

以前南门桥头办事处在县城五个办事处中经济情况只能排在第三，远落后于都亭中心办事处。

自从开始修建火车站，车站周边就开始规划地产住宅、商业广场、游乐区等项目，桥头办事处的经济一下子跃到了五个办事处的第一，办事处的书记和主任的地位自然水涨船高。

李思文端着茶杯沉吟，吴忠良看似有问必答，但实际上，他把所有问题都推到了书记付成功身上，李思文明白话题已经到此为止了。

谁知，那个说是马上就回来的付书记却迟迟未归，吴忠良一杯一杯地陪着喝茶，汗水擦了又擦，时不时瞄着手表。

李思文到办事处是上午十点，等到十二点，付成功也没回来，吴忠良看着表，笑着道："李主任，这都到吃午饭的时间了，咱们去吃顿便饭吧。"

李思文抬手看了一下表，对吴忠良说："是到吃饭的点儿了，就借用一下吴主任的办公室吧。小谢……"

李思文一边说一边掏出五十块钱递给谢子立，吩咐他："你去外边买三个盒饭回来，就在吴主任办公室里吃。吴主任，这顿我请客。"

吴忠良一脸尴尬，摆着手道："哪能让李主任请客，我怎么也要尽一下地主之谊，咱们到前边的凤凰楼吃饭吧。"

李思文望着吴忠良微笑了一下，却不说话。

吴忠良脑门上的汗水出得更厉害了，意识到什么，赶紧改口道："那……那就在我们办事处食堂吃吧。"

吴忠良手足无措，李思文身上有种慑人的气势，明明就是简单的几句话，却让人难以招架，即便是安静的时候，眼神也好似直透你的心底，让你如坐针毡。

谢子立心领神会地拿钱出去买盒饭，办公室里只剩下李思文和吴忠良。

吴忠良见李思文不搭话，他也不好离开，只能尴尬地陪着。

谢子立十多分钟后就回来了，提了三盒盒饭，递给李思文五块钱，一边取盒饭一边说："李主任，买了三盒烧腊饭，十五块钱一盒，跟着主任奢侈一回，哈哈……"

谢子立年轻，又跟了李思文一路，所见所闻，让他仅有的一点拘谨也没有了。

李思文把盒饭递给吴忠良，说："吴主任，耽搁了你不少时间，我请你吃个盒饭。"

吴忠良讪讪地道："哪里……哪里……这顿还是我请吧。"

吴忠良一边说一边掏钱出来，一沓百元钞票，连一张零钞都没有。拿钱出来，吴忠良又有点儿犹豫。

李思文道："吴主任，我请你吃个盒饭不违规，吃吧，说起来，我早上只喝了点儿稀饭，这会儿是真饿了。"

不管吴忠良，李思文掰开一次性竹筷大口吃了起来，谢子立也不客气地拿起了饭盒，这新主任真是越来越合他胃口了。

吴忠良犹豫一阵，也打开饭盒吃了起来，平时都是下馆子，这会儿觉得这盒饭难以下咽，但是面上又不好表露出来。

李思文一盒饭吃完，喝了几口茶，眼见吴忠良吃饭吃得痛苦，笑道："吴主任觉得这饭不合胃口吗？要不重新买个吧。"

"哪里哪里，很合胃口，我挺喜欢吃烧腊的。"吴忠良心里早把李思文骂了个狗血喷头，心想你小子有福不会享，非要连累老子跟你受罪，真是岂有此理。心里虽然这么想，面上哪里敢表露出来，为了表现饭菜可口，当即拿筷子又猛扒了几口，却因为吃的太急，饭卡到嗓子眼，把他噎得直翻白眼。

好不容易喝了几口茶，吴忠良刚喘口气，就听办公室外边的走廊上传来声音："老吴，你在办公室吗？"

吴忠良一听到这个声音，顿时像没妈的孩子见了娘一样，捧着肚子跳起来直窜出去，一边跑一边叫道："付书记……付书记……"

桥头街道办事处的党委书记付成功终于回来了！

跟吴忠良的矮胖形象不同，付成功就像一尊黑铁塔，又高又壮，脸色黑黑的像庄稼人，一进来就笑呵呵地问："李主任在吗？呵呵，实在不好意思，实在是不好意思，在笔架山那边耽搁了一会儿，硬是脱不开身！"

李思文站起身跟他一边握手一边点头道："付书记工作忙，能理解。"

“呵呵，坐下说，坐下说……”付成功招呼李思文和谢子立坐下。

吴忠良终于松了一口气，缩到后边抹汗去了。

“李主任吃过饭没？”坐下后，付成功问道，接着说，“办事处食堂还有饭菜，李主任要是不嫌弃的话就去吃顿食堂饭，我刚从笔架山回来，这大半天了连口水都没沾，有点儿撑不住了。”

李思文眯着眼道：“我们刚吃过，付书记赶紧去食堂吃饭吧，人是铁饭是钢，吃过饭我们再谈事也不迟。”

“李主任来肯定有急事，我就不去吃了，我早上买了两个馒头还塞在公文包里，现在将就吃了，咱们一边吃一边谈，两不耽误。”

付成功说着拿起他那已经破了皮儿的公事包，拉开拉链拿出个白塑料袋，里面装了两个揉挤得变了形的馒头，抓出来一口就吃了小半，又去倒了杯水，吃一口馒头就一杯水。

吴忠良脸色十分难看，他真想抽自己一巴掌，怎么先前自己会鬼使神差地请李思文去凤凰楼那种高档餐厅吃饭呢？

你看看人家付黑炭，回来开口就叫李思文去食堂吃饭，然后又掏两个冷馒头出来当场就啃，不知道的人还真以为他付黑炭多么清廉自守、品德高尚呢。

啧啧，付成功不去演戏还真是可惜了，如果他去当演员，肯定是影帝级别的！

吴忠良心里不得不佩服付成功这块老姜比他辣，就凭这一手，他就比自己玩得高明！

李思文笑了笑，道：“付书记真是敬业，不过我可不赞成付书记的做法，身体是本钱，累垮了身体怎么工作啊？”

付成功一摆手大大咧咧地道：“南区开发，事情多得我一个头两个大，不辛苦肯定是不行的。对了，李主任来这儿要办什么事？”

李思文再次把资料册取出来递过去，说：“付书记，是这么回事……”

当着付成功的面，李思文把严文明的情况详详细细地说了一遍。

付成功脸色渐渐沉了下来，把李思文请刘正东做的鉴定证明拿到手中仔细看了一遍，顿时气得一巴掌拍在茶几上，把茶杯都震得跳了跳。

“好你个严文明，老吴……”付成功黑着脸朝吴忠良道，“吴主任，你打电话把严文明叫来，我倒要看他怎么解释！”

吴忠良还在擦汗，从李思文过来后，他的汗水几乎就没干过，听了付成功的吩咐后，一边擦汗一边拿手机拨打严文明的电话。

李思文安安静静地坐着，在笔架山村的事情上，付成功和吴忠良两人表现出了截然相反的态度，这里值得玩味的地方太多了。

第八章 出谋划策，猛虎掏心以攻代守

黄仕福等人并不知道李思文心中有数，早有准备，十万现金当时就上缴给了县纪委。他们的举报，无非是一场陷害，跳梁小丑的表演而已。关键时刻，纪委书记唐明华站出来力挺李思文，还他公正。紧跟着，唐明华又出谋划策，让李思文去抓捕征地项目的关键证人、笔架山村村主任严文明。李思文心中豁然开朗，这一招叫做猛虎掏心，只有抓住关键证人，才能化被动为主动，置对手于死地。

吴忠良打了一阵手机，抬头望着付成功和李思文道："严文明的手机打不通。"

付成功一愣，嚯一下站起身来道："走，马上去笔架山村！"

付成功风风火火的行为让人感觉他是个性子又急又直的人。到了办事处楼下的大院里，付成功问李思文："李主任，你们开什么车来的？"

李思文指了指靠边停着的英朗轿车："那辆。"

"那坐我的车，那边路烂，新建的路还有一半没有铺柏油，轿车去不了。"付成功不由分说地叫李思文坐他的车。

付成功一边说一边大步向一辆长城 H2 走过去，车子颇旧，车身沾满了泥水，看起来又脏又烂。

吴忠良偷偷瞄了瞄他那辆丰田霸道，有些心虚地对付成功道：“付书记，我也坐你的车吧。”

付成功先让李思文和谢子立坐了后排，然后上了车，吴忠良则讪讪地坐在副驾上。

付成功启动车子，把四个车窗玻璃都放了下去，一边开车一边说：“空调坏了，打开车窗吹自然空调吧，呵呵，更省油。”

付成功开车挺猛，出了城南公路，黄仕福等人盖的一片大棚就映入眼帘，这一段路还好，铺了柏油，往前一段是通往笔架山村的必经之路，坑坑洼洼，颠簸得很，付成功好像没把他的车当车，一路轰隆隆地往前开。

其实整个笔架山区不小，但真正的路只有一条，最多容纳两辆轿车并行。

村主任严文明的家坐落在村口位置最好的地方，这是一栋三层楼的洋房，正面宽达十五六米，屋侧长达二十米，这栋房子的实际占地面积超过三百平方米。

大门前还有个一两百平方的围栏地坝，建了几个花台，花台里有不少开得正旺的花。

房子从外面看装修得不错，在这个村绝对是数一数二的。

付成功把车子直接开到地坝里，一下车就大声叫道：“严文明，严文明！”

一个六七十岁的老太太颤巍巍地走出来，望着付成功道：“文明今天早上就出去了，没回家。”

吴忠良悄悄介绍道：“这是严文明的老娘。”

李思文顿时有种不好的预感：“严文明跑了！”

李思文的预感应验了。付成功通知各部门全力寻找严文明，整整两个小时依然无果，一个严重的问题摆在李思文面前，笔架山违规征地的重要人物之一，严文明失踪了！

严文明失踪的时间卡得很准。李思文仔细回忆了一下，要彻底清查严文明这桩案子的消息，还是今天早上在于清风办公室临时决定的，知道这个消息的只有他、于清风、唐明华、谢县长。于书记、唐明华、谢学会这三人的嫌疑可以排除，如此看来，应该是案子向下传达执行的过程中被内鬼泄露了。

在于书记办公室，谢县长跟他较劲那会儿，如果没有人偷听传消息出去，他二叔李广生又怎么会及时出现，举报他受贿？

于书记吩咐他放手去查城南笔架山村的土地问题，到现在才过了不到两个小时，严文明就已经逃了，要说没人通风报信，怎么可能？

笔架山村村主任严文明是这桩土地问题的关键人物。一来村子里买卖土地的协议都是经他的手完成的，村民基本上都是跟他打交道。二来严文明也是那些大商人放到明面上的代理人。严文明的作用相当于是一个承上启下的枢纽、一个扣子，抓到他，就会带出一大片相关人物，谁都跑不了。

少了他，这个案子就没有了对证，这还怎么查下去。

严文明的突然失踪，让李思文心中一动，他想起了前段时间发生的鹰嘴镇贪腐案，当时几个重要人证无巧不巧地坐在一辆车上，发生车祸。

这一手釜底抽薪，与眼前严文明的失踪何其相似。

对时机精准的把握，对人物完美的控制，难道这两个事件背后是同一伙人在操纵？李思文顿时有种不寒而栗的感觉。

回到桥头办事处后，付成功大发雷霆，通知桥头派出所协助查找严文明的下落，就差没报公安局进行网上通缉了。

李思文眼见严文明的事情注定在短时间内不会有转机，当即向付成功告辞：“付书记，严文明的事你费心了，我先回县里向领导汇报情况，你这里有情况，随时和我联系。”

“你放心，就算掘地三尺我也要把严文明挖出来。这混蛋简直把我们桥头办事处的脸丢尽了。”付成功一脸疾恶如仇。

李思文笑笑道：“付书记息怒，有些事不必急，严文明就是兔子的尾巴，长不了的！”

他说“长”字的时候，咬着字，听起来就像是“藏”。

付成功一怔，诧道：“李主任知道他藏在哪儿？”

李思文摇摇头，没有回答他的话，只是摆摆手说了一声“再见”，钻进车里，谢子立当即发动车子，准备回城。

李思文偏头看着反光镜，镜子里面，付成功那高大壮实的身躯站在那儿似乎有些出神。

转了弯，看不见桥头办事处后，谢子立才道：“李主任，今天我们算是白跑了一趟，谁能想到严文明会来这一手，不过我觉得情况有些不对……”

李思文笑道：“也不算白跑，严文明是跑了，但他这一跑不就坐实了他自身有很严重的问题吗？严文明跑是有预谋的，背后肯定有人给他通风报信，他一跑反而让跟他有关联的人坐立不安。纸，总归是包不住火的！”

听了李思文的话，谢子立似懂非懂。

李思文又笑着问谢子立：“小谢，你说感觉有些不对头，那你说说看，哪里不对头？”

谢子立讪讪一笑，一边开车一边说：“我也是瞎猜的。”

李思文摆手示意：“你只管说，说错了我不怪你。”

谢子立笑了笑道：“李主任，那我可说了。我是这么想的，我们去桥头办事处，吴主任的态度是推三阻四，但付书记却风风火火，完了事还没办成，不是很怪吗？”

李思文饶有兴趣地瞄了谢子立一眼，这小子滑头，听起来似乎是有意见，但一番话说完等于没说。

回到县委，李思文叫黄群通知全科室的人半小时后到大厅开会，他则上楼直奔于清风办公室。

于清风不在县里，李思文在他办公室门口掏出手机准备打电话，想了想又把手机收了起来。

回到办公室后，李思文问袁丽萍：“小袁，于书记去哪儿了？”

一般来说，县委书记和县长的行程安排，县委办是知道的，因为县委领导的具体事务都由县委办秘书科安排。

袁丽萍回答：“于书记去酒神窖酒厂了，酒厂那边出了点儿事，具体是什么情况我也不是很清楚。”

“我知道了。”李思文点点头。酒神窖酒厂是县里的纳税大户，那里发生一点儿风吹草动，县委都不敢大意，于清风过去也在情理之中。

李思文回到自己的办公室，陷入沉思，目前看来，自己的一系列行动都受到了对手的强烈阻击，对手步步为营，靠的是精准的情报。

这让李思文等人很被动，这个通风报信的眼中钉不拔是不行了。否则别说查案了，还得接着被人当猴耍。

这个人是谁呢？县委除了大院、办公楼外侧以及大厅有监控外，其他地方都没有监控设备，所以要想通过监控查出那个通风报信的人是行不通的，但真想找出这个人，李思文认为并不难。

严文明跑路绝对不是他个人的决定，背后定然有人为他出谋划策，甚至重金诱惑，这帮人只要出手就必然会留下蛛丝马迹，沿着这条线，不信揪不出这只老鼠。

一直到下午三点多，于清风也没回来，不过他打了一个电话给李思文。

李思文一边接听一边想，怎么这么巧？难道于书记知道自己在等他？

“于书记，我正想跟你汇报件事。”

“你的事以后再说，我先给你派个任务。”于清风似乎有急事，打断李思文的话，不由分说就给他派了任务。

李思文一怔，赶紧问道：“什么任务？”

于清风说：“你在办公室吧？马上下楼到大门口接一个叫徐芷珊的女孩，她是省城党报的记者，到我们狮子县来采访，要一周时间，她的工作和吃喝住宿问题全交给你了，这是个重要工作，你切莫打马虎眼！”

“我……于书记……”李思文怎么也没想到会是这么个任务？正想说点儿别的，于清风就挂断了电话。

李思文傻了眼，接待省城党报的记者，这个任务正好击中了李思文的软肋。以前在派出所工作，李思文不管是抓管理还是侦缉破案，都游刃有余。但一对上新闻媒体就犯怵，更不用说和记者打交道了。

记者嘛，是擅长弄笔的，李思文自忖玩不过他们，但又不能怠慢，否则，人家随便给你弄个豆腐块贴在报纸上，都能让你掉一层皮。

李思文头大，但又不得不做，只好垂头丧气地下楼。

县政府门卫老黄，此时正怡然自得地听着收音机里的音乐，声音放得很小，岗亭外边的人几乎听不清。

老黄压根儿就没注意外边的人，县委这个门卫几乎就是个摆设。

李思文走出大门，往四周看了看，大门外是一片平地，树木花草构成一片宁静的天地，一条青石路在花草的掩映下通向前方。

李思文的目光转到左前方一棵碗粗的桂花树时，顿感眼前一亮。只见一个身材高挑的女人背朝这边站着，一头齐肩乌发，一身米黄色的斑点长裙，脚下是一双白色的半高跟凉鞋，肩上则挂了个绿色女包，女人正拿着手机打电话。

李思文虽然没见到对方的脸，但瞧这白嫩嫩娇滴滴的大小姐模样，眉头就皱了起来，于书记怎么会派这么个活儿给他？自己的事已经焦头烂额了，哪还有闲心伺候省城来的千金小姐？

等那个女人打完电话，李思文才咳了一声，上前两步问道：“你好，请问是省城党报的徐芷珊徐小姐吗？”

那女人转过身来看了看李思文，不置可否地问道：“你是……”

当女子转身的一刹那，李思文顿时有种惊艳的感觉，他不是没见过漂亮女人，但这个女人身上有一种出尘脱俗的气质，令人一见难忘。

“我是县委办公室的李思文，你好。”李思文伸出手，见那女子没动静，又缩回了手，不握手更好，省得矫情。

“你就是李思文？看起来很年轻嘛，你别徐小姐徐小姐地叫，叫我徐姐吧。”那女子一边打量李思文一边随意地道。

李思文差点儿没喷出一口血来，这个徐芷珊看起来也不过二十三四，自己比她还大呢，居然要自己叫她徐姐，这脸皮也太厚了。于书记这是派的什么任务给他啊？等会儿还是把她交给袁丽萍得了，女人还得女人来应付。

“这个……小徐……”

徐姐肯定是不会叫的，不叫徐小姐也可以，干脆叫小徐吧，李思文努力在脸上堆出笑容，说：“小徐，你大老远从省城到我们这个小地方来，肯定是累了，我让我们办公室的小袁带你去县委机关招待所开个房间，先好好休息一下。”

“嗯，我办公室的小袁是个女同志，你们年龄相当，相互之间交流也比较方便，你有什么事直接跟她说就可以了，我手里还有点儿事，先失陪了。”

李思文说完这番话，顿时松了一大口气，心想，于书记交代的事，让袁丽萍上心一点也就是了，这样自己就可以腾出手追查严文明了。

“不行，你不能走！”

让李思文没料到的是，徐芷珊想都没想就一口拒绝了，她指着李思文道：“我这次下来的任务就是采访你，上面说你的思想很新颖，工作也很有一套，正好党报那边要从基层找一个榜样树立新风，所以你的工作我要参与，你行动我也要跟着。”

李思文被弄得瞠目结舌，好家伙，真要是身边有这么一个跟屁虫，那他还怎么开展工作，李思文气急败坏地道：“你……是不是有……问题啊，你要采访那也得采访于书记、谢县长他们啊，那么多领导你不采访，采访我干吗？我事儿多着呢，不行，我还是安排小袁过来……”

“我看你就是大男子主义，满脑子重男轻女的思想在作怪！”徐芷珊脸色顿时冷了下来，掏出手机说道，“我还是给于书记打个电话问问吧，问问他带的都是什么兵！”

“行行行……我同意，我同意还不行吗。”李思文见她要打于清风的电话，顿时就妥协了，于书记安排的事儿他哪能挑三拣四的？

也不知道她为什么要来采访自己，李思文抓着头发扯了一下，头疼得很！

徐芷珊双手抱胸盯着他，满眼戏谑。

李思文发觉自己有些失态，也不知道怎么搞的，他一向都很冷静，哪怕上一次成了“逃犯”他都没心乱，没想到一个女记者逼得他阵脚大乱，看来女人就是惹不起。

抬手看了看表，差不多下午四点钟了。

“小徐，那个……马上到下班时间了，你也累了，我先送你去机关招待所休息一下，明天再工作，你看怎样？”

在她手中吃了亏，李思文说话也小心了许多，既然推不掉那就随便敷衍应付几天，她愿意跟着就跟着，只要不给自己添乱就行。

“才四点呢，”徐芷珊抬手看了看表，又瞄了瞄政府大院，说，“你们还有一个多小时才下班，我先到你工作的地方参观参观，了解了解。”

李思文见她目标明确，显然是个极有主见的姑娘，得，那就带她去办公室参观一下吧。

一边走，李思文一边嘀咕，真是奇怪，自己这么个默默无闻的小角色怎么会惊动省党报？

徐芷珊一声不响地跟着上楼，李思文看她长得白净秀丽，做事雷厉风行的，似乎不是那种娇气的大小姐。

到办公室后，李思文拍了拍手招呼大家：“大家都过来一下！”

黄群、袁丽萍、谢子立三个人都放下手中的活儿抬头望着李思文，看到他旁边站着的徐芷珊时，都不禁眼前一亮：好漂亮的人儿！

李思文开口道：“我来介绍一下，这位是从省城来的党报记者徐芷珊。小徐从今天开始要在我们这儿调研采访一个星期，大家要配合小徐的工作……”

虽然徐芷珊说是采访他的，但李思文话还是说得宽一些，能推则推，又瞄了瞄袁丽萍道：“小袁，你这一周就专门负责小徐的日常生活食宿问题。”

袁丽萍当即站起身来向徐芷珊伸手道：“小徐，你好，我是袁丽萍，县委办工作人员。”

徐芷珊跟她握了握手，笑吟吟地说：“袁姐你好！”

李思文听她叫袁姐，心里暗暗哼了哼，徐芷珊故意找他的茬吧？到他这里要叫徐姐，这会儿却主动称呼袁丽萍为袁姐，真是……

不过也好，如果她跟袁丽萍能融洽相处的话，自己可就省了大麻烦了。

徐芷珊说话行事倒是跟她娇俏的外表不一样，没几句话的工夫，就和几人熟络了，仿佛多年的老同事一般，这也让李思文对她高看了一眼。

李思文见徐芷珊被拖住了，就悄悄溜回了自己的办公室。

李思文将今天发生的事，理顺了一遍。首先是严文明这件事，要继续跟进下，看看派出所是否能查到什么消息，如果派出所查访无果，就要报县公安局处理了。李思文对此不报什么希望，以严文明背后那帮人的能量，显然不会轻易露出马脚，想抓严文明，难。

李思文忽然想到今天上午来举报他的二叔李广生。

李广生可是他的亲堂叔，他跟父亲可是堂兄弟啊，有这么亲的血缘关系的二叔为什么会来害他？

这背后肯定是有惊人的利益纠葛，否则从小对他亲善有加的二叔不会下这个狠手。

这么看来，二叔多半是跟黄仕福、罗杰等人牵扯甚深。深到他亲自出面为黄仕福当说客，深到他亲手塞下十万块钱，为自己侄儿埋下定时炸弹，更不惜当面举报自己，这分明是和自己彻底撕破脸，豁出去的节奏。

所谓杀敌一千，自损八百，李广生就算害了李思文，他自己也犯了行贿罪，难逃干系，他家大业大，如果不是迫不得已绝不可能把自己往牢里送！

二叔今天在县长办公室举报他之后，已经被县检察机关立案带走，人暂时拘留在看守所，他早上为严文明的事忙的脚不沾地，现在才想起来。

想到这里，李思文一拍大腿，自言自语道："二叔李广生这么重要的一个突破口，我居然忘了。"

一旦李广生开口，必然能给严文明的案子带来曙光。李思文思路清晰之后，精神一振，当即准备去看守所。

李思文刚拉开办公室的门，就看到徐芷珊在大厅里正跟袁丽萍、黄群聊得高兴。李思文顿时一阵头疼，去看守所，要躲开她才行，但是办公室就一个出口，没有后门，想出去必须通过办公大厅。

不能自乱阵脚！

李思文拿了个空纸杯，慢慢走到饮水机那儿接了小半杯水，眼见几个人没注意他，这才悄悄贴着门缝溜了出去。

一出办公大厅，李思文立马健步如飞，跑到楼下，才发现自己背心透凉，竟然被汗水湿透了。

李思文不禁哑然失笑，自己这是怕什么？搞得跟做贼一样，若是被同事看到，这脸可就丢尽了。

第九章　内贼难防，一波未平一波又起

公安局副局长刘正东和李思文亦师亦友，他一直觉得公安局有内贼，和利益集团暗中勾结，严文明先是闻风而逃，事后又突然自首，好像踩着鼓点起舞，正好印证了这点。刘正东正寻思着提醒李思文，不料消息传来，说李思文独自一人赶去处理酒神窖酒厂职工聚众闹事，正和歹徒搏斗。刘正东立即赶往现场，发现李思文已经倒在了血泊中。

看守所在县城西包子山上，包子山其实并不算是山，只是一座比城区高两百米的大土包，形似包子，所以叫包子山。东南西三面是坡度达七十度的斜坡，只有北面一条盘绕上去的公路。

李思文打车到看守所大门前，看守所厚重的大铁门足有数米高，此时大门紧闭，延伸过去的两排院墙将整个看守所包围得严严实实。

唯一有门的地方是铁门左侧的门卫室，墙壁上还有个窗口。

李思文付了车钱才一转身，迎面就来了一个眼神闪烁的中年男子，他穿着极为普通，一张方脸，挨近他低声说："兄弟，是不是想捞人？我有关系，帮你捞人怎么样？不成功不收钱。"

"不用！"李思文摇头拒绝，径直走到门卫窗口那儿，里面有个五十岁左右的老头抽着烟看报纸。

“大叔，你给通报一下，我要见一下李广生。”

听到李思文的话，老头瞄了他一眼，见不是熟人，不咸不淡地说道：“笑话，这是什么地方？你说见就见啊？”

李思文把自己的工作证取出来递进窗口，说：“我是县委办的工作人员，这是我的工作证。”

“县委办的？”老头一怔，赶紧把报纸推到角落，烟也扔进桌子底下，双手把李思文的工作证接到手中。

如果是普通人，他可以随心情，想理就理，不想理就不理，但县委办公室可是上级机关，别说他这个门卫，就是看守所所长也不敢怠慢。

看李思文年轻，门卫老头估计他就是个普通的工作人员，客气是要的，但也不必过分谦恭。

接过工作证，门卫老头看见上面的名字是“李思文”，职务是“县委办公室副主任”，还有鲜红的公章印。

“县委办公室副主任？”门卫老头嘴里念叨了一下，忽然一怔，刷地一下站得笔直道，“李……李副主任，您……您好，我……我马上给值班领导打电话。”

原以为是个普通工作人员，没想到是个副主任，也不知道副主任是个什么官儿，但只要是个官儿，他都不敢怠慢，要赶紧报告给值班领导，由领导处理。

李思文背着手没答话，任由门卫老头打电话报告。

“嗯，嗯……好，好……”

老头一边点头，一边嗯嗯答应，好一会儿才放下电话，再看向李思文，眼神颇为古怪，吞吞吐吐地道：“李……李副主任，我们值班领导说……说……”

李思文盯着他沉声问道：“说什么？”

从老头这个表情来看，李思文就知道有问题。

果然，老头回答说："值班领导说李广生的问题很敏感，县里主管领导发过话，没有他的亲笔签名，谁都不能见李广生。"

李思文眯着眼睛，脸色沉了下来，半晌才问他："是哪个主管领导发的话?"

老头马上说道："值班领导刚刚说了，说是县政法委陈书记下的命令。"

原来是陈正治下的命令，陈正治是管公检法这条线的领导，控制关键人物也是他的权力，别人也无话可说。

"大叔，你再找值班领导汇报一下，我确实有紧急情况要见一下李广生。"

门卫老头苦着脸道："李副主任，您不能难为我这个小角色啊，我……我实在没办法，领导吩咐的我们只能无条件照办，真出了什么情况，他不会去找你，他只会找我啊!"

老头这话说得很明白，你们张飞打岳飞打得满天飞，他一个小人物可禁不起这样折腾。

李思文沉吟了一下点头道："也好，那这样吧，我给陈书记打个电话让他批准，这样可以吧?"

"可以可以，只要领导发话，领导有话下来了怎么样都行。"

李思文当然不会跟个门卫老头较劲，当即拿出手机找刘正东要了陈正治的手机号，拨打过去。

门卫老头一直盯着李思文。

电话拨出去了，居然显示对方处于关机状态，打不通陈正治的电话，李思文顿时头疼了。眼看天色将晚，到了下班时间，陈正治关机也属正常，也可能是他手机没电了。

李思文沉吟了一会儿，又对门卫老头说道："陈书记手机打不通，这样吧，我打给县委于书记，让于书记给个话，以后陈书记问起来你们也不为难。"

"那可不行!"门卫老头一口就回绝了，他就认死理，粗着脖子说："李副主任，值班领导吩咐过，没有陈书记的命令，谁都不能松这个口，我就是个门卫，我就传个话而已。李副主任，您……您还是跟领导说去吧。"

李思文有种牙痒痒的感觉，门卫老头死不松口，自己还真无可奈何。这还真是老鼠拉乌龟，无处下手了。李思文又好气又好笑，县委书记都不行，非得认陈正治这个政法委书记，真是县官不如现管啊!

反过来一想，李思文心里隐约明白，对方说不定之前就打通了陈正治，陈正治故意关机，就是要让自己找不着他，看来今天这个闭门羹是吃定了!

姜还是老的辣!

李思文想起他开除曾美丽的事，陈正治大义凛然的表现背后定然恼怒于心，这次见李广生碰壁，显然是他的回击。

李广生今天见不了，他可以明天见，你陈正治还能天天拦着不成，但是陈正治的真正用意显然不这么简单。

他这是给李思文一个信号，你李思文再锐气冲天，他陈正治也不是一团任你拿捏的泥巴，在狮子县，陈正治是他李思文翻不过的一座山!

"厉害!"

李思文暗暗吐了口气，陈正治算是给他上了一课，看来他要学的还很多，今天肯定得无功而返了。

说来也邪了，今天就没有顺遂的事，查严文明，对方跑了，见李广生又见不到，李思文感觉自己好似被困在一张网里，不管自己如何努力折腾，也挣不开这张网。

从看守所往回走，李思文想了很多，按理说，他应该对陈正治恨得咬牙切齿，不过很奇怪，他心里虽然不舒服，但却越发平静。

这样的阻击，反而更激发出他的斗志，都说失败是成功之母，说起来他还要感激陈正治给他上的这一课，最近一段时间，李思文连续狂飙突进，让他自信心多少有些膨胀，如今被一棒打下来，醒的正是时候。

一个人做事不是说有勇气、有斗志就行。这个社会到处是陷阱，他年轻气盛、一腔热血，干的还都是断人财路的事，对手不跟他死拼到底才怪。

在这种双方角力的关键时刻，自己更要保持冷静的头脑、缜密的思维，尽可能考虑周到，这不是畏惧，不是怕事，而是做到未雨绸缪，这样才能在出手的时候一击致命，不给对手任何反扑的机会。

试想当初二叔在烟里塞钱，如果自己不多长一个心眼，现在会怎样？

想到这里，李思文额头渗出了冷汗。

第二天早上醒来，李思文发现自己竟然躺在沙发上，昨晚想着事情在沙发上睡着了，看看时间，才六点半。李思文换了一件干净的白衬衫，这才去洗脸刷牙，出门时才七点。

一开门，李思文一眼看到门口站了一个人，那人背对房门，李思文吓了一跳："谁？"

"李大主任，嗯，好大的架子啊！"

那人转过身来一脸冷笑，居然是徐芷珊！

"你怎么这么早？你……怎么知道我住的地方？"

徐芷珊继续冷笑："要知道你住的地方很难吗？县里随便一问就知道了，李主任，我倒想问一问，县委办主任都像你一样喜欢撒谎吗？"

李思文知道她的意思，苦笑道："徐小姐，这么说有些重了吧？昨天我确实有点儿急事，而且我觉得我去的地方不适合你这个娇滴滴的女孩儿……"

"打住！"徐芷珊一摆手，哼了哼道，"什么叫'娇滴滴'？长得漂亮就‘娇滴滴’了？脸是爹妈给的，性格才是自己的，李主任，拜托你不要以脸看人，我当过兵，练过拳，更干过农活，你别总是瞧不起女人，男人能做的事情我没有什么做不来的！”

李思文被徐芷珊一顿反呛弄得没了声音，看她一副白富美的外形，没想到还当过兵干过农活？

徐芷珊见李思文一脸无辜，又说道：“还有，李大主任，你可以继续把我甩开行动，不过我可告诉你，我也就这么几天时间采访工作，我也不给你抹黑，回去后就照实写。采访的几天中，李大主任经常秘密行动，不敢让我跟着，我看到的只是办公室里的李主任，至于外边的李主任什么样，干了什么事，我也不知道……”

李思文一听头就大了，徐芷珊倒不是恐吓他，记者可真不能得罪，本来没什么事，她这么一写可就坏事了。

“小徐……行，我保证从今天，从现在开始，我工作时间不再丢开你，这样行不？”李思文赶紧投降，这个徐芷珊跟他想象的花瓶不一样，行事说话更像个男人，还是别得罪她了，反正也就几天时间。

到楼下后，李思文指着前边说：“徐……小徐，前边有个早餐店，我们去吃点儿东西再到县委，县委食堂不供应早餐。”

“行！”

徐芷珊回答得很爽快。

早餐店人很多，很嘈杂，李思文见角落里还有两个位置，赶紧招呼徐芷珊过去：“小徐，这边。”

徐芷珊今天穿了一身牛仔服，很干练，只是她白皙的皮肤和俏丽的容貌与这个拥挤的早餐店格格不入，不过她倒没有半分不适，挤过去坐到李思文对面。

李思文不理会她习不习惯，她自己要求的，那就让她体验一下自己的生活。

“老板，两份小笼包，四根油条，两份豆浆。”

李思文按自己的分量叫了两份，徐芷珊也没反对，等服务员端过来后，她很熟练地取了卫生筷夹了包子咬了一口，喝了一口豆浆。

李思文见不少人都在偷瞄徐芷珊，心想这女孩倒是自在得很，倒真像是过惯了这种生活的，看来省城的生活跟咱狮子县也差不多，她也是吃包子油条、喝豆浆长大的啊。

到县政府大楼时才八点钟，李思文跟早来的同事点头打招呼，走进政府办公大厅时见袁丽萍慌乱地走出来，一见他就说道：“李……李主任，出事了……”

“出什么事了？你慢慢说！”李思文心里咯噔一下，有种不好的预感。

袁丽萍捂着胸口喘了几口气才说：“酒神窖酒厂那边出事了，说是有员工堵大门，包围了办公楼，还发生了冲突，有人受伤……”

李思文原来是做警察的，当然知道这种群体事件最容易造成严重后果，表情顿时严肃起来，点点头问她：“县里呢，你给于书记和谢县长汇报过了吗？”

袁丽萍回答：“当然汇报了，不过于书记不在县里，他昨晚回来后就连夜赶往北川了，谢县长和唐书记、张书记、陈书记他们都到獾子岭镇搞巡检去了，短时间赶不回来。”

李思文脑袋嗡的一声，事情严重了！他知道谢县长和唐明华他们最近都在为巡查全县做准备，獾子岭镇是狮子县最偏远最穷的镇，唐明华等人下去，是想拿这个镇做试点和范本。好为后面真正的巡视组成立提供依据。从獾子岭镇开车来回，最少要四个小时，在这个节骨眼上，可谓是鞭长莫及。

袁丽萍又说道：“李主任，县里就只有管文教的梁副县长在，但他最近身体不是很好，不方便下去。于书记叫我找你，说是让你全权处理，他马上从北川往回赶！”

从袁丽萍的话里李思文能感觉到于清风很重视这件事，他点点头，深吸一口气，对袁丽萍道：“小袁，我马上去酒神窖酒厂，你打电话通知县公安局那边，调动能调集到的所有警力往酒厂那边赶，不过要说明，警力赶过去是为了防止有暴力事件发生，不是去镇压的，他们面对的不是暴徒和罪犯，而是手无寸铁的百姓，总之，一切行动听指挥，不允许擅自行动！”

“我知道了，马上办！”袁丽萍一边回答一边递了车钥匙给李思文，“这是车钥匙。”

袁丽萍心思细腻，知道李思文马上要赶往酒神窖酒厂，提早把车钥匙准备好了。

把车钥匙塞到李思文手中时，袁丽萍又叮嘱了一句：“李主任，你要小心，注意安全！”

李思文点点头，瞄了眼一直没吭声的徐芷珊，又对袁丽萍说：“小袁，你负责招待小徐，这是我交给你的新任务。”

徐芷珊拧着头当即拒绝道：“不行，我要跟你去酒厂那边，才说好了不甩开我，你又出尔反尔了？”

李思文有些恼火，沉着脸低声道：“徐小姐，我是主你是客，俗话说客随主便，我怎么安排你就怎么来，我现在没空陪你扯，那采访你爱咋写就咋写，随你便！”

说完摆摆手，李思文直奔停车处，拉开车门坐上去，还没插钥匙发动，就见另一边车门被打开，徐芷珊钻进来坐下，沉着脸儿自己系了安全带。

这姑娘怎么跟狗皮膏药一样，还黏上了。李思文皱着眉头，很想把她撵下去，但见徐芷珊一脸挑衅地看着自己，想想还是算了，没时间跟她争吵，启动车子出发。

“徐芷珊，我告诉你，到了酒厂那边你给我老老实实地待在车子里，不要出来，否则我对你不客气！”李思文奈何不了她，也没时间跟她解释，只好一边开车一边说道。

徐芷珊哼哼着：“做你的事吧，别一天到晚尽表现你的大男子主义，我不是千金小姐，更不是温室里的花，我知道怎么保护自己！”

李思文懒得理她，一边开车，一边调出脑子里关于酒神窖酒厂的资料。作为县委办副主任，李思文上任这段时间，还真下了一番工夫，把狮子县上上下下的资料都看了一遍。

酒神窖酒厂在狮子县尤其重要，李思文当初重点研究了一番。

酒神窖酒厂是企业资本缺乏的狮子县最大的国有企业，年纳税金额最高达到一亿五千万，员工最多时有八千人。上下游间接影响的产业人员达数万，尤其是对小麦、玉米、大米的需求量大，是狮子县最大的经济支柱，几乎占据了狮子县财政税收总收入的三分之一，所以酒神窖酒厂的地位远非一般企业可比。

酒厂是县直辖企业，厂党委书记和厂长的地位甚至比狮子县各乡镇一二把手的级别还要高一些。

但近些年，酒神窖酒厂业绩一直在下滑，各种问题不断显现，酒厂虽然每年向县里交纳了数千万的税收，但县财政反而要倒贴给酒厂过亿的财政补贴，酒神窖酒厂从经济支柱变成了经济包袱，县政府想扔都扔不掉，既不能扔，也不敢扔。

酒厂上下涉及太多人的饭碗，县政府在没有一个好的解决方案之前，不敢轻举妄动。反过来，几万人的吃穿问题也让县里每一届领导背负着沉重的压力，因此，针对酒厂的问题，最好的方法就是“保持”和“继续”，于清风也不例外。

酒神窖酒厂位于县城东侧，前些年酒厂最兴旺的时候曾花巨资修建了一个豪华气派的大门，这个气派的大门也一度成为狮子县的地域标志。

李思文开车赶到酒厂时，远远就瞧见古铜色的酒厂大门前一片黑压压的人。他靠边停车，下车的时候表情极为严肃地对徐芷珊说："小徐，你就在车里待着别动，一切等我办完事回来再说!"

徐芷珊默不作声，李思文只当她是嘴硬心怯，心里其实已默许了。

李思文一边走一边掏出手机给刘正东拨了个电话，请他立即组织人手赶往酒神窖酒厂，这种事情若是被有心人找借口拖一拖，事情就彻底失控了。没有人帮忙维持秩序，李思文再有能耐也是白搭。目前县公安局里，除了刘正东和鹰嘴镇派出所的下属，别人他还真不放心。

门口堵着三四百人，李思文打完电话后，一头扎进了人堆。靠近大门口他才发现，这里并排停放着四辆轿车，将大门堵得严严实实的，只有几个刚好容单人通过的通道。

周围嘈杂哄乱，李思文从厂大门的缝隙中钻进去，里面人更多，至少有一千多人，把厂办公楼大门口堵得水泄不通，有人甚至还扔东西砸玻璃，场面几欲失控！看到这种场面，李思文的心顿时沉了下去，这么多人，一旦失控，后果不堪设想。

越是关键时刻，越是要保持冷静，李思文在心里不断提醒自己，同时也在进行分析，这么多人围堵，必定有人挑头和组织，找出这些人，恶化的局势才能得到遏制。

带头人在哪里呢?

乱哄哄的人群中，李思文发挥当侦察兵时的本事，仔细观察周围，他注意到，大部分人情绪虽然激动，但只是吵闹嚷嚷，只有最前面的十来个人，不但喊的声最大，而且还动手砸门砸玻璃。

这十几个人眼光闪烁，犹如毒蛇一般阴冷。

"反对裁员……反对下岗，反对巡视组入驻酒厂……"

李思文听着周围人群的呐喊，发现绝大多数人都是喊"反对裁员"，只有最前面那些打砸发狠的十几个人叫喊着"反对巡视组入驻酒厂"，李思文心中豁然开朗，很明显，这是某些别有用心的人打着反对裁员的口号，煽动酒厂工人聚众闹事，为的却是阻挠巡视组来酒厂。

李思文前两天就听于书记说过，要对县里的国企进行改革，要政企分离，如果不改革，企业的积极性和自主性得不到发挥，无法适应市场的需求，还会拖累地方政府，成为政府的沉重负担。并不是说县政府不理会百姓的死活，而是要正确引导企业良性发展，靠国家扶贫补贴维生的企业就跟家里养的好吃懒做的大少爷一样，有多少家产都能败光，也永远不会有出息！

酒厂破而不倒就等于养了一个大少爷，不事生产不说，还要你好吃好喝供着。要说裁员，难道还能比改革开放初期更难？这些人之所以如此激烈地反对，根源只有一个，那就是改革触到了酒厂那群吸血蛀虫的利益，动了他们早已分配好的奶酪。

酒神窖酒厂已经到了不得不改、不得不动的地步。不改，企业将带着数万员工一起滑向万丈深渊。政府可以抛出绳子拉着酒厂，但恶果已经显现了，政府的补贴不过起到一个延缓作用，随着酒厂亏损加剧，政府也到了不堪重负的地步，若还是不闻不问，那最后的结果就是，吸血蛀虫肥得嗷嗷叫，政府却要和酒厂一起被葬送。

说到底，改革，就是同既得利益团体的斗争。

反对巡视组？你行得正，内心坦荡，怕什么巡视组。李思文是狮子县人，酒神窖酒厂的事他耳熟能详，多少知道一些酒厂衰败的内幕。都说酒厂里有大蛀虫，侵吞国有资产已经到了肆无忌惮的地步。

有这么一群蛀虫在，酒厂就算是有再多资金投入，那也填不满这个无底洞。

由于巡视组人手不够，加上酒厂本身庞大，人员繁多，因此于清风为了啃这块最硬的骨头，已经做好了打持久战的准备，他打算分批安排巡视组入驻，逐步对酒厂进行巡视、检查，第一批人员只有三四个，大多是由县纪委的干事组成，主要职责是进行账目审查。酒厂这边表现的如同惊弓之鸟，加上自己根子上本来就不干净，因此就想给进驻酒厂的审查人员一个下马威。

若能吓退巡查人员当然最好，吓不退的话，也要设下层层阻碍，总之，酒厂的利益是我的，谁都别来动，你好我好大家好。

这帮人也都是聪明人，自己当然不会出头。因此就变着法组织人煽动职工，打的口号是反对裁员。

酒神窖酒厂虽然连年亏损，但目前的在职员工依然有四千多人，一大半都是闲着的，这些人每个月领取几百元生活补助金，厂子欠的薪水最短的都达到三个月以上。有钱拿，还不用干活，虽然钱少点儿，但也能生活。现在突然传出政府要无偿裁员，一裁就是三分之二，还要连以前欠的薪水都一笔划掉，这下将职工心里的火点燃了，再加上有心人煽风点火，酒神窖酒厂顿时陷入层层包围。

由于时间较早，酒厂还未到正式上班时间，酒厂安排的工作人员和巡视组的审查人员都在办公楼里，闹事的人包围办公楼后，又是砸又是闹，吓得楼里的人紧闭大门不敢动，意识到情况严重的他们赶紧报警，向县里汇报，李思文就是得到汇报后才赶过来的。

办公楼是三层，下面带头闹事的不停地把石头、瓶子往楼上砸，里面不时传出尖叫声，闹事的人当中有一个穿花衬衫的年轻人大声叫嚷着：“砸，砸死他们，裁员不说还要连我们的工资都给吞了，天理何在……”

他这么一带头，旁边的同伙也跟着起哄，围堵的人群情绪也逐渐被煽动起来。

眼看着楼层大门快被砸开了，李思文额头上的汗都冒出来了，要是真给他们撞开门，成百上千的人潮水般拥进去，那里边几个人不被打死也得被踩死，到那时，可就真的无法收拾了。不行，他得赶紧想办法制止事态进一步发展。

但是这种几乎失控的状况，凭他一个人的力量怎么阻止得了？

刘正东和他的人最快也要十来分钟才能赶到，可眼下哪里等得了十几分钟。

“咣，咣，咣……”领头的两个人不知道从哪里弄来一把大铁锤，使劲砸起大门来。这帮人还真是丧心病狂，这是唯恐酒厂的事闹得不够大啊！闹得越大，县里就越要投鼠忌器，他们也就越安全。还真是打的一手好算盘，为了一点私利，连人命都罔顾。

人命关天，李思文一咬牙，也顾不得能不能阻止得了，他一边往人群前面挤，一边大声喊道：“大家听我说……大家听我说……”

尽管李思文的声音很大，却被淹没在哄乱的人流中，根本没人注意到他。

想着即将发生的惨剧，李思文再也无法保持冷静，但越着急越想不出办法。

正着急，背后有人戳了戳他的腰，回头一看，竟然是徐芷珊，李思文不禁恼了起来：“不是叫你留在车里吗？你来凑什么热闹？出了事谁负责？”

徐芷珊没好气地往他手里塞了个东西，说：“拿着这个，你管好自己就行了，谁要你负责？”

李思文没工夫跟她发火，看塞给他的竟然是一套微型的扩音器。一怔之下当即醒悟，这东西简便易携，还能录音，是记者必备的工具。

“你赶紧到大门外边去，等我办完事再找你算账！”毫不客气地拿了人家的东西，但对徐芷珊还是得严厉呵斥，得把她骂出去，这里太危险。

扭头转身，李思文把微型扩音喇叭挂在皮带上，然后把耳麦戴在头上，扭开开关，大声喝道：“大家停下来，听我说，大家听我说！”

吵嚷的人群中忽然冒出一个电子喇叭声音，显得很刺耳，喧闹的人群安静了下来，无数双眼睛盯着李思文。

李思文一见喇叭管用，更不迟疑，又大声叫道：“大家千万不要被别有居心的人煽动，我是县委办公室的主任李思文，我可以负责任地表个态，县委绝对不会无端裁员，也绝不会克扣大家的工资。县委派驻审查人员来酒厂，是为了查酒厂方面的问题，巡视组是来查贪污腐败的，不是来裁员的，谁有问题就查谁，谁有问题才会害怕，大家都是普通工人，靠工作靠力气吃饭，你们有问题吗？你们害怕吗？”

……

人群安静了一会儿，忽然有一个人叫了起来：“我们没问题，我们不害怕！”

李思文大声道：“那就对了，你们没问题跟着闹什么事？你们知道不知道？这样闹是会出大问题的，是违法的，因为某些人的不良用心去坐牢，你们觉得值得吗？”

人群很静，可以看到他们都在思索李思文这番话。

“我靠你妹的，你一个毛头小子充什么县委办公室主任，你要是主任老子还是县委书记呢，妈的，兄弟们，打他……”

正当李思文以为局势得到控制的时候，他身后那几个砸门的人中，跳出一个精壮汉子，抡起铁锤就往他身上砸，这一锤子要是砸中了，李思文不死也要落个伤残。

李思文可是侦察兵出身，就算当了警察，本领也没扔下。他一闪躲开，一伸手就扭住了那个人的手腕，用劲一扭，那人“啊哟”一声惨叫，铁锤脱手掉落。

李思文懂得擒贼先擒王的道理，这个人第一时间站出来，显然是个头儿，不把他制服，他必然会再生事端。

那人二十七八岁，一头染色的黄毛，抡锤胳膊上的刺青相当显眼，此刻被李思文扭着手动弹不得，一边呼疼，一边朝他的同伙大嚷道：“皮蛋，二毛，都他妈的给我上，锤死这小子……”

这一伙领头闹事的人大概有十二三个，李思文看动作和表情就能认出来，黄毛一叫唤，当即就有三四个人喊叫着冲了上来。

李思文无所惧，别看这伙人人数不少，但都是一群乌合之众，他冲上去连踢两脚，正中两人的胯下要害，那两个人顿时惨叫着捂裆滚倒在地，另外两个人从后面扑上来，一人搂腰，一人卡住他脖子，李思文瞬间感觉压力大增。尽管如此，他依然死命按着黄毛，扭动中，只听到黄毛惨叫不停，动作越大，黄毛越痛，右手手腕几乎要被扭断了。

围观的人群抱着两不相帮的态度，一旦李思文被黄毛那帮人打倒，那眼下好不容易稳定的局面，还会再次失控。

李思文很清楚，黄毛是头儿，死都不能松开对他的控制。

就在几人纠缠之际，背后搂他的两个人忽然痛哼着放开了手。

李思文感觉脖子一松，当即站直了身子，一脚踢在黄毛小腿弯处，黄毛扑腾一声跪伏在地，彻底失去了反抗能力。

彻底制住了黄毛后，李思文才有空抬头看，这一看顿时傻眼了，刚刚帮忙的竟然是那个娇滴滴的美女记者徐芷珊，只见她几腿就踢翻了靠近她的两个男子，那动作还真不是花拳绣腿。

黄毛眼见形势不利，忍痛大声叫道："大伙儿上……上啊，打死这王八蛋，大家不要被他骗了啊，骗鬼啊，哪有这么年轻就当县委办主任的？这家伙就是县里哪个副书记的儿子，这女人就是他相好的，哎呀……痛啊……两口子来害人啊，他家床下的箱子里都是整箱整箱的钱……啊哟……"

一番瞎嚷嚷下，围观的人群还真迷糊了。第一，李思文确实太年轻。第二，徐芷珊确实漂亮，在普通人心里，漂亮女人配的不是有钱人就是当官的。第三，黄毛说他们家床下全是钱箱子，不管这消息真假，反正老百姓最恨的就是贪官污吏。黄毛一叫嚷，又把人群的情绪给挑起来了。

李思文扭着黄毛大声吼道："大家不要听他胡说，警察马上就到，希望大家不要做违法的事。我是不是县委办主任其实很好鉴定，大家有手机，可以马上上县委宣传网查一下就清楚了。第二，这位漂亮的姑娘不是我相好，她是省党报的记者徐芷珊。第三，我住的地方在老干部小区的16栋3楼二号房，随时欢迎大家前去查看我的房子。”

李思文主动交底的话极有针对性，哄乱的人群又安静下来。眼看事态有好转的迹象，李思文正要松口气。

“小心……”徐芷珊一声惊呼扑了过来，黄毛的手下见煽风点火不管用，当即凶性爆发，两个拎着钢管的家伙朝李思文劈头盖脸地打了过来。

徐芷珊隔了两三米，想救援已经来不及，好在李思文警觉，关键时刻头一偏，这一钢管没砸到头上，却砸到了他左肩，骨头顿时发出“咔嚓”一声响。李思文左肩就失去了知觉，但他右手仍然死死抓着黄毛，半点儿松开的意思都没有。

这时另一人拿着钢管也砸了过来，徐芷珊见李思文情势危急，奋不顾身地扑过来挡在他前面。

李思文看那人恶狠狠一钢管打下来，这一下要是打实了，徐芷珊不死也要重伤。仓促间，李思文来不及多想，松开控制黄毛的右手，一把将徐芷珊推到另一边，右胳膊下意识地抬起护着脑袋，那人一钢管打下来，李思文的右胳膊尽管承受了大部分力量，但钢管仍然砸在他额头上。

“扑……”李思文感觉脑袋嗡的一声，鲜血顿时奔涌而出。

鲜血顺着额头流下来，李思文踉跄了两步，感觉眼前一片模糊的红色，他的脑子反而更清醒了，他站稳身体，大声叫道：“大家不要被他们煽动，杀人是要偿命的，千万不能以身试法，我保证，县政府会给大家一个合理的交代！”

李思文说这话时，额头鲜血直涌，身上的白衬衫几乎被染成红色，这副惨烈的模样，连那两个拿钢管打人的也被吓到了，再怎么说，打死人可是要坐牢偿命的！

徐芷珊也被吓呆了，她慌张地伸手捂着李思文冒血的额头，但怎么也捂不住，她用抖颤的声音朝四周喊着："救……救人啊……"

李思文反倒越发冷静，对徐芷珊道："我没事。"

就在这时，外边传来警车的呼啸声，有人当即大声叫道："警察来了，快跑!"

听说警察来了，黄毛等人顿时慌乱起来，他们扔掉手里的东西就要逃。

"留下!"李思文下意识地抓着黄毛，只是此时左手完全使不出力了。

黄毛冲着他恶狠狠地喝道："放手……不然我弄死你……"

李思文当然不会放开，黄毛扬拳擂向他的脸，徐芷珊也不知道几时捡了一根棍子，黄毛手才伸出，就挨了结实的一棍子，当即就把他的手给打断了，黄毛顿时惨叫连天!

李思文模糊的视线中，看到人群中身穿警服的刘正东正奋力往这边冲过来，顿时松了一口气。先前的一番搏斗，加上流血过多，早就耗光了李思文的力气，眼看着刘正东来了，李思文顿时赶到一阵眩晕袭来，身体软倒下去，在晕倒的刹那，他听到惊急的徐芷珊和震怒的刘正东的声音。

"快……快救人……"

"马上送医院，李思文要有一点问题你们就不要回来见我……"

李思文感觉自己像是睡了好长好长的一觉，怎么也醒不过来，他觉得好困，好想一直睡下去。

但脑中有另一个声音告诉他：不能再睡了，他要工作，有很重要的工作!

长长地呼出一口气，李思文终于醒了过来。

睁开眼，眼前是一片白色，刺目的白让李思文的眼睛很不适应，他眯了一会儿又睁开，如此反复，直到眼睛彻底适应了眼前的光线。

这是一间单人病房，病房里除了他再无别人，旁边的桌子上放了好几篮鲜花，难怪房间里有一股花的香味。

张了张嘴，喉咙有些哑，说话有些费力。

直到这时，李思文才渐渐回想起之前发生的事，他不是在酒神窖酒厂那儿吗？当时酒厂的情况十分紧急，好在刘正东带着警察及时赶到。不知酒厂现在怎样了？徐芷珊有没有事？

头上动一动还是感觉疼，李思文有些着急，窗外的光线这么强，估计都到中午了，记得他们去酒厂的时候还是早上。

"医……生……"

好不容易才唤了一声，正好门开了，进来一个护士，手里端着药瓶，她一眼看到睁开眼的李思文，怔了怔，随即欣喜地转身跑出去，一边跑一边叫："他……他醒了，他醒了……"

李思文有些好笑，护士小姐，能不能不要那么激动，先让我问一下情况好不好？

很快房间里就进来一批人，走在最前面的是个五十来岁的男医生，脸有些圆，戴着副眼镜，后面跟了一串人，有医生，有戴了口罩的护士，其中有一个没戴口罩的护士，眉毛细细弯弯，正是刚才进来又跑出去的女护士。

医生胸前戴着胸牌，上面写着"住院部外科主任医师周治华"。

周治华医生检查了一下，然后才问他："你知道这是哪里吗？"

"医院。"

"你记得你的名字吗？"

"李思文。"

"你记得你的工作职务吗？"

"县委办公室副主任。"

周医生点点头，露出笑容道："看来你恢复得不错，进来的时候你有几个症状比较严重，一是有脑震荡症状，二是失血过多，三是左肩骨裂，影响到神经系统，目前看来你的情况还不错。我是你的主治医生周治华。"

李思文点了点头问道："周医生，谢谢了，我想……想问一下……"

周治华摇摇头道："你有事就问护士吧，我得跟院长汇报一下你的情况。你进来的时候，县委领导给院长下了死命令，院长又给我们下了死命令，治不好你都不能回去，还调请了省院的脑外科专家。现在终于可以松一口气了。"

李思文一阵脸红，不至于搞这么大动静吧？

周治华出去后，留了一个副主任医生继续给他检查。

李思文瞄了瞄旁边的女护士，低声问她："护士小姐，我想问……问你个事……"

那护士凑上前来低声回应："什么事啊？"

"我想问个人……"李思文左右看了看，有些说不出口，"一个女孩子，看起来温柔，但实际很凶……"

那护士低声笑着，等医生检查后才说："你是说这位小姐吗？"

李思文一怔，见护士往旁边让开了些，露出身后的人，表情似笑非笑，不是徐芷珊又是谁？

李思文难得脸红了一下，刚刚明明没看到她，怎么躲在后面？

等医生护士折腾完都出去后，病房里只剩下他们两个人了，李思文才看向徐芷珊，见她上上下下完好无损才松了一口气。

徐芷珊哼了哼，说："你这是什么表情？是不是觉得你救了我我就得感激涕零？"

"那倒不是。"李思文马上否认，"其实是你先救我的。你是省城来的记者，于书记安排我招待好你，要是你出了什么问题我怎么跟于书记交代？你没事我就放心了！”

徐芷珊撇了撇嘴：“假惺惺！”

“哈哈……哎哟……”李思文笑了一声，不想牵动了哪里的伤，痛得叫了一声。

徐芷珊哼道：“做了手术，睡了三天才醒过来，你能不能消停点？”

“我睡……睡了三天？”李思文呆了呆，感觉像是早上的事儿呢，怎么就昏迷了三天？

“别那么激动，你别问，我告诉你。”徐芷珊虽然表情冷冷的，却猜到了李思文的心思，“酒厂那边没事了，县公安局抓了十六个滋事人员，目前还在审查中。于书记从北川赶回来开了几次会，有什么决定我不知道，我跟你一样在医院待了三天！”

说完这些话，徐芷珊似乎觉得不妥，又添了几句：“还有，你虽然救了我，但是我先救了你，所以你我互不相欠，别搞你谢我我谢你那么肉麻的事。”

李思文立马一本正经地回答：“明白，我明白的，我们互不相欠，即使要欠也是我欠小徐多一点。”

跟女人讲道理，那是自讨苦吃。

徐芷珊忍不住“噗”的一声笑了，随即又板起脸道：“少问多睡，于书记说要你把伤治好了才准继续工作。”

李思文心里着急，自己多少事要赶着办，这下可好，还要继续躺在医院病床上干耗着，他已经在这儿浪费三天时间了。

不过说了一阵子话他感觉有点儿疲倦，眼皮像吊了铅块一样，渐渐就睁不开眼了。

说到底还是重伤初醒，身体虚弱。

等到再次醒过来，窗外红日初升，李思文知道他这一睡又是一天，不过这次醒过来，他精神好多了。

旁边搭了个临时的小床，和衣躺着个女子，背朝这边，看她长发揉乱在枕头上，李思文心里还是很感激，徐芷珊竟然在医院照顾他。

听到李思文有动静，那边也醒了，扭头一看，倒是把李思文吓了一跳。

躺在床上的居然不是徐芷珊，而是袁丽萍！

“小袁，怎么是你？那……那……”

“徐小姐回省城了。”袁丽萍揉着眼睛回答，“于书记抽调我来看护，嘱咐不要把这事通知你家里人，说怕你家人担心。”

这倒是省了麻烦，要是通知家人，父母、姐姐、妹妹还不一窝蜂来医院盯着他，恐怕想早点儿出院工作是不行了。

徐芷珊似乎还没完成她的采访工作，怎么就打道回府了？

不过这样也好，自己最不擅长的就是跟女人打交道，再说她又是省城党报的记者，一个不好弄一篇对狮子县有负面影响的稿子出来，那自己可就是罪人了。

袁丽萍醒了之后也不睡了，去洗手间洗了脸出来，差不多到了早上七点。

李思文动了动，脑袋略微有些疼，额头还包着绷带，左肩也打着硬邦邦的石膏，动不了，虽然感觉比昨天好很多，但想马上出院也不可能，这让他多少有些沮丧。

歇了一阵，看着坐在床边梳头的袁丽萍问道：“小袁，严文明的事有消息没有？酒厂那边怎么处理的？”

袁丽萍把头发束起来，回答：“严文明还没有消息，于书记已经通知县公安局发布网上通缉令了。酒厂的事县公安局也在跟进中，抓了十几个人也没审出什么重要东西来，目前还在拘押审查中。于书记这几天忙着组织巡查工作的事，说我们狮子县现在面临的最紧迫的事不是经济发展，而是反腐倡廉。”

说起工作，李思文皱着眉头烦恼起来，明明有大把丢不开手的工作，而且都是非常急迫的，他偏偏被禁锢在医院里动弹不得。

“小袁，单位里……”

“李主任，于书记吩咐不让你参与任何工作，他说你的任务是养好伤。”没等李思文把话说完，袁丽萍就打断了他的话头，一口堵死了他的念头。

李思文又好气又好笑地着恼：“你到底是不是我的下属啊？”

袁丽萍丝毫不给他面子：“于书记还吩咐，如果李思文要玩什么花样的话，叫他给我打电话。”袁丽萍学着于清风的腔调说。

李思文无奈，只好作罢，要他给于清风打电话，那不是自讨苦吃？

袁丽萍扎好头发后就出去了，差不多一个小时才回来，提着一个保温盒子。

打开盒子，李思文就闻到一股浓烈的香味，馋涎欲滴，说起来他在病床上躺了四天了，中间全是输营养液，滴水未进，如今见到可口的饭菜，当即就有了强烈的饥饿感。

袁丽萍一边用小碗盛汤，一边说：“这是党参树菇煲，很补身体，不过医生说，你最多只能喝两小碗，不能太饱，要逐渐进食，而且头两天还要以汤食为主。”

李思文吞着口水道：“两碗大米饭都不够，这茶杯一样大的两碗汤顶个什么用？”

面对饿狠了的李思文，袁丽萍不松口：“医生说的，多了会出事，所以最多只能两小碗。”

李思文无奈，袁丽萍盛好汤后拿着勺子要喂他，李思文摇头伸手拿过勺子说：“我自己来，动不了的只是左手，右手没什么问题。”

拿着勺子喝了两口觉得不自在，索性端了碗喝，三口两口就喝下了肚，袁丽萍很负责，只给他盛两碗，任凭李思文舔着嘴可怜巴巴地望着保温盒也硬着心肠不再给他盛。

中午依然是两小碗汤，下午好一点儿，给他盛了三小碗，只是碗太小，不喝还好，喝了越发饿得慌，眼睛盯着保温盒子都发出绿光了！

这样的日子又过了三天才算好了些，医生说李思文恢复得很快，可以进干食，但量依然要逐渐增加。

到李思文清醒后的第六天，他才算是吃了一顿饱饭，医生不限制他饮食的多少了。李思文身体状况明显好转，额头上的伤口换了药后就没再上绷带，真正麻烦的是左肩的伤，伤了肩骨，左手要想恢复如初还需要一段日子。

虽然左手还需要注意，但是身体其他部位已经完全没问题了，此时的李思文恨不得马上回去工作，让他待在医院里就跟热锅上的蚂蚁一般，坐立不安。

中午，袁丽萍接了个电话之后兴奋地向李思文汇报："李主任，严……严文明抓到了！"

"严文明抓到了？"李思文立马来了精神，坐起身问袁丽萍，"在哪儿？"

袁丽萍摇摇头道："准确地说，不是抓到了，是他到公安局自首的。"

"自首？"李思文心里咚地跳了一下，这不正常！

严文明出逃时就有古怪，他背后有太多秘密，肯定有人给他出谋划策，照理说他不可能会主动自首。他是个关键人物，要是他自首的话，他背后那些人会视若无睹？

想不通！

对严文明的案子，李思文想过无数种可能，想过无数种严文明被捕的情形，但就是没想过他会自首。

想了半天想不明白，李思文忽然弯腰穿鞋子。

袁丽萍盯着他问："你要去哪儿？于书记吩咐过……"

"你被开除了！"李思文哼了哼，看也不看袁丽萍一眼。

袁丽萍吓得颤了颤，虽然有于书记的命令，但她知道李思文也不是好脾气的，曾美丽有那么硬的后台，不也被他说开就给开了，何况她还是个没背景的。

李思文单手穿好鞋子，然后朝着袁丽萍狠狠地道："你有两个选择，要么回家，要么跟我去县公安局，要是你回家的话，那就不仅仅是开除你护理的工作了，连你县委办的职务都要开了！"

袁丽萍捂着心口松了一口气："哦……你只是开除我在医院的工作吧？我早干得不耐烦了，你开就开吧，不过县公安局我是要去的。"

弄清楚李思文的意思后，袁丽萍又得意起来，她也是看李思文这几天身体恢复得不错，除了左肩的伤还需要一段时间恢复外，其他地方都好得差不多了。他硬要走自己也拦不了，县官不如现管，谁让他是自己的顶头上司呢，他要把自己逐出县委办，恐怕于书记都拦不住，所以该退让的时候还是得退一下。

袁丽萍是被派来医院公干的，是开了车来的，这让李思文享受到了一点儿福利，毕竟他的左肩还不方便。

上车后，袁丽萍一边开车一边瞄着李思文，见他脸上并没有难受或者痛苦的表情才算真正松了口气。

李思文等她把车开出医院后，这才伸手道："把你手机给我。"

李思文去县公安局属于临时起意，他的手机在他昏迷后被保管起来了，眼下他想打听情况，就没有比刘正东更合适的人了。

按照记忆里的号码，李思文拨通了电话。

"哪位？"

刘正东看到来电显示是陌生号码，所以问了一句。

"是我，思文。"李思文赶紧回答，然后压低声音问："刘局，严文明在县公安局吗？他怎么会去自首？"

刘正东顾左右而言他："哦，是思文啊，我去医院看过你，不过那时你还昏迷着，医生说你没有生命危险我就放心了，这几天挺忙的，抽不开时间，等过两天再去看你……”

李思文皱着眉头道：“刘局，你也给我打马虎眼啊？我问严文明的事！”

刘正东哼了哼道：“我不知道你问严文明的事？别冲我吼，你也不是傻子，你就算来公安局也是白跑一趟，不过你肯定不见黄河心不死，你来就来吧，有些事你看到了才会明白，我也不多说了，公安局的事我做不了主。另外再告诉你个事，你那个叔叔李广生也因为属于自首，又没有造成严重后果，所以处罚较轻，只判拘留十天。”

李思文愣了愣，二叔的事有蹊跷他早知道，但这么轻的处罚肯定不对劲，再说刘正东刚刚说什么他去县公安局是“白跑一趟”，又说他是“不见黄河心不死”，这又是什么意思？

还有后面那句“公安局的事他做不了主”，这话也值得琢磨，他是公安局副局长，难道连一点管理权限都没有，他这么说，是不是在提醒自己什么？

县公安局局长是县政法委书记陈正治兼任的，如果说在县公安局能力压刘正东一头的，非陈正治莫属。

陈正治这个人，李思文不能说他有问题，但确实是个不好接触的人。到现在为止，李思文满打满算，只和陈正治接触过几次，但他对此人想不印象深刻都难。第一次是曾美丽事件，陈正治大义凛然，还夸自己做得好。第二次则是李思文在看守所碰了一鼻子灰。陈正治轻描淡写地给了他一个警告，而且还让你抓不到任何把柄。这两件事都透出陈正治的行事风格，但李思文依然看不透这位县委常委，他到底是个什么样的人？

不管怎么说，严文明和二叔李广生都曾是李思文重点盯上的突破口，如今事有蹊跷，李思文怎么也要搞明白到底出了什么状况！

看来无论如何，公安局他都必须要走一趟了。

第十章　临危受命，群狼环伺放手一搏

酒神窖酒厂是狮子县的国有大厂，员工过万，年税数亿，但近年来因上下勾结、蚕食鲸吞，导致连年亏损，资不抵债，岌岌可危。腐败问题严重干扰了经济发展，成了于清风的一块心病。在即将调任北川市之前，于清风左思右想，与唐明华商量，决定将李思文调去酒神窖酒厂担任纪委书记。于清风当然知道这是一步险棋，酒厂群狼环伺，李思文狼窝捕狼，能否成功，他心里真的没底。

县公安局地处狮子县西门，来往的车辆和人很多，公安局向来就是事多人多的地方。

“狮子县公安局”六个大字威武庄严，走进办公大厅后，正面的墙壁上是“为人民服务”几个金色大字。

县公安局对于李思文来说不是陌生的地方，以前他是公安警察这条线的人，作为派出所所长，来县局开会是常事。

不过今天来，感觉有些不同。

其实地方还是这个地方，人也还是那些人，服务窗口里那两个女孩子也是熟面孔。

李思文轻车熟路，倒是袁丽萍没有方向，她没来过公安局。

先到接待室登记申请，接待室是一个二十五六岁的男警，是个没见过的生面孔，一见李思文和袁丽萍进去，例行公事般地问了一下："访问登记?"

李思文点点头，拿了登记册过来，一边写一边说："我要见一下来自首的笔架山村村主任严文明。"

"严文明?"

那男警怔了怔，随即摇头说："你要见他我可做不了主，登记没用，要见他必须向上面汇报，这是个关键人物，上面早就下了命令，我们是没有权限的。"

说到这儿，男警瞄着李思文和袁丽萍问："你们是他什么人?"

他估计李思文和袁丽萍可能是严文明的亲戚。

袁丽萍当即递了工作证过去："我是袁丽萍，县委办公室的干事，这位是我们县委办的主任李思文李主任，我们要见一下严文明。"

"县委办的?"那男警又怔了怔，他没想到这一男一女是县委办公室的，那男的还是主任。

如果是县委办公室的，那就是领导了，领导要见哪个可不是他这个小角色能管得了的，得赶紧向上头汇报，能不能见得由上头的人决定。

"请坐请坐，二位请坐!"

知道两个人的身份后，男警客气地招呼着，倒了两杯清水，办公室只有桶装水，把水端给李思文和袁丽萍后，赶紧拿起电话向上司汇报情况。

李思文端着清水喝了一口，脑子里却在想，自己要来见严文明和李广生，必然在陈正治的预料之中，不知道他今天又会拿什么理由搪塞?

或者再给他个下马威?

李思文有预感，陈正治不会轻易让自己达到目的。严文明是个极其关键的人物，他隐藏多天之后突然露面自首，隐藏在他背后的主使者是不是胆战心惊了？

面对这一层即将被捅破的窗户纸，李思文内心反而陷入不安，越到关键时刻，事情就越不简单！

沉思中，李思文忽然听到门口传来“哈哈哈”的爽朗笑声，那男警起立，站得笔直，向来人恭敬地道：“陈书记。”

李思文一抬头，见到陈正治那标志性的国字脸。

“小李……李主任，呵呵，你来县局怎么不先给我打个电话？不然我早就安排好了，哪用得着你在接待室等着啊！”

李思文起身与他握了手，笑笑道：“陈书记，说起打电话，呵呵，我倒是想起个事，前段时间我去看守所想见我二叔李广生，看守所那边说得要陈书记批准才能见，我当时给你打电话，陈书记日理万机，电话硬是打不通啊，呵呵……”

“你说的那事我知道，事后看守所那边跟我汇报了。”陈正治笑眯眯地回答，“那时正好下班，手机没电了，扔家里充电，之后就去乡下看亲戚了。我后来也批评了看守所那边的人，李主任去办事，我就算下班了，手机没电了，他们也应该事急从宜，让你办事才对，怎么能认死理呢？”

李思文也“哈哈”一笑道：“算了，都过去的事了，他们也是按规章办事，陈书记也是事不凑巧，又是下班时间，只能怪我自己运气不好，哈哈……”

陈正治虽然表面道了个歉，但骨子里却很硬。

两个人表面看起来一团和气，笑容满面，骨子里却是针锋相对。不管陈正治有心还是无意，李思文查笔架山征地案件受到了他的阻挠，这是事实。原则性问题，李思文从来不会退让半步。

陈正治坐下来瞟着李思文问：“我刚刚听下面的人汇报，说李主任是来见严文明的？”

陈正治倒是开门见山，没有掩饰，那就看他今天怎么阻止自己见严文明了。

“是的，严文明是个关键人物，我们办公室接到检举信后我就在全力查这个事，于书记也吩咐了，要一查到底，我还真没想到他会自首。”

陈正治当即站起身来回答：“行，我马上安排，李主任就在二楼的审讯室单独见他，如果还有什么别的需要只管跟我说，我会全力协助李主任的。”

“谢谢陈书记了！”李思文道了谢，心里十分讶异，陈正治居然爽快地配合，这让他万万没想到。

难道那一次他是真的手机没电，是真的不知道？

如果是这样的话，倒是自己误会他了。

陈正治亲自安排的事，效率自然高，还不到五分钟，下属就来报告说严文明已经被带到审讯室了。

陈正治对李思文道：“李主任，那你就开始吧，我还有别的事要忙，忙得焦头烂额，就不陪你了。”

“好的，谢谢陈书记！”李思文又道了一次谢，跟着小警察往审讯室走去。

一边走李思文一边心里思忖，真是奇怪了，陈正治刚刚的态度与刘正东电话里的说法截然相反，这中间到底出了什么问题？一向态度严谨性格秉直的刘正东会说假话？还是陈正治另有谋算？

带着满脑子疑问，李思文和袁丽萍两人来到审讯室门口，带路的警察推开门说：“二位请进，我就在旁边的办公室，如果有什么需要尽管叫我。”

李思文点点头，走进审讯室。

严文明戴着手铐坐在审讯桌对面的椅子上，十来天不见，原本白白胖胖的严文明消瘦了很多，看来逃亡藏匿的日子并不好过。

坐到审讯桌后，李思文淡淡地道：“严主任，你好！”

严文明盯着李思文看了一阵，不认识，又瞄了瞄坐在李思文旁边的袁丽萍，目光就黏在了袁丽萍脸上。

袁丽萍心里暗骂了一声老色鬼。

李思文感觉严文明没有多少恐慌，这可不是一个自首的人的正常表现。他沉吟了一下才说道："严文明，我是县委办公室副主任李思文，知道我为什么来见你吗？"

严文明脸上没有丝毫敬畏之色，目光依然黏在袁丽萍脸上，嘴里不咸不淡地回答："我咋知道你来见我干吗，肯定不是请我吃饭呗。"

严文明压根就不害怕，这跟他之前落荒而逃的情形完全不相符，李思文盯着满不在乎的严文明陷入了沉思。

过了一会儿，李思文才又问道："严文明，你知道你涉嫌严重犯罪吗？"

既然严文明满不在乎，那就得敲打敲打他。

严文明终于把目光从袁丽萍脸上收了回来，瞄着李思文淡淡地回答："我有涉嫌严重犯罪？我咋不晓得？得了，你也别恐吓我了，我也没干什么杀人砍头的事，就是跟鸿源公司的黄少波一起搞了些土地买卖，我所得的三十多万款项在自首前已经先交到桥头办事处了，我这怎么也得按照立功处理吧？再说了，我这点儿事还谈不上特别严重吧？"

我说怎么感觉不对劲，李思文恍然大悟，原来如此！

严文明出逃时确实非常急促，但他背后肯定有人支招。原本是打算躲过了风头再回来，没想到后面事情闹大了，迫于政府高压，县公安局那边进行网上通缉，背后之人怕严文明扛不住压力，这要是被抓了主动招供，他们也要被牵连，风险太大了。最后他们决定让严文明主动自首，这样一来，他们可以化被动为主动，安严文明的心。

二来，像严文明这种情况，如果自首且主动上缴赃款的话，基本上不会重判，即使判的话，刑期最多也就在一年以内，甚至有可能缓期执行，基本上等于没事。

说到底，鸿源公司是黄少波和严文明等人出资成立的公司，与黄仕福和罗杰的公司毫无关系，李思文想到这里，彻底明白了对手的谋划。

这是丢卒保帅，丢出严文明和黄少波，整条线到此断了！

黄少波得到的处罚只会比严文明更轻，因为他不是公务员，违法所得全额上缴，他最大的处罚也不过就是三两个月拘役，根据自首情节的表现也可以缓期执行。

李思文想通这些后，忽然明白了陈正治态度转变的原因。

难怪他今天这么大方、这么爽快地让自己见严文明。严文明自然早就得到了授意，肯定得到了背后那些神秘人士的保证，只要他一肩承担责任，日后好处肯定少不了。

李思文几乎可以肯定，黄少波也自首了，这条线已经没办法再查下去了。从全局看，虽然他怀疑陈正治，但却没有一丁点儿证据，陈正治做得滴水不漏！

严文明这儿注定问不出他想要的东西了，李思文当即叫了袁丽萍出去，在这儿耗着，只会让某些人在背后看笑话。

回去的路上，李思文一直低头思考问题，忽然抬起头看了看路，顿时对着袁丽萍道："小袁你往哪儿开？"

袁丽萍顺口答道："回医院啊。"

"停车！"李思文坐直了身子说道，"你去医院办理出院手续，然后回办公室待命。"

袁丽萍见李思文脸色严肃，没敢把于清风抬出来，估计这时候就算把县委书记搬出来也压不住李思文了，听话才是最明智的，不然等待她的恐怕就是现场开除，这一手他玩得很熟，不能硬来。

袁丽萍开车去医院后，李思文自己搭车回县委，在县委大门口下车时，保安老黄见到了，一溜烟跑出来迎接。

李思文虽然左手还打着石膏吊着绷带，但身体却无碍了。

“老黄，我还没到需要人扶的程度。”面对老黄的殷勤，李思文苦笑着摇头，没让他搀扶。

老黄赶紧回到保安亭打电话报告，李思文还没走进办公大厅，黑压压的人群就涌了出来。

为首的是于清风，他笑呵呵地走在最前面。

“思文，你的伤还没好彻底怎么就逃了?”于清风走上前打量着李思文，脸并没有露出不悦的表情。

李思文苦着脸道：“于书记，你把我关在医院个把星期，我感觉整个人都生锈了，要再关下去那还不如把我关到拘留所去得了。”

“你呀，我看你小子也是个劳碌命。”于清风笑骂道。眼看李思文又生龙活虎地站在他面前，他打心眼里高兴，这可是个好苗子啊。

接着谢学会、唐明华、张允学等县委领导跟李思文一一握手，然后是县委其他同事，最后是办公室的下属，朱少军、黄志才、王明江、徐丽丽、黄群、谢子立……

谢子立眼圈发红，李思文见他真情流露，拍了拍他的肩膀笑道：“我脑壳硬，一铁棍也就擦破点皮儿。”

于清风点点头道：“思文，你没事就好。打你的那伙人经过审讯后，说是酒厂保卫科的科长郑中原指使的，目前郑中原已经被控制了。你受伤后，大家都很担心你啊!”

李思文瞧着整个县委的工作人员差不多都出来了，挠头苦笑道：“于书记，就擦破点儿皮的小伤，用不着搞这么大阵仗。”

“哈哈，走吧走吧，去办公室，我正好有事情要宣布。”于清风笑着一摆手，让其他人回去上班。

唐明华和谢学会几个人一边走一边看李思文身上的伤，见他确实没什么问题才放了心。

进了小会议室，于清风摆摆手让大家都坐下，在场的有县长谢学会、副书记张允学、纪委书记唐明华、县委组织部长吕青松、常务副县长吴青云。

于清风第一句话就是询问李思文的伤：“思文，你的身体好了吗？”

李思文站起身大声道：“于书记，我可是当兵出身，在医院硬是快把我给闷死了，我现在除了左手还需要几天恢复外，其他一点儿问题都没有了，我在医院躺着就浑身不得劲，但只要回来工作，立马生龙活虎。”

“好！”于清风摆摆手，“你的身体无碍就好，其实我比任何人都心急，想你早些回来工作，前天县里开了个常委会，会议一致通过决议，我现在向你宣布一下。”

李思文一怔，县委常委会的决议对他宣布什么？他又不是县委常委，再说，县委决议只对当事人宣布就好，有他什么事？

于清风道：“经县委常委会研究提名，县委常委表决通过，报市委组织部批准，任命李思文同志为狮子县酒神窖酒厂纪律检查委员会书记，兼任酒神窖酒厂党委副书记。李思文同志基层经验丰富，大局意识强，党性坚定，严守纪律。目前酒神窖酒厂问题比较严重，牵涉上上下下数千人的饭碗，牵一发而动全身。县委希望李思文同志到酒神窖酒厂后能发挥好纪检职能，查出问题，稳定酒厂人心，让县委对酒厂进行的改革能顺利推进下去。”

“调我到酒神窖酒厂？”李思文张着嘴合不拢，这个任命实在是太突然了，他有点儿接受不了。

沉吟片刻，李思文才问于清风：“于书记，县委办这边的工作我刚上手，而且还有几个必须尽快解决的问题，我不能就这样撒手不管吧？”

于清风摇头道：“县委办的工作自然有人处理，再说你手中的事其实也相当于已经解决了，严文明和鸿源公司的黄少波都已经投案自首，案子已经告一段落，你还有什么好担心的？现在酒神窖酒厂更需要你。”

于清风说到后面语气相当凝重，李思文明白他的焦虑，酒神窖酒厂问题多，关系重大。严文明和黄少波的案子目前已经告一段落，于清风的意思很明显，黄少波等人背后的东西暂时查不下去，但不表示以后不查，只是告一段落！

作为县委书记，于清风显然把事情的轻重分得很清楚。

于清风表情凝重，似乎很期待，李思文沉吟片刻后终于昂首回答："好，我坚决服从组织和上级的命令，去酒神窖酒厂！"

调任酒神窖酒厂的事确实很突然，让李思文有种措手不及的感觉，他在县委办工作还不满一个月，在县委办副主任的座位上屁股都还没焐热，又调走了。

李思文也感觉得到于清风的焦虑，酒神窖酒厂是他的心病，也是这次巡视纪检最难啃的一块硬骨头。最重要的是，于清风曾说过，他在狮子县的时间不多了，所以他才更加着急地想完成他的计划，他不想在走之前，留下遗憾。

于清风把希望寄托在了自己身上，这让李思文感觉到肩上担子沉重。

县委任命宣布后，赴任时间定在两天后的周一。

最后于清风还叮嘱李思文："思文，这两天你好好休息，周一去酒神窖酒厂报到，组织部吕部长和唐书记会送你过去。"

回到县委办后，办公室的同事都来跟他道贺。

李思文苦笑道："职务调整，这有什么好祝贺的，大家好好工作吧，以后我也不是你们的领导了。"

回到办公室坐下后，李思文忽然就闲了，先前他觉得有很多工作要做，但任命一宣布他才发现，这边的工作说扔也就扔了。

"笃笃笃……"

响起敲门声，推门进来的是袁丽萍。

袁丽萍应该是县委办里与他走得最近的下属了，李思文请她坐下，叹了口气说："小袁，这段时间谢谢你对我的支持和帮助。"

袁丽萍露齿一笑，很灿烂，说："本就是我的工作，有什么好谢的？我就是有点儿难过，才遇到一位好上司，这马上又被调走了。唉，我的工作激情受到了严重打击啊！"

李思文一笑，"以前怎么样工作现在还怎么样工作，我们都是革命一块砖，哪里需要哪里搬。"

"哦，差点儿忘了这个。"袁丽萍说着把背在背后的手拿到前边，将一个四方形的盒子递给李思文。

"这是什么？我调个职还要像小学生毕业一样送礼物？"

"才不是呢。"袁丽萍嘻嘻一笑，把盒子塞到他手里就起身往外走，走到门边回头道："这是省城党报徐记者托我送给你的。"

"徐芷珊？"李思文很奇怪，徐芷珊在医院和他见了一面之后就离开了，这是搞的什么名堂？

小盒子用透明胶封了口，打开里面是一块手绢似的花布，花布里似乎包裹着什么。

"小徐玩什么花样？"想起徐芷珊的模样，李思文就想笑，这个漂亮的女记者确实很有个性，她身上有一股独特的气质，有别于其他女生，最让李思文没想到的是，这么一位看着娇滴滴的美女居然还会打架。

打开手绢，里面是耳麦和小型扩音器，分明是在酒厂时，徐芷珊借给他解围用的东西，上面还沾有已经变黑的血迹。这血是李思文当时负伤时染上的，原来徐芷珊送给他的是这东西。

李思文心里顿时生出感激，瞧瞧上面的血迹，似乎回到了当时纷乱的场景。

那种场面以前李思文当兵执行任务时经历过，那时有战友与他同进共退，没想到这次是徐芷珊这么个娇滴滴的漂亮姑娘帮了他。

徐芷珊没留下只言片语，李思文也弄不懂徐芷珊送这件礼物到底是什么意思。

她远在省城，狮子县这个小地方她恐怕是不会再来了。

李思文收拾了办公室里的个人物品，其实他心里割舍不下这边的工作，比如严文明的案子，黄少波的事情，他心里总有种不痛快的感觉，像哽在喉咙里的鱼刺一样。

按照李思文的想法，一件事情，要么不做，要做就要做到最好。严文明的事，要按照他的意思，一定要把幕后的大人物、主使者统统拿下，一网打尽才好。

但于清风于书记给他的信号很明确，与腐败分子的斗争从来就不是一蹴而就的，不仅考验双方的智慧，还考验双方的耐性，在这场持久较量中，笑到最后的才是赢家。

经过一系列风波和曲折，李思文成熟了许多。

从县委大院出去后，李思文没搭车，漫无目的地往前走。对狮子县县城李思文可以说是既熟悉又陌生，熟悉的是狮子县的工作环境，陌生的是县城里的各个超市商店，以及各种服务场所，他几乎都没去过。

逛了一阵，李思文一抬头，居然到了酒神窖酒厂。李思文怔了怔，他居然无意中到了酒厂大门前。李思文一脸苦笑，酒神窖酒厂可是他印象深刻的地方，难怪他会不自觉地走到这里来。

看来自己还真是工作狂，这还没正式上任，就已经进入工作状态了。

今天酒厂大门前恢复了正常，车辆行人来来往往。

李思文本想到里面逛一逛，不过刚抬脚，肚子里却传来一阵咕噜声。“既然你造反了，那就先把你填饱吧。”李思文摸着肚子自言自语。抬头发现前边有一间小饭馆，招牌上写着炒菜快餐字样，李思文信步走了进去。

这个时候是上班时间，所以店里客人不多，靠着酒厂估计是针对酒厂职工开的，从店面和店里的设施等各方面来看，不算精致，就是普通的汤粉面快餐。

李思文走进店里面，就近拣了个位置坐下，里面面积不算小，摆了一长溜餐桌。

“要一碗肥肠米粉。”

墙壁上贴了大版的菜单，李思文看着菜单随便挑了一个。

“好咧，稍等！”掌厨的胖师傅答应着进了厨房，这会儿客人少，他到外面吹风扇，厨房里太热。

打杂上菜的小工是个四十多岁的妇女，端着茶壶过来给李思文倒了一杯茶水。

餐厅里还有三四个客人吃着面食，就在李思文背后那桌，三个男的边吃边聊，也没顾忌旁边有人会听到他们说的话。

“上次闹了那么一出，我看就是扯淡，听说那个被打得直冒血的年轻人是县委办公室的主任，他当时还保证绝对会给大家一个满意的交代，嘿嘿，你看，这都快十来天了，连个屁都没有。被抓的那十几个人也都放出来了，得意洋洋地叫嚣。要我说，这官呐，都是穿一条裤子的，谁相信他们就该谁倒霉。”

“我也觉得好像是演戏给大家看，厂子里大部分人半年都没发薪水了，你看钱厂长的儿子不又买了一辆车吗，听说那车要七八十万，叫什么‘妈啃’，外国车名就是怪，为什么只能妈啃，爹就不能啃了？”

“保玉，那不叫‘妈啃’，叫保时捷 macan，你别说那么大声，小心别人听到！”

“屁，怕个球，来这里吃饭的还能是有钱人啊？还能是当官的不成？他们哪顿不是山珍海味才能下咽？”保玉满不在乎地说道。

“说得也是，来这里吃的都是和我们一样的苦哈哈。”

额头有疤，左手吊着绷带的李思文自然不会被他们当成官员或者有钱人。

肥肠粉一会儿就送过来了，李思文取了卫生筷，拨了拨碗里的粉，红红的辣椒油，香喷喷的，他大口吃起来。

一边吃一边听后面那几个人聊天。

几个人中，数那个名字叫保玉的人言语粗俗，不过李思文听着倒觉得他是真性情、直肠子。

对酒神窖酒厂的人事，李思文知道得不多，只听说过党委书记关国成和厂长钱克这两个人，关国成以前是大队书记，后来提上来的，他是酒神窖酒厂的第二任书记，一干就是十二年，今年已经五十八岁了，也快到退休年龄了。

厂长钱克要年轻些，五十一岁，在酒神窖酒厂当厂长五年，听说背景很深，跟党委书记关国成互不相让，经常对着干。

保玉几个人的话听多了也没什么营养，不过至少说明厂长钱克在下面不得人心，但这些话不能当作证据，也就是说说而已。

李思文很清楚，于清风要他去酒神窖酒厂就是要他去揪蛀虫，保证酒厂能顺利改革，不然以后狮子县的经济就没法发展，还得继续拆东墙补西墙地填酒厂这个大窟窿。

“老板，煮一碗青椒肉丝面。”

又进来一个中年男人，叫了一碗青椒肉丝面后，一边倒茶一边掏出手机打电话。

“二毛，叫老张他们把六十吨玉米装车，卢科长等会儿过来查车。”

李思文吃完粉，正想结账走人，听到中年男人的话，心里一动，又坐回原位，慢慢地喝汤耗时间，反正小饭馆不会赶人。

青椒肉丝面一会儿就煮好端上来了，那中年男人拿了筷子大口吃起来，一碗热腾腾的面条被他三下五除二地吃了个干净，连汤都没剩。

“老板结账!”中年男人吃完面掏钱结账。

李思文赶紧也叫老板过来结账，中年男子结账后一边看手机一边往外走，李思文起身不紧不慢地跟在他后面。

出了小饭店，那人捂着话筒打电话，李思文注意到周围没什么人，那人也没注意到他。

刚刚在小饭店里听这个人打电话，凭借多年来当警察的直觉，他觉得这个人有问题，因此才留下来一路跟踪。

眼见对方一心打电话，李思文大胆往前追了几步，没想到让他听到几句意外的话。

“卢科长，六十吨玉米已经装车了，等会儿您可以去查验一下，呵呵……那个，红包我已经准备好了，老规矩，卢科长尽管放心，另外我已经在皇家桑拿中心订了房，晚上有节目，嘿嘿……”

李思文听完赶紧退开了些，免得被发觉，之前听到中年男人说六十吨玉米装车的事，他猜可能是酒厂的事，因为只有酒厂才会这么大批量地购买玉米和大米等粮食来酿酒。

贪污腐败，往往和这些原材料采购挂钩，所以李思文才会灵机一动留下来，没想到还真让他逮到了重要消息。

酒厂采购粮食是很正常的事，不过中年男人提到红包和桑拿中心节目，这就不正常了。

李思文也不能光凭这几句话就给事情定性，他必须确定这个中年男人是不是给酒神窖酒厂供货的，还要查一下酒神窖酒厂采购部有没有卢科长这个人，如果有，那基本就能确定这桩采购是有问题的了。

想了想，李思文停下脚步，掏手机给袁丽萍拨了个电话。

“李主任，你打电话给我肯定没什么好事，说吧，又要我办什么事?”电话一通，袁丽萍的声音就传了过来，李思文还没说话，她就已经猜得八九不离十了。

这样的下属李思文还真舍不得，以后有机会一定要把她调到身边做事。

李思文呵呵一笑，说："小袁，我确实有事找你，你帮我查一下，看看酒神窖酒厂采购处有没有一个姓卢的科长，查到了马上通知我。"

袁丽萍笑嘻嘻地挂了电话，查酒神窖酒厂的人事资料对她来说毫无难处，酒神窖酒厂是县政府直辖的国有企业，因此酒厂的人事资料县委办是必备的。她是觉得李思文伤还没好，本应好好休息两天再去酒厂赴任，没想到这人硬是闲不住，才离开这么一会儿，就打电话给她了。

袁丽萍的电话十分钟后就打过来了，李思文接通后问："怎么样?"

袁丽萍嘻嘻一笑，说："李主任，哦，对了，你已经不是我的领导，不是李主任了，你现在是酒神窖酒厂的纪委书记，官虽不小，但却管不了我呢。"

李思文脸上露出笑容，笑着问她："那你想怎样?"

"很简单啊……"袁丽萍笑声带着点儿狡猾的味道，"你把我变成你的下属不就好了，只要你是我的上司，那我还不得继续当你的使唤丫头吗?"

"那倒是，看来我到酒神窖酒厂后的第一件事就是把你调过来，渴了有人倒茶，累了有人捶背，还不用我给工钱，这样的丫头哪里找去?"

"你想得美!"袁丽萍哼哼着道，"听好了，酒神窖酒厂采购处的科长的确姓卢，名字叫卢洪亮。他还有另一个身份，也一并告诉你好了，卢洪亮还是酒神窖酒厂厂长钱克的女婿，钱克有一个儿子一个女儿，儿子名字叫钱大卫，在酒神窖酒厂保卫科当副科长。"

"很好!"李思文听袁丽萍确认了采购科长是卢洪亮，还是厂长钱克的女婿，他忍不住兴奋起来，这说明他要查证的对象与他所得到的消息吻合。

他正发愁如何在酒神窖酒厂打开局面呢？却没想到一顿饭为他带来了破局的契机。

袁丽萍诧道："钱克的女婿是采购处的科长，这有什么好？"

李思文笑着说："好就是好嘛，哈哈，小袁，谢谢你了。"说着就挂断了电话。

那边，袁丽萍不禁恼了："我的要求都还没提就挂了电话，真是过河拆桥！"

确定卢科长的确是酒神窖酒厂采购处科长后，李思文很快冷静下来，又拨了另一个电话。

"呵呵，头儿……对了，现在应该叫你李主任了，李主任找我有什么事啊？不会是想回来争所长的位置吧？"

这个电话是打给他以前鹰嘴镇派出所的老下属，目前已经被提拔为副所长的李治。

"李治，你少跟我扯，正经点儿，我有事找你帮忙。"李思文不给他好脸色，否则李治就会顺杆爬上来，嬉皮笑脸的一扯就没完没了。

李治听李思文语气严肃，也不再开玩笑，认认真真地道："是，头儿，你吩咐吧，是什么事？"

李思文把声音放低，说道："李治，你听好了，我要你帮我做的事情是这样的……"

七月的天气还比较热，县城去往朱坝镇的国道上，一辆中巴车冒着黑烟吃力地爬着坡。

李思文和李治通完电话之后，就坐上了这辆车，他是十二点多出发的，从县城汽车站发车，所以有座位。这种中巴车核定座位只有二十二个，但此时坐的和站的加一起起码有四十个人，把整个中巴挤得满满当当。

车里没空调，车子跑起来还好一些，但一路都有上下的乘客，只要一停下来，里面的人就跟被丢进蒸笼里一样。

李思文衬衣都湿透了，不过他没在乎，这点热和他当兵时训练比起来简直小巫见大巫。去朱坝镇是因为从袁丽萍那儿得到消息，酒神窖酒厂酿酒的原料都是从粮产大县周平县那边采购的精粮，余下则是从狮子县的粮产大镇朱坝镇补充。朱坝镇只起到补充作用，每年只有很少的采购量，主要还是从周平县采购。

李思文去朱坝镇是想探一探酒神窖酒厂在朱坝镇的粮站，看看那儿的量。

在路上，李思文也想明白了。他即将上任酒神窖酒厂的纪委书记，有必要提前摸一下酒神窖酒厂的底。真要是等两天后赴任了再查，阻力必然甚于现在十倍。酒神窖酒厂的问题要是说查就能查出来，于清风也不至于等到现在才让他动手。

李思文心里清楚，酒神窖酒厂的水很深，要想查酒神窖酒厂的问题，最好就是从底下查，从源头查。但最难的也是从厂子里查，因为厂子是大本营，被经营得如同铁板一块。

酒厂的蛀虫就算把厂子里弄得针插不进、水泼不进，那也没有办法面面俱到，尤其是在源头，粮站面对的是上万家农户，这上万家农户他们就没办法全部买通。

朱坝镇离狮子县城有六十多公里，走走停停的中巴车硬是花了一个半小时才到。李思文下车后抖了抖衣服，衬衫湿透了，外面太阳很热，不过再热也比在中巴车里好。

镇上没有所谓的汽车站，镇民们默认车站就在镇西口的路边，李思文下车后到街边的店里买了瓶冰冻的矿泉水，拧开盖一口气喝了个干净。

“大哥，问一下，县城酒神窖酒厂在朱坝的粮食收购站在哪儿?”李思文解了渴，就近找了一个开摩托车载客的司机问道。

摩托车司机瞄了瞄李思文，似乎是在打量他会不会坐车，随后说道：“十块钱，我开车送你过去。”

李思文笑着问他：“师傅，在哪边啊？有多远?”

摩托车司机眼光闪烁，嘿嘿笑着回答：“在东面，不近啊，好几公里呢，走路要三四十分钟，十块钱不多。”

李思文摇头道：“谢谢，我就是随便问一下。”

其实李思文已经得到了他想要的答案，摩托车司机眼光闪烁，对收购站的地名只字不提，明显没说老实话，但他指的方向应该是真的，所以李思文断定酒厂粮站在东面，不会超过五分钟的路程，先找找看。

“五块!”

眼看李思文要走，那摩托车司机立马降了一半价。

李思文一笑，摩托司机主动降价验证了他的猜测，从西口到酒厂粮站的距离不会远，按摩托车的计价方式，不会超过三块钱，五块钱明显还有得赚。

李思文头也不回地往东走去，才走了两三步，另一个摩托车司机招手道：“三块三块，三块钱我送你去。”

“内讧了。”李思文心里暗笑，摩托车司机为了争客人也是钩心斗角，这一内讧立马露出了破绽。

李思文不答话，直接走人，只要一搭腔这些人马上就会缠着你。

李思文向前走了大概有三四十米，就进入了东坝镇的主街道，往东拐了个弯，刚走出不到一百米，就见左边一栋两层楼的房子上挂着块牌子，牌子上写着九个大字“酒神窖酒厂粮食收购站”。

“好家伙!”

李思文忍不住笑了起来，那几个摩托车司机还真是黑，从下车处到这儿，总共不到三百米，他居然说要走三四十分钟，还要十块钱。十块钱不算多，但这种做法很令人不齿。

粮站前是一块数百平方的坝子，停了不少货车，还有不少货车在侧面的铁门里进出。李思文走近铁门往里看了看，只见里面更大，占地少说有上万平方米，建有好几个大型粮仓，进去的货车正在卸货。

李思文吃了一惊，这么大的粮仓，加上这么多进出的运粮货车，足以说明这里收购的粮食量极大，一点儿也不像袁丽萍说的是备用粮站啊。

进入铁门十米左右是地磅，右侧是计量开单处，开单的是个三十来岁的女人，旁边站了四五个司机，是过磅后拿着单结算的。李思文见粮站的人似乎没什么防范，当即大摇大摆地走进去，到开单那儿问那个开单的女人："大姐，粮食啥子价哦？"

那女人埋头开着单，头都没抬地回答："玉米九毛，大米两块，不收优质品，只收次品。"

李思文叹了口气，很是惋惜地说："不是说酒厂只收优质粮吗，我手头有几十吨优质大米呢，这儿不收的话我就只能运到周平县了，那边也有酒神窖酒厂的粮站吧？"

那女人"嘿嘿"笑着说："周平县那边压根儿就没收，酒神窖酒厂的粮食全是从朱坝这边收购的，你运到那边也没用，除非卖给别家。再说了，你那是优质粮，我们这儿不收优质粮的。"

收的全是次品粮？

酒神窖酒厂宣传上不是说收购的全是优质粮吗？次品粮怎么能酿得出好酒？

李思文一脸失望地道："我就是听说酒神窖酒厂收优质粮才运来的，好几十吨，运来你们又不要，那咋办？"

那女人抬起头望着李思文摇头道："那没办法，我们只收次品粮，这是上头的规定，而且我们只有朱坝一个站收粮，以前酒厂生意最红火的时候收粮主站是周平县那边，不过已经撤了好些年了，酒厂生意年年下滑，粮食收购量也年年下滑，现在只在朱坝站收就够量了。”

李思文唉声叹气地摇着头，转身走了两步又停下来，等几个开单的司机离开后又走上前，悄悄对那女人说：“大姐，我跟你说，你收了我的粮吧，我懂的，会给你包个大的……”

那女人还是摇了摇头，瞄了瞄别处，见没人才低声道：“你包个再大的都没用，你收来的是优质粮，收购价都比我们给出的价要高，你怎么卖给我们？再说了，你做这一行也肯定懂，低收高报，这是行规，你就算是以收购的成本价卖给我们也不行，现在你明白了吗？”

李思文一脸惋惜，点着头表示明白。

其实就算这女人答应收他的粮，他也没有粮食卖。

那女人看李思文一脸失望的表情，想了想从桌子下面的抽屉里取了一张名片出来递给他：“看你人不错，这是我的名片，你拿着，以后手里有次品粮尽管运过来，有多少要多少。”

“好的好的。”李思文勉强露出笑容，名片上写着“酒神窖酒厂朱坝收购站李娟”。

跟李娟聊熟了，李思文顺便在粮站里溜了一圈，似乎是看风景，其实是在看粮仓里有多少东西。

从粮站出来，李思文买了两个玉米饼吃了，又喝了一瓶矿泉水。玉米饼是混合着大米粉做的，有点儿甜，味道很好，粗粮又顶饿，比在酒厂小饭馆那边吃的肥肠粉管饱多了。

肚子吃饱后，李思文坐车回了狮子县城，然后又转道去周平县，反正他这两天有时间，正好到处转转，了解下实际情况。

本来从朱坝镇李娟那里得到的消息就足以作证了，不过李思文是个对证据极其苛刻的人，以前在派出所就秉持着这种严谨的工作态度，取证要百分百肯定。虽然李娟说了，酒厂主收点是朱坝，周平县已经撤了多年，他还是要去周平县实地查证。

说到底，周平县才是真正的优质粮的主收点，这么重要的一个点，说撤就撤，其中是不是存有什么问题，李思文还没发现呢。

狮子县到周平县一百七十公里，原来有一条国道，四年前通了高速，走国道需要三个小时，走高速的话只要五十分钟，高速路将两县的距离缩短到八十七公里。

从狮子县城到朱坝，再由朱坝回狮子县城，又从狮子县城赶往周平县，尽管走的是高速公路，李思文到周平县的时候也已天黑了。

晚上看不出周平县城的模样，不过车站那一带却是很热闹，霓虹灯闪烁，灯红柳绿，酒肉飘香。

李思文从车站出来，街道两边到处都是宾馆住宿的招牌，他一边走一边看，最后选了一间巷道里上二楼的便民宾馆进去。

对这种宾馆李思文熟得很，他做派出所所长的时候，对宾馆、娱乐场所等清楚得很，门面位置越好，位置越正，价钱就越贵，相反的，越偏僻，位置越差的就越便宜，他不是来潇洒游玩的，身上的钱也不多，能省就要省。

宾馆的价钱是四十五块一晚，最便宜的房价了，其他地方标价基本都六十以上，稍微正规一点的最少要一百，李思文很痛快地交了钱，拿了钥匙进房。

房间是三楼靠里的一间，进去开了灯才发现，这房间实在是太小了。

房间大约只有九个平方，摆了一张单人床后就只剩一个过道，里面还有一间极小的卫生间，房间墙角处有个十七寸的老款电视机，没有空调。

不过这也正常，四十五块一晚上的房间怎么可能有空调？

李思文也没抱怨，对他来说，有张床能安安稳稳地睡个好觉，有电视能看看新闻打发时间，那就很不错了。

在床上躺了一阵，蚊子呼啸着来了，肚子也咕咕地叫了起来，李思文去楼下的小店里买了一盒方便面和一盒蚊香。

好不容易熬到了第二天早上，吃完早饭，李思文这才下了楼。

周平县城比狮子县城要繁华一些，因为周平县的经济比狮子县好得多，李思文转悠了一圈没找到粮站。

自打改革开放后，国家就取消了绝大部分粮站，改制成自负盈亏的事业单位或者私企，所以大部分城镇都已经见不到以前的粮站了。

酒神窖酒厂的粮站只是一个企业设置的粮食收购点，还处于撤销状态，要打听恐怕得找行内的人才行。

在周平县的大街小巷逛了半天，李思文还是没找着粮站，问了几个路人也没问出个所以然来，直到李思文无意中走到一条专门经营粮油米面的街道，他才醒悟过来，找不到粮站可以跟这些开粮油店的老板打听一下。

在这条粮油街前前后后走了一遍，李思文最后选了个规模最大、装修最漂亮的店走了进去。

一个二十来岁的女孩迎上前来问他："老板，要点儿什么?"

李思文估计这女孩是请来的工作人员，只随意地点了点头，瞄了瞄里面，只见柜台里有个五十来岁的胖子正在打着算盘算账，估计这个才是老板，当即走过去问道："老板，问个事。"

胖男人抬头望着李思文道："什么事?"

李思文说道："老板，是这样的，我是外县的，手里有一大批优质玉米想卖掉，周平县是产粮大县，粮商很多，听说还有外县的酒厂收购粮食，我想问一下老板，收粮的地方在哪儿?"

胖男子"哦"了一声，点头道："你手头是玉米，那我就没办法了，要是优质大米我倒是可以收一些，玉米只能卖给粮站了，就在西门城外的七星坪，外地的粮食经销商也都在那儿，不过你说的外县酒厂粮站却没了。我在周平做粮油十来年了，前些年是有个狮子县的酒神窖酒厂粮站在七星坪，不过四五年前就已经撤销了，听说是酒厂销量下滑严重，已经要不了那么多粮食了，改为在狮子县本县收购。”

“那谢谢老板了，我过那边去瞧瞧，看看能不能把我手里的玉米卖出去。”李思文庆幸问对了人，如果是经营时间短的新店，几年前的事肯定不知道。

离开时李思文又详细问了一下七星坪的方向和距离，从这里过去还有好几公里，李思文花两块钱坐了公交车过去。

七星坪是周平县的粮食集散和交易地，李思文到了后才发现，这里好大，简直超出了他的想象。

周平县地处北川市辖区内最平缓的地带，山区少，平地多，土质优良，是北川辖下所有县中排名第一的产粮大县。

七星坪云集了全国各地数十家粮食收购商，还有一家周平国有粮站。李思文走遍七星坪广场也没看到酒神窖酒厂的粮食收购站，这也在意料之中。

之所以会这样，有两种可能：一是酒厂业务量下滑严重，酒厂采取走低端酒的方案，先是减少粮食收购量，接着只收购次品粮酿酒；二是酒厂采购科营私舞弊，低收高报做假账。

第二种可能性更大，县委办的资料显示，酒神窖酒厂并没有向县委申明经营低端酒策略，上报采购原料依然是周平县的高端优质量粮，不管有没有做假账，至少能说明酒神窖酒厂采购科有问题。

最后李思文还是去周平的国有粮站问了一下有关酒神窖酒厂在周平粮食收购的事，周平粮站的人有五十多岁了，精精瘦瘦的，估计在粮站也干了不少年头。

那人是周平县粮站的副主任，大半辈子都在周平的粮食圈子里打滚，李思文问的事他很清楚，笑着就回答了。

“你说酒神窖酒厂啊？呵呵，就是狮子县的那个酒厂吧，我知道，前些年旺的时候跟我们周平粮站还有合作，把我们周平一半的优质玉米都收购了。不过二零零七年之后，他们的业务量就开始下滑了，一年比一年量少，二零一零年就从周平县撤销了收购点，当年他们收购粮食的负责人还送了我好几瓶酒神窖，比较醇。那时候酒神窖在我们省还算小有名气，本地餐厅都进这种酒，现在不行了，超市里几乎见不到酒神窖了……”

从七星坪粮食交易广场离开后，李思文又去了周平县的几间超市，规模大的小的都去了，主要看酒类产品。

大超市里没有酒神窖，小超市和批发酒商那儿倒是有，是比较低端的，透明塑料包装，有五斤和十斤两种，批发价是每斤四块五左右。

李思文对酿酒的程序和方法并不懂，但他也听说过，大概要三斤左右原粮才能酿出一斤酒，次品玉米一块一斤，三斤就要三块钱，成品酒批发价是四块五，酒厂人工、利税等开支估计不会低于一块钱，就算是一块钱好了，加上原粮采购的三块本金，就占了四块钱，一斤酒不到五毛的利润。

难怪酒神窖酒厂越经营越倒退！

逛了半天粮酒批发店，李思文对酒类行情有了些许了解，一看表，发现已经下午五点了。

李思文吃了一惊，今天最好赶回狮子县，明天整理一下，后天就要去酒厂报道了。

不过当他赶到车站后，却发现已经没有到狮子县的车了。一问才明白，由于到狮子县的人少，所以每天只有两到三班公交车，最末一班车是下午三点半发车，现在都已经过了五点，哪还有车？

没办法，他只好又回到便民宾馆住宿，办好手续，李思文回到房间，在那窄窄的卫生间里洗了个澡，点蚊香泡泡面，吃完面倒头就睡，跑了一天，加上胳膊上还有伤，李思文快要撑不住了。

晚上很热，开了窗户也不管用，又没有风扇，睡到半夜，李思文受不住热又去洗了个冷水澡，冷热交集之下，竟然着了凉。

第二天，李思文知道天亮了，但眼睛就是睁不开，也不愿睁开，觉得身上热得不得了，酸软无力，也就昏昏沉沉地躺着。

不知道什么时候似乎听到胖老板娘的声音："退房了退房了……哎呀，你怎么发起高烧来了？"

胖老板娘直呼倒霉，又怕李思文在她的宾馆里出事，赶紧去药店花了十几块钱买了药回来喂李思文吃了。

李思文吃了药后又昏昏沉沉地睡了过去，再醒来后感觉口渴得厉害，爬起来把桌子上的矿泉水一口气喝了个干净，感觉好了不少。

看看窗外天色很亮，不知道是什么时间了，一看手表，李思文吓了一跳，已经下午三点了，到狮子县最后一班车是下午三点半发车，今天可是他最后一天休息时间，不行，要马上赶回狮子县，可不能误了明天去酒神窖酒厂报道的时间。

李思文连忙起身去退房，胖老板娘见他精神好了不少，松了一口气，伸手道："买药花了我十七块钱，你超过时间的房费就算了，看你病了可怜，给我补上买药的钱就行了。"

李思文一边道谢，一边掏出钱补给她十七块钱，不管怎么说，胖老板娘也是个好心人，临走时还嘱咐他把剩下的药都带走。

车站离便民宾馆不远，李思文跑过去买了车票，还好车子没走。上车后，他发现车里至少有三分之一的空位，李思文选了最后一排靠窗的位置坐下，闭眼休息。

吃药后睡了几个小时是好了一些，但身体仍然感觉不舒服，不过没有早上那么严重了。

三点半，司机提了个大号保温杯上车了，瞧了瞧车上的乘客后说：“刚得到消息，高速出车祸暂时封路了，估计最少要三四个小时才能重开，所以今天这趟车要走老路，到狮子县预计要三个小时。”

一听高速出车祸会耽搁行程，车上的乘客问了几句情况后也都默认了，除非不想坐车，否则有意见也没用。

三点半车子准时出发，不过并没有马上出县城去狮子县，而是在周平县内绕圈子拉客，绕了几圈只拉到一个客人，车里其他客人忍不住发牢骚，司机这才开车出城走国道去狮子县。

李思文还在不住地出汗，还好他上车时买了两瓶矿泉水，他一边喝水一边盘算，四点半上路，到狮子县大概是七点半到八点，耽搁不了明天上任。他只是担心这热感冒没那么快好，万一明天一副病快快的模样就不好了。

可惜计划到底还是赶不上变化。

车子出周平县后，跑了五十多分钟，就在周平县与狮子县交界的大山里坏了，司机下车检查了半天，回来沮丧地说：“不好意思……车子坏了，需要大修，我另外给你们找车转一下，大家要等一会儿。”

司机拿手机猛打电话，十来分钟后又哭丧着脸道：“真的不好意思，大家……大家恐怕要在这儿过夜了，车子明天才能来，跑狮子县这条线的就这几辆车，没得空……”

“那怎么行……”

“赔钱都不行，耽搁时间了……”

这一下，车里的乘客都爆发了。

司机一声不吭，解释没有用，因为没有解决的办法，这个地方又是大山顶，穷乡僻壤，连个人家都看不到，要吃没吃，要喝没喝，任谁被困在这前不着村后不着店的地方，都会着恼。

原本不着急的李思文这会儿也急了，真要等明天车过来，那他就误事了，看满车的乘客都在大声打电话，他也忍不住掏出手机，想了想给袁丽萍拨了个电话。

“李主任，说吧，又派我干什么苦差事？凡是你给我打电话，绝不会是请我吃饭啊，玩儿啊什么的，除了苦活儿就没别的！”

电话一通，袁丽萍抱怨的声音就传了过来，对李思文，她可不会毕恭毕敬。

李思文忍不住笑了，咳了咳才说：“小袁，确实不好意思，又要派你干个苦活儿了，我……我原本从周平县搭车回狮子县，没想车在大山顶坏了，司机说明天才有车子过来，你也知道，我明天要去酒厂上任，没办法，只好找你开车来接我了。”

“你去周平县了？”

袁丽萍一脸惊诧，自己这个老上司可不是个爱游山玩水的人，他去周平县定然是为了工作上的事，明天是他上任报道的时间，这可是大事，耽误不得，所以赶紧说道：“好，我马上开车去接你。”

李思文又叮嘱了她一遍：“是老路，走国道老路，不是高速。”

“我知道呢，你刚刚不是说了大山顶吗，高速路可不经过大山顶。”

李思文讪讪一笑，他倒是忘了袁丽萍的精明能干。

车子在大山顶的公路边停着，快要六点了，天色将晚，虽然是夏天，但山顶上的温度下降得很快，白天夜晚的温差比较大，山顶凉风一吹，身上就感觉冷，估计温度已经下降到十七八摄氏度了。

“小鱼，言言，赶紧上车，外边凉，赶紧到车上来。”一个六十多岁的老者招呼一男一女两个小孩，男孩七八岁，女孩五六岁，挺可爱。

男孩虎头虎脑的，女孩眉目如画，小女孩手里还捏着一把刚在路边采的野花。

男孩上车后对老人说："爷爷，我肚子好饿。"

小女孩也说道："爷爷，我也饿……"

不提这个"饿"字还好，一提车里的人都饿了，饥寒交迫地在这荒山野岭待一晚，简直糟透了！

坐中间位置两个穿得很时髦的年轻女人一边用手机拍照发微信，一边向司机发牢骚："司机大哥，这山上不会有什么豺狼野狗的吧？也不知道安不安全。你总得想办法给我们弄点儿吃的喝的吧，现在都这么冷了，在山上还要等一晚上，不饿死也要冻死！"

另一个女人边按手机边抱怨："这山上的信号太差了，几分钟都没发出去一个图片，跟朋友诉个苦都不行！"

一车人都没想到车子会在半路坏掉，谁都没准备吃的喝的。

老人把两个小孩拉到座位上坐好，低声道："小鱼，言言，听话，明天爷爷给你们买好多好吃的。"

男孩小鱼还好点儿，女孩言言的眼泪一下子就冒出来了，"爷爷，我好饿，我就是好饿嘛。"

老者一脸无奈，小孩不是调皮，是真饿，他也是又怜又急。

李思文听到小女孩的哭声抬头看了看，想起他的方便袋里除了药外，还剩下一瓶矿泉水和一盒没来得及吃的方便面，方便面没有开水泡，但也可以干吃。

李思文从袋子里把那方便面和矿泉水拿了出来，中间那两个女人听到后面窸窸窣窣的声音。回头看到李思文手中拿的方便面和矿泉水时，眼睛一亮，赶紧扬手叫道："哎，我说那位……把你的方便面和矿泉水卖给我，要多少钱？"

瞧李思文风尘仆仆又憔悴的脸，两个女人以为李思文是干苦力的民工，只要多给点儿钱，他肯定会卖。

李思文想都没想就摇头道:“不卖!”

两个女人一怔,漂亮一点儿的女人妩媚地掏出一张五十元的钞票扬了扬,说:“大哥,你就怜香惜玉一次吧,何况我还给你钱呢,我给五十块,你能买十几包方便面了,行不?”

“不卖!”

那女人见李思文不为所动,甚至连看都没多看她一眼,不服气地叫道:“一百,我给你一百,怎么样?”

无非是钱不够嘛,一百块钱够他干一天苦力的工资了,这下卖了吧?

李思文没再理她,拿着方便面和矿泉水走到前边,在老人和两个小孩跟前停下,笑着把面和矿泉水递给小女孩说:“小妹妹,我这儿有一包方便面,不过没有开水泡,你跟哥哥吃干的好不好?”

“好啊,我经常干吃呢。”叫言言的小女孩使劲点着头,笑逐颜开,接过那包方便面对李思文说:“谢谢叔叔!”

“真乖!”李思文又把手中的矿泉水递给她,走回去坐到最后排。

老人目睹了一切,见李思文把东西送给孩子,有些不好意思,走到后排对李思文道:“小伙子,多谢了,我也不能占你便宜,刚刚那女娃儿说给你一百块钱,那我就给你两百块,你千万莫以为我是拿钱砸人,我是赞你这种行为,沙漠里赠水,雪中送炭,这种行为是多少钱都买不到的,我就是表示一下我对你的感谢而已。”

李思文摇摇头,伸手推开老人递过来的钱:“老人家千万莫这么说,小孩子天真,莫教坏了他们,几块钱的东西算得了什么,老人家就莫再讲了,钱我是不要的。”

老人笑了笑,把手缩了回去,爽朗地笑着说:“那好,我不给钱,我交小兄弟这个朋友,我姓谢,名字叫谢庆,是狮子县东城区杨柳村的,小兄弟回狮子县后有机会到我家里来作客。”

“行的行的……”李思文点头答应,伸手按着额头,虽说吃了药,不过脑子里还是有些疼。

掏出手机给袁丽萍打电话。

“我的大主任，我在开车呢，估计还要两个多小时才能到，又有什么吩咐啊？”

李思文低声道：“小袁，你经过小卖部帮我再买几十瓶矿泉水和方便面八宝粥什么的，这车上还有二十多人又冷又饿的，别的办不到，给他们带些吃的喝的吧。”

“好，我知道了！”袁丽萍难得没再调侃李思文。

袁丽萍赶到大山顶的时候，已经是夜里十点了，开了将近四个小时。

袁丽萍到的时候，睡醒的人揉着眼睛贴在窗上看，几个小时没见一辆车经过，难得啊。

袁丽萍停了车，拿着手电往里面照，一边问：“李主任，李主任，是不是这辆车？”

李思文哼哼着说：“你就故意叫吧，这大山顶上一片荒凉，还有哪个停在这里受冻受饿的？”

袁丽萍嘻嘻笑着，一边打开后备箱一边说：“我开了几个小时的车，你还不让我叫一叫？真是个刻薄的上司。来搬东西吧，你要的都在这儿。”

后备箱里有两箱八宝粥、一箱矿泉水、两箱方便面、一箱面包。

李思文用未受伤的右手拎起一箱八宝粥上了车，车里其他人赶紧跑下来帮忙。

这时候就算李思文卖高价赚钱，他们也认了。

那两个女人兴奋不已，她们俩兴奋不是因为有吃的，而是因为看到了车，漂亮女孩跟在李思文身后，声音甜腻地说道：“大哥，你要回狮子县吧？把我们俩捎回去吧，我另外给你算钱。”

李思文摇摇头道：“真不好意思，我想把他们带回去。”

李思文一边说一边指着老人和两个小孩，另外还有三个六十多岁的老人。

“先带我们吧……”那女人的声音里带着恳求的味道，因为领教过李思文的不给面子，她没有说服李思文的信心，但话一出口就觉得不妥，她这么说是叫李思文不带那几个老人了。

李思文这次倒是没怎么生气，只是坦然地对她说：“不是不带你们，要是有可能我愿意把大家都捎带回去，但你们也看到了，我朋友开来的是一辆轿车，就算挤，也只能挤六七个人，还有两个小孩，确实带不了。你们就忍耐一下，等明早中巴车过来再走吧。另外我叫朋友给你们带了不少吃的，虽然不一定好吃，但顶饿。”

车里的乘客纷纷掏出钱来问李思文：“兄弟，我买两盒八宝粥，两瓶矿泉水，两包面……”

“我也要几包……”

李思文不接钱，点着头道：“大家尽管拿去吃，不用给钱，这也用不了多少钱。几位老人跟我一起先回狮子县吧。”

老人很感动，拍着李思文的肩膀道：“小伙子，你是个好人，我看那两个女娃儿难受，你就把她们带回去，我留下来，你帮我把两个孩子带回狮子县就行，我感激不尽！”

最终，老人还是没上车，李思文和袁丽萍带着三个老人，两个孩子，又挤进了先前那两个漂亮女孩，连夜赶回狮子县。

到狮子县已经是凌晨四点了，袁丽萍靠边停了车，瞄了瞄李思文等人，所有人都睡了。

袁丽萍也很累，不过想到李思文今天还要到酒厂报到，还是让他回去休息一会儿，免得到时候精神不佳。

她轻轻推了推李思文，李思文睁开眼，“到县城了吗？”

“到了。你一会儿还要去酒厂报道，回去再睡一会儿吧，两个小孩子就交给我，我把他们送回家。”

李思文点了点头，走的时候老人留了家里的电话，说到县城后打电话叫他儿子来接两个小孩就行了。

后面的三个老人和两个女人道了谢，相继离开。

回到家里又睡了三个小时，李思文感觉精神好多了，换了一身干净衣服，把东西整理好。出门之前李思文给李治打了个电话，李治说马上开车给他送点儿东西过来。

在小区门外等了二十分钟，李治才开着车风风火火地赶来，放下车窗笑嘻嘻地对站在路边的李思文说：“头儿，上车！”

李思文也不客气，从另一边上了车。

李治指着一个大文件袋说：“头儿，你要的东西在里面，嘿嘿，好东西，彩色的，我把拍摄的东西传到手机上了，你先看看。”

李思文笑着把文件袋里的手机取出来，调出视频慢慢看，一边看一边说道：“干得漂亮。送我到酒神窖酒厂！”

“头儿，快到了，我就送你到这儿，不进去了。”

离酒神窖酒厂大门还有一百多米，李治停了车，作为鹰嘴镇派出所的警察，他不方便直接出面。

李思文点点头，一切准备就绪，看来是时候了。李思文打通了唐明华的电话。

电话一通，唐明华先说话了：“思文，你在哪儿？我和吕部长正打算给你电话，你伤怎么样了？要出发去酒神窖酒厂了。”

“我就在酒神窖酒厂大门这，唐书记，你安排几个纪委的工作人员秘密准备，今天我这个纪委书记去报道怕是要给酒神窖酒厂一个下马威了！”

“呃……”唐明华一愣，李思文人还没正式到酒神窖酒厂赴任，就摆出这么一副架势，难道他这么快就弄到证据了？

“好，我安排一下。”唐明华知道李思文工作严谨，不会胡乱说话，多少人在酒神窖酒厂撞得头破血流，硬是打不开局面，李思文还没正式上任就找到了突破口，这恐怕也是酒神窖酒厂有史以来最厉害的纪委书记了，赴任当天就动手抓人，不知道李思文会把酒神窖酒厂捅个多大的窟窿出来。

唐明华挂了电话沉思片刻，随即给于清风打电话说了李思文的意思。

于清风沉吟一阵，说道：“按李思文的意思办，调他去就是要捅一捅酒神窖酒厂这个马蜂窝，只是没想到他会这么快就下手。”

唐明华当即安排纪委准备了两辆车，六名纪委干事一起过去，这六个不跟他们同时进酒神窖酒厂，而是在酒厂外边待命。

组织部长吕青松不知道情况，过去时他开车，唐明华坐他旁边。

吕青松一边开车一边对唐明华笑道：“老唐，你脸绷那么紧干吗？今天可是给小李宣布任命的，要面带笑容，轻松点儿嘛……”

唐明华笑了一声道：“那是，吕部长，今天有一出好戏，你就等着看戏吧。”

“看戏？”吕青松疑惑地看了看唐明华，“看什么好戏？”

难道酒神窖酒厂为了欢迎李思文这个纪委书记，准备了什么特殊活动？

现在一直在强调纠风整纪，酒厂不可能顶风而上。

县政府到酒神窖酒厂不算远，狮子县城也就那么大，开着车二十来分钟就能绕县城一圈。

“吕部长，停一下，小李在前边。”

唐明华远远看到站在路边的李思文，当即叫吕青松停车，吕青松也看到李思文了，慢慢减速，在李思文身边停下。

李思文拉开车门坐到后排，笑着说：“吕部长，唐书记，我坐后排是不是不合适啊，好像我是两位领导的上级一样，哈哈……”

吕青松笑道：“要不你来开车我坐后边？”

李思文嘿嘿一笑：“嘿嘿，吕部长，我倒是想给你开车，可我这胳膊儿不争气啊。”

三个人说着笑着到了酒厂门口，酒厂门卫早得了通知，知道今天县委领导要来，一看车牌号是县政府的，赶紧跑出来欢迎。

吕青松放下车窗点头示意，然后开车进了里面。

酒厂办公楼前边的空地上，酒神窖酒厂上上下下的领导干部都在，一见到吕青松的车子开进来，马上小跑着迎了过来。

吕青松还没停好车，七八个人就迎到车前，几乎堵住了去路。

“吕部长，唐书记，欢迎欢迎……”

最前面是个五十岁左右的胖子，白白净净一张脸，笑呵呵的，看起来特和气，他后面是个肤色颇黑的高大老头。

李思文在县委办的资料里看过这两个人的照片，跑在最前面的白脸胖子是酒神窖酒厂的厂长钱克，他身后那个身材高大、皮肤黝黑的老头是酒厂的党委书记关国成，后边那十几个是酒厂的中层干部，一个都不认得。

钱克跟吕青松和唐明华握了手后，目光落到李思文身上，上上下下打量了一遍才问道：“这位是……就是我们酒厂新任纪委书记小李吧？”

李思文形象不佳，左手吊着绷带，脸色憔悴。

“我是李思文，是钱厂长吧？”李思文伸手跟他握了一下，不咸不淡地说了两句，然后看向关国成，伸手道：“关书记吧？”

“关国成！”

关国成的手有些粗糙，语气也不是很亲热，盯着李思文的眼睛像潭深水，看不出深浅。

吕青松上前介绍道：“还是我来介绍一下吧，这就是从我们县委办公室调来的李思文，这两位是酒神窖酒厂的党委书记关国成和钱厂长，大家熟悉熟悉。”

钱克脸上堆着笑，“请请请，吕部长，唐书记，还有小……小李，我们到楼上办公室。”

钱克和关国成陪同吕青松、唐明华走在前边，余下的人则跟在后面。

办公楼大门前还挂了几道横幅，上面写着“热烈欢迎新任纪委书记到任树新风严立纪”，“热烈欢迎县委领导来我厂检查工作”。

气氛搞得相当热烈，似乎十几天前那场几乎闹出了人命的一幕根本就不是发生在这儿的一般，李思文脸上没有任何表情。

李思文很清楚，关国成和钱克心里跟明镜似的，那天的事闹那么大，关国成和钱克怎么会不知道他李思文？

那天闹事打伤人的那伙人拘留几天后都放出来了，于清风在这件事情上没有施压，就是要给酒神窖酒厂和背后那些人一个假相，县委对酒厂这边和以往一样睁只眼闭只眼。这么些年来，尤其是于清风这一届，早就想对酒神窖酒厂动刀了，可是几年下来连酒神窖酒厂的皮毛都没动到。

今天的酒神窖酒厂一团和气，气氛搞得像过年一样，如果不是李思文亲身经历，换了别人哪里会想到，眼前这个看着光鲜的酒厂，其实是一个随时可能爆炸的火药桶。

他左手吊着的绷带，额头未愈合的疤痕，都是酒神窖酒厂留给他的深刻印象，此时关国成和钱克绝口不提这件事，两个人的表情也很有意思，关国成冷，钱克热。不过俩人倒是有一个共同点，那就是都称呼他为小李。

看来他们潜意识里都看不起，甚至排斥自己这个纪委书记啊。

吕青松和唐明华也都脸带笑容，只有李思文这个主角面无表情，现场一副其乐融融的景象，谁也不知道接下来李思文会给这个沉寂腐朽了多年的厂子扔下怎样一颗炸弹。

会议室在二楼，大约能容纳五十个人的会议室布置得很漂亮，地上铺着地毯，圆形的会议桌上盖了红绸布，上面摆放着光洁的白瓷茶杯，每个座位对应的地方都有一碟精致的水果。

正面有两个位置，不用说是留给县委组织部长吕青松和纪委书记唐明华的，吕青松来是因为这是他分内的事，干部赴任会由组织部的领导送过来，宣布任命。一般的干部上任都是由副组织部长陪同，吕青松亲自出马，也凸显了李思文这个纪委书记的重要性。

唐明华是县纪委书记，他同来是因为李思文的职位是酒厂的纪委书记，按职务来说，李思文是他的下属，所以他也来了。

第十一章 辣手肃贪，杀气腾腾开铡立威

纪检小组强势进驻酒厂，厂长钱克暗自冷笑，他早已未雨绸缪：首先煽动职工闹事，声东击西，让清查不了了之；其次，威逼利诱查案人员，让纪委知难而退，大家相安无事；最后还是压不下来的话，那就只好鱼死网破了。可惜他想破脑袋也没想到，李思文根本不吃他那一套，在就职大会上就举起了铡刀，宣布双规粮食采购科科长卢洪亮，当场抓人。杀气腾腾的李思文令钱克不寒而栗。

众人就坐，酒厂书记和厂长坐在左侧第一第二位，李思文则坐在右侧第一位。

“咳咳……嗯，大家安静一下，我来说两句……”

看到钱克一副想冒头的模样，关国成第一时间抢过了话头，“我看时间也差不多了，就开始吧。首先欢迎县委吕部长和唐书记到来，今天是原县委办副主任李思文同志调任我厂任纪委书记的日子，当然，这个任命不能由我来说，得由吕部长来宣布，下面就请吕部长说话，大家欢迎！”

吕青松也不客气，放下茶杯，表情严肃地道：“那好，我来说吧，我代表狮子县县委宣布一个任命，经县委常委会议决议，并报审北川市委

通过，现调任李思文同志任狮子县酒神窖酒厂党委副书记兼纪委书记。”

“好，欢迎小李同志到我厂做纪律的领头标兵，大家欢迎！”关国成带头鼓起掌来，其他人也跟着鼓掌。

随后吕青松又洋洋洒洒地说了一通李思文的优点，无外乎党性过硬、严守纪律、能力出众等套话，众人又是一阵热烈的掌声。

李思文扭头悄悄对唐明华说了两句话，唐明华随即起身道：“我出去上个洗手间。”

吕青松讲完话，笑望着李思文道：“县委的任命宣布完了，下面就由酒厂新任纪委书记李思文同志给大家讲话！”

在众人的掌声中，李思文对着麦克风缓缓说道：“大家好，我是李思文，今天任职酒神窖酒厂的纪委书记，我既惶恐又期待，惶恐的是担心自己做不好这个工作，期待的是想做得更好。我先表个态，今后我会踏踏实实、认认真真地做事，至于合格与否，整个酒神窖酒厂几千双眼睛盯着，我尽力而为。”

又是一阵掌声，钱克带头鼓掌，李思文心里清楚，掌声中实在没有多少诚意，不过他也无所谓，很快他们连笑脸都装不出来了。

等掌声停下来后，李思文一脸肃然地道：“既然担任了酒神窖酒厂的纪委书记，那我就讲一下这方面的问题。酒神窖酒厂在纪律法规方面是有问题的，某些人触及了党纪国法。不用惊讶，我说的就是我们酒神窖酒厂的干部，在此，我有必要提前说一声，如果现在有人愿意站出来主动交代，我可以向纪委唐书记建议，从轻处理。嗯，有想说什么的没有？”

李思文这席话顿时让会议室的温度降了下来，尤其是酒厂的干部，盯着他惊疑不定。

吕青松想起唐明华说要他看戏，原来他指的是这场戏。有意思，够气魄。吕青松忍不住在心中暗赞。

当所有人都对酒神窖酒厂这个多年来针扎不进、水泼不进的地方敬而远之时，没想到李思文却不声不响地挥出了雷霆一刀。

关国成和钱克一脸愕然，不知道李思文突然来这么一句是什么意思。

他们之前根本没把年轻的李思文看在眼里，俗话说，嘴上无毛办事不牢。李思文这毛头小子年纪轻轻就坐上高位，只怕是靠关系上来的。

而且年轻人都喜欢表现，喜欢搞新官上任三把火，难道这是他为了抓眼睛、出政绩搞的手段？他一个刚上任的纪委书记有这能耐？

恐吓、要诈、玩心理战术罢了！

关国成和钱克对视一眼，心里有数，再看厂里那些中层干部，惊疑之后都对李思文的话不以为然，看来，他们也认为李思文是虚言恫吓。

李思文料到他们不会主动坦白，微微点头，又说道："看来是没有人主动交代问题了，那我就点个名，酒厂粮食采购处的科长卢洪亮在不在？"

大家都认为李思文是在玩心理战术，没想到他还真公开点名了，众人的眼睛刷地一下都望向坐在右侧中间的男人身上。

那人三十七八岁年纪，长方脸，看起来高大壮实，坐着都比旁边的人高出一头，见众人都盯着他，不禁慌乱了一下，随即就站起身向李思文恼道："李……书记，你点我名干什么？饭可以乱吃，话可不能乱说，你这样做严重影响我的声誉，我要向县纪委上报检举你！"

"哦，你认为我是胡乱说的？"李思文淡淡地道，"既然这样，那我先问卢科长几个问题，希望你能够如实回答。"

卢洪亮挺着胸膛，黑着一张脸道："你问！"

李思文一边在纸上快速写着什么，一边头也不抬地问卢洪亮："卢科长，我的第一个问题是，酒神窖酒厂酿酒采购的粮食是优质品还是次品？是什么价格？"

"当然是优质品了，至于价格，不能一概而论，会随着季节和时间变换，但大致上下浮动不是太大，我们这几年酿酒主要粮食是玉米，收购的全部都是周平县最优质的玉米，价格在一块三至一块五，有收购的票据和上交的账册证明。”

“好的。”李思文点点头，不露声色地继续问，“除了从周平县采购优质粮外，会不会从我们本县或者除周平县以外的地区收购？”

卢洪亮想也没想就回答：“没有，只有我们狮子县朱坝镇有一个收购点，也没怎么走量，主要是预防周平县那边采购量不足或者有突然事故，预备而已。事实是没有意外发生，我们也从没启动朱坝收购点走量采购方案。”

李思文摆摆手道：“好，我明白了。”

说这话时，他看着卢洪亮，卢洪亮也看着他，四目相对，卢洪亮没有丝毫退缩的意思，看来底气很足。

李思文手指轻点着摆放在面前的文件袋，卢洪亮的说法他早有预料，酒神窖酒厂这么多年来破而不倒让他们腰板硬得很，连县委都不敢查他们，还怕一个李思文？

他们厂里的账目是下过功夫的，自然不怕查，李思文刚上任，连厂里的账册都没看过，就算喊破天又有什么用？

这是卢洪亮的想法，也是酒厂很多人的想法。

望着李思文，卢洪亮越发相信他是在跟自己玩心理战，这家伙也太小瞧自己了，毛都没长齐还跟他玩这一套？

李思文叹了口气，这帮人简直无法无天，当面都敢颠倒黑白指鹿为马。说到底，还是背后有人给他们撑腰，给他们壮胆。

他李思文要做的，就是先破了他们的胆，再拆掉他们的利益堡垒。

李思文拿着手机在手上把玩，眼睛盯着卢洪亮，良久才说：“卢科长，我大前天去了朱坝镇，并且去看了酒厂在朱坝镇设的收购站，那里在大量收购次品粮，不知道卢科长能不能给我解释一下，收购那么多次品玉米做什么?”

卢洪亮顿时倒抽了一口凉气!

李思文还真是出乎他的预料，他这边想着自己交给厂里的账目做得滴水不漏，却没料到李思文居然不查看厂里的账，而是走外围，朱坝镇收购站的情况他哪能不知道?

李思文没给他思考的时间，又给他扔出一个重磅炸弹:“我从朱坝镇回来后又去了周平县，去了周平县七星坪粮站广场，酒神窖酒厂在周平县的粮食收购站早在五年前就已经撤销了。卢科长又怎么解释你刚刚说酒厂全是从周平采购的优质粮?”

卢洪亮的冷汗瞬间就冒出来了，半天说不出话来。

李思文说的这些都是真实情况，他相信李思文真的去过现场，否则不会知道得这么清楚。这时候他再想补漏也来不及了，周平县粮站那边可不是他说能堵就堵得住的，再说粮站都撤销五年了，谁知道今天会被翻出来。

李思文把手机里跟朱坝镇收购站李娟的对话录音调了出来。

这是他在朱坝问李娟时偷偷录下的，卢洪亮听得脸一阵红一阵黑的，汗水把背后的衣服都浸透了。

李思文把文件袋打开，从里面取出了另一个手机，抬眼问钱克:“钱厂长，麻烦你叫人把我手机里的录像用投影播放一下。”

会议室里有投影，钱克抹了一把冷汗，招手叫了个人来播放投影。

这时候，钱克等人才意识到这个年轻纪委书记的厉害，他带来的震撼绝对比以往数届纪委书记的威力都要大。

看到投影幕布上的画面，卢洪亮的脸色瞬间变得惨白。

画面里是他跟一个卖粮的哥们在县城皇家桑拿中心包房里的故事，画面上丑态百出，喝酒，跟几个舞女跳舞，那哥们给他塞红包和聊玉米收购价格的话也都录了下来，无论是哪一点都够收拾他这个卢科长的了。

要说李思文去朱坝和周平县的调查还不算实证的话，这个录像一出来，可就真应了一句话，铁证如山。

之前一直笑眯眯的厂长钱克此时脸色铁青。

李思文这一手太阴毒了！

在赴任的欢迎会上发难，搞了这么大一个下马威。

唐明华不知道什么时候回到了位置上，拍了拍手向门外叫道："进来！"

门开了，进来四个人，唐明华指着呆立的卢洪亮道："把他带回纪委，从严从速审查他的案子。"

"跟我们走吧！"前面一个人掏出明晃晃的手铐把卢洪亮铐了，几个人半推半拖地将脸色煞白的卢洪亮带出了会议室。

会议室静得连根针掉在地上都能听得见，厂长钱克眼睛都瞪红了，卢洪亮可是他的女婿啊，他的女婿出了这么大的问题，那么他这个老丈人的屁股底下能干净吗？

"啪……"

钱克狠狠一巴掌拍在桌子上，站起身来直喘粗气。

众人以为他这是要跟李思文发飙呢，没想到钱克涨红了脸恨恨地说："这混账狗崽子，真是气死我了，竟然敢干这种事，我绝饶不了他，李……李书记……"

钱克望着李思文和唐明华、吕青松三个人，又诚恳又愧疚地说道："我管教不力，厂子里事情多了，我也没时间细问他的事，没想到他竟然敢这么干，我真是……真是愧对县委对我的期望。唐书记，你一定要从严惩治，我……我……我实在是无地自容了！"

钱克越说越唏嘘，还抹了把眼睛，看起来好似真不知道内情一样。

几十个酒厂中层干部此时看向李思文的眼神彻底变了，有的是欣赏，更多的是畏惧，这时候他们才明白，之前他们都小看了这个年轻的新纪委书记。

李思文这一手敲山震虎，把原本固若金汤的酒神窖酒厂硬生生撕开了一条口子。

卢洪亮被纪委带走得太突然了，之前连一丁点儿征兆都没有，即使某些人想串供都没有机会，一旦卢洪亮招供，后果不堪设想，这才是令某些人惶恐不安的原因。

这么一闹，办公室的气氛立马不同了。

吕青松沉声道：“李书记的做法我们县委是大力支持的，只要他是依法依纪办事，我们县委就是他最大的依靠。关书记，你说两句。”

关国成点了点头，声音沉重又惭愧地说道：“好，我就讲几句，今天我们酒厂新任纪委书记小李揪出了一个蛀虫，这个问题很严重，作为酒厂的党委书记，我难辞其咎。采购科是我们酒厂的原材料提供处，这个部门坏了，直接影响到我们酒品的好坏。李书记，我提议立即清查采购科！”

钱克张了张嘴想说什么最终没说出口，他的身份十分尴尬，说好说坏都不行。

钱克很想找个借口溜出去打几通电话，但唐明华盯着他呢，他根本没有机会。

钱克担心的不仅仅是卢洪亮，酒厂里除了女婿卢洪亮，他儿子钱大卫也在酒厂保卫科任副科长，他儿子属于那种挂职拿薪水，又到处惹是生非的主儿，早在厂内惹了不少怨言。

酒厂党委书记关国成对钱克一直耿耿于怀，两人水火不容，不过他们两个明争暗斗也只是对内，对外却是一致的，毕竟查出酒厂的问题对他们俩都没什么好处。

开完就职欢迎会议后，吕青松和唐明华在酒厂吃了一顿便饭，原本钱克准备了豪华大餐，被李思文这么一闹，也不敢拿出来了，赶紧叫厨房把山珍海味撤了，换成普通的五菜一汤。

县委正全县纠风整纪，他要是继续搞这些，那不是自己找抽吗？眼下女婿卢洪亮的事就已经够他头疼了，他哪里还敢节外生枝。

送走吕青松和唐明华后，关国成笑着对李思文说道："小李，李书记，你的办公室我已经叫人收拾好了，一起去看看，看看还缺什么，正好叫办公室去采购。"

钱克开会前一直很活跃，但纪委把他女婿卢洪亮带走后，他的精神状态直线下降，从中午吃饭到现在一句话都没说，脸色也明显有些憔悴，对关国成抢着对李思文表现热情也毫不在意。

从行政权力上，李思文是下级，要受两人管辖。但李思文是县委书记于清风插在酒神窖酒厂的钉子，背后有于清风撑腰。虽说他这颗钉子能不能钉进来还不一定，但表面上，他们还不敢跟于清风对着干。

尤其是今天这件事，至少说明了一点，李思文不是个中看不中用的人，相反，这小子是个硬茬子，手段又狠又准。

李思文瞄了瞄关国成，又仰头看了看窗外，天空飘着几朵白云，太阳刚刚偏西，还毒得很。

"关书记，办公室稍后再去，我想去看一看粮仓。"

关国成的眼中闪过一道光芒，不置可否地点了点头，在前边带路："也好，采购部出了这么大的问题，也是该好好查一查了。我已经通知下去了，采购组全面停止工作，等小李书记这边查清后再开会决定是否重新实施采购计划。酒厂不重整是不行了！"

李思文有些奇怪，在他的印象中，酒神窖酒厂这两大巨头，书记关国成和厂长钱克对他的态度都很不友好，表面上迎，骨子里却是拒，他能够感觉到，关国成和钱克两个人并不和气。

为什么关国成对他的态度来了个大转弯呢？

酒厂占地面积极大，从大门往北延伸至少有一公里，前边是办公大楼、宿舍楼、娱乐室、食堂、粮仓、发酵室、酒糟配料拌和室、蒸酿室、酒窖、包装车间、储存仓库，酒厂这几年职工总数一直在下滑，情况十分严重。

李思文要去看的是原料粮仓，是卢洪亮采购部门收购回来的玉米、高粱、大米等酿酒原料堆放的地方。

关国成一边招手叫随行的下属过来拿钥匙开仓门，一边对李思文说："小李书记，我一直负责党群，钱厂长负责生产，钱厂长喜欢事事亲力亲为，我也乐得清闲。"

都不是省油的灯，关国成的话显然内涵深刻。首先，他声明酒厂所有事都是钱克在管，没让他插过手。所以如果厂子里有什么问题，那也是钱克的问题，与他无关，他最多算是领导不力。

李思文点点头，抬脚走进仓库，迎面是一排十来个巨型粮仓，每一个至少能装几十吨，粮仓是圆形的，脚下一圈有好几个放粮出来的吞吐口，不过装粮进去的口子只有一个，在上面七八米高的地方，可以用机器往里边传送。

李思文沿着梯子爬上去，打开仓门往下看，这一仓是高粱，顶层的高粱呈深红色，颗粒饱满，在李思文看来，这绝对是优质的高粱。

关国成在下边介绍道："我们酒厂酿造的酒原来是比较高端的产品，用优质高粱酿造，后来销量下滑后逐渐加入玉米和大米等混合谷物酿造，其中以玉米量最多，因为玉米便宜。"

李思文思忖了一会儿，爬下梯子，叫管粮仓的员工把下面的出粮口打开，他要检查一下从下面出来的高粱。

那员工顿时犹豫起来，但在李思文的命令下又不敢不开，只好慢吞吞地打开门。

门一开，出仓口就喷出了高粱，直落进下面的筐子里，放了半筐，李思文喊了声停，那人按停了开关。

李思文和关国成弯腰抓了一把高粱，筐子里的高粱跟李思文在粮仓上面看到的优质高粱简直是天差地别。

这一筐高粱全是虫吃或者不饱满的次品高粱。

李思文心想，果然如此，上面那层优质高粱不过是卢洪亮等采购组为了应付检查弄的假象，马屎颗粒都是皮面光，里面却是屎。

李思文又检查了几个粮仓，两个玉米仓，一个高粱仓，结果跟第一个一模一样，都是最上层铺了薄薄一层遮掩，下面全是劣等货。

关国成皱着眉头没说话，李思文当即说道："关书记，我看厂子里问题相当严重，我建议马上组织人手进行全厂审查，第一步就从采购和财务账目开始。"

关国成一边点头一边担忧地问道："查是要查的，我就是担心这么大的动作，会不会闹得人心惶惶，从而影响厂子的生产。"

李思文摇摇头道："我看不会，人心惶惶的只是有问题的人，俗话说得好，为人不做亏心事，夜半敲门心不惊，我相信酒厂绝大多数人是没有问题的，尤其是最底层的工人，他们当中大多数人一不涉权，二不涉钱，能有什么问题？"

"再说了，他们最恨的是什么？他们最恨的就是这帮腐败分子。我们大力清查贪腐分子，行动越积极，力度越大，他们越高兴，工作也越有积极性。"

关国成沉吟着回答："你说得对，审查的人是用我们酒厂纪检部门的人呢，还是你找别处的人？"

李思文也沉吟起来，说实话，酒厂纪检部门的人，他一个都不认识。而且酒厂的情况特殊，党委书记关国成压不住钱克，基本上对酒厂不闻不问，以至于钱克大权在握，大部分要害部门都被他安插了亲信，用酒厂纪检部门的人，恐怕查不出东西来，左手能对右手不利么？

沉吟良久，李思文才对关国成道："关书记，这样吧，我对酒厂的情况不熟悉，审查人手我暂时从县委那边借调几个过来，等以后慢慢熟悉了再考虑用酒厂内部的人。”

关国成点点头，李思文这是摆明了不信任酒厂纪检部门的人，换了他恐怕也一样，酒厂问题太多，他一个新来的能信任哪个？

恐怕连他关国成都信不过！

李思文看了看表，已经下午一点四十了，当即对关国成说道：“关书记，事不宜迟，你主持大局，钱厂长配合，我去县委那边借调些专业人手过来，今天就开始进行清审。”

“行，那你赶紧去县委调人，我再组织干部开个紧急会议，召集所有人手配合审查，如有不配合的干部，无论是谁，无论职务高低，一律就地免职!”

“那就谢谢关书记的大力支持了。”李思文有些意外。他对关国成多少有些戒心，原本想着他肯定不会让自己轻易插手，没想到他居然鼎力支持，既然他这么支持自己全厂审查，是不是可以表明他自己是不怕查的，是干净的。难道他真的是一个又清又闲的书记？

钱克肯定是不能正常工作了，就算他和女婿卢洪亮的事情没有关联，出于避嫌他也不能插手，何况李思文根本不相信他跟卢洪亮没有关系。

今天李思文忽然发难，把卢洪亮揪出来后，钱克就坐立不安，要说他没有问题，打死李思文都不信。

跟关国成商量好，李思文就准备赶往县委找于书记要人。

“小李书记，来，钥匙……”

关国成叫住他，从裤袋里取出车钥匙扔给他，说：“这是我的车子，别嫌档次低，开车方便些。”

关国成的车钥匙标志是“BYD”，国产车，确实是普通得不能再普通了。

开着关国成的比亚迪 S6 到县委，门卫老黄看到从车窗里探头出来的是李思文，赶紧笑呵呵地开了门。

李思文停了车，直奔于清风办公室。

王见正在整理文件，一看到李思文就笑了起来："哟，是李主任啊……哦，不对不对，现在应该叫你李书记了，呵呵，快进来坐……"

李思文笑着进去，瞄了瞄书记办公室。

王见笑道："你别找了，于书记在开会，估计也差不多了，稍等一会儿。"

李思文点点头，伸手接过王见递给他的矿泉水，一只手不方便，又递给王见笑着说："小王，不好意思，你还得帮我拧一下。"

王见呵呵一笑，接过来一边拧盖子一边说："你看我这脑子。你手上的伤怎么样了？"

李思文动了动左手，感觉了一下才回答："能动了，应该没什么大问题了，抽空去医院复查一下，把绷带扔了，这东西太碍事了。"

"谁说把绷带扔了？"

办公室的门被推开，于清风走了进来，盯着李思文大声说："医生没说扔你要是自个儿扔了，我关你禁闭！"

李思文笑嘻嘻地站起身，"于书记，你要关就关呗，我还就喜欢关禁闭。"

"驴！"于清风笑骂了一声，抬手在他右肩拍了一巴掌，笑着赞道，"你小子今天这一手玩得漂亮。思文，我刚刚和谢县长、张副书记、唐书记开了个书记碰头会，决定加速对全县的巡视审查，纪委老唐那边也正在突审卢洪亮，争取从他身上打开突破口。"

一直想对酒神窖酒厂动大手术的于清风，几次出手都无功而返，明摆着的问题硬是查不出来，反而被酒神窖酒厂那边搞得缚手缚脚。酒神窖酒厂已经成了于清风的一块心病。

于清风这么多年一直在寻找能解决酒神窖酒厂问题的人。

他之前也挑了几个人，都失败了。直到李思文异军突起，进入于清风的视线，于清风将他调任县委办，说是重用，不如说是进一步考验。在处理酒神窖酒厂突发群体事件时，李思文智勇双全奋不顾身的表现，彻底征服了他。

李思文没让他失望，上任酒厂纪委书记的第一天，就交出了一份漂亮的答卷。

李思文点点头道："我也是这么想的，打蛇要打七寸，我们既然打破了他们的防线，这个机会一定要抓住，我来就是找于书记要人的。"

于清风哈哈一笑道："行，狮子县内上上下下的机关单位，你要调哪个人都行，现在你是要钱给钱，要人给人。"

高兴过后，于清风又严肃起来，叮嘱李思文："思文，虽然你目前打开了缺口，但是冰冻三尺非一日之寒，酒神窖酒厂远不是表面那么简单，事情越顺利你越要小心！"

李思文笑着点头："于书记就放心吧，你忘了我以前是干什么的了？"

"小心驶得万年船，总之你要多留一个心眼，酒神窖酒厂的问题盘根错节，水很深，我担心你的人身安全。"

李思文估计于清风是被他在酒神窖酒厂受伤的事吓到了。

于清风又说道："思文，知道我为什么不追究把你打伤的那伙人吗？因为他们只是爪牙，动了他们也影响不到背后那些人，所以我装作视而不见，将他们放出去反而会麻痹对手。"

李思文也觉得于清风这种示敌以弱的策略不错。

于清风瞄着李思文吊着绷带的左手问道："思文，手好得怎么样了？"

李思文动了动手笑道："问题不大，只要不干重活就没事，老挂着绷带我也觉得不方便。"

"你先去医院检查一下，一切还是要以医生的建议为主。"

李思文站起身说："现在没有时间，于书记，我现在去县委办那边找袁丽萍商量一下方案，我要的第一个人就是县委办的小袁。"

“行，你去办吧，确定好人选后，把名单交给王见，我马上通知各单位调人。”

有于清风这句话，李思文也放心了，笑嘻嘻下楼去了县委办公室那边。

县委办公室，黄群正拿着茶杯在饮水机处接水，谢子立和袁丽萍坐在电脑前正在做事。

“哟……李……李主任来了？”黄群端着茶杯一抬头就看到了进来的李思文，吃惊地叫了起来。

李思文摆摆手笑道：“我现在不是主任，也不是你们的领导了。”

谢子立和袁丽萍都转过身来看着他，李思文见袁丽萍眼圈发黑，想来昨天晚上把她折腾够呛，对一个女孩子来说，袁丽萍的表现已经相当不错了。

袁丽萍眨了眨眼睛，歪着头儿问他：“你既然不是我们的领导了，跑这儿来难道又想抓我们的现形？”

李思文笑笑道：“不是抓现形，是来借你和小谢帮我办事。”

袁丽萍嘿嘿笑着说：“借人？我的李大主任，你可真把我当你家丫头了啊，二十四小时待命，哼哼，不干！”

李思文佯装转身要走，嘴里说道：“好啊，不想干也不勉强，那我去找别人了。”

“我去我去，我可没说不干啊。”谢子立跳了起来，向李思文追了过去。

袁丽萍顿时没好气地说道：“谢子立，你真没骨气，人家这是在钓鱼呢，你就不能矜持一点儿？”

谢子立笑道：“李主任是我的偶像，我只要能跟着李主任就行，哪管矜持不矜持啊？我又不是女孩子，可没你那么多花花肠子。”

袁丽萍顿时被谢子立的话噎到了，阵线不统一，这也没法和李思文较劲。她说的当然是反话，这几天累是累，但却觉得很踏实，做梦都想继续跟李思文一起做事。

李思文见袁丽萍吃瘪，哈哈一笑，指着里边他的办公室道：“新县委办主任还没来，办公室我先借用一下没问题吧？哈哈，走，我们去办公室谈谈。”

黄群有些沮丧地道：“李主任，怎么不要我啊？我也想……想跟小袁小谢一起。”

“黄姐，不是不用，是县委办公室的人我抽调了小袁和小谢后，就只剩你一个了，县委办的工作也不轻，暂时由你一个人顶着，不能再抽调了。如果以后有机会，我一定会考虑黄姐的。”

听李思文这么一说，黄群心里舒服多了。一想也是，要是连她都走了，县委办公室的日常事务怎么处理？李思文调走后，县委办目前的工作暂时由秘书科科长朱少军代理，都忙不过来。

坐到茶几边，李思文招手叫袁丽萍和谢子立都坐下来，谢子立坐在他对面，袁丽萍倒了几杯水端过来，然后才坐下。

李思文心想，女人就是不同，心细。谢子立年轻勤奋，但讲到心细和经验，还是比袁丽萍逊色很多。在县委办这段时间，他也算摸透了几个下属的性格，黄群是老资格，年纪大了，不如年轻人积极，谢子立有冲劲、没心机、性格耿直。

李思文现在要的就是这种人，信得过。

李思文沉吟片刻，喝了一口水说道：“小袁，小谢，我现在是酒神窖酒厂的纪委书记，因为马上要对酒厂的采购科和财务科进行审查，所以我需要值得信任的专业人才，我看过小谢的资料，你是学金融财会专业的吧?”

“是的，我还拿到了会计资格证，毕业后在外资企业做过两年财务，后来我妈非得让我报考公务员才进了政府机关。”

李思文点点头，又问袁丽萍：“县委办与下面机关单位接触多，县委办的资料也多，你帮我再找几个专业人才。”

袁丽萍点头道：“你说吧，大概要多少人？”

李思文摸着下巴思忖片刻道：“最少得六个人，审查财务科的账目需要三个专业人才，目前只有小谢一个，还需要两个这样的人手。查采购科问题的人，需要胆大心细信得过的人才行。”

“懂财务的我倒是可以找两个来，要信得过的人……”袁丽萍沉吟半晌忽然抬头盯着李思文说，“你以前工作的地方……”

“哦……”李思文恍然大悟，要说信得过的人手，自然是跟他接触得久又一起工作过的同事了，以前他在派出所工作时的几个下属，哪个他信不过？

想到这儿，李思文拿出手机给李治打电话。

电话一通，李治似笑非笑的声音就传了过来：“头儿，这次又要我去偷拍谁啊？”

“去!”李思文没好气地笑骂一声，“我现在缺人手，要借调两个人，正式的，你那边只管报上去，这边县委于书记已经点头同意了，不用你为难。”

李治一听李思文要借调人，顿时明白他不是缺人手，而是缺信得过的人，想了想说道：“头儿，我明白你的意思，这样吧，我把胡东和小丫头张妍调过去。”

李思文笑着一口答应，胡东身手不错，在派出所就是他的得力下属，张妍别看工作年限不长，但性格刚烈，之前他停职时，这丫头连顶头上司郑长顺都敢明着叫板。

“好，你让胡东和张妍两个人马上到县委办公室跟我会合。”李思文很满意李治的配合，这次能顺利将卢洪亮掀下马，李治功不可没。要不是李治提前去桑拿中心布置好监控器材，他也没这么快拿到卢洪亮的证据。

放下手机后，李思文一边喝水一边看手表。

下午两点五十五分。

“小袁，小谢……”李思文问他们，“你们开车从鹰嘴镇到县委办来要多长时间？”

袁丽萍想了想回答：“从鹰嘴镇到县城大约要二十分钟，前后加一点儿小耽搁，估计要二十五分钟。”

谢子立张口道：“我可能要二十二三分钟。”他开车比袁丽萍快。

李思文笑笑道：“我以前在派出所都是军事化管理，跟我在部队里的行事风格一样，做任何事都会比正常情况快一些，我从派出所调来的这两个人，我跟你们打个赌，他们只用十五分钟就能到，现在是两点五十五分，我赌他们三点十分就能赶到县委办公室。”

谢子立诧道：“没这么快吧？”

袁丽萍哼哼说：“你自己是那样，不可能别人都跟你一个样吧？”

“哈哈……”李思文笑着说，“我输了的话晚上到我家去，我做饭给你们吃，如果我赢了的话，你做饭给我们吃。”

袁丽萍笑了起来：“赌就赌，还怕你不成，反正都是到你家，谁做还不都是你掏钱啊？”

说起掏钱的事，李思文忽然想起了什么，赶紧摸出几百块钱递给袁丽萍：“昨天让你代买的那些食物和水，你花了多少钱？”

“没花什么钱，你也不用给我，要给的话就买些好吃的，今晚到你家聚个餐。”

“也行！”李思文知道袁丽萍的意思，今天借调的这些人就是他的新团队，正好到他家里聚餐开个会，把方案确定下来。

坐了一会儿，袁丽萍见李思文杯子里的水喝没了，又去给他加水。

谢子立看着时间，三点过六分了，离三点十分还有四分钟。

谢子立一边看时间，一边瞄着办公室外边，又过了两分钟，不禁笑着对李思文道：“李主任，你快输了。”

李思文含笑不语，谢子立正要再说什么，办公室响起了敲门声，黄群推开门探头进来道：“李主任，有两个人找你，说是鹰嘴镇派出所的。”

谢子立一愣，看看时间，三点零九分。

袁丽萍输了！

胡东和张妍进来后一起行礼：“头儿，胡东、张妍到了，有什么工作指示?”

袁丽萍和谢子立都愣住了，要不要这么严肃啊?

李思文摆手笑道：“坐，坐下来说。”

张妍主动坐到袁丽萍身边，瞄着她笑盈盈地说：“姐姐，以后咱们就是一个战壕的啦，你可要多关照我们啊。”

袁丽萍拉着她说：“我听李主任说，他借调了原来派出所两个得力下属来，这一见面才知道，你不仅得力还很漂亮呢。”

张妍睁着天真的双眼笑道：“姐姐，从没人说我漂亮，谁都说我是个野丫头，只知道干活做事，在我们派出所啊，也就我和胡东两个最差了。”

“哈哈，真会说话。”

张妍心眼不多，但人却不傻，袁丽萍试探她和胡东的话她哪有听不出来的。

袁丽萍瞄了瞄得意洋洋的李思文一眼，又好笑又好气，不得不佩服李思文，真是强将手下无弱兵，看张妍和胡东这一静一动性格相反的两个人就知道，两人都很厉害。

袁丽萍给李思文推荐的两个财务人员，一个叫朱于华，四十二岁，在县财经所工作。一个叫傅家学，四十四岁，是狮子县伟华律师事务所的会计师。这两个人都是财务账目方面的大行家，也是李思文这个新团队里年纪最长的两个人。

朱于华是财经所的，只要通知协调就行了，伟华律师事务所的傅家学就不那么方便了，伟华律师事务所是私人公司，不是政府管辖机关。

袁丽萍瞄了瞄沉吟的李思文，不咸不淡地道：“为难了吧？算了，我打这个电话吧，好歹以后要跟着你混，这些杂活我不干谁干啊?”

李思文摇了摇头："既然是求人办事，还是由我这个领导来说吧，不然人家会以为我们打官腔，摆架子，没诚意。"

袁丽萍偏着头儿想了想，找出电话号码："行，李主任，那你先表一表你的诚意吧。"

李思文一边摁号码，一边问她："感觉你有些奇怪哦，这个号码是那位傅先生的？"

"不是，我没他的号，这个号码是伟华律师事务所老总的号码。"袁丽萍似笑非笑地回答，"要找傅先生，找他本人是没有用的，他是伟华公司旗下的职员，除开私人时间，但凡是上班时间他都得在伟华律师事务所，要借人也得跟老板谈，老板答应了才有用。"

李思文哦了一声，那头电话已经通了，一个低沉的男人的声音传了过来："喂，你好，哪位？"

"你好，是伟华律师事务所的总经理吗？……你好你好，我是县委办公室主任李思文，呃……现在应该是酒神窖酒厂纪委书记了。是这样的，我们纪委要对酒神窖酒厂财务科进行审查，我手里缺少专业人员，我想借用一下你们公司的傅家学傅先生……"

那头沉默片刻才回答："不好意思啊李书记，我们事务所最近工作量比较大，傅先生又是我们所里的业务骨干，所以……"

"哦，那算了，不好意思，打扰了。"李思文有些不得色，瞧了瞧袁丽萍，见她一脸古怪，不禁恼道，"瞧你那是什么表情。"

袁丽萍嘻嘻笑道："我这表情怎么了？这个伟华律师事务所也是，连我们李书记的面子都不给，要不我们大部队直接开到他们事务所去，恐吓他们一下。"

"恐你个大头鬼！"李思文真想在她脑门上敲一记，随后又道："赶紧重新找一个人，还是找机关单位里的吧。"

政府机关外的确实不好弄，人家不答应也没办法，找机关内的就好说了，县委一道借调令，还有什么人调不来？

袁丽萍瞟了李思文一眼，拿起她的手机拨电话，说道："李书记，我看你那大男子主义真是要不得，女人在工作上可不比男人弱，有些方面甚至更强……"

正说着，电话拨通了，她按了免提，说道："喂，你好，我是县委办公室的袁丽萍。"

对方的声音响起："哦……袁……袁……哦，有什么事？"

那声音正是刚刚跟李思文通过电话的伟华事务所的总经理。

袁丽萍眼睛瞄着李思文，说道："是这样的，我们想借调贵所的傅家学傅先生来帮一下忙，不知道贵所是不是愿意帮这个忙？"

"帮……帮忙啊？这个……这个……"

袁丽萍听对方有推脱的意思，声音顿时大了起来："别这个那个的，你倒是给个爽快话，同意还是不同意？"

李思文听她这么说，当即皱着眉头直摇手，心里很奇怪，袁丽萍做事说话一向有分寸，怎么这次这么离谱？

人家先前就说了不同意，自己也说明了是县委的事，他仍然不肯帮忙，说明这人不买官方的账，就冲这一点，李思文就高看他一眼。

他喜欢敢跟官方说不的人，从不拿权力去压人，像袁丽萍这样说话，明显带了威胁的味道，我是县委办的，找你借人，你是答应还是不答应？

电话中，对方忽然就软了下来："这个……借，借，我答应借还不行？"

"这还差不多。"袁丽萍露出笑容，说，"那就谢谢袁总了！"

"得，你也别谢，县委办的牌子大，我可得罪不起。"

"哈哈，你知道就好，你让老傅马上赶到县委办公室，我们在这儿等他。"袁丽萍笑盈盈地挂了手机，得意地瞧着李思文。

李思文苦笑道："这个伟华的老总是你……什么亲戚吧？"

听刚才袁丽萍说"谢谢袁总"，他顿时就反应过来了，这个袁总只怕是袁丽萍的长辈。

不然他怎么忽然就转变了态度？自己出面都拒绝了，李思文可不相信换了个人，对方就害怕了，袁丽萍的声音可不恐怖。

袁丽萍知道李思文听出了苗头，笑着说："得了，你也别瞎猜了，我实话实说了吧，伟华律师事务所的老总是我父亲，我父亲是个老律师。"

果然如此！

李思文拍了一下手道："那好，人手的事情解决了，而且都是我们信得过的人，等最后两个人一到，我们开个会商量一下具体的方案。"

第一眼见到袁丽萍，李思文就觉得她气质出众，无论是说话还是做事，都显露出极强的个人能力，原来是有家学渊源。

朱于华二十分钟后到了县委办，傅家学则是四十分钟后到了县委办，李思文见人到齐了，就在办公室里开了个会。

"各位好，我先自我介绍一下，我是李思文，今天刚到酒神窖酒厂赴职，任酒厂纪委书记，酒神窖酒厂内部问题很严重，相当严重……"

李思文一连用了两个严重，众人都感觉到他话里的严肃。

"县委于书记调我去酒神窖酒厂任这个纪委书记，也是想我把厂子里的问题彻底查清楚。与腐败分子作斗争，过程必然不会一帆风顺，甚至有一定危险性。原酒厂纪委的人手我不熟悉，也不敢用，所以只能自己组织一个班子，对酒厂的采购科和财务科清查。我在这里先跟大家说明一下，如果有不愿意加入我这个小组的，现在可以说出来，我不会怪你们。"

袁丽萍和谢子立是最清楚情况的，两个人当然不会退出。从鹰嘴镇派出所来的胡东和张妍两个人也不会有异议，作为李思文的老下属，他们很清楚头儿的人品，他们所要做的就是坚决执行。

本来朱于华和傅家学两个人还有点儿犹豫，不过看了袁丽萍一眼后，都苦笑着点了点头，算是答应了。

李思文拍了拍手，严肃地说："好，我宣布我们这个小组正式成立，暂时按业务方向分为两个小组：袁丽萍、胡东、张妍一个组，负责对酒厂采购科的问题进行全面清查；老傅、老朱以及小谢，你们三个专业人士一组，负责对酒厂的财务账目进行审查，现在是……"

李思文看了看表接着说："现在是四点整，正式开始工作之前，我们先确定一下保密方案。可以想象，我们要做的事情将会遇到极大的阻力，查是要查，但我们也要保证自身的安全。所以我们每一个行动方案，每个突破点都要严格保密，有什么发现大家第一时间用手机跟我汇报。好，现在大家互留一下手机号码，然后出发。"

七个人把手机号各自存下来后，下楼前往酒神窖酒厂。

见李思文走进来，酒厂办公楼前台的女孩立刻走了过来，带着李思文一行人到了四楼纪委书记办公室，也就是李思文的办公室。

十几分钟后，关国成和钱克也到了厂纪委办公室。

"小李，都来了？"关国成踏着大步走进来。

跟在他身后的钱克一脸的心不在焉。

"关书记，钱厂长，来，我介绍一下。"

不管关国成和钱克到底有没有陷进去，在没审查清楚、没有结果之前，他们都是酒神窖酒厂的领导，是他的上级，所以李思文很客气。

"这位是小袁袁丽萍，她是县委办公室的，这两位是胡东、张妍，是乡镇派出所的民警，这位叫谢子立，也是县委办公室的……"

李思文一路介绍，钱克的脸色越发不自然，但还得跟他们一一握手。

李思文瞄了关国成和钱克几眼，关国成不知道是脸黑的原因还是他内心坦荡，看不出有什么问题。钱克却不一样，一直在冒汗，尤其是听到有财经所和律师事务所的人加入检查小组，他脸色越发白得厉害。

关国成随后对李思文说道："小李书记，采购科和财务科办公室都锁起来了，你们现在去检查一下不?”

“去!”李思文点头，指着两组人员说，“他们两组人先熟悉一下环境，巡检是必需的，我们也要尽量抓紧时间，有问题的查处，没问题的继续，尽可能做到不影响厂子的正常运转。”

谢子立点点头道：“是啊，我跟老朱、老傅商量了一下，麻烦关书记为我们准备三张简易钢丝床送到纪检办公室来，我们把账目单据搬到办公室，这样就可以不间断地核查了。”

李思文点点头，在眼下这种情况下，未尝不是一个好办法，第一能抢时间，第二能给贪腐分子敲响警钟。纪检组越快速高效，他们就越惶惶不可终日，他们越急就越沉不住气，也就越容易露出马脚来。

但是对纪检组来说，这样高强度的工作辛苦不说，同样也在考验众人的意志。不过住在这里也不是没有好处，二十四小时可以自由调配，可以最大程度排除干扰，能更高效地进行工作。

“那好，我带你们去财务科。”关国成没有一点儿架子。

李思文没有跟他们一起去，他想去车间看一下。钱克见李思文落在后面，赶紧走上去跟他一起，等关国成和两个纪检小组成员下楼梯后，他才悄悄赔着笑脸说：“小李……李书记，我们……我们谈一谈好吗?”

钱克是想私下里跟自己讲和？还是想坦白?

“好啊!”李思文答应。钱克如果主动交代问题，倒是省了他许多麻烦。

如果钱克向自己行贿，那更说明他有问题，而且行贿也是一种证据，目前李思文当然希望证据越多越好。

无论是哪一种，对他都有利。

钱克目光闪烁，见李思文答应喜出望外，赶紧带李思文到三楼他的办公室。

钱克的办公室在整个酒神窖酒厂是最好最大的，办公大厅隔壁是财务科和销售科，大厅里有七八个工作人员在上班。看到钱克和李思文，所有人赶紧装作认真工作的样子，其实李思文已经看到她们电脑屏幕上的内容了，有的是游戏页面，有的是小说页面，有的是影视画面，就没有一个人在认真工作。

钱克不理会她们，赔着笑脸请李思文到他办公室去。

钱克的办公室有五十多平，豪华霸气的办公桌，十九寸的液晶电脑显示屏，另外还有一个苹果笔记本电脑，另一边的会客处是一套高级的真皮沙发，大理石茶几，中间摆了十几盆金钱树、剑兰、茶花等盆景当隔断。

李思文脑子里冒出几个字：高端大气上档次。

钱克把办公室的门悄悄地反锁了，试了试打不开，这才走过来笑容满面地请李思文坐："坐坐……李书记，请坐请坐！"

李思文坐下后，带着一丝笑意打量钱克的办公室。

钱克一溜儿跑到办公桌后，边说边从抽屉里拿烟。

"小李书记抽烟吧？"

"不抽，戒了。"

钱克一愣，抬头瞄了一眼李思文，似乎想到什么，手上的动作停了下来，讪笑着走到李思文对面坐下。

李思文不动声色，钱克也尴尬地坐着，一时不知道该说什么，瞧着场面尴尬，他又跑到墙角一个小型冰箱里取了两瓶水出来，一瓶递给李思文："小李书记，来来来，喝点儿水，我这儿没茶叶，只能将就喝点儿这个了。"

钱克打开小冰箱的时候，李思文瞄了一眼，里面冷藏的有洋酒白酒，还有很多高档饮料，他拿出来的水也不是矿泉水，而是标了外文商标的进口饮用水。

李思文没喝过，但在超市里见过，这类水最少也要六七块钱一瓶。

钱克本想拿便宜的，奈何这就是最便宜的，其实茶叶他这儿也有，下属送的，全是价格高昂的高端茶叶，拿出来更不合适，所以他干脆说没茶叶。

李思文喝了一口水，冰凉凉入喉的感觉果然舒爽，办公室里放个小型冰箱，钱克还真会享受。

钱克见李思文慢条斯理的就是不开口，心想这李思文怎么这么沉得住气？

本就是请他来通通气的，他不说，钱克也不能当闷葫芦下去。钱克堆着笑脸说话了："小李书记，这个……不知你知不知道卢洪亮是我的……我的女婿？"

钱克说这话的时候很犹豫，尽管他内心焦急，却不敢过分表露真实意图，只能旁敲侧击地试探。

李思文知道他的用意，想都没想就点头承认了，"知道，不过我们的制度是针对犯错误的个人的，不会连坐，钱厂长是钱厂长，你女婿是你女婿，要区别对待。"

李思文这话说得模糊，钱克一时猜不透他到底是什么心思。

这就是李思文要的效果，在这方面，他经验丰富得很，他若是考虑一下才回答，钱克必然怀疑他的用心。一副直肠子的样子，反而会降低钱克的防备，从而让李思文获得更有用的信息。

李思文心里很清楚，从二人进入这间屋子开始，一场暗战交锋已经悄然开始。

钱克犹豫了一下，还是一副躲躲闪闪的表情，开口道："那是……那是，但是我自己有点……有点不好意思，毕竟犯错的是我的女婿。小李书记，我想……我想……问问小李书记，卢洪亮虽然犯错了，可他毕竟是我的女婿啊，他怎么样我可以不理，但受苦的是我的女儿啊，所以我想……我想跟小李书记求个情，能不能……能不能从轻处罚？我……我一定铭记小李书记这份人情!”

钱克很警觉，虽然想试探李思文，但这话说出来也算滴水不漏，为他女婿求情，往大了说是不顾原则，但从人情世故上说也无可厚非，毕竟卢洪亮是他女婿，他也只是向李思文求个情，并没有说拿多少好处来换取这个从轻处罚。

不过李思文却敏锐地抓住了钱克最后一句话，他说“一定铭记小李书记这份人情”，这句话可以当成一句普通感谢的话，也可以说是钱克对李思文的许诺，只要他答应帮忙，好处一定不会少。

看来这个钱胖子也不是省油的灯，想简单地让他缴械投降怕是不可能了。既然如此，那就没必要和他拐弯抹角了。

李思文又喝了一口凉凉的水，表情严肃了许多，说：“钱厂长，我这么说吧，卢洪亮的事情要靠他自己，他若是坦白交代他的问题，组织上自然会考虑他立功的表现，然后酌情处理。至于我，是没权利表这个态的。”

钱克脸色顿时就不自然起来，李思文的话等于是堵死了他的路，要靠坦白获得从轻处罚那还找你干什么?

李思文看场面有些僵，当即起身说：“钱厂长，如果没有别的事了，那我先去车间里转一转，看看生产情况。”

“好的好的……”钱克机械地回答，眼色深沉，甚至没有起身去送李思文。

对李思文，他已经把姿态放得很低了，跟着关国成称呼他为小李书记，这么掉面子的话他都说出来了，李思文还是不依不饶，摆臭架子。

钱克转而又想，李思文话虽说得严肃，但却并没有把路堵死，难道他是不见兔子不撒鹰?自己没有把能给他的好处说出来，所以他才故意拿话来点拨自己?

很有可能!

钱克换位思考，如果自己站在李思文的角度，自己因为多少好处松口呢？

女婿的问题很严重，而且还有相当一部分是自己授意他干的。按照钱克的逻辑，这世上没有钱摆不平的事，所谓的公正无私，只是因为你的筹码还不够。筹码够了，再刚正不阿的人都能摆平，所以，想让李思文出手，至少要过百万才行，几十万自己都不好意思开口。

车间大门有保安，不过等于没有，李思文进去的时候，保安亭里的保安正在低头玩手机，根本不管有没有人出入。

这个车间是成品包装部，是把成品白酒灌装到聚酯透明瓶中，然后贴上广告胶印纸归类装箱。有两千五百克和五千克两款，现在的酒神窖酒厂也只能生产这种低端酒了，高端酒在市场上早已经一败涂地。

车间里有数百个工人，大多是妇女。

这个环节基本上没什么技术含量，李思文真正想看的环节是蒸酒蒸酿和勾兑，但凡做酒厂的肯定懂这几道工序，这几道工序才是整个行业的精华。反之，一旦失去技术依托，必然走向消亡。

经过拌和配料车间时，李思文闻到一股浓烈的香味，让人恨不得咬一口。

这个车间有几十个发酵窖，不少穿着背心的汉子抡着长长如橹浆一般的木器搅拌着窖锅里的糟子。

配料在酿酒环节很重要，配料时要控制粮醅比的拌和，每种不同的酒配料也是不同的，蒸料后还要控制粮曲比，要按窖的容积配比，对配料用量、配醅加糠数量的要求极其严格。

李思文一路走一路看，也没有人去管他。车间里的日子日复一日年复一年，没有几个酒厂领导愿意来这里逛，有什么事也是召集车间管理层到办公室开个会了事。

李思文虽然是新任纪委书记，但认得他的都是厂里的中层管理干部，酒厂基层工人哪里认得他。再说在酒神窖酒厂里，大家只知道厂长钱克说了算，还有个不管事的书记关国成，酒厂纪委就是个摆设，以前的纪委除了整治工人外还能干什么？

酒窖锅炉上冒着蒸气，香味窜鼻，走近窖边，里面尽是散发着香味的酒糟。

这个东西李思文是认得的，酒糟就是酿酒后的粮食渣子，依然有香味，但基本上只能喂猪了。

穿过几个酒窖，李思文见前边一个酒窖边两个工人正在拌料，当即走过去站在旁边看。

两个工人瞄了他一眼，见他一脸普通，脸生不认识，以为是工人，也没在意。毕竟厂子人多，经常有陌生工人进出，谁也不能保证自己都认识。

这时左边一个工人开口说："梁主任说了，高粱糟三配大麦糟二，刚才麦糟子是不是倒多了？好像是一配一了。"

另一个则满不在乎地回答："管它呢，酿出来的还不是酒？也不会变成水。梁锐整天跟钱大卫一伙花天酒地，还拿高工资，我们累死累活的就拿这么点儿钱。再说了这酒都是低档酒，好不好喝谁去管呢？也没见梁锐自己喝过，他喝的全是五粮液。"

李思文来酒厂之前了解过酒厂的工作情况，以前酒厂业务量大经济好的时候整个厂子一直是三班倒，二十四小时不停工，现在除了酒窖酿蒸车间外，其他部门白天都只上八小时，蒸酿车间由于不能停火，所以依然保持原来的工作时间和三班倒。

两个人说话也不避讳李思文，当他就是车间的普通职工，酒厂如今效益连年下滑，工人干活的积极性已经降到了冰点，这份工作他们还真不在乎。

李思文摇摇头，也没问他们什么，继续往前走。再过去是蒸酿勾兑部，这是核心技术部门，不过酒神窖酒厂如今只做低端酒，也无所谓核心不核心了，低端酒谁都能做，没有核心技术。

这边的工人要少很多，李思文忽然发现前边有个人似曾相识，仔细看过去，那人二十七八岁的样子，中等身材，光着膀子提着一桶酒。

那张脸李思文总觉得在哪见过，但就是想不起来。

正苦思，旁边勾兑室里传出一个男人的声音："保玉，你过来一下。"

听到保玉两个字，李思文恍然大悟，一下子就想起来了。

原来这个男人是他在酒厂旁边的便民餐厅里遇到的那个人，这人当时和另外俩人坐在他邻桌，这个叫保玉的人当时还说钱厂子儿子买了新车妈啃，原来是他。

李思文当时对这个青年的印象是粗犷、直率。

保玉提着酒桶进了勾兑室，李思文走到门边往里看。

勾兑室不大，二十个平方左右，摆了许多酒类勾兑仪器，看起来大多数已经很长时间没用过了。

说起来也是，酒神窖酒厂没落五六年了，现在就生产最低档的酒，大部分仪器设备可不是都闲置了吗。

保玉提了酒桶进去道："姐夫，什么事？"

保玉叫姐夫的男人三十来岁，也是中等身材，正拿着一个盛酒的提子，提子里有半提子酒。

保玉放下桶，找了个瓶子过来，递给他姐夫后问："姐夫，你装酒干吗？要喝酒家里老头子酿的比这好喝一百倍，厂里这马尿送给老子都不喝。"

姐夫摇摇头道："不是喝，是我勾兑后，这酒总是有股子苦味，口感太差，我想拿回去让老爷子看看是什么原因。"

保玉嘿嘿冷笑道："我说姐夫你也是的，酒厂都已经病入膏肓了，外边不说，就说我们这车间，自从梁锐那忘恩负义的家伙掌权后，有技术的老人都被他打压了个遍，如今走的走，散的散，没有一个有真本事的人，迟早得垮，你还念叨什么勾兑技术啊？”

姐夫沉默了，半晌才道：“你说得是，但是老爷子退休在家后，成天长吁短叹，哪一天过得开心了？老爷子惦记的还不是酿酒这门技术啊，他是怕在他手中失传呢！”

保玉哼了哼道：“惦记又怎么样？这门技术不吃香了，他人又老了，又没学历，拼也拼不过别人。我看姐夫你也趁早丢了这份心思，好好的另寻个门路，我有个朋友做生意，我联络了几回，不如我们弄点儿本钱跟他合伙做生意，在酒厂里待着不是个事。”

李思文听得保玉一席话，忽然想起以前曾经听说县城里有个技术高超的酿酒大师傅，祖传一脉下来的，名字叫李大康，莫不就是这个保玉的父亲，姐夫的丈人？

保玉见姐夫一点反应都没有，叹了一声道：“姐夫，你怎么跟老头子一样死心眼呢？老头一辈子扎在酒厂，现在呢？连个生活费补贴都拿不到，你再看看钱厂长那一伙，酒厂再困难，他们还不是照样吃香喝辣的？这样的厂子还有什么希望？我可告诉你，我姐这些年受苦受累的，对你意见很大，你要再这样下去，保不准我姐要跟你离婚，到时候老婆变成人家的老婆，娃儿变成人家的娃儿，你后悔都来不及！”

李思文在门口听得“扑哧”一声笑了出来。

小舅子这样劝姐夫的倒是少有，不过别看这个保玉说的话粗俗，却很有效，姐夫脸色已经变了。

李思文这一笑，引起了两人注意，扭头过来一看，见是个不认识的陌生人，不禁警觉起来。

“你是哪个？干什么的？我跟我姐夫说话，你笑个锤子笑？”保玉带着火药味的话喷涌而出。

李思文笑着摆了摆手，然后道：“我姓李，名叫思文，是酒厂新来的纪委书记，随便在车间里看一看，走一走，无意中听了你的话，实在忍不住就笑出来了，保玉兄弟，对不住。”

保玉和他姐夫一听李思文自报家门，两人都呆住了。

好一会儿保玉才跳起来指着李思文大声问道：“你……你就是新来的那个纪委书记李思文？你就是今天早上一到就把钱克的女婿卢洪亮给抓了的李书记？”

李思文偏着头微笑着说：“怎么，看我不像么？”

保玉脸一红，上前一步，盯着李思文好生看了一下，说：“太年轻了，你今天干的事儿让酒厂几千职工拍手称快，这么些年就没有能扳倒他们的人，你是头一个。我中午回家跟老头子说了，老头子说……嘿嘿，老头子说只怕是做样子给我们看的，酒厂已经无力回天了，再怎么折腾也难以起死回生，抓一个卢洪亮没什么用。”

听了保玉的话，李思文脸上的笑容渐渐消失，沉默了好一阵才问他：“保玉，我问一下，你家老爷子是不是酿酒大师李大康啊？”

保玉摇头叹道：“可不是嘛，大师又有什么用？虚名而已，别的大师年入百万千万，我家老头子现在连生活费都没保障，还大什么师啊！”

李思文心生悲凉，是啊，为酒神窖酒厂奉献了一辈子的人，到老来却连正常的生活开支都不能保障，怎么能不令人心寒？

李保玉牢骚了一通，看着李思文又高兴起来，拉着李思文的手道：“李书记，走，就冲你干脆利落地抓了卢洪亮这事，我就要请你吃一顿，到外边的餐馆，我要请你吃饭。”

李思文看了看手表，已经到下班时间了，点点头道：“好，不过我不去餐馆，我去你家，我想跟你家老爷子见个面，聊一聊。”

“跟我家老头子聊？”李保玉挠着头有些诧异，跟着有些不好意思地压低声音说，“李书记，我家老头子有点儿古怪，虽然你抓了卢洪亮，我中午回去跟他说了，可他并不高兴，说你们当官的官官相护，只不过是做戏而已，所以你……还是别去我家里了，在外边喝酒也自在。”

李思文笑着摇头道：“老爷子有怨言就对了，你不说这事还好，你说了我就更要去见一见老爷子了。”

李思文说完看向李保玉的姐夫：“你是保玉兄弟的姐夫吧？能给我介绍介绍吗？”

姐夫没等李保玉介绍就赶紧自个儿介绍道：“李书记，我叫吴秀彩，是……是保玉的姐夫，老爷子的女婿……”

“吴……秀彩？”李思文忍不住露出笑意。

确定是面前这个壮实男人的名字？

李保玉“哈哈”笑了起来，也不顾他姐夫的面子说：“李书记，谁听到我姐夫的名字都认为他是个女人，他第一次到我家时只有十三四岁，我听到他的名字时硬是把他裤子扒下来看他是不是男孩，哈哈哈……”

李思文也忍不住哈哈大笑起来，这个李保玉还真是个又直又好玩的家伙，连他亲姐夫都不放过，不过看吴秀彩并未动怒、也没羞恼脸红就知道，郎舅两人关系好得很，平常肯定没少开这样的玩笑。

吴秀彩不动声色地说：“保玉，等下班了陪李书记一起回去，回去后你跟你姐说一声，我要改个名字，不然你老是取笑我，很没面子呢。”

“呃……”李保玉的笑容顿时僵住了，面色一变，之前那种嚣张劲儿瞬间消失了，苦着脸说道：“姐夫，我错了，我认错还不行吗，我以后再也不取笑你的名字了，你别总拿我姐说事行吗？”

李思文暗暗好笑，这一家人肯定都惧内，不过吴秀彩怕老婆还好说，李保玉这么个又粗又直的汉子怕他姐姐倒是有点儿奇怪。

看着李保玉跟他姐夫斗嘴，李思文心里感觉暖暖的。他最近接触的都是酒神窖酒厂负面的人和事，难得今天遇见个还在为酒厂尽心的人，看来酒厂的人心还没散，还有挽救的可能。

吴秀彩把小舅子驯服之后才笑着对李思文说：“小李书记，让你见笑了，我这个兄弟就这副没大没小的样子，话又粗，不过心还是挺好的。”

李保玉忍不住开口道：“你不要老跟李书记讲我的优点，其实我除了长得帅以外，缺点还是比较多的，比如对人讲义气啊，做人忠厚诚实啊，不三心二意啊……”

李思文又忍不住笑了起来，这个李保玉真是个极品，不过和这样的人一起工作倒也是一件趣事。

李思文觉得，李保玉这种性格，做销售更合适，口才好，做销售必然没问题。

吴秀彩无可奈何地摇了摇头，拉过一张椅子请李思文坐：“李书记，请坐！”

李思文也不客气，坐下来看吴秀彩工作。看起来，吴秀彩是个懂技术的，瞄着那些仪器问他：“吴哥，我看你是个懂技术的吧？”

“可不是嘛。”没等吴秀彩回答，李保玉又抢着说道，“我姐夫的技术没得说，只比我家老头子差那么一丁点，老头子常常说我姐夫是他的传人，说起他就满意得很，说起我呢就一直摇头，好像我姐夫才是他儿子，我是捡的一样！”

吴秀彩苦笑着摇头，对李思文说道：“李书记，我兄弟就是个直肠子，就因为你今天一来抓了卢洪亮，他就和你对上眼了。他这人啊，只要对了他的眼，你把他卖了他也觉得值。”

吴秀彩说话多少还谨慎些，但李保玉则掏了心窝子。就因为自己抓了贪，快了人心，所以他觉得自己是个好官，但吴秀彩还没有对自己完全放下防备，该说的话说，不该说的依然有所保留，这是怕引火烧身。

“吴哥，这个实验室好像荒废了吧，我听说现在酒厂做的基本上都是低端酒，利润低，为什么不做高中端产品呢？”

吴秀彩听李思文问这个，脸色顿时暗了下来，叹息着说：“这个话……说来话长，当初老爷子也想将高端酒抓起来，打造自己的品牌，奈何总是和钱厂长意见相左，总是争执，后来争不过索性就退了。钱厂长重用了梁锐，也就是老爷子的大徒弟，老爷子一共有两个徒弟，二徒弟就是我，梁锐跟了钱厂长后，老爷子一气之下就跟他断绝了师徒关系。我好歹还留在厂子里，但这几年下来我也是心灰意冷了。李书记也看到了，厂子这样不死不活地拖着，就是个幌子，目的就是为了拿政府的财政补贴。说起来也是，这么大个厂子，几千号人，政府也不敢轻举妄动。”

听吴秀彩说到要害，李思文的表情也严肃起来。

酒神窖酒厂之所以死而不僵，正是因为还要拿这个名头儿做理由，向政府拿巨额财政补贴。

只因其中牵连太多，县政府即使不堪重负也只能输血拖着这个填不满的巨无霸。

大多数基层职工连生活费都拖好几个月才发，而领导们却活得滋润无比，这里面的问题还用得着说吗？

“不说这个了。”吴秀彩见李思文表情严肃地思考着什么，怕自己的话惹什么麻烦，赶紧岔开话题，“李书记，你懂酒不？”

“不懂。”李思文缓缓摇着头道，“你给我介绍介绍？”

“酒里头的学问深得很，我也只是略懂点皮毛。”吴秀彩说话很谦虚，“我们酒神窖酒厂原来做的是浓香型白酒，属于中高端，以优质糯米、高粱、玉米、小麦等原料酿成，在配料上很讲究。我师父，也就是我老丈人，他是酒神窖酒厂的特级酿酒师，原来酒厂的技术是以他为主，他对每一个环节，每一个细节都极为讲究，酒神窖酒厂的高端酒品质很硬，只是后来销量下降。新任钱厂长又以降低成本、主打低端酒为主，我老丈人在厂里顿时失势，说不了话，一气之下就不干了，加上我师兄梁锐跟钱厂长掺合在一起，厂子里的情况也是每况愈下，到现在他老人家也是心灰意冷了。”

“李书记，你再尝尝这个酒……”吴秀彩用提子盛了一点酒，拿起来给李思文尝。

李思文其实不懂酒，也不好酒，叫他尝的话，他还真品不出什么来，但吴秀彩既然请他品尝，必然有原因，他还是接了提子尝了一点试试味道。

酒一入口，李思文的舌尖顿时感觉到一缕略带苦涩的味道，酒是酒，好歹酒精味道在，只是酒的口感实在太差，即使不擅饮酒，但这酒不好喝还是尝得出来的。

“这酒味道有点儿苦。”李思文尝了后，实话实说，别的技术性的东西他也说不出来。

“这就对了。”吴秀彩点着头道，“我们酒厂原来是做浓香型的酒，入口温醇口感好，这些年厂里主打低端酒后，品质下降，我也没办法。不过即便是低端酒，我也会按照老爷子教的方法来弄，从配料、酒醅量、拌和，到蒸酒酿酒，我都检查过多次，但最后勾兑的酒却怎么也无法入口，总是有苦味，我一直没找出原因在哪里。李书记来得正好，趁这个机会回去问问我师父。”

李思文看了看手表，差不多五点半，起身道：“那好，下班时间到了，我就去跟老爷子聊聊天，摆摆家常。”

厂子里的审查已经在进行了，李思文倒是没把希望全寄托在这上面，只要这帮人不傻，账目肯定是动过手脚的。这番雷霆手段有两个目的，一是牵制对方的注意力，好方便自己从其他方向搜集证据。二来也是想通过这次行动打乱对方阵脚，对方若是沉不住气，必然会反击，这一动，必然会露出更大的破绽。

那时候，才是李思文雷霆一击的时刻。

第十二章　刨根挖底，狗急跳墙疯狂反扑

在李思文的领导下，纪检小组连番出手，抓人，封账，查库，以雷霆万钧之势扫荡污泥浊水。钱克刚开始还不以为然，这种阵仗他见多了，都是雷声大雨点小，虎头蛇尾不了了之，想不到李思文这次是动真格的，钱克后悔不迭。更令他叫苦连天的是，他那不知深浅的儿子钱大卫竟然霸王硬上弓，带人强行封堵酒厂，烧毁账册，在争抢中甚至打伤了纪委办案人员。儿子闯下如此大祸，他不得不去搬救兵了。

下班了，酒神窖酒厂大门处人潮汹涌，骑摩托车的，骑自行车的，从厂大门涌出去。

吴秀彩和李保玉俩人各自推着一辆自行车，和李思文并排走了出来。

出了大门，李保玉拍了拍单车后座对李思文笑道："李书记，来，坐坐我的宝马车。"

李思文踮着脚就坐了上去，李保玉一蹬，踩着单车轻快地窜了出去，车子很稳，速度很快，但李保玉一点都不费力。

反倒是在后边使劲追的吴秀彩一边踩车一边叫："保玉……保玉，慢一点，别摔……摔着李书记。"

李保玉满不在乎地说："凭我这车技怎么可能摔？再说了，我这车可

是无污染永久动力型加三百六十度全景天窗的敞篷跑车，一般人还坐不到呢！"

李思文笑着道："那是，我很荣幸哦！"

李保玉家在县城北门最靠边的地方，汽车能走的公路到了尽头，还要经过一段只能容纳摩托车和单车的小巷子。

李保玉骑车在小巷子里穿梭，李思文眼见吴秀彩骑着车在后面吃力地跟着。

没想到李保玉还有一身蛮劲。

单车龙头往右一拐，车子进了右边一个小院落，小院落两边砌着小围墙，墙上爬满了翠绿的爬山虎，两边的角落里有两棵两米高的桂花树。

自行车停下，李思文看着这生机勃勃的院子，心想这就是李保玉的家了。

院子里飘着一股酒香，李思文不自觉地寻着香味的源头。

后边，吴秀彩推着自行车也进来了，招呼着李思文道："李书记，快进来坐，到屋里坐。"

李思文跟着他一起进屋，吴秀彩搬了把椅子给他，又去倒茶，他给李思文介绍道："我虽然结婚了，但因为家离县城比较远，又在酒神窖酒厂上班，所以自结婚后就一直住丈人家里。"

李思文点着头，一边喝茶一边打量这间小客厅。

屋子很简单，一张沙发，一个茶几，正面墙上挂了一幅挺大的全家福，照片里有六个人，两个老人，三个大人一个小孩，三个大人分别是吴秀彩和一个女人、李保玉，两个老人中间的小椅子上坐着个四五岁的小男孩。

李思文猜测俩老人就是李大康老两口，李保玉显然未成家，剩下的就是吴秀彩一家三口了。

李思文鼻子里充斥着酒香，浓醇绵柔回味无穷。

李保玉叫了一声："爸，妈……"

没听到回音，又叫了一声姐，一样没人回答，倒是另一个房间里传出儿童的声音："是小舅啊，外婆和我妈去买菜了，外公在后面小棚里弄酒呢。"

说着话，小孩从屋里走了出来，这是个六七岁的男童，和全家福里的小孩十分相似，只是年龄大了几岁。

吴秀彩摸了摸小孩的头，一边问一边往后走："童童，作业做好了？"

童童点着头回答："刚做好。"

李保玉往后院走，边走边回头冲李思文说道："李书记，你先坐，我去后面跟老头子先通个气。"吴秀彩见李保玉往后走，想了想，也抬脚跟了上去。

童童看着李思文很好奇，叫了一声叔叔，跑过来问他："叔叔，你是我小舅的朋友还是我爸的朋友啊？"

李思文见童童长得不太像吴秀彩，倒有几分李保玉的影子，笑着回答："怎么，你小舅的朋友和你爸的朋友有什么不同吗？"

"当然有啊。"童童点头道，"是我爸的朋友，我外公就客气一些，如果是我小舅的朋友嘛……我外公说了，小舅的朋友都是酒肉朋友。"

难怪李保玉不随便带人回家，看来是有原因的。

尽管还没见到李大康，但李思文已经多少了解了一些老人的脾气性格，虽然老了，但仍是这个家的一家之主。

"童童，你好聪明，上一年级还是二年级？"李思文喜欢跟可爱的童童说话。

"一年级，放了暑假后就是二年级了。"

李思文笑着点头，又问他："这屋子里有好香的酒味，你外公在家里酿酒了吗？"

"是呀，我外公喜欢弄酒，还专门在屋后面搭了棚子酿酒呢。"

李思文从童童嘴里很容易就掏出了一些信息。这个李大康即便不在酒厂，也依然放不下自己的酿酒手艺，这么看来情况不算太坏。

李保玉和吴秀彩到后面酒棚跟老爷子报告去了，李思文本来想跟着去看看，但又觉得贸然进去不好，所以留在这里耐心地等吴秀彩俩人。

过了几分钟，吴秀彩和李保玉都回来了，只是俩人脸色有些尴尬。

吴秀彩搓着手说道："小李书记，我……我岳父请你到后边酒棚里去聊一聊。"

李保玉神色讪讪的，显然觉得他老子对李思文的态度不好，搞不好李思文到后头会碰钉子，但他又不敢跟老爷子顶撞。

"行啊!"李思文很爽快地答应了，老爷子对他印象不好，可以理解，因为他觉得李思文和酒厂那帮蛀虫是一伙的，会官官相护。从另一方面来看，这是好事，这说明老人心里仍记挂着酒厂，有希望才会失望。

穿过十几米的小巷子，有个后门，从后门一出去就能看到屋后搭建的一排铁皮顶的简易棚。

酒香就是从这个棚子里飘出来的。

走进棚子，李思文发现里面很简陋，没有酒厂那么多仪器，但工序还是一样的，最里边是个发酵的酒窖，一个头发花白的老头正蹲在酒窖边抓着里面的酒糟嗅气味。

吴秀彩走在最前面，向那个老头介绍："爸，这位就是我们酒厂新来的纪委书记小李，李书记。"

李大康没有看向这边，蹲在那儿继续闻他的酒糟。

"李师傅好!"李思文一边往里面走一边问好。

李大康大概六十出头，中等身高，尽管头发花白，但精神头却不错。他抬头看了一眼李思文，问道："你就是新来的纪委书记？我听保玉说你今天才来就把卢洪亮给抓了？是不是针对钱克的？"

别看老爷子年纪大，但是心里很明白。李思文心里嘀咕着，嘴上却肃然道："是的，我是新来的纪委书记，我跟李师傅一个姓，也姓李，名叫李思文。抓卢洪亮倒不是故意针对钱克或者什么人，我们纪委的工作就是查纪纠风，谁违纪犯法就查谁！"

李大康对这个回答还算满意，不过看着李思文的脸总觉得有些别扭，他喃喃道："也太年轻了吧……"

李思文明白他的顾虑，这么年轻的酒厂纪委书记，任谁都会怀疑他的能力，都觉得他是靠关系上来的，这样的纪委书记哪里是做事的料，又怎么经得起考验，搞不好抓卢洪亮就是面子工程。

李保玉在旁边忍不住反驳道："爸，人家小李书记虽然年纪跟我差不多，但人家可是有能力的人。你看这么些年来，钱克、卢洪亮那一伙人多嚣张啊，把个厂子整得乌烟瘴气的，谁能把他们怎么样？你再看小李书记，他一来就把卢洪亮整了，他可是钱克的女婿啊，做戏也没这样做的，这可是直接扇钱克的脸，我估计小李书记后面还会干大的，对不对？"

后面一句"对不对"是问李思文的。

"对！"李思文毫不犹豫地回答，他背着手，认真又严肃地道，"我们纪委现在成立了两个小组，同时对酒厂采购组和财务科进行审查，我现在可以负责任地说一句，卢洪亮绝不是唯一被抓的，只要查出谁有问题，坚决拿下，不管他的职务多高，不管他的背景多深厚！"

"审查采购处和财务科了？"李大康诧异地看着李思文，儿子李保玉和女婿吴秀彩可没跟他说这些。

当然，吴秀彩和李保玉也不知道纪委检查组的行动。

李大康沉吟一阵后摇头道："嘿嘿，酒厂的问题可没这么容易查出来，酒厂纪委那帮人还不是和钱克穿一条裤子，说到底你一个人孤掌难鸣，没有帮手能查到什么？"

李思文笑笑道："李师傅说的对，不过有句话说得好，没有三分三，哪敢上梁山，我们既然决心动酒厂的老虎，抓了卢洪亮，自然是有准备的，纪委两个检查小组的人不是酒厂纪委的工作人员，而是我从其他单位调来的专业人员，这些人绝对可靠。不瞒李师傅，县委于书记可是下了死命令，一定要把酒神窖酒厂的问题查个水落石出，只有除掉酒厂的蛀虫，挤出脓汁，才能对酒厂进行下一步的改组改革，酒厂的问题很大，改革也很难，但是我们要相信县委县政府的决心和能力。”

李大康听得出李思文话中的决心，这番话绝非是敷衍他，只是一想到酒厂的现状，他还是忍不住摇头叹道：“怎么解决啊，酒厂现在一团糟，几千号人连生活都困难，这么多问题怎么解决？酒厂要起死回生，哎，难，难，难……”

李大康一连说了三个难，显然在他心目中，要让酒神窖酒厂起死回生几乎是不可能完成的任务，太晚了，酒类产品原本就竞争激烈，前几年是最好的发展机会，可惜这么好的机会却浪费在了钱克等人的手中。

现在酒厂反腐不是最难的，难的是如何复苏酒厂的活力。这就好比抓一个杀人犯，嫌疑犯是抓到了，但受害者的生命却已经无法挽回了。

李思文见李大康又是叹息，又是心痛，显然老爷子对酒厂有着非同一般的感情。他几十年的青春热情都抛洒在酒厂，这种感情又岂是一般人可以理解的。

李思文沉吟着说：“李师傅，你的想法我明白，或许你认为反腐纠风救不了酒厂的命运，我却不这样认为，县委也不这样认为，反腐是一个信号，县委就是要让那些蛀虫明白，我们不会给他们任何生存的机会。酒厂的命运不是掌握在少数人手中，而是掌握在全厂职工自己的手里，我认为目前酒厂缺少一个动力，一个让职工重新振奋精神的契机。李师傅，我想问问你，大多数普通职工最恨什么？”

李大康陷入沉思，好一会儿才回答：“多数普通职工最恨的当然是……当然就是酒厂里那些贪污腐败分子了。”

“对！”李思文拍了一下手说，“普通职工最恨的就是贪腐分子，不仅他们痛恨，组织上也痛恨，要让大家有工作的积极性，那就得把这些不事生产、侵吞资产的蛀虫扫尽打绝，否则，连一个公平、稳定的工作环境都没有，酒厂的复苏无从谈起。”

李大康沉默下来，李思文的话在理，赢得了他些许好感，看来这个新任酒厂纪委书记是真想干一番事业，但是……

沉默许久，李大康还是叹息道：“大家有手有脚的，都有力气使，但凡有口饭吃，有个奔头，酒厂何至于到今天这个地步。小李书记你难道不明白吗，酒神窖酒厂的问题，不是简单抓几个贪腐分子就能解决的，酒厂最根本的是生存问题，有两点，一是生产的酒利润少，产的低端酒价格已经低到跟成本价差不多了，二是销量差，产出来卖不出去，你说怎么解决？”

李大康说了半天，这才想起他面前的不是厂长，而是纪委书记，经营问题是厂长的职责，但李思文没拒绝回答，而是认认真真地道：“李师傅，我觉得机会永远都不会欠缺，或许我们错过了一些机会，但我们仍然还会有许多机会，尽管酒厂存在各种问题，但在我看来也不是没有优势。第一，酒厂依然有着巨大的潜力，我们有一批为酒厂殚精竭虑的高级技术人才，比如李师傅您，以及您的女婿。第二，酒厂之所以走到今天这个地步，归根到底是人的问题。有句话说得好，生于忧患而死于安乐。最初的酒厂，上到领导班子，下到职工，大家每一个人都兢兢业业，奋发图强，这才有酒厂的辉煌。但是时代在变，过去的辉煌只能代表过去。躺在功劳簿上，故步自封，不试图求变，终究会被时代所淘汰。所以，酒厂目前的状况，何尝不是我们求变，重新崛起的良机呢？”

李思文说到这儿，看着李大康问：“我想问一下，李师傅今年多大年纪了？”

李大康比画了个六的手势，说：“今年整六十了。”

李思文笑着点头道：“是了，李师傅六十整，还依然这么有激情，有事业心，真是难得。目前国家正在逐步延长职工的退休年限，李师傅身体这么棒，再工作几年我看也没有任何问题，酒厂需要您这样的酿酒大师。您老不要有什么顾虑，我可以给您透露一点，酒厂反腐后必然要改革，县委那边已经答应帮酒神窖酒厂拉一些投资，用以保障员工的工薪发放，作为新项目的启动资金。未来的酒神窖酒厂会进军中高端酒类市场，所以李师傅还得回去掌这个舵！”

李大康怔住了。

酒神窖酒厂到现在为止和烂摊子没什么区别，他一直觉得酒厂救不回来了，但是他低估了县委县政府的决心。如果厂子重新整顿，从头开始，酒厂还真有可能走出一条新路。不得不说，李思文的一番话，让李大康的一腔热血重新沸腾起来。

李思文说这番话时也是一脸感慨，酒神窖酒厂的人心依然可用。

说起来他这个纪委书记可不单单是来抓人的。

如同李大康所说，就算账查了，人抓了，但是职工的积极性调动不起来，酒厂的颓势依然无法扭转。一个合格称职的纪委书记，除了要打击贪腐之外，也要为企业的发展保驾护航。酒神窖酒厂不但要破，更要立起来。

现在最关键的一点，就是要稳定人心，鼓舞人心。

李大康带着难以置信的眼神，盯着李思文道：“小李书记，你是说……你是说要请我回厂里上班？”

李思文肯定地回答：“这是必需的，李师傅，我们目前的工作是审查，是反腐，把厂里的毒瘤清除后，酒厂才能在灰烬里重生。老师傅，请你再等些时间，纪检组审查的同时，我会把厂里重组的计划向县委于书记汇报，酒厂改革，技术必须先行，李师傅还得担当重任啊！”

李大康老脸越来越红，呆怔了半晌，李大康忽然反手一把抓住李思文的手说："小李书记，来来来，尝一尝我自己在家里酿的酒，看看我的手艺怎么样。"

李保玉瞪着眼睛不敢相信，小李书记才来一会儿，就把自家这个顽固的老头子给策反了？

李大康对李思文非常热情，一边拉他过去看酿酒的设备和工序，一边介绍："我这算是个微型酒厂吧，回来后确实闲不住，就在自家屋后的空地上建了这个棚子，做了个小锅炉酒窖。这里虽然小，但从原料到勾兑，都达到了精益求精的地步，也算我目前酿酒的最高水平了，你来尝尝。"

李大康用竹提子打了半提子酒，提起来给李思文。

酒未至，李思文已经闻到了一股浓烈的香气。

"好香！"李思文赞了一声，望着竹提子里那清澈飘香的白酒，摇了摇，只见酒水清澈，没有一丁点儿杂质，这才拿到嘴边尝了一口。

酒一入口，李思文没尝出辛辣的味道，反而有点儿甜，入口软绵绵的，味道很醇，口感很好，把酒吞下去，酒水入喉，感觉温润柔滑。

以前李思文喝的是普通的玉米酒，那酒很辣，劲儿也大，但便宜，农村人喜欢喝，那酒下肚后火辣辣的。

喝了这酒，李思文回味了半天才说："李师傅，先说一句，我其实是个不懂酒的人，喝酒也是牛嚼牡丹，尽管如此，我也能感觉到刚才这口酒的与众不同，嗯，口感好，味道浓而不呛，怎么说呢，喝这种酒让我很享受。"

即便李思文再不会品酒，也能感觉出这酒与其他酒的差距，李大康这个酿酒大师果然不是普通酿酒师能比的。

李大康一拍大腿兴奋地说道："对嘛，品酒就是要不懂酒的人来品才对。你们的感觉才是真实的，喝酒多的人都对酒麻木了，反而品不出味儿来。小李书记，你过来看看这个窖，我这个酒是浓香型的，以优质高梁混合玉米、大米酿制而成，我这些母糟可是多年配料留存下来的，酿的酒好不好，要先看糟料，所谓‘千年老窖万年糟’，要酿好酒，这母糟可是至关重要的，现在酒厂里根本没有什么好糟料，用的几乎都是新酒糟料……”

李大康一脸兴奋，向李思文滔滔不绝地讲了起来，讲他的技术经验，讲他引以为傲的李家酿酒文化。

“都说酒香不怕巷子深，但现在的酒，香味几乎都是酿酒勾兑后再添加的酒曲香，‘生香靠发酵，捉香靠蒸馏’。这句话是说，好酒香要靠发酵，留香得靠蒸馏，蒸馏捉香非常讲究技术，蒸馏的目的是要使成熟酒窖中的酒精成分、香味物质挥发，再浓缩，提取，再排除杂质，最后只剩下所需要的成品，这个非常难，绝大多数都达不到这个技术要求……”

李保玉在旁边听到他老子讲酿酒的技术就发晕了，赶紧拿了个提子盛了些酒喝了两口。

老头子酿的酒绝对是好东西，就是话多他不愿意听。

平时老头子对这些酒看得紧，基本上不拿出来喝，尤其是对他这个儿子，跟防贼一样，现在看他和李书记聊得火热，李保玉赶紧偷尝了几口。

李大康瞄到儿子偷喝他的酒，倒也没喝止，只是摆手吩咐：“保玉，你打电话给你妈和你姐姐，叫她们买点儿好菜回来做饭，今儿个要好好招待一下小李书记，你也别偷喝了，等会儿让你喝个够。”

“好嘞……”听老头子这么和颜悦色地对他说话，李保玉眼泪差点淌出来，这才是他的亲老子嘛，以前还以为自己是他在哪个地方捡回来的呢。

李大康见儿子屁巅屁颠地去了，笑着对李思文道：“小李书记，见笑了，我这个儿子啊就没个定性，脑子一根筋，不喜欢复杂的东西，从小就不喜欢跟我学酿酒，我也是无可奈何啊。”

“爸，其实保玉很实在，性格虽然跳脱些，但他不胡来，为人又讲义气重情义，至于不跟你学酿酒，我觉得也不是非得会酿酒才活得快乐，人各有志，各有各的爱好，各有各的道……”

吴秀彩赶紧帮小舅子说话。

李思文也点头道：“李师傅，我觉得保玉人挺好，不做作，实在，而且口才好，性格开朗，这是他的优点啊。”

李大康叹道：“我当然知道保玉是个什么料，正因为我知道，我才担心他的前途啊，这都二十好几奔三的人了，还整天吊儿郎当的，媳妇也没有……”

说起儿子的性格，其实李大康还是颇为满意的，可就是总对他“恶狠狠”的，不能给他放缰绳。

李思文笑了起来，天下父母心都一样，都希望自己孩子能更好。李思文笑着道：“李师傅，儿孙自有儿孙福，你也别担心。说起保玉的前途，我倒是觉得他适合做销售，以后把他调到销售科去，李师傅你看怎么样？”

李大康一怔，跟着就认真起来，道：“小李书记，那我可就太感谢你了，看得出来，这小子跟你对上眼了，我就把他交给李书记了，你帮我好好管教他，该打就打，该骂就骂，老头子绝对支持你。”

经过一番深入交谈，李大康对李思文的印象直线上升，李保玉也拿李思文当偶像，愿意听他的，有这么一位人品可靠、能力出众的纪委书记帮忙管教儿子，李大康十分放心。

李大康又看了看身边的吴秀彩，对李思文说道：“小李书记，秀彩是我女婿，也是我最喜欢的弟子，他为人老实，踏实好学，他的酿酒技术已经相当不错了。不瞒李书记，我有两个徒弟，大徒弟梁锐浮躁不实，我在这儿也不想背后说他什么，好与坏都看他自己的造化；二徒弟就是秀彩，这孩子我很满意，如果小李书记要我回酒厂干的话，这个女婿可是我必须的帮手。”

“那是肯定的！”李思文毫不犹豫地回答道，“吴哥的技术我亲眼见过，酒厂以后的发展肯定离不开这样的人才。只是现在纪检审查还没结束，我也不能给你们什么承诺，但只要酒厂重组，我一定第一时间向有关领导推荐。”

“行，我信得过小李书记!”李大康点头答应，虽然接触时间不长，但他已经在心里认可了李思文这个人，自然相信他说的话。

给李思文介绍了一会儿技术上的东西，李大康见李思文听得很认真，而且还提出了几个极有针对性的问题，由此可以看出，他真的是在认真思考李大康的话。

而钱克，做了几年厂长，下车间的次数扳着手指头都数得出来，一个连基层车间都不熟悉的人，又怎么可能制定出酒厂的正确发展方向?

半个小时后，李大康的老伴和女儿李素芬回来了，一起回来的还有李保玉，他是专门去帮老娘和姐姐提菜的，老头子交代了，要好好招待小李书记，得加点菜。

李大康老伴五十多岁，长得很普通，慈眉善目的，女儿李素芬是个俊俏的少妇，看起来十分干练，一路上她就听李保玉说小李书记的事情，又说李书记很厉害，连她那脾气倔得像头牛似的老头子都被李书记驯服了。

李素芬不相信李思文这么有能耐，这几天她爸心情很不好，家里人都要看他脸色，年纪轻轻的李书记真有那么厉害?

回来后，李素芬见父亲笑容满面地陪着一个年轻人在小客厅里闲聊，她也算是服了。父亲可不是个会演戏的人，他那脾气又硬又臭，看不上眼的人他当即就能甩脸子给人看。

今天太阳真从西边出来了。

“李书记，你是哪里人啊?”李素芬一边把洗干净的水果放到李思文面前的茶几上，一边问。

李思文笑着说：“大姐，你姓李，我也姓李，都是一家人，你比我大一点儿，就不要叫我李书记了，叫我思文好了，我是鹰嘴镇人。”

李素芬“哦”了一声，又说：“鹰嘴镇？我有个同学也是鹰嘴镇的，前两年我们合伙，一起在东门市场做蔬菜生意，她叫李思琴，跟你的名字只差一个字，不晓得你认不认得。”

李思文呵呵一笑，说：“那真是很巧啊，李思琴是我亲姐姐，我家三个孩子，我是老二，下面还有一个妹妹。”

“真的？”李素芬有些吃惊，没想到居然这么巧，好半天才说，“我听思琴说他有个弟弟在鹰嘴镇派出所当所长，你……你不是我爸酒厂的什么书记么？”

李思文点着头解释道：“就是我，以前我在派出所当所长，上个月调到县委办公室工作了一个月，最近刚刚调到酒神窖酒厂做纪委书记。”

李思文这段时间工作调动频繁，没和家里人说。家里人顶多从妹妹思怡哪里知道他到县委办了，但是调任酒神窖酒厂纪委书记他们就不知道了。

尤其是姐姐一家又忙，少回鹰嘴镇老家，不知道他的情况也正常。

李素芬见老公吴秀彩坐在旁边只是笑，连话也不会说，哼了哼，拿了一小串葡萄塞到他手里，又对李思文道：“思文兄弟，你看我家这个人，老实得跟个木头一样，几棍子也打不出一个屁来，以后你看着我弟弟的同时还要帮我看着这根木头才行。”

李思文笑道：“那是当然，不过素芬姐姐你也别老是恼吴哥，他可是个技术人才，现在的技术人才最吃香，随便到哪儿都是香饽饽。”

李素芬笑了，本想再调侃一下丈夫，但见他对自己逆来顺受的样，想想还是在李书记面前淑女一点儿，别搞得像个泼妇似的。

李保玉往李思文坐的地方挪了挪，低声说：“李书记，我听一个玩得好的小兄弟说，钱大卫找了人要弄点儿动静出来给新来的纪委书记瞧瞧，你要留心钱大卫，这小子嚣张得很，一肚子坏水！”

李思文心里一动，问道：“你说的钱大卫是钱厂长的什么人？”

“是他儿子。”李保玉哼哼着说，“这小子靠着他老子，在厂里任保卫科副科长，从来都没正经在厂里上过班，来厂里比他老子的派头还足，尽干坏事，上一次听说要派纪检组到厂里来，他就召集了一帮狐朋狗友闹事，还打伤了一个县里的什么干部……”

李思文点头，李保玉说的那个干部就是他，他们都不知道被打伤的人就是李思文。于书记要放长线钓大鱼，所以放了那伙人，这一次钱大卫想故技重施，自己确实要小心防备。

他们现在一方面要放纵钱大卫嚣张，这样他才有可能露出更多马脚，另一方面还要注意自身安全，别到时候鱼没上钩，自己反受其害。

李大康一听说钱大卫，皱着眉头道：“钱厂长的人品我不想说，但他任人唯亲的搞头我是很不赞成的。钱大卫年纪轻轻却飞扬跋扈，我就见他好几次在厂里打人，职工们对他都是敢怒不敢言。”

李保玉把拳头捏得咯咯响，说：“这小子就是欠揍，欺良霸善的事干得太多了，最近买了辆妈啃爹不啃的车子到处招摇，我还真想晚上去把他那车子用刀划个十七八道口子。”

李大康一瞪眼，喝道：“你敢，他坏事做尽自然有小李书记去查他治他，家有家规，国有国法，哪里轮到你想怎么样就怎么样啊？还有，说话好好说，什么妈啃爹不啃的？”

李保玉一听他老子发火，马上就蔫了，嘿嘿笑着说：“爸，我知道，我也就嘴上说一说。那个车子，钱大卫新买的那个车听说名字叫妈啃，我就是搞不懂洋人取的名字儿，为什么妈能啃爹就不能啃……”

“噗……”李思文实在忍不住一口喷了出来。

李大康也懒得训斥他了，他的儿子他哪能不知道？

李素芬端着一碟菜出来吩咐李保玉：“保玉，赶紧收拾一下桌子端菜，饭好了，吃饭了。”

一听说有饭吃，李保玉精神头一下就来了，跳起来就去收拾桌子。李大康苦笑着摇头，又吩咐吴秀彩：“秀彩，你去拿杯子，我来取酒。”

看这个架势，这父子三人是要跟自己大醉一场，李思文心里暗暗摇头，别的能推，今天这一场醉只怕是推不了啦。

窗外天色逐渐暗了下来，李素芬放好菜，打开了灯，招呼李思文：“思文，过来这边吃饭了。”

李思文应了一声，正要起身，手机响了起来，掏出来看了看，见是谢子立的手机号，当即摁了接听键。

才放到耳边，谢子立的声音就传了过来，很急：“李……李书记，不好了，出事了……”

李思文心里咯噔一下，但说出的话却很冷静，“子立，你慢慢说，什么事？”

谢子立喘着气道：“我们查财务室账目的时候，办公楼来了一帮人，有几十个，气势汹汹的，把财务室不少账本抢去烧了。办公楼大门和外边厂大门被他们堵得严严实实，我们根本出不去，袁……丽萍还被他们扔的东西砸伤了头……”

“啪”的一声，李思文一巴掌狠狠地拍在桌子上，把菜碟子都震得跳了一下，菜汁流了一桌子，“子立，你们小心，保护好自身安全，我马上赶过来！”

反了这是，看来这帮混蛋是想跟自己玩狠的了。

李思文还真没想到，自己封存财务室的账目，居然引来了对方这么激烈的反应。这么看来，这批账目里定然有对方没来得及掩盖的重要证据，所以他们才会公然抢夺，烧毁账册。

换句话说，对方这么凶狠，这么蛮横，不惜撕破脸皮，是被逼得狗急跳墙了。

“小李书记，我送你！”

见李思文大怒，李保玉猜到了什么，二话不说，一推饭碗就站了起来。

李思文转身对李大康歉然道："李师傅，真不好意思，这顿饭看来是没时间吃了，刚刚酒厂出了点紧急状况，我必须赶回去，以后有空再跟李师傅好好聊聊。"

"你忙你忙，喝酒吃饭都是小事儿，别耽误了你的大事……保玉，赶紧送小李书记回去。"李大康也看出李思文眉宇间的焦虑，赶紧催促儿子送他回去。

李保玉骑着自行车带着李思文，李思文不停地拨打电话。很快他就无奈地放下了手机，谢子立、朱于华、傅家学三个人的号码都打不通，唯一能打通的袁丽萍，手机又在通话中，李思文很无语，希望情况还不是很糟糕。

李保玉家离酒厂不算远，不到十分钟，两人就赶到酒厂了。

如今的酒厂远比不上巅峰时热闹，晚上除了酒窖有工人值班外，其他车间都没有人上班，所以晚上酒厂显得很冷清。

李保玉在大门前停下，李思文下车朝大门大步走去，到近前才发现，电动大门是开着的，路中间被一辆车堵得严严实实。

车打横停放在正门中间，白色的车身很亮眼，李思文看到车轮上的标志就知道是保时捷。

李保玉一看就恼了："我靠，这不是钱大卫那辆新买的妈啃吗？就知道这小子不是个东西！"

李思文事前猜到这事肯定是有人领头干的，但没想到钱大卫居然明目张胆地参与进来，难道他不知道现在正在严查吗？钱克在这种关头怎么会允许儿子乱来？开车堵门，这是要孤注一掷还是另有阴谋？

李思文正想着，保安从门里跑了出来，哭丧着脸道："李……李书记，我……我也是没办法，是……是保卫科钱副科长带头……"

果然是他！

李思文听了门卫的话，顿时笑了。看来是自己想多了，钱大卫这种纨绔子弟，哪里懂什么阴谋诡计，这次动手，搞不好是他自作主张。

眼见门卫目光闪烁，知道他也是个墙头草，也不理会，李思文扭头对李保玉道："保玉，你报警，我进去！"

李保玉一边掏手机，一边跟着李思文道："小李书记，我跟你一起，钱大卫那小子不是好东西，我叫几个帮手过来，以防他撒野！"

李思文也没工夫去想别的，赶紧从小门进去，远远见到办公大楼前有十几个人在灯光下晃动，加快脚步跑了过去。

办公大楼前十几个人又是骂又是砸，狂妄地叫嚣着，这个场面让李思文想到了他上一次在这儿被打晕时的情况。

叫嚣的人当中有好几个都是熟面孔，虽然叫不出名字，但明显和上次是同一伙人，尤其是那个扎眼的黄毛。

不过今天黄毛不是主角，领头的是另一个年轻人，矮粗胖的身材，国字形的胖脸，颇有些凶相。李思文看他的模样跟酒厂厂长钱克有几分相似，估计是钱克的儿子钱大卫。

李思文和李保玉从外边跑过来，因为现场嘈杂，钱大卫和黄毛没看到，他们的注意力都放在了被他们围堵在大楼里的几个人身上。

李思文冲到门前，看到被围困在大楼大厅里的几个人正是袁丽萍他们，已经有人伤了，面对黄毛等人的凶狠，显得彷徨无助。

李思文走到黄毛身后，看到众人面前满地碎片，李思文恍然，原来众人的手机都被砸碎了，难怪打不通。

最让李思文担心的是谢子立，他一脸的血，脚步虚浮，还好袁丽萍一直扶着他。

李思文又悔又怒，悔的是自己低估了钱克等人的疯狂，谢子立受伤自己负有主要责任。怒的是黄毛等人一而再再而三地触犯法律底线，下手毫无顾忌。

眼看黄毛手中的长棍就要往袁丽萍身上招呼，情急之下，李思文顺手操起一张破木椅，向黄毛背上砸了下去，椅子的碎裂声伴随着黄毛的惨叫声一同响起。

“哪个王八蛋敢打老子？兄弟们先锤他一顿再说……”钱大卫等人被忽然出现并出手的李思文惊到了，见李思文面生，钱大卫扬手招呼打人，居然有人敢在太岁头上动土，真是活得不耐烦了！

灯光下，黄毛和几个同伙很快认出了李思文，见他忽然冒出来，多少有些吃惊。

李思文挥舞了几下手中已经解体的椅子，冷喝道：“黄毛，你知道你在干什么吗？你们这是违法的，是要受法律制裁的！”

“法律？”一边的钱大卫并不认识李思文，骂了起来，“法你老母，在酒厂我钱大卫就是法律，老子先把你打残了看你还怎么制裁！”

这家伙果然是钱克的儿子钱大卫。

李思文盯着他喝道：“钱大卫，我警告你，你带头攻击我们纪检小组，破坏酒厂公共设施，你晓得会有什么后果吗？”

“我管你什么狗屎后果，你是什么东西？老子先把你打出屎来……”钱大卫嚣张得很，李思文的警告对他毫无作用。

“卫少……这个是……”黄毛倒是知道李思文的底细，凑到钱大卫耳边悄悄地说了什么。

钱大卫一愣，瞪着眼盯着李思文，眼前这个毛头小子就是把他老子搞得狼狈不堪，又不顾情面抓了他姐夫卢洪亮的酒厂新纪委书记李思文？

这真是仇人见面，分外眼红。

袁丽萍见李思文到了，又激动又气愤地低声道：“李书记，这个钱大卫把我们纪检小组的人都赶了下来，还把厂里的账本都堆到大厅里烧了……”

欲盖弥彰！

李思文盯着满不在乎一脸嚣张的钱大卫，哭笑不得。

这家伙别看气焰嚣张，其实根本没脑子，料想这事儿不会是钱克指使他干的。以钱克的精明，即使真的想毁掉账册，也会安排人偷偷干，尽可能不留痕迹。哪里会像钱大卫这样明火执仗地硬来，生怕没人知道是他干的。

估计这小子是见他老子和姐夫吃了亏心里不服，私自带了一帮泼皮来捣乱，结果账册虽然被毁了，但他钱大卫也栽了。他老子恨不得撇清自己，他可倒好，自己纵身跳了进来。

坑爹，十足的坑爹货！

李思文回头吩咐李保玉：“保玉，报警！”

钱大卫哈哈一笑道：“你报，赶紧报，没有手机我借给你，先前也有人报警，知道为什么到现在还没有警察露面吗？警察也是我的人，我不让他们来你报多少次警都没用。李思文，我背后有你惹不起的人，你识相的话就把厂里的纪检审查撤了，我好过也让你好过，否则……哼哼！”

李思文淡淡地道：“哦，我还真不知道你背后有什么大人物，另外，今天这事儿你父亲钱厂长还不知道吧？要不你给他打个电话，看看他是什么意思？”

钱大卫头一拧，嘿嘿笑道：“告诉他干吗，我现在是跟你谈，你别给我转移话题。”

李思文忽然闻到一股烟味，走到门口，望了望楼上的窗口，见有黑烟往外冒，皱了下眉，当即掏出手机打消防电话。

酒厂里到处是酒精等易燃易爆物品，这要是火烧起来，后果不堪设想。也就是钱大卫这种没有脑子的人会在楼里烧账册。

钱大卫得意洋洋地说：“你打消防有什么用？这不是火灾，失不了火，再说，就算消防来了，他们敢动我堵在大门口的豪车？”

李思文四下里看了看，见门前放着几辆运转酒箱用的小型叉车，当即对李保玉说：“保玉，你照看一下小袁他们。”

“放心，我已经叫人过来了，到了马上送他们去医院！”李保玉心里有数，这时不能跟钱大卫硬来。

李思文点点头，大步向厂房那边走去。

钱大卫和黄毛等人面面相觑，不知道李思文打的什么主意。

李思文快步走到厂房门口，把叉车开了过来。钱大卫退了一步，左右瞄了瞄，骂到：“妈的，他想干什么？难不成还敢开叉车撞我们？”

李思文并没有往办公大楼开，转了个弯，直奔酒厂大门。

钱大卫愣愣地看着，心想他究竟想干什么？

黄毛第一个醒悟过来，跳起来叫道：“不好……卫……卫少，李思文要叉你的车！”

“他敢！”钱大卫瞪眼叉腰怒吼一声，“老子那车花了八十多万，他赔得起吗？”

李思文开着叉车奔向大门，钱大卫发觉李思文可能真是冲着他的保时捷去的，脸都绿了，撒腿往那边跑，一边跑一边叫道：“李思文，你敢叉老子的车，你敢动它一下老子就要你好看！”

李思文像是没听到他的叫声一般，叉车一点儿都没减速，冲向大门时，还把两个长叉升高了些，迎着大门口的车子冲了过去。

“砰砰……”

叉车的两根铁叉把保时捷的车身戳了两个大窟窿，将车子挑了起来。原本闹哄哄的人群顿时安静了下来，钱大卫和黄毛等一干人都张大了嘴，没人料到李思文真敢开叉车毁了一辆近百万的豪车。

李思文真的干了，仿佛叉毁的不是一辆豪华车，而是一辆两三百块钱的儿童玩具而已！

李思文开着叉车，找了一块空地将豪车放下，之后将叉车开回原地。

这时，钱大卫才从呆怔中醒悟过来，他大吼一声冲向李思文，一边跑一边大叫：“打死他……麻辣隔壁……打死他……”

黄毛等人跟着一起冲向李思文，眼看一场群殴已经不可避免！

李保玉吓得脸色惨白，情急之下从花台边猛地扳下一块砖头冲了过去，他脑子里只剩下一个念头，拼尽全力保护李思文。

李思文却分外冷静，盯着冲过来的人群纹丝不动，一直到钱大卫狰狞的面孔近在眼前，他才舌绽春雷般大吼一声："钱大卫，你给我站住！"

钱大卫等人被李思文的气势震慑，纷纷停下了脚步。钱大卫呼呼喘着气，下意识地问道："干什么？"

这时的钱大卫如同一个装满炸药的桶一般，只要一丁点儿火星就能引爆。

李保玉也冲了上来，一头的汗，大部分是被吓的，李思文这是在走钢丝啊！

迎着暴怒的钱大卫一伙人，李思文冷冷地道："钱大卫，你还反天了不成？我告诉你，现在是法制社会，我现在不给你们讲违法后会受到什么制裁，我让你老子来给你上一课！"

李思文镇定自若地掏出手机，拨打了酒厂厂长钱克的电话，然后按了免提。

钱大卫想发作，但李思文是给他老子打电话，冲他老子的面子也要先忍一下，何况自己要是能当面扇李思文一记耳光，老子肯定高兴。

等李思文在老爹面前受挫之后，自己再狠狠教训他一顿，也给厂子里那些反对派一个警告，这酒神窖酒厂，还是他老子钱克的天下。

电话很快就通了，"哟……小李书记，大晚上还给我打电话，是有什么事要说吗？要不我找个地儿请小李书记吃顿饭，咱们好好聊聊……"

钱大卫听着电话中父亲那和蔼可亲的声音起了一身鸡皮疙瘩，印象中，他老子从来没这么温和地跟谁说过话，那态度怎么听都有点儿讨好的意味。

"吃饭的事就免了，钱厂长，我现在有个事要跟你说一说……"李思文瞄着钱大卫，不紧不慢地说，“你儿子今天晚上表现得十分抢眼，他带了一伙社会上的混子围堵我们纪检小组，烧了酒厂财务账册，打伤了人，还开车堵了酒厂大门，我刚开叉车把你儿子的豪车给铲一边去了。现在你儿子带着那帮人正气势汹汹地准备打死我。嘿嘿，钱厂长，我不知道这事是不是钱厂长安排的，所以打电话过来问一下……”

“麻辣隔壁的，王八羔子……”钱克一愣，随即气急败坏地骂了起来，赶紧给李思文解释道，“小李书记，我……我不是骂你。小李书记，你赶紧把电话给我那个乌龟儿子王八蛋，我有话跟他说……”

李思文戏谑地瞟着钱大卫，对着手机道：“钱厂长，你尽管说就是了，你儿子就在我面前，我开了免提，他听着呢。”

钱克顿时抬高了声音猛喝道：“钱大卫，你给老子听着……”

钱大卫不怕天不怕地，就怕他老子，本来一腔怒气，给他老子这么一吼，顿时就蔫了，怯怯地道：“爸……我……我是给你出口气……”

“出你妈比……”钱克气不打一处来，也顾不得形象，恶狠狠地训道：“不知天高地厚的狗东西，你立刻向小李书记赔礼道歉，我这就到厂里来，你要敢动小李书记一根毫毛，我扒了你的皮……”

听他老子这么不顾情面地怒骂，钱大卫顿时愣了，他没想到钱克居然为这点儿事大发雷霆，难道他做错了？

钱大卫被他老子吼得愣是不敢动，呆立在原地，黄毛一伙人都是见风使舵的主，都不是傻子，眼见连酒厂厂长钱克都不敢动李思文，他们要是动了，岂不是自寻死路？

要知道，黄毛等人之所以嚣张跋扈，还是靠着钱大卫这位纨绔大少，而钱大卫的靠山则是钱克。

没了钱大卫的照拂，黄毛等人不过是一帮无业游民而已。

清楚其中的利害关系，黄毛见势不妙，悄悄给同伙使眼色打手势，不声不响地溜了。

他们的动作根本没逃过李思文的眼睛，只是眼下还顾不上这伙人，自有收拾他们的时候。

李思文见危机解除，当即挂断了手机，也该让钱克这个老狐狸尝尝在热锅上煎熬的滋味了。

纨绔大少钱大卫转眼发现自己变成了孤家寡人，这时才害怕起来。他刚见识了李思文翻手为云的手段，旁边还有个虎视眈眈的李保玉，他还真怕俩人趁机对他下手，他这“小”身板可经不住两人摧残。

不过那两人此刻根本没把他放在心上。

李思文回到袁丽萍等人身边，县医院的急救车也来了，谢子立几个受伤的人很快被拉走，袁丽萍虽然只受了点儿皮外伤，也被李思文强行塞进了车。

上车的时候，袁丽萍还不情愿地对李思文道：“李书记，关键的账册已经被他们烧掉了，我还是留下去查一查剩下的东西……”

“不用了，你现在唯一的任务就是去医院做检查养好伤，其他的什么都不用管。”李思文不假思索地命令袁丽萍。

李思文看救护车开走后才注意到仍在发愣的钱大卫，钱大卫虽然没有脑子，但却不傻，看得出眼下的形势对他不利，不过最终怎么样还得等他老子来了后再说，再怎么说，他老子也不会帮李思文这个外人来对付他这个儿子吧！

钱大卫十分迷信老子的权力和能力，这么多年以来，钱克的厂长位置虽然屡经风雨，但一直稳如泰山。

县城不大，不到十分钟，钱克就开着车赶到了酒厂。

钱大卫看到他老子的卡宴，赶紧迎了过去，那张霸气十足的脸马上转为委屈，同时心里想着跟他老子说些煽情的话儿。

钱克一停车就打开车门跳了出来，二话不说就朝着李思文大步走去，根本无视旁边的儿子钱大卫。

钱大卫叫了一声“爸”，还没来得及说他酝酿了半天的话，就见钱克一挥手，一巴掌狠狠扇在他脸上，这一记耳光打得很用力，钱大卫只觉得耳朵嗡的一声，整个人都不好了。

钱克扇了儿子一巴掌后，顺手扭着他的耳朵往李思文那边扯，一边走一边向李思文赔礼：“小李书记，我……我实在是管教无方，让这混蛋惹了这么大的祸，我没办法，只好把他交给小李书记，任凭处置!”

李思文见钱克气急败坏，眼睛通红的样子，知道他确实是急了。本身钱克就坐在火山口上，他儿子居然又给他来了这么一记火上浇油。

钱大卫这事他是真不知情，让他无奈的是，儿子再混蛋他也不能真的不管不顾，可是现在他也是无能为力，这事他要是插手，那就是嫌自己死得不够快。最好的办法，就是将儿子交出去。

但这也意味着钱克彻底失去了主动权，尽管不愿意承认，但钱克也知道，自己这次是真的危险了。

李思文此时倒也没说什么难听的话，反而轻拍了一下钱克的肩膀安慰道：“钱厂长也别多虑，组织上不会搞株连那一套，你儿子是你儿子，跟你不相干。只要身正还怕影子斜？不过你儿子的事该怎么处置，还真由不得我，这事我得向纪委唐书记汇报一下……”

李思文边说边掏出手机，他话说得慢条斯理，但是听到钱克耳朵里，却犹如雷霆炸响。

李思文这一席话听着是在安慰钱克，实际上却是在敲打他，什么“身正不怕影子斜”，钱克心里当然清楚自己身子正不正，影子斜不斜，所以他才更害怕。

再说了，以钱大卫这王八蛋犯的事，真要是捅到纪委唐书记那里，那他还有活路吗？

钱克额头上冷汗直冒，脸色十分难看，却不得不硬挤出笑容道：“这个……小李书记能不能缓……缓缓？能不能缓一缓？我……我感激不尽，感激不尽……”

李思文装没听见，不理会钱克，继续翻着手机电话簿找唐明华的号码。

钱大卫嘴角都渗出血了，他老子钱克一巴掌打得真狠，此时钱大卫虽然知道情况不妙，仍然拧着脑袋，一双喷火的眼睛盯着李思文，一副你能拿我怎样的表情。说到底，他还是相信他老子能把这事摆平。

李思文其实心里也憋着火，只是努力克制着不发作出来，袁丽萍、谢子立等人受伤让他既心痛又担心，瞧着钱大卫那副混账样，他恨不得把这混蛋打得满地找牙，但越是在这种关键时刻，他却越要冷静。

急了，只会落入对手的陷阱，他现在不能行差踏错！

找出唐明华的手机号，李思文拨了过去，周围一片安静，只有手机发出的嘟嘟声清晰可闻。

钱克见求李思文无效，又没别的办法阻止，急得直搓手。

“喂，思文，有事？”电话一通，唐明华的声音就传了出来，因离得近，唐明华的声音连钱克都听得清楚。

李思文道：“唐书记，这么晚打扰你了，厂子里有些事要跟你汇报一下……”

唐明华“哦”了一声道：“好，你说！”

李思文“嗯”了一声说：“是这样的，我们纪检两个小组进驻酒厂办公室连夜审查财务账目和采购账目，酒厂保卫科副科长钱大卫带了十几个人开车堵了酒厂大门，闯进办公室把账册烧了，还打伤了纪检小组的人，我就这事跟唐书记汇报一下！”

“呃……”唐明华显然愣住了，声音随即就大了起来，“你有没有受伤？其他人伤得严重吗？”

李思文听唐明华没有先问被烧毁的账册而是先问他们的安危，心里感动，只是不能在钱克父子面前流露，沉声道：“我没事，其他人伤了，但没有致命伤，我已经将他们送县人民医院去了。”

唐明华接着说道：“好，正好我跟于书记在谈事，你等着，于书记说马上过去！”

钱克一听于清风也在唐明华那儿，脸色更难看了，汗水也冒得更厉害，想说点儿什么，却怎么也说不出来。

钱克着急，下意识地也摸出了手机，李思文看着他淡淡地道：“钱厂长，我要是你，这时候就不会给任何人打电话。”

钱克本来准备打电话，听了李思文的话，顿时僵住了。这话本身就是严厉的警告，这时候通风报信，真当他这个厂纪检委书记是摆设吗？

钱克颓丧地放下电话，李思文盯着他，他想通风报信根本不可能。扭头看到一边的儿子，见他一边脸肿着，还一副发狠的模样，顿时怒火大炽，一脚踢到钱大卫身上，骂道：“混账，老子打死你……”

钱大卫一声惨叫，摔倒在地。钱克这一脚踢在他膝盖一侧，疼得他抱着腿大喊大叫。

“爸，你不帮我还打我，我不是你儿子了，我不要你管。妈的，我情愿坐牢，也要李思文赔我的车，我要他赔得倾家荡产！”

钱克听儿子发狠说出这种不经脑子的话，顿时火冒三丈，窜上去又踢又踩，怒骂道：“好啊好啊，老子打死你，省得养你这么个逆子，老子打死你……”

钱大卫索性耍起无赖，在地上打着滚躲闪他老子的脚，一边说着浑话：“你打，你打死我好了，打死我再把我妈赶走，你就可以找个小三，然后把所有财产都给她了……”

李思文这次没再阻拦，在一旁冷眼旁观，由得钱克揍他儿子，也算是替袁丽萍等人出了一口恶气。

五六分钟后，唐明华开着纪委的车子到了，在离李思文等人三四米远的地方停下，钱克一见唐明华的车子到了，赶紧停手，肃然站在一旁。

车门打开钻出两个人，副驾上下来的是县委书记于清风，开车的是县纪委书记唐明华，两人脸色严肃。

于清风先上上下下看了看李思文，然后才盯着钱克问："钱克，怎么回事?"

钱克脸色又红又黑，讪讪地回答："于……于书记，我……是我儿子闯了祸，我这个做父亲的有责任，养不教父之过，是我管教不严……"

"先把你的管教不严放一边!"于清风冷冰冰地说了一句，看了看表，看向李思文问道："小李，报过警没有?"

"报了报了，我报的，八点十二分报的警。"没等李思文回答，旁边逮了半天机会的李保玉抢着回答，"我报的警。"

于清风垂眼看了一下手机，八点四十四分了，恨恨地笑了一声，冷冰冰地说："八点十二分，好啊，报警报了三十二分钟了，居然还没有警察到场，这么长时间，就算是乡镇派出所的人也该赶到了!"

于清风说完，扭头对唐明华道："明华，你记着时间，我倒要看看，我们狮子县的警察队伍到底是什么效率!"

钱克之前就想通风报信，却被李思文硬生生拦下了。现在于清风就在面前，他更不敢轻举妄动了。

李思文自然明白于清风这是要敲打谁，当即吩咐李保玉："保玉，去拿几个椅子来，让于书记和唐书记坐。"

"好嘞!"李保玉扭头往办公楼跑，他这下也放心了，连县委于书记都亲自赶来了，看来小李书记不会吃亏了。

李保玉提了三把椅子出来，摆好了说："于书记，唐书记，小李书记，你们坐。"

于清风和唐明华对李保玉点点头，坐了。

李思文瞄了一眼钱克，说："钱厂长，坐着说吧。"

钱克脸一红，赶紧摆手道："你坐你坐，小李书记，你坐!"

李思文不再客气，他也是故意试探钱克，钱克是厂长，职务比他高，如果他心中无鬼，这张椅子自然坐得心安理得，现在看来，钱克心里就是有鬼。

钱大卫自从于清风和唐明华到场后，就没敢再要性子了，他再不通窍也知道县委书记不是他老子能摆得平的。

时间一分一秒过去，于清风一边等警察，一边仔细询问李思文情况，越问脸色就越难看。

最后李思文说，钱大卫的事钱克根本不知情。

李思文越这么说，钱克就越难堪，李思文分明是故意打他的脸！

于清风听李思文开叉车把钱大卫的豪车给铲了，脸上闪过一丝笑意，不过马上就消失了，像是根本没出现过一样。

又过了二十分钟，直到九点零五，警察才姗姗而来。

酒厂在都亭办事处，按公安出警的规则，第一出警方应为都亭派出所，如果都亭派出所的人手不够，那么110中心才会通知邻近派出所出警。

来的正是都亭派出所的民警，来了两个人，警车一停，两人钻出车就大声喊了起来："是哪个报的警？"

"是我！"李保玉赶紧举手答应，"是我报的警！"

问话的民警四十岁左右，一脸不耐烦地问道："你报的警？我问你，你是不是亲眼看到的？报假警也是要受处罚的，另外……"

那民警说着话注意到坐在椅子上的几个人，由于距离比较近，加上正好在灯光下，这一瞄发觉几个人看着面熟，愣了一下才反应过来，瞬间怔住了。

于清风这时才"嘿嘿"冷笑着说："好威风啊！"

另外一个民警也认出了于清风，"唰"一下站得笔直，尴尬中带着恭敬的口气道："于书记！"

于清风不理他，任他和另一个民警站在当场，自己则掏出手机打电话。

这个电话是拨给县委常委、政法委书记兼公安局长陈正治的。

“陈书记，我在酒厂这边，有事找你，你马上到酒厂来一趟！”

两个民警站在一旁一脸懊丧，又不敢离开，更不敢解释，于清风就在当场，想来已经知道前因后果了，他们只能硬着头皮等着。

于清风放下电话不到五分钟，陈正治就开车赶到了酒厂，一下车就笑着说：“于书记，老唐，你们怎么都在酒厂等我啊？”

于清风淡淡地道：“陈书记，酒厂这边出了案子，有人在八点十二分报了警，你给我讲讲出警规则，公安局派出所离酒厂有多远，怎么花了五十三分钟才到？你给我解释一下，是什么原因要这么久才能到，都亭派出所离酒厂连一千米都没有吧？”

“这个……”陈正治脸一红，舔了舔嘴唇，讪讪地道：“于书记，我一定把这事儿查清楚，查清后给你一个满意的答复。”

于清风冷笑了，说：“我能满意么？这样吧，我们马上开个县委常委会，向北川市领导提议，陈书记因公务繁忙，没有时间也没有精力管理县公安局的日常事务，给陈书记减少一点工作，卸任县公安局局长。县公安局也是该好好整顿整顿了。就今天酒厂报警出警的事，我非常不满意。如果以后有重大情况发生，涉及人民群众的生命安全，像县公安局这样的工作效率，这样的工作态度，那要引发多大的后果？这样的后果你陈正治承担不了，我于清风同样担不起。”

陈正治的脸色顿时由红转黑，于清风这是当面打脸啊！

他是县政法委书记，管着狮子县公检政法口子，兼任县公安局局长，可谓大权在握，根深蒂固，于清风这个外调来的县委书记一直给他几分面子。

现在，两人是彻底撕破脸皮了。

陈正治窝火，尽管对两人的碰撞，他早有预料，但是没料到于清风会在这个关口，抓着他的小辫子发威，他无话可说，干吃了这个哑巴亏。

唐明华也在旁边说："我看也是，陈书记管着全县的政法系统，再兼任公安局长确实是顾不过来。于书记的提议不错，现在中央也提倡地方政法委书记不再兼任公安局长一职，正好响应中央的号召。我提议，提前派驻纪检组进入公安系统，狠狠抓一下党风纪律。不过，我们现在要重视眼前的问题，今天酒厂出了这么大的事情，都亭派出所和县局 110 指挥中心都要给出解释，作出检讨，陈书记作为县局直属领导，也应该给个明确说法，否则不足以服众。无法不立，法律是我们国家的根本，陈书记，你说呢？"

陈正治的脸色由黑转青，于清风跟他撕破脸皮也就算了，唐明华也不是省油的灯，上来就连消带打，直接派驻纪检组，这是要抄他的老窝啊！

按照组织规则，陈正治是县委常委，副处级干部，他的职务调动，必须提请北川市委批准，于清风无权撤他的职。但是县委书记是县一把手，于清风这个党委班长表态，等于是代表党委班子发话，理论上，只要书记办公会上多数人赞成，那么陈正治也就只能捏着鼻子认了，北川市委也会尊重于清风这个班长的意见。

目前狮子县书记办公会有五个人，分别是第一书记于清风、县长兼副书记谢学会、分管党群的副书记张允学、纪委书记唐明华、政法委书记陈正治。

陈正治和党群副书记张允学关系稍微好点儿，其他人都一般。眼下他的工作出现重大失误，张允学要是站在他这边那才有鬼。

也就是说，这场正面交锋，陈正治还未上场就已经输了，这就是县委书记的威慑力。

一旦卸掉他公安局局长的职务，那他陈正治就是没牙的老虎。最关键的是，于清风、唐明华等人选择在这个时候发难，恐怕早有预谋，接下来等待他的必然是一轮雷霆风暴。